La Démesure du désir

Octavia Polk

La Démesure du désir

roman

XO
EDITIONS

ISBN : 978-2-37448-491-4

« Une femme peut aisément se déguiser en monstre lorsque la passion l'aveugle. »

Louis Pelletier-Dlamini

Prologue

Depuis le seuil de la chambre, Romain scruta l'obscurité à peine rompue par la lumière pâle du jour filtrant à travers les volets. Il distingua une silhouette installée dans un fauteuil et son cœur tressauta. *Et si elle était morte...*, s'affola-t-il.

Sa crainte fut bientôt démentie lorsqu'une voix s'éleva :

— Ah, te voilà...

La chambre fut soudain éclairée par l'écran du téléphone portable de la jeune femme assise. Effaré, Romain la vit se lever et s'approcher de lui, souriante, jubilante, folle.

— Tu es venu..., exulta-t-elle. Je t'ai appelé et tu es venu. Tu m'as fait tant de mal, mais ça n'a plus d'importance, je te pardonne puisque tu es là...

La situation bascula en un claquement de doigts. Rattrapé par son manque inouï de vigilance, Romain renonça à lui répondre. Il n'y avait qu'une seule chose à faire : fuir.

Il fit volte-face et se précipita vers les escaliers qu'il dévala quasiment à l'aveugle, au risque de manquer une marche. Le voir lui tourner le dos pour s'échapper jeta la jeune femme dans une colère noire. Littéralement métamorphosée en harpie, elle se lança à ses trousses.

— Espèce de salopard ! Reste là ! Reste lààààà !

Romain se mit à courir à travers les pièces en enfilade du rez-de-chaussée dans le but de gagner la porte d'entrée, puis sa voiture. L'obscurité dans laquelle la maison était plongée ne l'aidait pas, il distinguait à peine son chemin. La voix et les pas de sa poursuivante lui parurent terriblement près, il ne parviendrait pas à la distancer. Dans sa course chaotique, il renversa la jolie table dressée dans la salle à manger. Un fracas de vaisselle brisée résonna, bientôt remplacé par les hurlements acharnés de la jeune femme.

— Ah ! Parce que tu crois que tu vas t'en tirer comme ça ?

Romain dérapa sur un tapis et se rattrapa de justesse à un fauteuil qu'il bascula dans son élan. Une cinglante décharge vrilla à l'intérieur de sa cheville droite, tandis que son thorax lui semblait pris dans un étau de glace.

— Putain, c'est pas vrai ! lâcha-t-il dans un grognement.

Il parvint pourtant à surmonter la douleur et se propulsa vers l'entrée. Les quelques secondes nécessaires pour ouvrir la porte lui furent fatales : après avoir enjambé la table jetée en travers du passage, la jeune femme fonça sur lui et s'agrippa à son cou.

— Tu ne partiras jamais d'ici, tu m'entends, jamais ! lui brailla-t-elle dans les oreilles. Tu… ne… partiras… pas !

Sa rage et le puissant ressentiment qu'elle entretenait à son égard valaient toutes les armes du monde. Elle lui planta les doigts dans la chair, de véritables griffes au niveau de sa trachée-artère, il se sentit étouffer. Des larmes coulèrent sur ses joues, tandis qu'il était pris par d'effroyables nausées.

— Je t'aime…, haleta-t-elle, presque plaintive. Je t'aime tant… Et toi aussi, tu m'aimes. On avait tout pour être heureux. Alors pourquoi tu m'as fait ça ?

Pour la première fois, mais hélas trop tard, il comprit qu'elle voulait vraiment le tuer.

Première partie

Espoir

1

Quatre mois plus tôt...

Adossé au ciel de lit, Romain contemplait le corps assoupi de Jade, couchée sur le ventre, les bras repliés sous sa tête. La lumière blanchâtre des lampadaires se déversait par la fenêtre dont les volets et les rideaux étaient restés ouverts, donnant à la chambre une ambiance de clair de lune et à la peau de Jade un envoûtant reflet marmoréen.

Romain ne pouvait détacher son regard des courbes indolentes et encore moites de la dernière étreinte, la fine musculature des épaules, le creux délicat de la colonne vertébrale, les fesses bombées amorçant la naissance des cuisses et des jambes fuselées. D'une main lascive, il caressa la nuque de Jade, descendit vers les omoplates et le doux rebond des hanches, glissa l'index dans le sillon de ce cul qu'il portait aux nues.

Jade bougea dans son demi-sommeil et écarta sensiblement sa jambe droite en équerre. Romain interpréta ce mouvement et le soupir qui s'ensuivit comme autant d'encouragements à ne pas interrompre sa déambulation digitale entre les chairs offertes.

Non seulement cette femme l'excitait plus qu'aucune autre jusqu'alors, mais elle le captivait littéralement. Par sa beauté, bien sûr, aucun homme – ni aucune femme – ne pouvait nier qu'elle était splendide, comme par son charisme, mâtiné de sensualité passive, d'intelligence implacable et de cette assurance due à son milieu social ainsi qu'à un parcours sans faute.

Romain l'avait d'abord considérée comme un mirage lorsque, deux ans plus tôt, il l'avait aperçue dans les couloirs du prestigieux cabinet d'avocats Clermont & Associés. Elle lui était apparue encore plus impressionnante que sur la dizaine de photos tirées des articles et des différents sites professionnels qu'il avait compulsés avant de se présenter.

Il y avait été accueilli comme un prince qu'on convoite, l'affaire Caussac ayant fait de lui une star jouissant du luxe rare de pouvoir choisir parmi les meilleurs le cabinet dans lequel il consentirait désormais à travailler. Et Clermont & Associés représentait incontestablement le sommet de la pyramide.

À trente-cinq ans, Romain Denis atteignait enfin la consécration tant voulue. Le parcours avait été laborieux, grêlé d'amertume et de frustrations. Mais il avait fini par y arriver, son bureau fastueux et la femme magnifique qui s'ouvrait à cet instant sous ses doigts en étaient les fleurons les plus visibles.

Il avait fallu plus d'un an pour que Jade Clermont devienne un miracle au cœur même de sa vie. Un an à s'efforcer de ne pas la regarder autrement que comme une consœur, de surcroît fille et sœur de ses patrons, Édouard et Jules Clermont. Il le savait, le travail et les histoires personnelles, qu'elles soient d'amour ou de sexe, ne font jamais bon ménage. Et puis de toute manière, Jade n'était pas libre et quand elle l'était, elle ne le restait jamais longtemps. Elle représentait et demeurerait pour lui une créature inaccessible.

Pourtant, tout avait fini par s'emballer à l'issue d'une réunion de travail qui s'était prolongée tard le soir. Jade, nouvellement célibataire, l'avait attrapé dans ses irrésistibles filets et n'avait fait de lui qu'une bouchée. Romain avait pensé être réduit à un simple caprice. Mais le miracle s'était confirmé.

Un miracle d'intelligence, de classe, de peau douce, d'avidité, de jouissance extraordinaire incarné par cette femme dont il était fou.

L'histoire aurait été différente s'il n'y avait eu que la chair entre eux. Romain avait réussi à s'élever de façon remarquable dans l'échelle sociale, mais grâce à Jade, il accédait à un monde dont elle lui apprenait les codes avec toute la patience amoureuse nécessaire. À force d'application, il parvint peu à peu à adopter des usages qui lui étaient inconnus et à se mouler à ce milieu féroce à l'égard des hommes comme lui : car s'il se qualifiait légitimement d'ambitieux, on voyait souvent en lui un arriviste, un de plus. Un Georges Duroy[1].

— Le dernier a tenu cinq mois, l'avait prévenu un de ses collègues, sans doute secrètement envieux.

Devant l'air sourcilleux de Romain, il s'était fait une joie perverse de préciser :

— Jade Clermont les bouffe en hors-d'œuvre, les mecs comme toi. Une fois qu'elle les a bien essorés et qu'il commence à y avoir du mou, ça remonte jusqu'au sommet et Papa Clermont s'occupe de les caser ailleurs, loin des yeux loin du cul.

Romain avait mené son enquête, en toute discrétion. Il obtint facilement des réponses, les gens ne se montraient jamais avares dès lors qu'il s'agissait de colporter ces petites médi-

---

1. Nom du personnage principal de *Bel-Ami*, de Guy de Maupassant, incarnant un jeune homme ambitieux et sans scrupules, n'hésitant pas à user de ses charmes pour parvenir à ses fins.

sances perlées de jalousie. En effet, avant lui, Jade avait eu une liaison avec trois avocats, peu de temps après qu'ils avaient été engagés par Clermont & Associés. Du jour au lendemain et sans aucun signe précurseur, ils avaient intégré un autre cabinet, non sans d'élogieuses recommandations en poche.

— Si tu dépasses le record du précédent, tu as peut-être une chance, l'avait-on magnanimement averti.

À ce souvenir qui l'avait alors tant contrarié, Romain ne put s'empêcher de sourire. Ce dimanche marquait les neuf mois de sa liaison avec Jade, tout un symbole, et il était invité au brunch mensuel, au cœur de l'intimité familiale pour rencontrer enfin Bérangère et Juliette Clermont, respectivement mère et sœur de Jade, qu'il ne connaissait pas encore. Qui parmi les précédents petits amis de Jade avait eu ce privilège ? Seulement un. Elle le lui avait dit et il la croyait.

Ce jour-là, il avait tout pour être l'homme le plus heureux du monde.

Seulement, la pression était rude. À tel point que son appétit, son sommeil et sa libido en étaient affectés depuis le début de la semaine. Prétextant une grippe, il était resté cloîtré dans son appartement pendant trois jours, à travailler fébrilement ses dossiers, à dompter sa nervosité et à se gaver des hamburgers qu'il se faisait livrer – Jade réprouvait ce type d'alimentation, il en profitait, non sans une petite honte.

Il était encore tôt. Sa compagne dormait, lovée contre lui, la respiration un peu lourde traduisant cette fatigue paisible succédant à leurs vigoureux corps à corps. Romain, lui, se laissait encore conduire par le fil de ses pensées, tout en la caressant nonchalamment.

Après des mois de clandestinité, tous les deux avaient envie de construire leur vie ensemble. Romain avait rapidement gagné l'estime d'Édouard et de Jules Clermont par sa force de travail et par la valeur ajoutée qu'il apportait au cabinet grâce à quelques procès brillamment gagnés. Sa farouche ambition lui avait permis de s'intégrer avec une aisance prodigieuse. Un vrai poisson dans l'eau… Il était toutefois le seul à connaître les efforts que cela lui avait coûtés pour commencer à se sentir à peu près à l'aise avec le père et le fils Clermont.

Mais le travail était une chose, l'intimité familiale une autre. Il lui fallait désormais obtenir l'aval de la mère et de la sœur.

Il s'était préparé mentalement, avait passé en revue les scénarios possibles, procédé à des essayages devant son miroir, s'était interrogé sur le choix crucial de la pilosité – barbe de trois jours ou bien rasage méticuleux ? Comment appeler la mère de Jade ? Madame ? Bérangère ? Il craignait tant de commettre un impair. *On est très simples, tu verras*, lui avait assuré Jade. Romain ne doutait pas de sa sincérité, mais à ses yeux, rien n'était plus relatif, il y avait la simplicité de sa propre famille, là-bas, dans le quartier banal d'une ville moyenne à tous points de vue, et puis il y avait la simplicité des Clermont qu'il devinait sans commune mesure.

Par fierté, il n'avait sollicité aucun avis de la part de Jade. Elle s'était permis un seul conseil, à la fois le meilleur et le pire : *Sois naturel.* Ce qui avait fait grimper son anxiété d'un cran. Comment était-on naturel dans ces circonstances et cet environnement ? Et si on ne l'était pas, pouvait-on s'efforcer de le devenir sans que cela se voie ? Lui, l'avocat brillant et confirmé, avait l'impression de retrouver les affres de l'adolescence.

Épuisé par ses tâtonnements intérieurs, il soupira.

— À quoi tu penses ? murmura Jade d'une voix indolente.

Elle posa une main, fine et soignée, sur le torse de Romain, glissa ses doigts dans la discrète toison et tira malicieusement sur les poils.

— Tu es mon idéal, souffla-t-elle à son oreille.

Elle pressa son corps chaud contre le sien.

— Dormons encore un peu, fit-elle.

Il opina de la tête et déposa un baiser sur le front de sa belle, sans lui dire que ce qui s'annonçait comme un joli moment en famille pour elle représentait pour lui un enjeu équivalent à celui d'un procès au verdict incertain.

2

Dans l'Austin Mini filant vers le centre historique de Bordeaux, Romain se concentrait, une main tendrement posée sur la cuisse de Jade, au volant. Il avait fini par opter pour un jeans brut d'excellente facture, un polo bleu canard, une veste marine et des souliers consciencieusement cirés. Il était lui-même, sans ostentation ni complexe.

Apercevant une place libre, Jade ralentit, puis se gara le long du trottoir des quais de la Garonne. Romain descendit de la voiture, sans oublier le bouquet de roses anciennes et la boîte de macarons destinés à la maîtresse de maison. Ces présents lui semblaient un peu convenus, mais faisaient vraisemblablement partie des codes à respecter, il s'en remettait à Jade en la matière.

— Voilà, on arrive à la maison, fit gaiement cette dernière.

Romain s'efforça de ne pas montrer combien il était impressionné par l'imposant bâtiment de pierres blondes dans lequel les Clermont occupaient deux vastes étages, sans compter la terrasse dotée d'une vue panoramique sur le fleuve d'un côté et les toits de la vieille ville de l'autre.

— C'est nous ! annonça Jade dans l'interphone.

Romain surprit dans ses yeux une joie jubilatoire à prononcer ce « nous ». Une bouffée de fierté le saisit. Quel homme chanceux il était.

Jade attrapa sa main libre et l'entraîna dans le hall d'entrée. Marbre, miroirs, lustres à pampilles, plantes vertes, tout fleurait le luxe authentique, y compris à l'intérieur de l'ascenseur à l'ancienne dans lequel le jeune couple s'engouffra.

— Attends, souffla Romain en retenant Jade.

Il la pressa contre une des cloisons et l'embrassa en espérant que sa nervosité ne soit pas trop perceptible. S'il avait pu choisir, il serait volontiers resté là, enfermé avec elle dans cet ascenseur qui sentait bon l'encaustique. Jade lui rendit son baiser avec une passion étourdissante. Il la savait excitée par l'idée que n'importe qui pouvait les entrapercevoir à travers les grilles ouvragées. Il en tirait, lui aussi, un plaisir assumé.

L'ascenseur soubresauta en s'arrêtant. Jade poussa la porte et saisit la main de Romain.

— Ma chérie ! retentit une voix féminine.

Bérangère Clermont se tenait à la porte de l'appartement, incontestablement impatiente de les accueillir. Tandis qu'elle serrait sa fille dans ses bras, Romain découvrit une belle femme, sexagénaire au visage d'un charme lumineux et mélancolique, encadré par une chevelure châtaine, souple et impeccable. Sa robe-chemisier marine mettait en valeur sa silhouette mince, de la même façon que ses ballerines de cuir fauve rehaussaient la finesse de ses jambes et de ses chevilles. Jade avait de qui tenir.

— Maman, je te présente Romain, fit cette dernière. Romain, maman.

Sans lâcher sa mère, elle tendit le bras vers son amoureux comme pour former un trait d'union. Bérangère Clermont marqua un temps d'arrêt, ses yeux clairs rivés sur le jeune homme au supplice. Il se savait charmant, au premier regard bien sous tous rapports. Un bon point qui, pourtant, ne pourrait être suffisant.

— Romain ! Je suis ravie de vous rencontrer ! s'exclama Bérangère Clermont avec un adorable sourire.

Elle saisit les deux mains du jeune homme et lui fit la bise. Romain ne s'attendait pas à tant de franche spontanéité.

— Bonjour..., commença-t-il avant d'être aussitôt interrompu.

— Bérangère. Il faut m'appeler Bérangère.

— Bonjour, Bérangère, rebondit-il.

— Je suppose que tout cela est pour moi, donnez, je vais vous alléger, poursuivit-elle en braquant les yeux sur le bouquet et la boîte de macarons.

À mi-chemin entre embarras et amusement, Romain se laissa faire.

— Où avez-vous réussi à trouver des roses pareilles ? fit Bérangère. Elles sont splendides, merci !

Le nez plongé dans une fleur d'un blanc neigeux, elle la huma avec un plaisir sincère, avant d'inviter Jade et Romain à la suivre le long d'un couloir d'une largeur généreuse, paré d'horloges murales, d'appliques et de miroirs dans le pur style Art nouveau.

— Ah, vous voilà ! clama Édouard Clermont en les voyant apparaître dans le salon.

Jade enlaça tendrement son père, Romain lui serra la main. Jusqu'alors, il ne l'avait côtoyé qu'au cabinet, au tribunal ou au restaurant lors de déjeuners professionnels. Pour la première fois, il le rencontrait dans l'intimité, chez lui, et en éprouvait un étrange sentiment, comme si c'était lui, mais pas tout à fait. Romain s'étonnait, au-delà d'une allure assurément impériale pour ses soixante-huit ans, de trouver un air fatigué à ce ténor des salles d'audience, redouté et redoutable, qui flottait dans son pantalon porté très haut, la ceinture au-dessus de l'estomac, comme un vieillard.

Jules s'approcha à son tour de Romain et le salua chaleureusement. Le frère de Jade était la copie conforme de leur père, avec trois bonnes décennies de moins : stature robuste mais distinguée, traits forts mettant en relief une personnalité affirmée, regard d'une acuité féroce. Il y avait quelque chose de l'ours et du loup dans la physionomie des deux hommes comme dans leur attitude, une forme de puissance qui, s'ils ne la contenaient pas, pouvait s'avérer plus cruelle que brutale.

— Je parie que Juliette n'est pas encore arrivée, fit Jade.

— Elle récupère je ne sais quoi à l'étage, l'informa Bérangère, affairée à disposer le bouquet dans un vase de toute beauté.

— Un verre de vin en attendant ? proposa Édouard.

— Volontiers, fit Romain, davantage pour trouver une contenance que par réelle envie.

Il rejoignit Jade sur un canapé de velours bleu nuit aux proportions gigantesques et examina la pièce en catimini, admira son élégance et ses dimensions spectaculaires – son appartement entier n'était pas aussi grand –, les moulures d'un blanc immaculé, la cheminée de marbre noir, la bibliothèque chargée de livres dont les reliures de cuir indiquaient qu'ils dataient d'un autre siècle, les lampes – d'authentiques Gallé, il en était persuadé.

— Goûtez-moi ce Château Petrus, une merveille, lança Édouard, deux verres à la main.

— Merci, papa, fit Jade.

Tout le monde connaissait la passion d'Édouard Clermont pour le whisky, mais aussi pour le vin. Honteux d'être quasiment néophyte, Romain s'était inscrit en secret à des sessions d'initiation à l'œnologie afin de combler ses lacunes. Il apprenait lentement, laborieusement, en espérant que ses efforts puissent un jour déboucher sur un réel plaisir. En observant les innombrables statuettes, tableaux et autres objets magnifiques qui faisaient de cette pièce, et certainement de l'appartement tout entier, un véritable musée, il se demanda si les mêmes mécanismes régissaient l'art et le vin : fallait-il posséder un minimum de connaissances pour apprécier, pour être ému ? Devait-on comprendre et savoir pour ressentir pleinement ?

Il surprit l'attention d'Édouard rivée sur lui, sans doute dans l'attente d'un commentaire. Bien que le vin s'avérât fameux, il n'avait pas encore les outils adéquats pour en parler sans se départir d'un fastidieux costume de bon élève. Non seulement il risquait de se tromper, mais l'absence de naturel le rendrait ridicule. Alors il se contenta de déguster le précieux breuvage dans un silence qu'il espérait aussi inspiré que convaincant.

— Vous aimez l'Art nouveau, Romain ? s'enquit Bérangère en surprenant son regard sur un vase en fer forgé et verre soufflé d'un jaune de miel.

— Beaucoup, répondit le jeune homme. C'est un Umberto Bellotto, n'est-ce pas ? ne put-il s'empêcher de demander.

Jade se blottit contre lui. Il la sentit surprise et fière, ce qui lui donna l'impression de marquer des points et émoussa sa crainte de s'être montré ostentatoire.

— Tout à fait ! confirma Bérangère.

— Ah, enfin quelqu'un qui s'y connaît en art dans cette famille ! s'éleva soudain une voix cristalline.

Romain vit surgir dans le salon une jeune femme pétillante et naturelle, habillée en noir de la tête aux pieds.

— Ce n'est pas très gentil pour ta mère, lui fit remarquer Édouard.

— Maman est hors catégorie et sauve votre honneur à tous ! s'exclama-t-elle.

Puis, se tournant vers Jade :

— Salut, ô ma divine sœur, fit-elle en faisant claquer un baiser sur sa joue. Mais dis-moi, une fois de plus, tu repousses les limites de la perfection, ajouta-t-elle en se reculant pour la contempler.

Romain ne pouvait qu'approuver : ses escarpins nacrés et la coupe très ajustée de sa robe d'un rose poudré, faussement innocent, donnaient à Jade un air de mannequin de papier glacé, en contradiction totale avec les conseils qu'elle lui avait prodigués. Mais le jeune homme le savait : ce qui était simple et naturel pour Jade pouvait paraître terriblement sophistiqué aux yeux de certains. Dont ceux de sa sœur, apparemment.

— Je ne connais personne d'autre que toi capable de venir à un brunch familial dans une tenue pareille sans que ça paraisse exagéré, poursuivit cette dernière en poussant un profond soupir rieur. C'est assez énervant, mais je suis ab-so-lu-ment admirative.

— Salut, Juliette, répliqua sobrement Jade avec un petit sourire.

— Et toi, tu dois être le nouveau, poursuivit sa jeune sœur.

— Oh, Juliette…, soupira Bérangère d'un air réprobateur.

— Je te présente Romain, intervint Jade.

— Bonjour Romain, heureuse de te rencontrer ! salua Juliette.

Le regard de Juliette, d'un tendre brun, accentuait la vivacité de son expression. Les deux sœurs affichaient un style très différent, mais du bel ovale de leur visage à leur stature altière, leur ressemblance physique était troublante.

— Romain, tu l'auras compris, voici l'enfant terrible de la famille, fit Jade.

— Bienvenue dans l'univers impitoyable des Clermont ! lança la cadette en faisant la bise au nouveau venu.

— Oh, il connaît déjà très bien papa et Jules, précisa Jade. Il travaille avec nous depuis deux ans.

Le regard que Juliette porta subitement sur lui démentit l'enthousiasme de son attitude. Elle le fixa avec une acuité mi-rieuse, mi-insolente, lui donnant l'inconfortable impression qu'elle ne voyait en lui qu'un clone de ceux qui l'avaient précédé, un opportuniste lisse et sans âme. Pire : un imposteur.

— Ah, c'est pratique…, souffla-t-elle après un silence interminable.

Il perçut de la raillerie. Il possédait tous les moyens intellectuels pour y faire face et répondre du tac au tac, sourire aux lèvres et ton policé, mais le contexte le bloquait, il pouvait difficilement s'engager dans une joute verbale avec la jeune femme. La frustration le faisait enrager intérieurement.

— Tu as sûrement entendu parler de lui, insista Jade en s'accrochant à son bras, il a fait le tour des médias au moment de l'affaire Caussac, tout le monde voulait l'interviewer.

Romain détesta qu'elle parle de lui comme s'il n'était pas là. Il s'en trouvait stupide et infantilisé, réduit à un homme-objet. Face à lui, Juliette se mordilla la lèvre inférieure et afficha un air de totale ignorance, par ailleurs tout à fait assumée. Romain n'aurait pu se sentir plus mal à l'aise. Mais il s'efforça de faire bonne figure avec un sourire qu'il savait paraître amusé.

— Mais enfin, Juliette ! se récria Jade. L'affaire Caussac ! C'était le premier procès aux assises de Romain et il l'a gagné, un vrai tour de force !

— Félicitations, lâcha négligemment la jeune femme.

Jade feignit de ne pas saisir l'ironie de la benjamine, tandis que Romain esquivait le regard teinté de moquerie que Juliette dardait sur sa sœur et, indirectement, sur lui.

— Papa a dû se battre pour le recruter, il était si convoité, poursuivit Jade, intarissable.

— J'imagine, fit Juliette.

— Mais aujourd'hui, je ne veux entendre personne parler dossiers et affaires, prévint leur mère. Allons, les trois J, passons à la salle à manger !

Face à la perplexité de Romain, Jade expliqua avec un petit rire :

— Jules, Juliette, Jade…

— C'est très joli, fit Romain.

Il surprit à nouveau une lueur sarcastique dans le regard de Juliette, comme si elle voulait lui dire de ne pas en faire de trop. Il avait pensé que la mère de Jade serait la plus difficile à convaincre. Mais il découvrait qu'en définitive, c'était la petite sœur qui lui donnerait le plus de fil à retordre.

3

Petits pains et brioches maison, confitures artisanales, salade de fruits frais, charcuterie et fromages, œufs de poule, de cane et de caille, beurre fermier… Bérangère Clermont s'était surpassée, le brunch était un modèle du genre, le préparer avait dû lui prendre des heures, pensa Romain, avec l'espoir que tout le monde soit conscient des efforts qu'elle avait déployés.

Grâce au charmant vernis des apparences, la conversation se montrait plaisante, badine à souhait autour de la grande table, Bérangère dans le rôle de l'hôtesse irréprochable, Romain dans celui du prince consort.

Il s'efforçait d'être un convive agréable, attentif à chacun, séducteur caméléon soucieux de plaire, au bras de la fille du roi. Vis-à-vis d'Édouard et de Jules, il jouissait d'une indiscutable aura professionnelle. Quant à Bérangère Clermont, elle le couvait d'un sourire bienveillant qui laissait présager qu'elle l'appréciait. Au point d'accepter qu'il devienne un membre de la famille ? Il lui semblait assurer. Mais intérieurement, il ne parvenait pas réellement à se détendre, taraudé qu'il était par la désagréable sensation d'être observé et surtout jaugé, évalué, à la merci du moindre faux pas, notamment aux yeux de Juliette dont il croisait régulièrement le regard sarcastique. Cette tension secrète l'épuisait. On l'accueillait chaleureusement, mais au fond des cœurs et des esprits, se montrait-il à la hauteur ? Dans les familles comme les Clermont, on n'était jamais assez bien.

— Et ce projet d'expo, Juliette, ça avance ? s'enquit Édouard au fil de la conversation.

— C'est davantage qu'un projet, papa, rétorqua vivement la jeune femme, le vernissage a lieu le dix décembre, tu ne te souviens pas ?

— Bien sûr que si.

— Apparemment non.

Mal à l'aise, Romain se concentra sur son petit pain suédois qu'il beurra avec une attention disproportionnée. En faisant discrètement glisser vers lui un minuscule couteau à bout rond, Jade ajouta un degré à son inconfort. Il s'étonna de se sentir froissé par ce geste qu'il percevait, sans doute à tort, empreint d'un soupçon de condescendance. *Fait chier*, pensa-t-il, tout en espérant que personne autour de la table n'avait remarqué sa bévue.

— Ça avance, finit par lâcher Juliette en réponse à la question de son père, et ce matin, j'ai eu une illumination, au sens littéral.

Bérangère Clermont se pencha vers Romain.

— Juliette peint, lui murmura-t-elle comme s'il s'agissait d'une confidence. Elle a été retenue parmi les trois meilleurs espoirs par un galeriste très réputé qui va les exposer.

Il se souvint que Jade lui en avait vaguement parlé. Après une première et calamiteuse année en fac de droit, la benjamine de la famille avait décidé d'entrer aux Beaux-Arts. *Étant donné que Jules et moi, on suivait la voie royale, les parents ont cédé à tous ses caprices*, lui avait précisé Jade. Romain n'en avait rien dit, d'autant plus qu'il ne détenait pas toutes les données, mais il trouvait sa compagne un peu sévère. Si Juliette était une pure artiste, il paraissait évident qu'elle se serait fourvoyée en s'obstinant à suivre la voie de ses frère, sœur, père et grand-père.

— Quel style de peinture ? voulut-il savoir.

— Figuratif, fit Juliette.

— Elle est très douée pour les portraits et pour les corps, ajouta Jade.

— C'est précisément ce que veut dire « figuratif », Jade…, la railla la jeune artiste, les lèvres plissées dans une moue à la fois agacée et dédaigneuse.

Petite conne…, se surprit à penser Romain, tandis que Jade levait les deux mains devant elle en signe d'apaisement, ou de capitulation, Romain ne savait pas exactement. Ce dont il était sûr, en revanche, c'est qu'il valait mieux changer de sujet.

— J'ai aperçu plusieurs photos de vous en combinaison de plongée, dit-il en s'adressant à Édouard Clermont.

— Oh, j'ai été apnéiste, en effet, répondit le patriarche, ça m'a beaucoup aidé pour me préparer avant des procès importants, un moyen parfait de faire le vide. Mais il y a longtemps que je ne pratique plus vraiment.

— Papa s'entraînait dans la piscine verticale qu'il a fait creuser dans notre maison à Cap-Ferret, précisa Jade.

— Une piscine verticale ? s'étonna Romain.

— On l'appelait comme ça parce qu'elle est beaucoup plus profonde que large.

— En fait, il s'agit d'une fosse creusée dans une partie de la piscine classique, expliqua Édouard, cinq mètres de fond sur une surface de trois mètres sur deux.

— Impressionnant, commenta Romain.

S'il connaissait les couloirs de nage, il ignorait toutefois l'existence de tels aménagements. Mais chez les gens comme les Clermont, on beurrait ses tartines avec des couteaux uniquement destinés à cet usage et on s'entraînait à l'apnée dans des fosses spéciales.

— Vous vous souvenez comme Jules avait eu du mal à apprendre à nager ? reprit Jade avec un regard taquin pour son frère.

— Une vraie bûche, compléta Juliette en souriant tendrement.

— Oh, ça va, les sirènes, fit mine de ronchonner l'intéressé. Reconnaissez que je me suis bien rattrapé, depuis.

Les sentir tous trois complices réjouit Romain. En qualité de fils unique, il ne savait pas comment interpréter ces échanges, entre chamailleries et rivalités larvées, affection et provocation piquetée d'irritation.

Ce relâchement, véritable répit, fut de courte durée. Il frémit lorsque la question, inévitable et redoutée, fut posée par la maîtresse de maison sur un ton dont la légèreté n'était qu'apparente.

— Vos parents sont bordelais, Romain ?

Le jeune homme n'était pas dupe de la nature rhétorique de cette interrogation. Il avait peu parlé de sa famille à Jade – il n'avait pas grand-chose à en dire –, mais il ne doutait pas un seul instant que les Clermont ne connaissaient ses origines. Il lui fallait pourtant jouer le jeu.

— Ils vivent à Limoges, répondit-il.

— Oh…, fit Bérangère.

Romain saisit à la volée l'infime désappointement suscité par sa réponse. À l'évidence, d'authentiques origines bordelaises auraient été un plus.

— Et ils exercent dans la magistrature, comme vous ? poursuivit Bérangère.

— Maman ! soupira Juliette en levant les yeux au ciel. Tu sais qu'il existe des tas d'autres métiers tout à fait honorables ?

Puis, s'adressant directement à Romain :

— Mes parents sont très attachés à la classe sociale de nos petits amis, à ma sœur et à moi, fit-elle comme si elle lui parlait en aparté. La magistrature, et la médecine, c'est le Graal. Si tes parents sont avocats, juges ou médecins, tiens, alors là, sésame, les portes s'ouvrent toutes seules…

— Juliette, s'il te plaît, l'interrompit sa mère, courroucée. Je m'adressais à Romain…

La façon qu'avait Juliette de le dévisager distillait chez Romain un trouble inconfortable. Incapable de faux-semblants, ou ne serait-ce que de tact, elle exprimait sans filtre son agacement récurrent envers les membres de sa famille, tout comme l'ironie avec laquelle elle le considérait. L'assurance de Romain s'en trouvait érodée. Il avait en horreur ces provocations faciles, cette opposition de classe quasi systématique et surtout très bornée. Et dans le même temps, il lui était difficile de lui répondre comme il l'aurait voulu sans prendre le risque absurde d'en faire une adversaire. Finalement, en le plaçant entre deux chaises, c'était elle qui le mettait le plus mal à l'aise.

— Ma mère est dans l'administration, mon père dans l'industrie, dit-il en réponse à la question initiale de Bérangère.

Plutôt crever que d'annoncer que sa mère était une simple secrétaire de mairie et son père contremaître dans une usine. Il avait honte d'en avoir honte, mais n'avait pas le courage d'être franc. Et puis après tout, il n'avait pas menti, juste enrobé la vérité.

Il avait follement besoin de s'échapper un moment. Profitant de ce que Jules avait quitté la table pour passer un coup de fil, il se leva.

— Il faudrait que je me lave les mains, prétexta-t-il auprès de Jade.

— C'est au fond du couloir, à droite, lui chuchota-t-elle en le couvant des yeux.

Sitôt le seuil de la salle à manger franchi, il s'adossa contre le mur pour retrouver un semblant de calme.

Jade n'avait pas pris la peine, ou pas encore eu le temps, de lui faire visiter l'appartement dans son ensemble. Aussi le découvrait-il, superbe avec ses hauts plafonds et son ambiance feutrée, encore plus que ce qu'il avait imaginé. En passant devant un petit salon dont les doubles portes de bois crème étaient grandes ouvertes, il remarqua un mur entièrement recouvert de tableaux de toutes les tailles, des portraits, des paysages, des natures mortes. Il y en avait bien une centaine. Jade lui avait dit combien sa mère adorait chiner. Mais là, cela dépassait de loin le simple passe-temps.

— C'est dingue, souffla-t-il, l'œil frisant la saturation.

Il resta longuement à contempler ce mur spectaculaire. Chaque toile dénotait un goût fin et sûr, il se dit qu'il aurait adoré grandir dans un tel environnement. Il ne nourrissait aucun mépris envers ses parents ni aucune jalousie à l'égard des familles comme les Clermont, mais chez les Denis on n'avait jamais eu d'appétence pour ce genre de choses. C'était grâce aux parents de son meilleur ami – des brocanteurs passionnés d'art sous toutes ses formes – qu'il avait très tôt acquis un penchant pour l'ancien, l'unique, le beau. À la maison, la déco était changée tous les dix ans sur le modèle des pièces toutes prêtes qu'on voyait dans les magasins d'ameublement, sans recherche particulière et encore moins personnelle. *C'est joli*, disait sa mère. *Et fonctionnel*, ajoutait son père. Ces deux raisons suffisaient. Mais aux yeux de Romain, c'était surtout ennuyeux.

Comme Bérangère Clermont, lui aussi aimait chiner, mais avec une prédilection pour les années 60. Chaque meuble et chaque objet correspondaient à un moment précis, un coup de cœur, une occasion particulière. Il se souvenait de la perplexité de ses parents lors de leur première visite à son appartement. Ce jour-là, il avait senti le fossé qui les séparait sur d'innombrables points, comme s'ils ne vivaient pas ou plus dans le même monde. Il en avait conçu une tristesse étonnante, poignante.

Dans le petit salon des Clermont, l'une des toiles attira particulièrement son attention. Stoppé dans sa découverte, il se planta devant elle, la tête légèrement penchée sur le côté, le buste fléchi, comme prosterné. De modestes proportions, une quarantaine de centimètres sur trente tout au plus, le tableau représentait un jeune garçon en train d'empiler des cubes sur un tapis, au milieu d'une chambre d'enfant. Il aurait été incapable de dire pourquoi, mais cette scène le touchait.

Percevant une présence, il lâcha la toile des yeux et découvrit Juliette, adossée contre le chambranle de la porte, son téléphone à la main. Son premier réflexe fut de s'étonner. *Elle ne m'a tout de même pas pris en photo ?*

— Il te plaît ? lui demanda d'emblée la jeune femme.

— Oui, répondit-il simplement, un peu gêné d'avoir été surpris dans une pièce où il n'avait rien à faire. Je ne suis pas un spécialiste, mais je le trouve bouleversant.

Pour la première fois depuis son arrivée chez les Clermont, il ne se sentait plus encombré de cette mâle assurance de jeune et brillant avocat désireux de séduire la famille de son amoureuse avec la même détermination qu'il engageait pour convaincre le juge ou le jury populaire d'un tribunal. Il saisissait parfaitement ce que Jade avait voulu dire lorsqu'elle lui avait conseillé d'être naturel.

— On n'en demande pas davantage à l'art, tu sais, renchérit Juliette en s'approchant de lui. C'est exactement son rôle, toucher, émouvoir, suspendre l'esprit hors du temps.

Hostilité et sarcasme avaient disparu de son regard. Sa voix résonnait d'une bienveillance enjouée. Romain lui trouva une attitude beaucoup plus agréable que lorsqu'elle était en compagnie des membres de sa famille. Il accueillit ce répit avec soulagement.

— Il faut quand même une sacrée technique pour parvenir à transmettre de la beauté et à la transformer en émotion, souffla-t-il, les yeux à nouveau rivés sur le tableau.

— Oui, mais tout ne s'apprend pas.

— J'en suis persuadé. C'est ce qui différencie ceux qui ont du talent de ceux qui n'en ont pas.

Les pas de Jade résonnèrent dans le couloir. Malgré sa brièveté, Romain eut le temps de percevoir un frémissement contrarié chez Juliette avant qu'elle ne retrouvât son attitude pétillante, quoique toujours effrontée.

— Qu'est-ce que vous complotez tous les deux ? leur demanda Jade.

— On parlait peinture, lui répondit Romain.

— J'ignorais vraiment que tu t'intéressais autant à l'art, mon cœur, tu m'épates, fit-elle en se suspendant à son bras.

Ils regagnèrent la salle à manger où, dérive inévitable, la conversation prit un tour de plus en plus professionnel. Juliette et Bérangère ne faisaient pas le poids pour rétablir l'équilibre face au trio chevronné père-fille-fils, surnommé la Sainte Trinité par Juliette. D'autant moins ce jour-là avec le ralliement de Romain. Le jeune homme se trouvait d'ailleurs à cheval entre son désir de plaire à la mère et à la cadette, et sa crainte de déplaire à Édouard et à Jules – Jade se tenant au centre dans un équilibre serein. Néanmoins, la pression qu'il ressentait baissa d'un cran lorsque Juliette quitta le salon, officiellement pour aller fumer.

— Et si nous prenions le digestif sur la terrasse ? suggéra Édouard.

— Il va pleuvoir, objecta Bérangère.

— Je vais aider maman à ranger, fit Jade.

— Moi, je dois partir, j'ai un squash à quinze heures, annonça Jules.

Édouard se tourna vers Romain avec un air qui ne lui laissait pas vraiment d'autre choix que d'accepter.

— Prenez l'escalier au fond du couloir, je vous rejoins dans cinq minutes, lui dit-il.

Romain acquiesça et se retrouva sur le toit-terrasse, ou plutôt le jardin, presque irréel de beauté, suspendu au-dessus de la ville et de la Garonne sinuant en un large ruban brun. Il aperçut la silhouette mince et sombre de Juliette près d'un plantureux jasmin d'hiver qui enroulait ses tiges autour d'une arche en bois. Accoudée à la rambarde, la jeune femme fumait, les yeux fixés sur un impressionnant vieux gréement amarré au quai.

Il s'apprêtait à faire demi-tour lorsque Juliette se retourna.

— Ah, Romain ! Viens ! s'écria-t-elle gaiement.

Il la rejoignit à contrecœur et s'accouda au garde-corps.

— Tu aurais une cigarette pour moi ? s'entendit-il demander.

— Je ne t'imaginais pas fumeur, répliqua-t-elle.

— Je réserve ça pour les grandes occasions.

— Ça va ? Tu survis ?

— Tu as une famille exceptionnelle.

Elle soupira bruyamment, faisant aussitôt regretter ses paroles à Romain. Sans doute paraissaient-elles trop complaisantes, hypocritement flatteuses. Il coula un regard interrogateur vers le profil un peu buté de Juliette et comprit qu'il ne devait surtout pas essayer de se rattraper.

— Tu veux peut-être du feu ? lança-t-elle.

— Pardon ?

— Du feu… pour fumer.

— Ah oui, merci.

Il saisit le briquet qu'elle lui tendait et alluma sa cigarette. Il en tira une longue bouffée tout en jouant avec l'objet entre ses doigts sans ressentir la désinvolture qu'il affichait, bien au contraire.

— Tu aimes la bière ? demanda-t-il un peu abruptement, en s'étonnant lui-même de cette question.

— Euh oui, j'adore…, répondit Juliette, perplexe. Pourquoi ?

Pour toute réponse, il lui montra le briquet estampillé aux armes d'une bière réputée.

— Tu as remarqué que dans la famille, c'est plutôt vins grands crus et whiskys de dix-huit mille ans d'âge. Je fais figure de vilain petit canard, fit-elle.

— Brune, blonde ou rousse ? poursuivit Romain.

— Je ne suis pas contre les bonnes brunes bien corsées.

— Ah oui, carrément !

— Euh, on parle bien de bières, là ? renchérit Juliette, les yeux rieurs.

— Bien sûr ! confirma Romain, amusé.

— Et toi ?

— Moi ? Les rousses me font craquer.

— Ma sœur est au courant ?

Devant le double sens de ces échanges, ils se mirent à rire sans toutefois lâcher des yeux le paysage.

— Je compte sur toi pour ne rien lui dire, souffla Romain.

— Juré, craché.

Romain se sentait libéré d'un poids. Peu importait que Juliette se comportât comme une ado gâtée, insolente et capricieuse, un brin provocatrice. Elle ne lui était pas aussi hostile qu'elle avait voulu le montrer et c'était tout ce qui comptait.

Ils fumèrent en silence pendant quelques instants avant que Romain n'écrasât son mégot dans le cendrier que Juliette avait posé sur le garde-corps.

— On pourrait peut-être s'en boire une, un de ces jours ? fit cette dernière.

— Pourquoi pas, répondit-il mécaniquement, sans réellement le penser.

— Je connais un bar vraiment sympa, le Beer Trotter…

Édouard Clermont fit irruption sur la terrasse et, d'un pas lourd et imposant, se fraya un passage entre les treilles d'hortensias grimpants et d'énormes buissons de lavande.

— Liqueur de framboises d'une distillerie suisse, une splendeur, vous allez adorer…, fit-il en brandissant trois verres et une bouteille.

D'un clin d'œil aussi rieur que complice, Juliette signifia à Romain la confirmation de ce qu'elle lui avait fait remarquer, un peu plus tôt. Ce à quoi il répondit par un acquiescement discret, soulagé d'avoir enfin suscité la sympathie de la cadette. Tout laissait à penser qu'il avait plutôt bien réussi l'épreuve du brunch familial qu'il redoutait tant.

4

Juliette n'était pas du tout prête lorsque ses amis sonnèrent à sa porte. Seulement vêtue d'un ample tee-shirt, les cheveux enveloppés dans une serviette-éponge, elle leur ouvrit et les dévisagea, comme surprise de découvrir leur présence.

— Euh… Ce n'était pas ce soir ? fit Elsa, une grande brune ultra-féminine aux formes impressionnantes.

— Si, si, entrez ! répondit Juliette. C'est juste que j'ai oublié l'heure.

Elsa, Hugo et Lorette pénétrèrent dans l'appartement, tandis que leur hôtesse se précipitait dans le salon pour remettre un semblant d'ordre.

— Laisse ! C'est très bien comme ça ! s'exclama Hugo, jeune homme au physique de pâtre grec.

— Donnez-moi cinq minutes, je mets un truc décent et j'arrive ! s'écria Juliette.

Elle fila dans la chambre attenante au salon, dont un pan entier et le plafond étaient constitués d'une magnifique verrière donnant sur le campanile de la basilique Saint-Michel, emblématique du gothique flamboyant.

— Thaï, pizza ou sushis ? lança-t-elle en se saisissant du premier vêtement qui lui tomba sous la main – une robe coupe patineuse et manches longues en épais jersey noir.

Ses convives s'entreregardèrent, un peu étonnés, leur amie ne les avait pas habitués à cette improvisation. Quand elle invitait, elle avait plutôt tendance à mettre les petits plats dans les grands.

— Je ne serais pas contre une bonne napolitaine, il y a une éternité que je ne m'en suis pas fait une, déclara Elsa. Rien que d'y penser, je suis au bord de l'extase.

— Un peu de décence, s'il te plaît, la taquina Lorette, petite brune au corps d'elfe, accrochée au bras d'Hugo.

Juliette ne tarda pas à réapparaître dans le salon, habillée mais les cheveux encore humides.

— Voilà, napolitaines et lambrusco, c'est commandé…, fit-elle, téléphone en main.

Elle se lova sur un fauteuil club en cuir fauve, les jambes repliées sous elle, et regarda les trois convives d'un air étrange, comme si elle était prise d'une subite et irrépressible envie de pleurer, ou de rire, personne n'arrivait vraiment à le déterminer.

Puis les papotages allèrent bon train entre les quatre amis, lancés à bâtons rompus sur la vie en général, la leur en particulier, dans l'attente, puis après l'arrivée des pizzas. Contrairement à son habitude, Juliette ne parlait pas beaucoup.

— Ça va ? finit par s'inquiéter Lorette en décapsulant sa seconde bouteille de bière.

— Je ne suis jamais allée aussi bien de ma vie ! répondit la jeune femme.

Toutes deux se connaissaient depuis l'école primaire. Hugo s'était ajouté au duo en classe de terminale, et Elsa un peu plus tard, au cours d'une soirée dans un bar.

— Lorette, tu te souviens de la première fois qu'Hugo est venu s'asseoir à côté de toi en cours d'anglais ? fit Juliette.

— Je déclare ouverte la séquence nostalgie, susurra Elsa, non sans une tendre ironie.

— Bien sûr que je me souviens ! répondit Lorette. Mais je me souviens aussi que tu as toujours trouvé ça… je te cite, « d'un romantisme dégoulinant et provocant », ajouta-t-elle en riant.

Juliette engloutit une bouchée de pizza avant de poursuivre, les yeux brillants :

— Finalement, vous avez tout de suite su que vous étiez faits l'un pour l'autre.

— Non, fit Lorette.

— Si, objecta Hugo.

Juliette ne retint que cette dernière réponse.

— Comment tu le savais ? insista-t-elle.

— C'est difficile à dire, répondit le jeune homme. Je crois que je ne le savais pas, mais je le sentais, un truc très fort qui s'installe en toi, comme si ça s'ancrait au fond de tes tripes et de ton cerveau. Bon, l'image est un peu viscérale, pas très glamour, mais c'est l'idée.

— Tu n'as jamais douté ?

Face à l'intérêt empreint de passion de son amie, Hugo réfléchit pendant quelques secondes avant de répondre.

— Ben, c'est exactement ça, depuis la première fois où j'ai vu Lorette, j'ai jamais douté.

— Je vous déteste…, ronchonna Elsa en les gratifiant chacun d'un baiser du bout des lèvres.

— Dixit la croqueuse d'hommes, répliqua tendrement Lorette.

— J'adore les commencements, argumenta Elsa en soupirant. Et il y a tellement de mecs séduisants…

— Et puis c'est juste des histoires de cul, non ? renchérit Juliette.

— Dixit celle qui est comme moi, rétorqua en écho Elsa, avec un clin d'œil rieur. Nous deux, on laisse l'amour aux autres, aux idéalistes comme vous, lança-t-elle gaiement au jeune couple.

— Il n'y en a jamais ? fit Lorette.

— De l'amour ? Si, pendant quelques heures, parfois même quelques jours.

— Et vous ne regrettez jamais que ça s'arrête ?

— Jamais ! confirma Juliette.

— Moi, ça arrive, concéda Elsa. Il n'y a pas si longtemps, j'ai pleuré toutes les larmes de mon corps quand mon histoire avec Sylvain s'est arrêtée. Mon Dieu, vous auriez dû voir ce mec, une pure splendeur. Et au lit, je ne vous raconte pas… L'incarnation du nirvana.

— Pourquoi ça n'a pas duré ? demanda Lorette.

— Parce que rien ne dure jamais, ma belle, ni les histoires de cul, ni les histoires d'amour. Pas pour moi, en tout cas. Je prends le meilleur, je ne veux pas du quotidien, de l'habitude, des plannings de ménage et de courses.

Avant d'ajouter :

— Je ne dis pas ça pour vous, mes chéris, je suis très admirative de votre couple, mais ce n'est tout simplement pas mon truc.

— Il n'y a pas des moments où vous vous sentez un peu seules ? poursuivit Lorette en regardant alternativement ses deux amies. Des soirs où vous vous dites que ce serait quand même bien d'avoir un homme qui vous prenne dans ses bras sans qu'il y ait la moindre séduction, la moindre « comédie » à mettre en œuvre ?

— Je mentirais si je prétendais le contraire, répondit Elsa. Mais la liberté a un coût que je suis prête à payer.

— Je ne me sens pas privé de liberté, lui opposa Hugo.

— Toi, non. Mais moi, c'est ce que je ressentirais.

Puis, se tournant vers Juliette :

— Tu es bien silencieuse, ma belle… Tu comprends ça, toi ? Tu es un peu comme moi.

— Un peu, seulement, parce que toi tu chasses, moi non, répondit Juliette. Je ne suis pas entreprenante, je laisse venir, je me laisse attraper, c'est plus confortable. Et jusqu'à maintenant, j'ai toujours considéré que ma vie était parfaite ainsi. Entre mon boulot au musée, la préparation de mon expo, mes amis, il n'y a jamais eu beaucoup de place pour les mecs.

— Et de toute façon, ce n'est pas difficile d'en trouver un pour une nuit, renchérit Elsa. Les coups d'un soir, c'est bien aussi. Enfin, les *bons* coups…

Lorette et Hugo la dévisagèrent en lui faisant les gros yeux. Juliette, elle, ne se montrait pas du tout offusquée.

— Ben quoi ? se rebiffa Elsa. C'est physiologique, il n'y a pas de mal à croquer un beau p'tit mec de temps en temps.

— Ou à se laisser croquer, ajouta Lorette.

— Oui, mais tu sais ce qu'on dit, c'est quand on ne cherche pas, ou qu'on ne cherche plus, que l'on trouve, intervint Hugo.

Le regard de Juliette devint encore plus intense. On l'aurait dite touchée par la grâce.

— Justement, vous ne croyez pas si bien dire, souffla-t-elle.

Elsa frémit de curiosité.

— Raconte !

Lorette et Hugo se redressèrent instinctivement, comme pour mieux entendre ce que leur amie allait leur confier.

— Aujourd'hui, un homme est tombé amoureux de moi, annonça Juliette.

— Ce n'est pas la première fois que quelqu'un flashe sur toi, fit affectueusement remarquer Lorette.

— C'est vrai, reconnut son amie. Mais il y a « flasher » et « tomber *fou* amoureux ».

— Ouh là là, alors ça change tout. Tu nous expliques ?

Juliette y avait pensé tout au long de l'après-midi, avec une certaine incrédulité rapidement remplacée par ce qui apparaissait comme une authentique évidence. Elle n'avait jamais cru au hasard. Dans son esprit, lorsqu'une chose arrivait, c'est qu'elle devait arriver, ni le ciel, ni Dieu, ni quoi que ce soit d'astral ou de divin ne jouait un quelconque rôle dans l'affaire.

— Je ne sais pas si vous vous souvenez du portrait de Jacob que j'avais peint, commença-t-elle à raconter.

— Tu nous rafraîchis la mémoire, s'il te plaît ? réclama Elsa.

— Un garçon de cinq ans, le fils de ma voisine. J'avais proposé de le garder, le temps qu'elle aille chez le dentiste, elle venait de se casser une dent. Bref… Jacob jouait à empiler des cubes de bois. J'ai adoré son expression très concentrée, presque inquiète à l'idée que les cubes puissent tomber. La lumière qui baignait la chambre, l'agencement des petits meubles, les jouets sur le parquet, le couvre-lit, ce gosse trop mignon avec son pull tricoté main par sa grand-mère… tout était si parfait que j'ai voulu garder une trace en mémoire. Alors, j'ai pris une photo et ensuite j'ai peint la scène.

— Oui ! Je me souviens, maintenant ! s'écria Lorette. Il est magnifique, ce tableau, tu devrais le mettre dans ton expo.

— C'est à la fois un des plus spontanés et des plus aboutis que j'ai faits, il avait une valeur particulière. C'est pour ça que je l'avais offert à ma mère pour son anniversaire.

— Oh, elle a dû être très touchée, fit Hugo.

— C'est ce que j'ai cru, jusqu'à ce qu'elle déballe les cadeaux de Jade et de Jules.

L'événement datait de presque un an, mais le souvenir était encore amer. Sa sœur avait fait preuve de facilité en optant pour une étole coûteuse mais scandaleusement consensuelle, tandis que le choix de son frère s'était porté sur la statuette d'un bouledogue, réplique banale d'art contemporain produite en série. Juliette en avait été consternée avant qu'un mépris dégoûté n'achevât de l'accabler lorsque son tableau fut relégué parmi tous ceux que sa mère chinait dans les brocantes et ventes aux enchères.

— Bref, entre leur ostentation et leur manque d'imagination, ils m'avaient tous bien énervée, ce jour-là, résuma la jeune femme.

— Tu en as voulu à ta mère ? la questionna Lorette.

Le visage de Juliette s'éclaira d'un étrange sourire.

— Jusqu'à aujourd'hui, oui. Mais maintenant, ça n'a plus aucune importance. Parce que j'ai compris que je n'avais pas offert ce portrait par hasard. Grâce à lui, et indirectement grâce à ma mère qui l'a accroché au milieu de tous les autres, ce dimanche est à marquer d'une croix blanche.

Elle entreprit de remplir son verre avec une lenteur qui exaspéra ses amis. Son visage se para d'un sourire lumineux comme ils lui en avaient rarement vu.

— Il s'est arrêté devant *mon* tableau, entre tous les autres ! reprit-elle. Vous vous rendez compte ? Il y en a au moins une centaine sur ce mur et il n'a vu que le mien !

— Euh, qui ? se hasarda à demander Elsa.

— Romain !

— Et qui est Romain ?

— L'homme qui est tombé amoureux de moi ! répondit Juliette dans un cri exalté.

— Et il sort d'où ? voulut savoir Lorette. C'est un ami de tes parents ?

— Non. C'est le nouveau mec de ma sœur.

— Oh..., se récria Elsa.

Les trois amis échangèrent un regard, stupéfaits. Ils attendirent que Juliette continue. Ce qu'elle ne tarda pas à faire. Sans esquiver le moindre détail, elle relata la scène qui avait eu lieu quelques heures plus tôt entre Romain et elle, dans le salon de sa mère.

— Si vous aviez vu son expression… Il y avait tant d'émotion dans sa façon de regarder mon tableau, j'aurais presque pu la palper.

— Tu es sûre que c'est l'émotion que tu voulais palper ? chuchota Hugo, un peu moqueur.

— Ça, c'est vraiment lourd, s'esclaffa Lorette.

Mais concentrée sur son souvenir et son récit, Juliette ne releva pas.

— Il s'est passé quelque chose de si fort, c'est comme si on entrait en communion juste par l'intermédiaire de cette peinture, poursuivit-elle, exaltée. Je n'ai jamais rien ressenti avec une telle force. D'ailleurs, lui non plus.

— Comment ça ? s'étonna Lorette.

Transfigurée par son récit, Juliette dévisagea ses invités un à un.

— Il me l'a dit lui-même, il était bouleversé, précisa-t-elle.

— Ma chérie, ne t'emballe pas, c'est le petit ami de ta sœur, rappela Elsa.

À ces mots, les yeux de Juliette s'étrécirent dans une expression brutale, durcissant les traits de son visage.

— Et puis ? cingla-t-elle.

Elsa ne put retenir une moue contrariée.

— Je sais que je ne suis pas un parangon de vertu, mais je trouve que ce n'est pas très moral, lâcha-t-elle. Ça ne se fait pas…

— On s'en fout de la morale ! explosa Juliette. Il va s'emmerder ferme, Jade est nulle à chier en art !

Sa grossièreté soudaine aurait pu faire sourire ses amis, mais la virulence de son ton les prit par surprise et monopolisa toute leur attention. Ils lui connaissaient des accès de colère, derrière sa douceur de biche surgissait parfois une petite lionne. Mais rarement aussi hargneuse qu'à cet instant.

Toutefois, l'ombre qui avait obscurci son regard disparut aussi vite qu'elle était apparue, ce qui s'avérait tout aussi déstabilisant. Aucun d'eux ne l'avait jamais vue dans cet état.

— Ce n'est pas tout, dit-elle, à nouveau rayonnante.

Elle se pencha, comme pour leur confier un secret. Sa propre jubilation la faisait presque trembler.

— Je suis allée fumer sur le toit et devinez qui s'est empressé de me rejoindre, cinq minutes plus tard ?

Elsa plissa les lèvres et haussa les épaules en guise de réponse.

— Or, il ne fume pas, ou plus, poursuivit Juliette.

— Qu'est-ce qui te fait dire ça ? fit Hugo.

— Tu as déjà vu un fumeur qui n'a ni clope ni feu sur lui ? Non, à mon avis, Jade lui a demandé d'arrêter, elle a horreur des odeurs de tabac. Elle est tellement maniaque, tellement aseptisée.

Elle débitait les mots sèchement, à un rythme de mitraillette. Tête renversée en arrière, elle avala d'une traite le lambrusco qui restait dans son verre avant d'enchaîner :

— J'ai senti le trouble qu'il éprouvait en fumant cette cigarette. Il tournait mon briquet entre ses doigts et le caressait, je voyais clairement qu'il était assailli par ce qui nous arrivait, ce flot d'émotions inouïes qu'on partageait avec une telle puissance… une telle puissance…

À bout de souffle, elle s'arrêta, ne vit pas la mine interloquée de ses amis.

— Eh ben dis donc…, murmura Elsa.

— Tu ne nous as pas habitués à autant de romantisme, fit remarquer Lorette.

— Il a très envie d'aller boire une bière avec moi, il adore les rousses, continua Juliette sans relever ce que venait de dire son amie. Évidemment, Jade déteste ça, il ne faudra rien lui dire.

— C'est drôlement… précipité, commenta Hugo.

Son amie le dévisagea comme s'il venait de proférer une énormité.

— Mais enfin, Hugo, tu l'as dit toi-même ! se récria-t-elle. Quand tu as vu Lorette pour la première fois, tu as senti quelque chose de très fort s'ancrer en toi, et surtout tu n'as pas douté. C'est ça, le signe ultime, pas besoin de chercher plus loin : on sait !

5

Il était presque minuit quand Juliette entreprit de lancer à ses amis des signes subliminaux pour les inciter à rentrer chez eux. À force de la sentir réprimer des bâillements et s'impliquer de moins en moins dans leurs papotages, ils finirent par comprendre.

— Ça, c'est l'effet des feux de l'amour, ça épuise, avança Elsa, clin d'œil à l'appui.

— On t'aide à faire la vaisselle, assena Hugo avec autorité.

— Non, pas la peine, assura la maîtresse de maison.

— Laisse-nous au moins débarrasser, insista Lorette.

— Ne touchez à rien et fichez le camp, je tombe de sommeil ! lança Juliette avant de les serrer chaleureusement contre elle, l'un après l'autre.

Sitôt la porte fermée, elle fila dans sa chambre pour récupérer son ordinateur portable et se jeta sur le canapé du salon afin de commencer la recherche qui la taraudait depuis le début de la soirée.

— Merde ! Je ne sais même pas comment il s'appelle ! s'énerva-t-elle aussitôt.

Il existait une bonne vingtaine de « Romain » avocats. Mais il lui fallut à peine une minute pour le trouver sur le site de « Clermont & Associés ».

Un frisson victorieux la secoua.

— Ro-main De-nis, articula-t-elle avec jubilation.

Ses doigts pianotèrent frénétiquement sur le clavier. Aussitôt, des dizaines de résultats s'affichèrent, renvoyant vers plusieurs pages Facebook – le nom et le prénom étaient assez communs –, mais surtout vers des sites professionnels sur lesquels elle put glaner des renseignements d'ordre général qu'elle énonça à mi-voix au fur et à mesure de ses découvertes.

— Né le 30 septembre 1986 à Limoges... Bac ES avec mention bien, études de droit et EDA à Bordeaux... obtention du diplôme d'avocat en 2011... spécialisation en droit pénal...

Elle déroula ainsi les différents éléments du *curriculum vitae* de Romain, avec autant d'exaltation que s'il s'agissait de secrets dévoilés à ses yeux privilégiés.

— T'es vraiment un mec bien, Romain Denis, murmura-t-elle en approfondissant sa recherche sur le collectif Justice pour Toutes pour lequel il avait travaillé pendant plusieurs années.

Elle tomba très rapidement sur l'affaire qu'avait évoquée Jade.

— Caussac..., souffla-t-elle.

Il lui fallut plus d'une heure pour compulser les articles de presse relatant cet homicide qui avait fait tant de bruit. Malgré leur redondance, elle les dévora tous, du premier au dernier mot. Une autre heure fut nécessaire pour visionner les passages de la trentaine de vidéos où Romain apparaissait, jusqu'à son triomphe sur les marches du tribunal où il faisait figure de sauveur de Martine Caussac, cette petite femme effacée qui avait fini par tuer son bourreau de mari.

Contrairement à ce que Juliette avait pensé, Jade n'avait pas exagéré, Romain avait été sous le feu des projecteurs pendant plusieurs semaines, montrant l'image d'un jeune homme que sa passion pour la cause à défendre rendait très charismatique.

— Pas étonnant qu'elle lui ait mis le grappin dessus, marmonna Juliette. Il a tout du petit ami et du gendre idéal.

Elle se força à couper la connexion et déposa son ordinateur sur le sol. Courbatue d'être restée assise en tailleur si longtemps, elle n'eut pas le courage de regagner sa chambre ni de tirer les rideaux. Elle s'étendit sur le canapé, se décontracta longuement, avant de se rouler en boule, enveloppée dans un plaid. Il n'était pas loin de trois heures du matin, elle devait absolument dormir un peu.

Mais c'était sans compter l'excitation qui faisait crépiter son cerveau et fourmiller ses pommettes. Elle ne cessait de fermer les yeux pour les écarquiller à nouveau, fixés sur la rosace de stuc au plafond devenue orange sous l'effet de l'éclairage nocturne.

Elle avait déjà été amoureuse, elle avait déjà désiré, ardemment voulu être possédée par l'un ou l'autre des hommes qu'elle avait rencontrés, vécu de belles histoires intenses et sincères. Mais rien ni personne qui la transperce avec autant de précision et d'amplitude que lui, Romain. Il avait fallu qu'il apparaisse pour que tous les autres s'affadissent, même ceux pour lesquels elle avait eu des sentiments.

Elle se retourna une énième fois et se retrouva saucissonnée dans son plaid, s'en agaça, gigota, se dégagea en balançant la couverture d'un brusque mouvement des jambes et finit par s'assoupir, tandis que les éboueurs commençaient leur bruyante tournée du petit matin.

★

★ ★

L'alarme de son téléphone la prit par surprise. Elle chercha l'appareil à tâtons, coupa la sonnerie et poussa un gémissement déchirant. Elle se redressa péniblement, et d'une démarche de zombie se dirigea vers la cuisine. Elle choisit une dosette du café le plus fort possible et l'inséra dans la cafetière. Le vrombissement de la machine lui fit froncer les sourcils, mais le parfum qui s'en échappa compensa la brutalité sonore.

Debout devant la fenêtre, toujours vêtue de sa robe de la veille, elle but à petites goulées le breuvage corsé, en espérant débarrasser son esprit de cette pénible sensation brouillonne due au manque de sommeil. Il pleuvait, elle était en retard et sens dessus dessous, la journée promettait d'être longue, très longue.

Un quart d'heure plus tard, sommairement maquillée et habillée avec un soin approximatif, elle dévalait à toute vitesse les marches de son bel immeuble ancien. Un kilomètre et demi seulement la séparait du musée des Beaux-Arts où elle travaillait comme copiste et, occasionnellement, guide-conférencière. Ces deux activités ne répondaient pas exactement à sa passion pour la peinture et laissaient souvent sur sa faim son âme foisonnante d'artiste avide de création, mais ses parents, son père surtout, avaient été clairs : d'accord pour abandonner la fac de droit au profit des Beaux-Arts, à la condition de ne pas être totalement à leur charge. Ce n'était pas une question de moyens financiers, les Clermont vivaient plus que confortablement, mais de principe. Ainsi qu'ils l'avaient fait pour les deux aînés, Édouard et Bérangère avaient néanmoins offert à leur petite dernière un adorable deux-pièces dans le quartier historique de Bordeaux. Dégagée de cette charge considérable, Juliette devait subvenir à ses autres besoins, couverts par son salaire et ses commissions.

Elle marchait d'un pas vif dans l'espoir d'arriver à l'heure au travail lorsque son regard fut accroché par l'affiche de promotion d'un spectacle, placardée sur un bus. Le titre s'exhibait en grandes lettres voyantes : « ROMAIN. On ne peut pas exister sans aimer », en référence à l'écrivain[1] dont la biographie venait d'être adaptée au théâtre par un célèbre metteur en scène. Elle tomba en arrêt et, stupéfaite, suivit le bus des yeux tandis qu'il s'éloignait.

C'était un signe. *Le* signe qu'il se passait véritablement quelque chose.

Elle arborait un sourire émerveillé en arrivant dans le local du musée où était stocké son matériel.

— Tu as l'air bien joyeuse, ce matin, lui fit remarquer Nora, une de ses collègues.

— Je ne suis pas joyeuse, je suis heureuse, corrigea Juliette.

Le musée était fermé le lundi, elle pouvait travailler en toute tranquillité sans être gênée par la curiosité des visiteurs. En vérité, la présence d'un public autour d'elle ne la dérangeait pas, mais elle trouvait saugrenu qu'on s'intéresse parfois davantage à ce qu'elle faisait qu'aux chefs-d'œuvre dont elle exécutait la copie.

Ce jour-là, elle devait s'atteler à la reproduction du *Portrait de madame Gabrielle Vallotton.* Elle installa son tabouret et son chevalet devant le tableau, avant d'observer consciencieusement la femme du peintre, assise dans une pose pas aussi indolente qu'elle ne le paraissait de prime abord. Puis d'un geste à la fois souple et mécanique, elle commença à tracer l'esquisse, son regard alternant entre l'original et sa toile.

Elle avait déjà copié cette œuvre à trois reprises. Aussi son attention se laissait-elle facilement grignoter par ses pensées, à la faveur du silence et de la solitude. Plongée dans cette atmosphère quasi monastique depuis deux bonnes heures, elle frémit lorsque son portable émit le son cristallin indiquant la

1. Romain Gary.

réception d'un message WhatsApp – elle réservait la communication via cette application à ses amis, ainsi qu'à ses rencontres éphémères dont elle bloquait et effaçait les coordonnées sitôt les histoires terminées.

Elle reposa son crayon à esquisse sur la tablette de son chevalet et consulta son téléphone. Nicolas, avec lequel elle avait passé une nuit la semaine précédente, lui avait laissé un message audio. Elle ne put s'empêcher de sourire, il avait une très belle voix, il le savait et en usait comme une arme de séduction fort efficace. D'ailleurs, non sans un brin de honte, Juliette devait admettre qu'elle se souvenait moins de son visage et de son corps que de ses intonations graves et chaudes lorsqu'il lui susurrait des mots salaces à l'oreille. Elle s'était alors étonnée de ressentir l'excitation très physique soulevée par cette alchimie entre la lubricité du verbe, le timbre de cette voix et leurs effets combinés sur la chair.

En enclenchant le message de Nicolas, elle pensait sincèrement que quelques réminiscences avaient subsisté.

Salut, Juliette, c'est Nicolas... J'ai beaucoup aimé la nuit qu'on a passée tous les deux...

Un soupir empreint d'une incontestable lassitude résonna dans l'immense salle.

Je me disais que ça serait dommage d'en rester là, c'était vachement bien, toi et moi...

À ces mots, l'agacement ternit définitivement l'humeur de la jeune femme. *Toi et moi...* Elle interrompit l'écoute du message et fourra le téléphone dans son sac.

— Toi et moi ? répéta-t-elle d'un ton mauvais. Il n'y a pas de *toi et moi*. Et puis quoi encore ?

Elle reprit son esquisse de madame Vallotton en essayant de contenir les bouffées d'irritation qui lui donnaient un petit air de bufflonne prête à charger. La précision de son dessin en souffrit, elle devait se calmer. Les mains à plat sur les cuisses, le dos bien droit, les yeux clos, elle inspira et expira lentement, dans l'espoir de mettre à profit les enseignements dispensés lors des séances de relaxation auxquelles Elsa l'avait entraînée malgré elle, quelques mois plus tôt. Nullement concentrée, elle capitula et rouvrit les yeux, tandis que ses pensées la ramenaient vers Romain et qu'un éclair de lucidité traversait son esprit. Comment allait-il faire pour l'inviter à boire cette fameuse bière qu'ils avaient prévu de partager ? Il n'avait ni son téléphone ni son adresse mail ! Elle l'imaginait mal demander à Jade. Peut-être passerait-il par le secrétariat du cabinet ? Non, ce ne serait pas très discret, ou bien alors il lui faudrait trouver un prétexte, une vraie fausse raison.

— Tu déjeunes avec moi ? retentit derrière elle la voix de Nora. J'ai deux énormes sandwiches, un seul suffira à me rassasier jusqu'à ce soir.

La quinquagénaire pimpante, aussi large que haute, alliait tendresse et optimisme, s'affirmant comme un amour de femme toujours de bonne humeur. À croire que sa vie était un chemin parsemé de roses. Ce qui n'était certainement qu'une apparence trompeuse.

— Le combo d'enfer, poulet-roquette-roquefort, précisa-t-elle à Juliette.

— Avec la fameuse touche balsamique ?

— Absolument !

— J'arrive ! fit Juliette en posant ses crayons.

Elles traversèrent les immenses salles désertes avec cette fabuleuse impression d'être les reines d'un lieu exceptionnel rempli de trésors inestimables. Puis elles gagnèrent le bureau surchauffé qu'elles partageaient avec deux guidesconférencières. Nora ploya son énorme corps pour exhumer le déjeuner du minuscule frigo dont elle avait pris l'initiative d'équiper la pièce – il était vital d'avoir toujours à portée de main canettes de soda, tablettes de chocolat et diverses cochonnailles en cas de soudain appétit. Et Dieu savait combien le sien était insatiable.

Les deux copistes papotèrent en engloutissant leur sandwich avec enthousiasme.

— Tu travailles sur quoi en ce moment ? la questionna Juliette avant de prendre une gorgée de soda au gingembre.

— Un Guillaume Cureau, *Le Portrait de messire Denis de Mullet*, répondit sa collègue.

Juliette en avala de travers. Elle toussa et se racla nerveusement la gorge, les larmes aux yeux, pour retrouver sa respiration. Nora la dévisagea d'un air amusé, un sourcil circonflexe.

— Je sais que c'est une demande plutôt originale, mais il ne faut pas que ça te mette dans cet état, fit-elle avec un petit rire.

Juliette battit l'air d'une main, la gorge encore douloureuse.

— C'est pas ça, réussit-elle à dire d'une voix éraillée.

Au fond d'elle, tout n'était que stupéfaction. La probabilité pour qu'en quelques heures elle tombe sur le prénom et le nom de l'objet de ses pensées – l'homme de sa vie ! – était certainement de l'ordre du millionième. Si elle avait vu un signe sur l'affiche du bus, l'évocation du peintre, pourtant loin de figurer parmi les plus illustres du musée, apparaissait comme la confirmation de la mise en branle d'une formidable mécanique astrale.

— Ça va ? s'inquiéta Nora.

— Oui oui, très bien ! lui répondit-elle, les yeux écarquillés.

Pas tout à fait convaincue, Nora continua de l'observer tout en dévorant un paris-brest outrageusement gourmand.

— Je te trouve un peu bizarre, aujourd'hui, lâcha-t-elle.

Juliette était à deux doigts de tout lui dire quand Esther, une des guides permanentes, entra dans le bureau.

— Salut, les artistes ! clama-t-elle.

— Salut, ô puits d'érudition ! lança Juliette en décalant sa chaise pour lui permettre de rejoindre sa table de travail.

— Ne bouge pas, je ne fais que passer.

Elle s'empara d'un classeur avant de filer aussi précipitamment qu'elle était arrivée, laissant dans son sillage les effluves d'un parfum puissant, à son image.

Juliette se surprit à se demander quel pouvait être celui de sa sœur. Une femme sophistiquée comme elle devait aimer les fragrances précieuses, à la fois discrètes et envoûtantes. Avait-elle conservé le même depuis qu'elle connaissait Romain ? Ou bien en changeait-elle à chaque nouvel amoureux ? Si c'était le cas, Romain l'avait-il aidée à choisir ? Le lui avait-il offert ?

Ces questionnements la conduisirent à s'interroger sur elle. Elle ne se parfumait pas tous les jours, en revanche toujours lorsqu'elle sortait, en piochant au hasard dans les échantillons que lui donnait Lorette – sa sœur, commerciale pour une grande enseigne, lui en fournissait à foison. Peut-être devrait-elle en chercher un qui lui ressemble, quelque chose de léger et subtil, ou pourquoi pas un de ces parfums de marque qu'on faisait pour les enfants ?

Ses réflexions et le travail sur son esquisse lui permirent de ne pas voir passer le temps, l'après-midi fila à une vitesse surprenante.

— Envie d'une nuit au musée ? la taquina un gardien qui faisait sa ronde du soir avant l'extinction des lumières.

— Une autre fois ! lui répondit Juliette dont c'était le rêve secret.

Elle rassembla son matériel, le rangea dans le local de stockage et fila dans son bureau pour récupérer ses affaires, ainsi qu'une enveloppe dans le fatras de ses tiroirs. Sitôt dans la rue, elle respira à grandes goulées l'air doux, tellement plus vivant que celui de la célèbre bâtisse, aseptisé et statique.

Puis, d'un pas décidé, elle prit la direction opposée à celle de son appartement, longea les quais, traversa le Miroir d'Eau face à la place de la Bourse, parcourut les étroites rues du quartier des Chartrons jusqu'à déboucher devant un immeuble à l'élégance néoclassique.

Une rutilante plaque de laiton indiquait qu'elle ne s'était pas trompée :

Cabinet d'avocats
Clermont & Associés
5e étage

Elle n'était pas venue ici depuis des lustres, mais rien n'avait changé.

Un bar était ouvert de l'autre côté de la rue. Elle s'installa à une table tout au fond et commanda une bière qu'elle avala à une vitesse indécente. À l'envers d'un sous-bock qu'elle avait gardé dans son sac, elle inscrivit son numéro de téléphone, ainsi que son adresse mail principale, composée de ses nom et prénom. Inutile d'ajouter autre chose. *Le trop est l'ennemi du bien*, disait souvent sa grand-mère, une femme sensée.

Juliette glissa le sous-bock dans l'enveloppe un peu froissée et traça en lettres majuscules, aussi neutres que possible :

À L'ATTENTION DE ROMAIN DENIS
PERSONNEL

Elle traversa la rue jusqu'à l'entrée du bel immeuble. Il ne lui fallut pas plus de deux minutes d'attente pour qu'un homme en sortît. Juliette se précipita à l'intérieur du hall, tout de pierre et de bois ciré, et gravit quatre à quatre les marches jusqu'au cinquième étage. Cœur tambourinant, elle reprit son souffle sur le palier avant de glisser l'enveloppe sous la porte vernissée et de rebrousser chemin, sourire aux lèvres.

6

Romain s'affairait derrière le comptoir de la cuisine ouverte sur le salon, tout en jetant de fréquents coups d'œil à Jade. Installée dans un profond fauteuil en cuir noir, elle consultait son portable en balançant nonchalamment une jambe par-dessus l'accoudoir, mouvement qui rendait l'attention de Romain captive et ses gestes imprécis. Le faisait-elle exprès ? Il ne parvenait pas à le déterminer. Mais que ce soit le cas ou non, il en était excité de la même façon.

— Tu sais ce que m'a dit maman avant qu'on s'en aille ? lui demanda-t-elle soudain.

— Que tu as enfin trouvé l'homme de ta vie ? suggéra-t-il.

Elle émit un petit rire gracieux.

— Quasiment, fit-elle.

Elle se leva pour s'approcher d'un pas félin et se colla derrière lui, ronronnante et lascive.

— Tu es convié au brunch du mois prochain, mon cher.

— C'est ce que ça veut dire ?

— Un second dimanche, c'est un véritable adoubement !

Tandis qu'il s'efforçait de composer une salade César à peu près digne de ce nom, il sentit les longues mains de Jade se glisser sous sa chemise pour caresser son torse modestement velu.

— Ma mère t'adore, poursuivit-elle. Toute ma famille t'adore. Y compris Juliette qui a pourtant toujours la dent dure. Bien joué, mon roi !

Comme il aimait qu'elle l'appelle ainsi… Bien qu'intérieurement il se considérât loin de pouvoir crier victoire, il la sentait heureuse de la réussite de cette étape et elle le lui avait bien fait comprendre lorsqu'ils étaient revenus à l'appartement de la jeune femme. D'ailleurs, dès la porte refermée, elle lui avait littéralement sauté dessus pour le dévorer.

Et à cet instant, son désir semblait renaissant.

— Baise-moi, s'il te plaît, chuchota-t-elle, le visage enfoui entre ses omoplates.

Comme si les mots ne suffisaient pas, ses mains descendirent vers sa ceinture qu'elle défit avec une détermination d'une lenteur néanmoins insupportable avant de s'attaquer aux boutons de la braguette de son jeans. Un sourire aiguisé au fond des yeux, Romain sentit son sexe se dresser dès qu'elle l'enveloppa de sa paume chaude. Il la laissa faire pendant quelques secondes avant de se retourner et de la soulever pour l'asseoir sur le plan de travail.

Il perdit toute raison lorsque, d'un geste pressé, elle ouvrit son peignoir de soie, dérisoire rempart à sa nudité, et lui ceignit la taille de ses jambes finement musclées.

— Allez, viens…, souffla-t-elle.

Sans aucune délicatesse, il la pénétra avec toute la vigueur que soulevait sa passion pour elle.

L'étreinte fut aussi brève que brutale. Il leur arrivait d'être tendres, presque romantiques, mais sous son apparence raffinée, Jade recélait un tempérament d'une impétuosité surprenante qui donnait à leurs ébats un caractère très animal. D'ailleurs, une fois encore, elle rugit littéralement sous les assauts de Romain dont la stupéfaction nourrissait sans fin son orgueil masculin. Ses mains agrippant fermement les hanches étroites de Jade, il se cabra et jouit en même temps qu'elle dans une bruyante synchronisation. Puis il se laissa glisser contre le réfrigérateur, le cœur tambourinant, les yeux braqués sur le corps nu et haletant de Jade, à moitié couchée sur le plan de travail, les jambes pendues dans le vide. La pose, indécente au possible, souleva en lui de nouvelles bouffées de désir. De la plante de ses pieds qu'il adorait lécher à sa chevelure qu'il empoignait volontiers, tout en elle lui plaisait. *Putain qu'elle est belle...*, se dit-il.

La sensualité exacerbée de Jade et la fierté que Romain éprouvait de la posséder généraient infailliblement des érections, y compris au bureau, lorsqu'il la voyait passer dans le couloir ou qu'ils se trouvaient tous deux en réunion. Il n'était d'ailleurs pas rare qu'il l'entraînât dans le local d'archivage pour un corps à corps vigoureux qui les laissait essoufflés et pantelants. Parfois, c'était elle qui lui envoyait un message – *J'ai envie, viens* – ou qui lui soufflait discrètement des mots crus devant la machine à café, de préférence lorsqu'il y avait du monde.

— Elle te tient par la queue, lui disait souvent Gaëtan, celui dont il était le plus proche parmi ses confrères.

— Et réciproquement, acquiesçait-il en se rengorgeant un peu bêtement comme un coq.

Plus tard, dans la pénombre de la chambre, il poursuivit sa réflexion, Jade assoupie contre lui. Faire régulièrement le bilan de sa vie lui était nécessaire, comme pour apprécier encore davantage son parcours et ancrer plus solidement le présent en lui.

Il s'estimait heureux, inespérément heureux, avec cette sensation extraordinaire d'avoir enfin atteint une cohérence entre la vie qu'il menait désormais et ce qu'il était intimement. La conscience de son bonheur passait par le souvenir, souvent. Et au soir de ce dimanche crucial, il en avait vraiment besoin.

Il ferma les yeux, saisit un fil du canevas de sa vie et tira, tira pour le détricoter.

Fils unique d'un couple issu de la classe moyenne, il avait été un enfant choyé, rien ne lui avait jamais été vraiment refusé, d'autant plus que ses envies de garçonnet, puis d'adolescent, restaient à l'échelle de ce que sa jeune vie promettait d'être : un long fleuve tranquille dans une ville sans éclat, jalonné de bonheurs et de malheurs ordinaires.

C'était justement là que le bât blessait : l'ordinaire. À treize ans, il avait commencé à étouffer et sentir se mettre en place autour de lui le piège de sa condition d'entre-deux, ni riche ni pauvre, ni à plaindre ni à envier, d'une sécurité et d'une pérennité certes confortables, mais si monotones.

Toutefois, tandis que les garçons de son âge fantasmaient sur les footballeurs ou les stars éphémères, lui n'était pas dupe. Il ne possédait aucun talent sur lequel fonder ses espoirs. Non, il ne pouvait compter que sur une chose : sa force de travail à la hauteur de l'ambition qui le dévorait en secret. Il le savait, un jour, il quitterait cette maison, ce quartier, cette vie.

Autant dire qu'il travailla d'arrache-pied, sacrifiant une partie de sa jeunesse pour atteindre son but. Lorsqu'à vingt-cinq ans il sortit de l'école de la magistrature, son diplôme d'avocat en poche lui donna l'impression d'être le roi du monde. Ses parents le considéraient comme s'il était un prodige, leur fierté était communicative et s'ajoutait à la sienne.

Cependant, il déchanta vite. Et longtemps. Pendant toutes ces années, il avait cru qu'un lourd labeur allait suffire pour se hisser parmi les meilleurs. Aiguillonné par son ambition, il avait suivi ses études tête baissée, bûchant avec une ardeur obstinée pour compenser des aptitudes certaines, mais qui n'avaient rien d'exceptionnel.

Il ne parvint pourtant jamais à prendre place sur les podiums ni même à les approcher. Mais là n'était pas le problème. Comme dans de nombreux domaines, c'était le carnet d'adresses et le milieu dont on était issu qui faisaient la différence. Romain avait négligé cet aspect en se concentrant exclusivement sur ses études et ses examens, tandis que d'autres, moins travailleurs que lui, intégraient ou créaient des réseaux qui leur serviraient de rampe de lancement vers des cabinets renommés.

En conséquence de quoi, Romain passa les cinq années suivantes principalement en tant que commis d'office, à écumer les sous-sols miteux des commissariats de banlieues pour défendre des petites frappes agressives et méprisables. Passé l'euphorie des débuts, il sentit à nouveau la cruauté de la frustration le grignoter et flétrir peu à peu la beauté de son office.

Il s'efforça de taire sa désillusion à ses parents et de se montrer sous le meilleur jour, quitte à enjoliver la réalité en brandissant la bannière du sacerdoce. Leur déception, ajoutée à la sienne, aurait été insupportable.

Il faisait bien son métier, mais il n'y prenait aucun plaisir. Il crut cependant entrevoir une éclaircie lorsqu'il fut repéré par une consœur lors d'une fastidieuse séance de comparutions immédiates pour des vols à la tire et autres délits mineurs.

— Venez nous voir, lui avait-elle conseillé en lui glissant sa carte professionnelle. Je suis sûre qu'on pourrait bien s'entendre.

Romain se méprit d'abord sur l'attitude de Carly Simonin, jeune trentenaire passionnée et entreprenante, en pensant qu'elle le draguait. Mais le « nous » de « venez nous voir », ainsi que le nom inscrit sur la carte le poussèrent à se renseigner.

Quinze jours plus tard, il intégrait Justice pour Toutes, un collectif d'avocats surmotivés œuvrant pour la défense des femmes aux revenus modestes. Pour la première fois depuis qu'il avait obtenu son diplôme, Romain goûtait à l'extraordinaire sensation d'être du bon côté en défendant des victimes, contrairement aux petits délinquants multirécidivistes qui constituaient auparavant sa clientèle. L'éthique pesait d'un poids laborieux quand elle égratignait la conscience. Aussi Romain trouva-t-il une énergie inédite et d'une tout autre nature en s'attelant à des cas de violences conjugales, de séparations difficiles et de harcèlement au travail. Il mettait du cœur dans ce qu'il faisait, cela changeait tout, il évolua, prit de l'assurance et de la texture, devint plus imposant.

Un jour, à l'issue d'une sinistre affaire sur laquelle il avait travaillé avec elle, il embrassa Carly Simonin, la jeune et impétueuse avocate. Un baiser spontané, un peu fou, en pleine salle d'audience, devant le juge et la femme à qui les deux défenseurs venaient de faire gagner son procès contre un patron harceleur.

— Maîtres, je vous en prie ! les avait réprimandés le juge en retenant un sourire.

S'était ensuivie une période foisonnante d'amour et de labeur, entre un minuscule appartement encombré et les locaux du collectif tout aussi encombrés dans lesquels le couple passait la majeure partie de son temps. Le travail laissait peu de place aux loisirs et aux vacances, c'est à peine si Romain et Carly s'accordèrent une dizaine de week-ends en amoureux pendant les deux années que dura leur liaison.

Comment savoir si leur histoire pâtit de ce manque de respiration ? Le fait est qu'elle se délita peu à peu, Carly empruntant de plus en plus les voies d'un militantisme radical et Romain clandestinement rattrapé par son ambition des débuts.

— Mais c'est quoi exactement, ce collectif ? lui demandaient régulièrement ses parents. Pourquoi tu ne travailles pas dans un *vrai* cabinet ?

Il magnifiait alors la réalité en la recouvrant d'un joli vernis dont il n'était pas fier, justement parce qu'il n'était pas fier : à trente-trois ans, il avait certes progressé, mais il restait sur le seuil, à vivoter dans un appartement de quarante mètres carrés avec un salaire… d'employé de mairie. Or, comment expliquer à sa mère qu'après sept ans d'études et autant d'ancienneté il ne gagnait pas plus qu'elle ?

— Ah, mon fils, c'est bien de défendre toutes ces femmes dans le besoin, il faudrait davantage de gens comme toi, soupirait cette dernière, les yeux embués d'émotion.

Son père, quant à lui, se contentait de le regarder comme s'il était un demi-dieu tout en cherchant des signes extérieurs de réussite. Mais Romain n'avait ni beaux costumes ni montre luxueuse à son poignet, il roulait dans la même petite citadine achetée d'occasion quelques années plus tôt. Rien ne le distinguait des collègues de ses parents à la mairie ou au sein de l'équipe de contremaîtres.

Sa mère mettait cette frugalité sur le compte d'une humilité admirable et se louait intérieurement d'avoir élevé son garçon avec de si belles valeurs.

En revanche, flairant les frustrations qui tiraillaient son compagnon, Carly le quitta à l'issue d'une dispute où il avait laissé filtrer quelques bribes de son immense insatisfaction. Leur déception était partagée : Carly était déçue de découvrir Romain assoiffé de réussite sociale, Romain l'était par lui-même. Il s'était rêvé meilleur.

Puis survint l'affaire Caussac qui allait propulser cet ambitieux transi dans les hauteurs qu'il convoitait depuis toujours.

*
* *

Étrangement, les dizaines d'heures d'entretien que Romain avait eues avec elle faisaient de Martine Caussac la femme qu'il connaissait le mieux au monde. On aurait en quelque sorte pu dire que, sans le vouloir, elle était la femme de sa vie, ou du moins celle qui allait lui permettre d'éclore et de devenir celui qu'il était.

Sur les vingt-deux années qu'avait duré son mariage, elle n'en retenait que quatre pleinement heureuses, les autres n'ayant été qu'un long calvaire parsemé de violences psychologiques et physiques dont la gradation l'avait enfermée dans un silence honteux. Une semaine après que le troisième enfant du couple eut quitté la maison, nue devant son miroir elle observa son visage et son corps qui affichaient crûment les marques des derniers outrages et celles, indélébiles, de toutes ses années de souffrance.

Puis elle éteignit toutes les lumières et, droite comme un i, s'assit sur le canapé du salon. Elle attendit pendant des heures le retour de son mari, en caressant du bout des doigts le fusil de chasse dont il l'avait tant de fois menacée. *Jamais t'oseras, connasse...*, furent les ultimes paroles qu'il prononça en ricanant avant de recevoir en plein ventre trois balles de calibre douze qui le firent taire à tout jamais.

Jusqu'alors, Romain n'avait pas su faire preuve d'un instinct extraordinaire. Mais en voyant que les médias et les politiques commençaient à s'emparer de l'affaire, il sentit son potentiel. Aussi prit-il lui-même l'initiative de contacter la sœur de Martine Caussac afin de lui proposer de conduire la défense de cette femme perdue.

Jamais il n'avait traité d'affaire aussi grave. Les précédentes l'étaient, indubitablement, il les avait toutes abordées avec un professionnalisme teinté d'empathie et de compassion pour ces femmes – personne ne pouvait rester de marbre face à leurs histoires d'amour devenues théâtre de déraison et des pires violences. Mais là, il s'agissait d'un procès pour meurtre. Une première pour lui.

Durant les longs mois précédant le procès, il travailla encore plus que n'importe qui au sein de son équipe, la rage au ventre, mû par son ambition qui n'enlevait rien à sa sincérité. Il fallait l'une et l'autre pour défendre Martine Caussac, femme austère au regard terne, comme éteinte de l'intérieur, difficile à cerner. Si ce n'était du fait de sa terrible histoire, elle ne suscitait aucune sympathie particulière, ce qui rendait son cas encore plus périlleux à traiter. Cependant, après une période de sidération qui la plongea dans un mutisme inébranlable, elle s'ouvrit peu à peu, mais par si petites touches que Romain fut à plusieurs reprises tenté de renoncer.

Il s'accrocha.

L'instruction dura deux ans, puis le temps du procès arriva. Inculpée de meurtre avec préméditation, Martine Caussac risquait une peine d'emprisonnement à perpétuité. Son histoire avait ému la France entière, la divisant en deux clans opposés. Le premier estimait que personne ne pouvait s'octroyer le droit de tuer et qu'il existait des moyens légaux pour échapper à cette condition de martyre – d'ailleurs, pourquoi Martine Caussac n'avait-elle jamais porté plainte contre son mari violent ? Le second clan prônait la légitime défense, comme conséquence hélas inévitable de la déficience des pouvoirs publics. Pour les uns, elle revêtait la figure d'une tueuse froide se faisant elle-même justice. Autrement dit, un danger pour la société. Pour les autres, elle était une victime acculée à commettre le pire pour échapper à la mort.

Parallèlement, cette même France entière découvrit l'avocat qui la défendait. Les débats s'enflammèrent à l'approche du procès. En quelques semaines, Martine Caussac s'éleva en symbole et Romain en porte-parole des femmes battues. Il fut invité sur les plateaux radio et télé, donna des interviews dans les journaux, il fit même la une d'un grand hebdomadaire, on le voyait partout. Son air de débutant, son ton à la fois passionné et posé captivaient autant ses interlocuteurs aguerris que les foules.

Mais la justice et l'opinion publique étant deux choses bien distinctes, rien n'était gagné. Alors que ses détracteurs misaient sur une peine *a minima* de vingt ans d'emprisonnement, Romain joua le tout pour le tout en plaidant en faveur de l'acquittement.

— Ce n'est pas un jeu ! lui avait reproché Carly, la seule à avoir débusqué la nature de ses aspirations.

Dans l'intimité de leur relation déclinante, elle avait été la première à le surnommer Georges Duroy.

— On parle pourtant de gagner ou de perdre, avait-il rétorqué.

Hormis Carly, tout le monde voyait en lui un jeune avocat ultra-motivé et passionné au point d'en être aveuglé : un meurtre, d'autant plus lorsqu'il était prémédité, ne pouvait pas déboucher sur un acquittement. C'était impossible.

Cependant, tout au fond de lui, Romain exultait. Quel que soit le verdict, il avait d'ores et déjà gagné. L'attention qu'on portait à l'affaire Caussac rejaillissait sur lui, les projecteurs étaient braqués sur sa cliente et il en profitait largement, jamais son ego n'avait été aussi lustré. Néanmoins il réclamait de gagner, ne fût-ce que pour rendre crédible l'intérêt qu'on lui portait.

Le procès dura cinq jours, avec une Martine Caussac transfigurée par la confiance que son avocat avait réussi à instiller en elle, et se termina comme il se devait, sur la plaidoirie de la défense, Romain en grand orateur.

Habile et exalté, il brilla, touchant le cœur du public et des journalistes, gagnant celui de certains jurés ; il le comprit en croisant les regards de quelques-uns de ces citoyens ordinaires auxquels incombait l'écrasante responsabilité de décider de la sanction la plus juste à l'égard d'un acte résolument impardonnable. Au bout de quatre heures de délibération – un record de brièveté –, les jurés énoncèrent leur verdict : Martine Caussac était déclarée coupable de meurtre et écopait de… deux ans de prison.

Dans la salle du tribunal et sur le parvis où des centaines de partisans attendaient fébrilement, ce fut une véritable explosion de joie. Avec le temps passé en détention préventive, Martine sortait libre, c'était inespéré, un prodige. Même Romain en était éberlué. Ce qu'il avait tant de fois rêvé arrivait enfin : poser victorieusement devant une foule admirative aux côtés de celle qui lui devait sa liberté, et qui, sans en avoir vraiment conscience, venait de changer le cours de son existence.

De coqueluche des médias, il passa à véritable star. Dans les jours qui suivirent, les plus prestigieux cabinets d'avocats le contactèrent pour lui proposer un poste au sein de leurs équipes. Parmi eux, Clermont & Associés, qui avait répondu par la négative à ses trois lettres de candidature spontanée envoyées au cours des neuf années précédant la fameuse affaire.

Édouard Clermont lui fit un pont d'or pour l'attirer dans ses rangs et lui proposa de se charger du procès en appel initié par le beau-frère de Martine Caussac. Évidemment, Romain accepta et quitta ses collègues de Justice pour Toutes qui déplorèrent au mieux son abandon, au pire sa trahison.

Puis, après avoir conquis le père et le fils par son travail, Romain cédait aux charmes de la fille, pour sa plus grande et délicieuse stupéfaction.

Sa vie était devenue royale.

7

Férue d'astrologie, Juliette avait passé une partie de sa soirée du lundi à étudier le thème astral de Romain. Puis, harassée par les réflexions, les émotions et le soulagement d'avoir fait ce qui l'avait obnubilée pendant tout l'après-midi, elle s'était écroulée sur son lit où il ne lui avait pas fallu plus de deux minutes pour s'endormir.

Pourtant, à minuit, elle se réveilla. Impatiente de recevoir un signe de Romain après avoir déposé ses coordonnées, elle consulta ses SMS, sa messagerie et la boîte mail spéciale « amis », tout en sachant qu'elle n'y trouverait pas ce qu'elle attendait, on était en pleine nuit, rien ne pouvait arriver avant le début de la matinée, voire la fin de la journée.

Dès le premier café du réveil, l'attente s'installa, s'amarra dans ses pensées comme dans chaque menue action de son quotidien, y enfla pour occuper tout l'espace.

Puis les heures passèrent, transformant l'impatience pétillante du petit matin en une embarrassante fébrilité, au point de perturber son travail. À force de consulter son portable, allumé en mode vibreur, elle avança au ralenti sur sa copie du portrait de madame Vallotton, cumula les erreurs, manqua de gâcher sa palette de couleurs, ce qui n'était vraiment pas dans ses habitudes.

À l'heure du déjeuner, ce fut à peine si elle put soutenir la conversation, pourtant badine, avec Nora. Elle l'entendait, mais ne l'écoutait pas.

— Tu es bien distraite, aujourd'hui, lui fit remarquer sa collègue.

— Mal dormi, prétexta Juliette, l'œil rivé sur son portable.

À l'affût, elle consulta une énième fois ses messageries et se remit au travail en s'efforçant de faire abstraction de tout ce qui ne concernait pas madame Vallotton.

Mais ce qui altérait réellement sa concentration, c'était son téléphone. Posé sur le chevalet, il s'éclairait de temps à autre pour lui signaler la réception d'un message ou d'une notification. À chaque fois, l'attention de la jeune femme s'échappait de sa toile. Son visage irradiait alors d'espoir, avant de découvrir qu'il s'agissait d'une invitation à une expo, d'une promotion sur sa marque de vêtements préférée, de la déclaration fracassante d'un polémiste à la mode ou du salut d'une copine désireuse d'avoir de ses nouvelles… Tout sauf ce qu'elle attendait. Aussitôt, elle retrouvait une expression plus grave, vaguement inquiète.

Le soir venu, tandis qu'elle rentrait chez elle d'un pas nerveux, téléphone calé dans le creux de la main, son esprit se mit en branle pour trouver une explication à ce silence : Romain avait peut-être passé sa journée en réunions de travail, le procès en appel de l'affaire Caussac approchait – elle avait lu l'info au cours de ses recherches –, il devait être débordé. Elle visualisait son enveloppe sur le bureau du jeune avocat, déposée le matin même par la secrétaire ou la chargée d'accueil. À moins que ce ne fût par le personnel d'entretien ? Et si l'enveloppe avait été trouvée et posée n'importe où, sur un chariot de ménage, par exemple ?

— Non non non, répéta Juliette comme pour chasser le mauvais sort.

Un cycliste l'évita de justesse lorsqu'elle traversa une rue sans regarder. Plus loin, ce fut le conducteur d'un scooter qui dut faire un écart au dernier moment. Juliette traçait son chemin au mépris de toute prudence, trop occupée à imaginer Romain recevant la fameuse enveloppe. Avait-il souri ? Elle en était persuadée. Elle-même souriait à cette pensée, rattrapée par une autre, moins joyeuse. Dans ce cas, pourquoi ne l'avait-il pas contactée ? Un SMS ou un message, quelques mots, ce n'était tout de même pas compliqué, il fallait trente secondes pour lui répondre, guère davantage.

— Bien sûr que c'est vite fait, mais il ne veut pas bâcler ! conclut-elle dans un chuchotement fiévreux.

Avant de lui proposer une date, sans doute lui fallait-il trouver une disponibilité dans son agenda qui devait être extrêmement chargé. Il avait besoin d'un peu de temps, un homme comme lui n'était pas libre au pied levé. Et puis il y avait Jade. Allait-il lui mentir ?

— Pas le choix, répondit Juliette à sa propre question.

Alors que nul scrupule n'effleurait sa conscience, elle se demanda à quel point celle de Romain était élastique. Les avocats avaient l'habitude de jouer avec les faits. Ils les tordaient, les distendaient, en extrayaient ce qui allait dans le sens de leur propre vérité. Depuis son enfance, Juliette avait entendu des dizaines d'histoires de la bouche de son grand-père, fondateur du cabinet Clermont, et de celle de son père quand, plus tard, il se lançait dans des discussions animées avec Jade et Jules. Juliette avait retenu une seule chose de ces débats qui n'étaient jamais parvenus à la passionner : rien n'était plus subjectif que la vérité. Elle dressait un parallèle avec la peinture : chaque personne portait un œil unique sur un même tableau. Chaque regard détenait en soi sa justesse, sa vérité. Aucune ne prévalait ni ne s'avérait supérieure ou meilleure que les autres. Confronté à la sienne, profondément intime, Romain saurait faire le bon choix, Juliette n'en doutait pas.

Malgré cette certitude, elle se coucha, harassée par l'attente qui avait rendu cette journée interminable, et dormit d'un sommeil fastidieux.

Le mercredi commença plein d'espoirs et s'acheva dans un vide qui la sidéra. Elle ne comptait plus le nombre de fois où elle avait consulté son portable, cherchant *LE* message qui lui aurait échappé ou l'appel qu'elle aurait manqué.

Le jeudi s'écoula de la même manière, avec un cran supplémentaire de nervosité, d'impatience et d'intolérance envers tout ce qui ne concernait pas son unique préoccupation. La déperdition de concentration et de précision était telle que l'exécution du portrait de madame Vallotton en fut affectée, les relations de Juliette avec ses collègues et les visiteurs également, elle se montra agacée, irritable, voire désagréable.

— C'est le tableau de Vallotton qu'il faut regarder, pas ce que je fais ! fit-elle sèchement en réaction à une femme qui s'émerveillait de son travail.

De temps à autre, son téléphone émettait le bourdonnement caractéristique du mode vibreur sur lequel elle l'avait désormais configuré. Chaque notification résonnait comme une incongruité lorsque la salle se trouvait plongée dans un silence sage et contemplatif.

Elle déclina les invitations à boire un verre avec des amis après le travail, ainsi qu'elle avait l'habitude de le faire dès le milieu de la semaine franchi. Ces derniers prirent sa contrariété pour de la bouderie. Trop préoccupée, elle ne trouva ni l'envie ni le besoin de s'en défendre. Ils lui pardonneraient.

Son sommeil subissait lui aussi les conséquences de cet état de suspension fiévreuse, sans compter qu'il commençait à manquer. Juliette se tournait et se retournait dans son lit, à l'affût de la moindre activité animant virtuellement son téléphone, fil d'Ariane intangible sur lequel elle condensait toutes ses folles pensées et sa plus ardente énergie. Lorsqu'elle réussissait à s'assoupir, ses rêves se teintaient alors d'un érotisme moite qui la faisait gémir, la main entre les cuisses.

Étrangement, le vendredi s'avéra plus serein, comme si ses tourments avaient fait volte-face pour se métamorphoser en une joyeuse impatience. Prise par ce soudain revirement d'humeur, Juliette se surprit à rire d'avoir douté. Comment n'y avait-elle pas pensé plus tôt ? Romain profiterait certainement du week-end pour lui répondre, il devait faire partie de ces hommes ordonnés qui cloisonnent et ont à cœur de rester concentrés sur leur mission, d'autant plus lorsque le destin d'une personne était en jeu. Juliette ne pouvait pas lui en vouloir de donner la priorité à Martine Caussac dont le procès en appel représentait un enjeu de taille. Sa mère, si raisonnable, le lui avait souvent dit quand elle était plus jeune, le manque de patience rongeait la réflexion autant que l'action.

— On peut vouloir, mais on ne peut pas avoir tout et tout de suite…, ajoutait-elle sur ce ton sentencieux qui exaspérait Juliette.

— Pourquoi ? s'indignait l'impétueuse adolescente qu'elle était.

— Parce que c'est impossible, ma chérie.

Dédaignant l'évidence, Juliette haussait les épaules. Au cours des années, elle avait appris à tempérer cet idéalisme forcené, mais les fondations restaient solides.

Bérangère Clermont avait cependant raison, notamment sur le point sensible du « tout de suite », le plus facile à dompter.

Pour preuve cette nouvelle façon d'aborder le silence de Romain qui regonflait le moral de la jeune femme.

Avant de transformer les deux jours suivants en un véritable supplice.

8

Tandis que Juliette subissait les affres de l'attente, l'enveloppe qu'elle avait glissée sous la porte du cabinet avait suivi un drôle de parcours.

En pénétrant dans les locaux au petit matin, Francine, l'agent d'entretien, ne remarqua pas le rectangle de papier blanc, pour la simple et bonne raison qu'en poussant la porte, elle l'écrasa contre le mur où il se retrouva chiffonné avec une publicité pour une pizzeria nouvellement ouverte et l'avertissement laissé par un habitant de l'immeuble à propos d'une vague histoire d'ascenseur. Le courrier de Juliette faillit être jeté, Francine n'étant pas très bien réveillée à l'aube de son sixième jour de travail d'affilée. On pouvait considérer comme un miracle la récupération *in extremis* de la précieuse enveloppe.

Coralie, la chargée d'accueil, prit le relais au cours de la matinée, une fois le courrier postal trié avant d'être distribué dans les bureaux de chaque collaborateur. Elle ajouta l'enveloppe à la pile de Romain qui comptabilisait une demi-douzaine de lettres, contre dix fois plus de courriels, et confia le tout à Noûr Mansour, l'assistante du jeune avocat.

Cette dernière compulsa rapidement ces missives afin d'évaluer si elles relevaient de l'urgence ou non. Puis elle les déposa sur le bureau de Romain par ordre d'importance en y joignant les deux qu'elle n'avait pas ouvertes en raison de la confidentialité stipulée en toutes lettres sur l'enveloppe.

Mobilisé durant toute la journée sur la préparation du procès en appel de Martine Caussac, ce fut seulement autour de dix-neuf heures que Romain y jeta un coup d'œil. Un soupir empreint d'agacement lui échappa lorsqu'il remarqua l'enveloppe un peu fripée. Une ancienne cliente, Carole Lauret, n'en finissait plus de le remercier après qu'il lui eut fait gagner son procès contre une patronne abusive. Persuadé qu'il s'agissait d'une énième manifestation de sa gratitude, il reposa l'enveloppe sans l'ouvrir.

— Il va falloir passer à autre chose maintenant, madame Lauret, grommela-t-il.

Ainsi qu'il le faisait le vendredi soir, avant de partir en week-end, il traita les affaires non urgentes. La plupart des personnels avaient déjà quitté les lieux, il ne restait que quelques collaborateurs qui, comme lui, profitaient du calme pour terminer l'une ou l'autre tâche.

Romain ferma la porte de son bureau et se servit un verre de whisky. Édouard Clermont, fervent connaisseur, lui avait appris à en comprendre les subtilités. Il avait fallu du temps à Romain pour apprécier un tant soit peu cet alcool. Aujourd'hui encore, il restait plus convaincu par sa connotation prestigieuse que par l'attrait qu'il pouvait lui trouver. De fait, il avala une gorgée en grimaçant légèrement, ce qu'il se retenait de faire lorsqu'il buvait en compagnie d'Édouard, et s'affaissa dans son fauteuil de travail.

Une douzaine de lettres s'empilaient désormais dans la panière métallique réservée au courrier à caractère privé ou non prioritaire. En sirotant son whisky, Romain parcourut le contenu de celles que Noûr avait décachetées. Il s'agissait essentiellement de remerciements pour des procès gagnés. Certaines missives étaient manuscrites, il imaginait leur auteur, un stylo à la main, s'échinant sur une feuille blanche. Cette pensée le touchait sincèrement, il n'était pas rare que des bouffées d'émotivité remontent à la surface. Son métier nécessitait empathie et sensibilité envers des personnes – des victimes – dont le devenir dépendait de sa capacité à les défendre. Les proportions colossales de son ambition auraient pu le conduire sur des voies moins exigeantes en matière de relations humaines, le destin et le manque de clairvoyance de ses débuts en avaient décidé autrement et, en définitive, il ne le regrettait pas. Ou du moins les regrets étaient-ils révolus.

— J'aurais beaucoup de mal à faire du pénal, lui disait souvent Jade, spécialisée en droit fiscal. C'est une telle responsabilité, humainement parlant. Moi, si je plante une affaire, les conséquences sont surtout financières.

— Tes clients risquent tout de même la prison, ce n'est pas rien ! rétorquait Romain.

Cependant, il n'insistait jamais trop, l'admiration de Jade avait le goût d'une drogue douce devenue dure au fil des mois. Par ailleurs, lui aussi l'admirait, follement, avec ou sans droit fiscal.

Il tâta la dernière enveloppe qui semblait contenir quelque chose d'épais et de rigide. À peine eut-il entrepris de la décacheter que son téléphone vibra. Le visage de Jade, souriant et lumineux, s'afficha plein écran.

— Je ne suis pas loin du cabinet, je passe te chercher ? proposa-t-elle.

Chaque fois qu'il l'entendait, sa voix l'électrisait des pieds à la tête, jusqu'à ses synapses qu'il sentait s'échauffer à l'intérieur de son crâne. La plupart des gens voyaient en elle une sensualité naturelle, bien que calibrée, parfois préméditée.

Romain, lui, la trouvait tout simplement érotique, jamais la voix d'une femme ne lui avait fait cet effet.

— Mon roi ? insista-t-elle.

— Viens, lui répondit-il avant de raccrocher.

Il renonça à lire le dernier courrier, tourna son fauteuil vers la fenêtre qui donnait sur la rue et termina tranquillement son verre en attendant que Jade arrive. Une pulsion l'effleura, il secoua la tête pour tenter de la chasser, sans réelle volonté. Il ferma les yeux et inspira. Cette femme le rendait dingue.

Cinq minutes plus tard, Jade faisait irruption dans le bureau. Elle jeta son manteau sur la console près de la porte et s'avança. Intégralement vêtue de beige, elle inspirait quelque chose d'à la fois pur et sexuel, sans doute par le choix très étudié de sa robe. La coupe pouvait difficilement être plus simple, ras du cou, ourlet sous le genou, ajustée sans être moulante, manches trois quarts. Une sobriété exemplaire.

Elle s'approcha de Romain avec la souplesse d'une tigresse dont on ne sait si elle est apprivoisée ou en mode chasseuse. Debout devant lui, elle le toisa du haut de son mètre soixante-dix-huit, talons inclus.

— Alors ? chuchota-t-elle de sa voix irrésistible.

Pour toute réponse, Romain posa son verre et, les mains sur les hanches de Jade, attira la jeune femme vers lui. Elle planta ses yeux dans les siens tandis qu'il remontait lentement le bas de sa robe, et lui sourit d'un air qu'il trouva terriblement excitant, avec cette pointe de perversion pulvérisant sa raison.

Elle portait des bas, maintenus par un porte-jarretelles. Il ne le lui avait jamais dit, mais avant elle, il n'avait connu aucune femme qui mît des bas. Instinctivement, elle se cambra lorsqu'il plaqua ses mains sur ses fesses.

Il les découvrit nues. Imaginer qu'elle avait passé la journée sans culotte, ou bien qu'elle l'ait retirée dans l'ascenseur, exacerba son désir. Son cœur s'emballa, sa respiration se précipita. Les gémissements de Jade le galvanisèrent lorsqu'il enfouit deux doigts en elle.

Quand d'un genou audacieux Jade pressa son entrejambe bombé, Romain crut exploser. Il se contint néanmoins, retira brusquement sa main parfumée et se leva pour renverser Jade sur son bureau. Courbé sur elle, il la contempla, saisi par ce miracle qui se prolongeait, avant qu'ils ne s'embrassent passionnément.

Des bruits dans le couloir les tirèrent de leur frénésie. Ils se redressèrent précipitamment en échangeant des regards amusés.

— On n'est pas passés loin du flagrant délit de lubricité, murmura Romain.

— Avoue que ce n'est pas pour te déplaire, releva Jade.

Assise au bord du bureau, elle raccrocha un de ses bas qui avait glissé et renversa par mégarde le courrier personnel que Romain avait presque fini de lire.

— Oups, fit-elle.

Romain s'accroupit pour ramasser les lettres. Distrait par le pied de Jade, débarrassé de son escarpin, il les jeta pêle-mêle dans la panière métallique sans remarquer le sous-bock qui dépassait de la dernière enveloppe et s'attarda à embrasser chaque orteil à travers la fine maille des bas de son aimée.

Jade saisit la bouteille d'eau qui se trouvait à portée de main et, assoiffée, en but une bonne moitié.

— Ma petite potomane…, la taquina Romain.

Elle s'étira comme une chatte alanguie.

— Allez, on rentre, maintenant, fit-elle en enfilant son escarpin.

Elle attrapa manteau et sac, et sortit du bureau, Romain à sa suite.

9

Épuisée par sa vaine et longue attente d'un message de Romain, Juliette s'était endormie comme une enfant, en chien de fusil sur son canapé où ce satané Morphée l'avait attrapée par surprise sans lui laisser le temps de regretter le traditionnel verre du vendredi soir. Ses amis s'étaient inquiétés, était-elle malade ?

— J'ai eu une semaine pénible, expliqua-t-elle.

Pénibles, en effet, ces quatre derniers jours l'avaient été, et les nuits n'étaient pas en reste. Il fallait qu'elle dorme, le déficit de sommeil commençait déjà à laisser des traces sur son visage pourtant jeune. Avant de sombrer, elle les avait vus, ces cernes violacés, ces paupières tombantes, ce teint cendreux qui ternissaient jusqu'à son regard noisette.

— T'es immonde, se tança-t-elle face au miroir, dans la lumière impitoyablement crue de la salle de bains.

Avant de se reprendre :

— T'as quarante-huit heures pour rattraper ce désastre.

Elle fut réveillée au beau milieu d'un rêve, dérangée par des fêtards qui commençaient bruyamment le week-end dans la rue.

Une semaine plus tôt, elle faisait comme eux. Machinalement, elle saisit son portable et soupira en constatant qu'il était quatre heures trente, plus vraiment la nuit, pas encore le jour. Elle ne put s'empêcher de consulter les messageries sur lesquelles Romain pouvait la contacter. Les yeux plissés, presque douloureux, elle régla la luminosité au minimum et soupira, déçue de ne rien trouver de ce qu'elle attendait. Elle rassembla alors les quelques forces qui lui restaient pour se traîner jusqu'à son lit où elle s'avachit, sur le ventre, les bras et les jambes écartés.

Une demi-heure plus tard, elle se relevait. Ses pensées s'étaient mises à galoper et, dans leur course folle, avaient consumé ce qui restait de torpeur dans son corps et dans son esprit. Elle se retourna pour s'adosser à ses oreillers et ouvrit l'ordinateur, posé sur la table de nuit.

Connectée à Internet, elle créa un dossier très logiquement intitulé « ROMAIN », ainsi que des sous-dossiers : un dans lequel elle stocka les captures d'écran de sa revue de presse concernant l'affaire Caussac, un autre destiné aux vidéos. Puis elle coupa, colla et agrandit toutes les photos du jeune avocat qu'elle trouva en les extrayant des articles ou des vidéos afin de les rassembler dans un troisième dossier.

En revanche, sa pêche du côté des réseaux sociaux s'avéra moins fertile, l'existence virtuelle de Romain restait concentrée sur sa vie professionnelle.

— C'est normal quand on a un métier aussi exposé ! en déduisit Juliette en se parlant à elle-même.

Elle dénicha quelques informations nouvelles mais peu exaltantes sur Copainsdavant et LinkedIn, avant de se connecter à Facebook.

Elle finit par repérer la page de Romain parmi celles de ses homonymes et fut déçue de constater qu'elle était quasiment vide, la presse lui en apprenait davantage. Il n'y avait rien qu'elle ne sût déjà, si ce n'était qu'il comptabilisait quarante-huit amis et aimait les balades en bord de mer, les films de science-fiction, ainsi que la cuisine tex-mex.

— Ouh là, s'exclama Juliette, avec Jade tu ne risques pas d'en manger souvent !

Il se présentait comme célibataire, elle en fut étonnée. Au bout de neuf mois de relation, il n'était pas encore sûr de pouvoir se considérer comme étant en couple ?

— Tu as senti qu'il ne fallait pas te précipiter, hein ? murmura-t-elle, un sourire « Mona Lisa » aux lèvres.

Elle détailla l'image de profil représentant la tête d'une statue qu'elle n'identifiait pas, puis la photo de couverture en repoussant la déception que suscitait sa banalité. Des traces de pas dans le sable d'une longue et belle plage… Quoi de plus impersonnel ? La dizaine de posts publics qu'affichait la page étaient du même acabit, elle les lut avec une attention frôlant la consternation. Les derniers dataient de plus de trois mois et relayaient pour l'un l'annonce du concert d'un violoniste très populaire reprenant des airs connus et pour l'autre la vidéo d'une chanteuse à la voix autotunée.

Elle secoua la tête en grimaçant.

— Alors là, Romain Denis, on peut dire que tu as vraiment des goûts de merde en matière de musique ! Il faudra que je te donne deux ou trois leçons.

Sa propre culture musicale était foisonnante et naviguait d'un univers à l'autre au gré de son humeur et de son inspiration, du punk-rock anglais à l'opéra, en passant par la chanson française, la bossa-nova et les lieder de Schubert. Mais malgré son éclectisme, elle faisait toujours de larges détours pour éviter, entre autres, les voix synthétiques et les reprises de standards de rock au violon.

— Je suis sûre que ce n'est pas ton truc, non plus, décréta-t-elle. C'est Jade qui a dû t'entraîner, elle est aussi nulle en musique qu'en art.

Elle poursuivit sa collecte d'informations du côté des photos sans rien trouver de plus intime que des clichés touristiques sur lesquels Romain n'apparaissait même pas, de véritables cartes postales dépersonnalisées à l'extrême. Sentant s'approcher à nouveau la morsure ironique de la déception, elle fit volte-face et prit le parti d'être touchée par la simplicité un brin candide de ces photos. Romain possédait la sensibilité pour remarquer un détail architectural, une ambiance, une scène incongrue, hors des sentiers communément battus, elle le savait depuis l'instant où elle l'avait vu s'attarder sur le portrait du petit Jacob. Il fallait des qualités et une disposition au-delà du seul regard esthétique pour pouvoir apprécier ce tableau.

C'est pourquoi elle décida de lui pardonner cette banalité. En définitive, elle était touchante, il était normal de photographier l'Alhambra quand on était à Séville, Big Ben si on visitait Londres, la place San Marco quand on se trouvait à Venise…

Y était-il allé avec Jade ? Cette pensée lui fit froncer les sourcils, elle la balaya bien vite au profit d'une autre question : devait-elle demander Romain en ami afin d'avoir accès à tout ce qui n'était pas montré publiquement ? Elle le sentait, derrière ces infos si neutres devait figurer une multitude de photos et de posts privés qu'elle brûlait de découvrir.

L'index suspendu au-dessus de son clavier, elle hésita plusieurs fois à presser sur le bouton validant sa demande. Elle finit par céder avec l'impression d'accomplir quelque chose de fatidique. Le cœur tambourinant, elle referma le capot de son ordinateur et se prit la tête entre les mains avant de la renverser en arrière, les yeux rivés sur la rosace du plafond dont elle pouvait désormais apercevoir les contours dans la lumière ténue du jour naissant. Jamais elle ne s'était sentie aussi exaltée. Enfin si, l'art, notamment la peinture, était une source sans fin d'émerveillements qui provoquaient des émotions, des bouleversements, des stupéfactions d'une incroyable puissance. L'amour avait une dimension équivalente, mais un goût si étourdissant.

Les paroles d'Hugo, son ami, prenaient tout leur sens. *Depuis la première fois où j'ai vu Lorette, j'ai jamais douté...*

Elle entendait déjà Elsa pousser de grands cris en écarquillant les yeux : l'amour rendait amnésique et dissolvait tous ceux qui avaient existé auparavant. On oubliait qu'on avait eu mal, qu'on avait été blessé, qu'on s'était trompé et tous les dégâts collatéraux à la fin d'une histoire. Combien de fois Juliette avait-elle assuré être *enfin* tombée amoureuse ?

— Oui, mais cette fois, c'est vraiment différent, marmonna-t-elle.

Si elle avait été là, Elsa lui aurait répliqué qu'elle avait déjà dit cela. Juliette soupira comme si son amie se trouvait en face d'elle. Oui, c'était vraiment différent, tous ces signes qui avaient convergé, l'émotion intense qu'elle avait sentie en lui, sa façon de la chercher sur la terrasse, de la regarder, de lui parler, cette intimité qui s'était aussitôt installée... Tout cela signifiait quelque chose de grand et de beau !

Son téléphone dans le creux de la main, elle se connecta à sa page Facebook tout en sachant qu'un samedi matin, à six heures trente et à peine une demi-heure après avoir fait sa demande d'ami, il y avait très peu de chances pour que Romain ait déjà accepté.

Bredouille, elle en profita pour faire le ménage sur sa page, supprima quelques photos qui lui paraissaient donner d'elle une image peu flatteuse ou trop compromettante, hésita pour d'autres où elle ne se montrait pas vraiment à son avantage, en particulier celles prises lors d'une exposition de jeunes artistes, six mois plus tôt. La lumière durcissait ses traits et vidait ses yeux de tout regard, elle se trouvait l'air d'une junkie.

— Allez, à la corbeille !

En revanche, elle aimait bien sa photo de profil, prise un jour d'été alors qu'elle était hâlée, joyeuse, pétillante. Mais elle changea sa photo de couverture, un collage de Sammy Slabbinck qu'elle appréciait beaucoup, pour un de ses propres tableaux parmi ses préférés, un homme endormi sur un canapé, les membres pendant dans le vide, la bouche entrouverte. Elle parcourait ses différentes galeries de tableaux, classées par genre, qui constituaient sa vitrine quand une idée surgit : ce n'était pas l'homme endormi qu'elle devait exposer en ouverture, mais le portrait de Jacob !

Elle sortit de la page pour l'afficher à nouveau quelques secondes plus tard afin de se rendre compte de l'effet.

— Oui oui oui, ça le fait !

Elle imaginait déjà la réaction de Romain lorsqu'il découvrirait sa page. Il serait d'abord stupéfait de reconnaître la toile qui l'avait tant ému chez les Clermont, puis il comprendrait que Juliette en était la peintre, il sourirait, serait ému, se laisserait emporter par l'évidence.

Elle se retrouva à parcourir le fichier photo qu'elle avait constitué. Elle passa d'un cliché à l'autre en les agrandissant parfois pour scruter les détails. Elle aimait bien quand Romain portait une barbe de quelques jours, elle lui donnait un petit air romantique. Son nez était vraiment très fin, très élégant, comme son visage, d'ailleurs. Et ses yeux, oh comme elle les trouvait superbes avec leurs nuances de brun et de vert, un véritable sous-bois.

Machinalement, elle zooma sur les lèvres, le cou de Romain, et sans s'en rendre compte glissa une main sous la ceinture élastique de son pantalon de pyjama. Ses yeux dévoraient le visage figé sur l'écran de l'ordinateur, elle en examinait chaque parcelle avec la même intensité qu'elle aurait eue si Romain avait été en face d'elle. Elle s'arrêta particulièrement sur sa bouche en l'imaginant entre ses cuisses, à la place de ses doigts qui caressaient ses chairs intimes.

La chambre s'emplit de gémissements psalmodiques de plus en plus fiévreux. Juliette s'affaissa sur les oreillers, le corps en proie à un plaisir exponentiel, et de sa main libre déplaça la photo de manière que les yeux de Romain occupent tout l'écran.

— Regarde, ahana-t-elle, regarde l'effet que tu me fais, tu sens comme c'est puissant ce qui se passe entre nous ?

Fascinée par l'ampleur de ce qu'elle ressentait, elle abandonna son écran et renversa la tête en arrière, le souffle chaud, ses doigts en chefs d'orchestre de son imagination caracolante. Au terme de plusieurs minutes d'une irréductible excitation, elle céda au séisme qui ébranlait tout son corps, le cabrant dans un arc de volupté qui la laissa inerte, hagarde, sidérée, sous le regard passif de Romain, à quelques centimètres d'elle.

10

Le plaisir avait été tel que Juliette s'endormit, la main toujours enfouie entre ses cuisses halitueuses. Ce fut son téléphone, une fois de plus, qui la tira de sa bienheureuse torpeur – elle avait réglé en mode sonore l'affichage de toute notification provenant de ses messageries ou de Facebook – par un « ding » au volume excessif qui la réveilla en sursaut. Son cœur s'emballa, comme face à un danger, avant qu'elle ne comprenne de quoi il s'agissait. Les battements de son cœur conservèrent leur rythme anarchique, mais la frayeur laissa la place à un joyeux soulagement : Romain venait certainement d'accepter sa demande d'ami !

Elle s'empara de l'appareil et la déception abattit aussitôt l'espoir qu'elle venait de hisser à la hauteur de son attente, la chute fut un peu dure. Ce n'était qu'une de ses nouvelles collègues du musée qui souhaitait intégrer son carnet d'adresses. Chiffonnée, Juliette accepta sa requête et se leva.

Il n'était pas loin de midi, elle n'en revenait pas d'avoir tant dormi. Elle se prépara un café corsé qu'elle dégusta face à la fenêtre, des toits à perte de vue, en se disant que Romain vivait sous l'un d'eux. D'après ce qu'elle avait compris, il avait conservé son appartement, il devait tenir à son indépendance. Elle se prit à imaginer son intérieur, encombré et coloré, décoré de tableaux et d'objets choisis avec goût. Elle visualisa un canapé en tissu taupe de bonne facture, des coussins aux dessins géométriques, des étagères de livres. Que lisait-il ? Des thrillers ? Des romans historiques ? Sans doute trouvait-on aussi des ouvrages sur l'art, la photographie, le cinéma. Elle était persuadée qu'il était plus cultivé que Jade. Non que sa sœur fût inculte, mais ses connaissances étaient très conventionnelles, sagement académiques, comme extraites de ces ouvrages qui vous disent tout ce que vous devez savoir pour constituer un socle honorable. Son appétence pour les modes la rendait toujours informée de l'actualité culturelle, mais dans le fond, peu de choses la faisaient véritablement vibrer. Juliette était à l'exact opposé, tout ce qui touchait à l'art et au processus de création la captivait, elle courait les expos, fréquentait assidûment les musées et les galeries, assistait à des performances artistiques, maintenait une veille hyperactive dans le domaine de la peinture et de la photo, autre discipline qui l'attirait.

— La passion, Jade, la passion…

Elle avait souvent eu ce débat avec sa sœur. Cette dernière lui rétorquait toujours que le droit aussi pouvait être une passion.

— N'importe qui peut apprendre le droit, mais la passion, ça ne s'apprend pas, assenait alors Juliette.

— Sans doute ne faut-il pas comparer ce qui n'est pas comparable, concluait Jade avec son petit sourire si propre et si agaçant.

Juliette secoua la tête.

— Arrête de penser à Jade, se gronda-t-elle.

Elle emporta son téléphone dans la salle de bains et vérifia à nouveau ses messageries au cas où Romain l'aurait contactée sans qu'elle ait entendu la notification. Avec le café serré, une bonne douche acheva de la réveiller et de lui remettre la tête à l'endroit après sa fulgurante séance masturbatoire.

Sitôt sortie de la cabine, elle s'empressa de consulter son téléphone pour la quinzième fois depuis qu'elle était levée. Chaque « ding » la faisait sursauter, chaque vérification l'assombrissait.

Et ce serait ainsi à chacun des deux cent et quelques « ding » qui retentirent pendant les trente heures qui suivirent.

⋆

⋆ ⋆

Le dimanche soir, la jeune artiste se trouvait dans un état épouvantable, à l'image de son appartement. Elle aurait dû faire son ménage hebdomadaire, puis peindre, c'était ce qu'elle avait prévu. Son expo avait lieu dans moins de deux mois, le temps filait, elle devait terminer deux toiles et en ajouter trois à la dizaine déjà finie. Elle avait conclu la livraison de quinze tableaux avec son galeriste, l'accord devait être respecté, il en allait de sa crédibilité. Or, au lieu de s'atteler à la tâche, son week-end n'avait été qu'une longue succession d'actions inutiles et stériles, tendant à l'inertie totale au fur et à mesure que les heures s'égrenaient. Il s'écoula sans qu'elle eût réussi à faire autre chose que de boire des hectolitres de café, manger n'importe quoi, tenter de ranger mais tout déranger, tourner en rond, gâcher de la peinture, s'emballer dès que ces fichus « ding » l'alertaient, s'interroger, pester, attendre. Et encore attendre.

Affalée dans son canapé, elle regarda le désastre autour d'elle, les tubes de couleur vides jetés sur le parquet poussiéreux, les vitres sales de la verrière qu'elle s'était pourtant promis de nettoyer, le désordre, la saleté.

— En plus, ça pue, grommela-t-elle en reniflant les effluves des restes de nourriture abandonnés sur la table basse.

Un énième « ding » acheva de lui mettre les nerfs à vif. À chaque fois, la jauge de ses espoirs montait en flèche pour redescendre en zone critique.

— Non, Elsa, je n'ai pas du tout envie d'aller voir ce petit groupe postpunk hyper sympa ! ragea-t-elle en fixant le SMS de son amie d'un œil furibond.

Elle jeta son téléphone à côté d'elle, elle le détestait et se détestait encore plus d'en être si dépendante. Au cours de ces deux jours, et même de sa semaine entière, chaque minute avait été placée sous le joug tyrannique de l'appareil.

Elle s'allongea sur le canapé et croisa les mains sur son ventre, gonflé d'avoir ingurgité tout ce que les placards contenaient de chips, cacahuètes, biscuits, chocolat… Sans compter le pack de bières trappistes qu'elle gardait pour le prochain dîner avec ses amis.

— Pourquoi tu ne me réponds pas ? souffla-t-elle d'une voix éraillée par l'épuisement. Un message, Romain, juste quelques mots pour me dire que tu as bien reçu mon courrier… C'est Jade qui t'en empêche ? Ou alors tu as des scrupules par rapport à elle, c'est ça ?

Elle avait passé en revue toutes les explications possibles et trouvé à Romain toutes les excuses, la plupart mettant d'abord en cause un emploi du temps surchargé, puis Jade. Jusqu'à ce que la longue litanie de ses réflexions lui fît promptement trouver une autre cause : l'assistante de Romain ne lui avait pas remis l'enveloppe contenant le sous-bock, voilà tout !

— Mais oui, c'est forcément ça ! s'exclama-t-elle en se redressant, les yeux exorbités de soulagement. Quelle conne…, soupira-t-elle en pensant autant à elle qu'à la collaboratrice.

Bien qu'affligeante, cette perspective la ragaillardit au point qu'elle entreprit de ranger et nettoyer son appartement scandaleusement négligé. Elle s'y consacra au son des rythmes lourds mais joyeux du disco, plusieurs heures seraient nécessaires. L'envie fut forte, mais elle parvint à ne pas consulter son téléphone. À quoi bon ? Romain ne pouvait pas la contacter puisqu'il n'avait pas reçu ses coordonnées !

Il était presque minuit lorsqu'elle put enfin s'estimer satisfaite d'avoir redonné leur décence aux pièces de son appartement. Elle coupa la musique, laissant le discret bruissement de la machine à laver planer dans le silence retrouvé, et décida de se coucher, enfin, éreintée par cet exécrable week-end.

Elle enfila un bas de pyjama et un tee-shirt après avoir pris une bonne douche, et se glissa entre les draps propres exhalant un bon parfum de lessive. Elle était loin d'avoir comblé son manque de sommeil, il fallait qu'elle dorme. Mais pouvait-elle vraiment s'assoupir sans vérifier une dernière fois qu'elle n'avait raté aucun message de Romain ? Elle surmonta sa déception sans trop de difficultés en constatant qu'il n'y avait rien, l'argument « assistante incompétente » avait fait son œuvre. Elle s'égara néanmoins du côté de Facebook, bien qu'elle n'eût reçu aucune notification quant à sa demande d'ami – on n'était pas à l'abri d'un bug. Mais là aussi, l'explication était logique : la page de Romain n'avait pas eu l'air très active lorsqu'elle l'avait consultée, le matin précédent, il ne devait pas utiliser Facebook très souvent.

Jusqu'au-boutiste, elle ne sut résister à la curiosité de visiter à nouveau cette fameuse page, même si elle la jugeait d'une affligeante inanité.

Son cœur manqua de s'arrêter, avant de se remettre à battre à grands coups de martèlements glacés et douloureux. Romain s'était connecté au cours du week-end, non pour répondre à sa demande, mais pour modifier son statut, passant de célibataire à « en couple », et pour publier une photo de Jade et lui en couverture, l'image même du bonheur, sirupeuse, écœurante, abjecte.

Juliette lâcha son téléphone comme s'il lui brûlait les mains. Elle étouffait. D'un coup de pied brutal, elle rejeta sa couette et resta figée, les muscles tendus. Elle se tordit les mains, la poitrine soulevée par son souffle fort, et commença à se gratter l'ongle du pouce droit, de plus en plus vigoureusement, jusqu'à creuser une petite rayure. Face à la photo insupportable de perfection, elle s'acharna et, sans même s'en rendre compte, finit par soulever un morceau d'ongle qu'elle tira, tira, tira au point d'arracher quasiment la moitié de la plaque cornée. Pourtant, ce fut à peine si elle sentit l'atroce douleur qui irradiait de son pouce vers sa main et jusqu'à son avant-bras.

Les deux souffrances s'entrechoquèrent sans se remplacer ni s'annihiler, bien au contraire, elles s'exacerbaient mutuellement. L'âme déchiquetée autant que l'était son ongle, Juliette poussa une longue plainte d'animal blessé.

Le choc était rude, elle suffoquait. Elle éteignit son téléphone en se retenant de le jeter contre le mur et s'allongea de tout son long pour essayer de retrouver son calme. Son esprit n'était plus qu'un bouillonnant maelström qui obstruait sa vue, ses sens, sa réflexion.

Au bout d'un moment, elle parvint à s'asseoir au bord du lit. Elle alluma la lampe de chevet en papier mâché et aperçut des petites taches de sang sur le drap.

— Mais qu'est-ce que t'as fait ? gémit-elle, paniquée.

Son cœur et ses battements lourds semblaient s'être installés là, à l'intérieur de son pouce dénudé de la moitié de son ongle.

Elle se traîna jusqu'à la salle de bains, la main levée devant elle. La douleur lançait d'atroces et fiévreux à-coups, mais c'est en examinant son doigt sanguinolent dans la lumière franche des spots entourant le miroir au-dessus du lavabo qu'elle se rendit vraiment compte du carnage.

Par réflexe, elle se passa la main sous l'eau et faillit tomber à la renverse, fauchée par la souffrance qui traversait son corps de la tête aux pieds. Elle se rattrapa de justesse et battit des paupières pour chasser les points phosphorescents crépitant dans ses orbites. Puis elle se regarda dans le miroir, se trouva l'air d'une folle, secoua la tête en soufflant fort.

— OK, maintenant tu te calmes, se gronda-t-elle, mâchoires serrées, yeux exorbités.

Elle fouina dans son armoire de toilette à la recherche d'une bande. La pellicule de gaze d'un pansement et un mouchoir en papier lui permirent de fabriquer un bandage de fortune. Qu'est-ce qui lui avait pris ? Ça allait mettre des siècles à guérir. Elle avait besoin de ses mains pour peindre, surtout de la droite, celle qui à cet instant lui donnait un aperçu de ce que devaient être les géhennes de l'enfer. Elle avala un cachet de paracétamol et décida de se faire un thé. Il était presque une heure du matin et elle se vit sur son canapé, la mine dévastée, le pouce saccagé, le cerveau en vrac. Quelle folie…

Les premiers effets du médicament se manifestant, elle se flanqua mentalement un coup de pied aux fesses et stoppa avec autorité les ondes pernicieuses du doute.

Elle se redressa, ragaillardie par une soudaine pensée. Il y avait une explication logique à la subite exhibition de Romain : en affirmant de façon plus ostentatoire l'existence de Jade, il montrait inconsciemment qu'il luttait ! Un pur phénomène de résistance à ce bouleversement dont la survenue ne pouvait qu'impacter le petit confort dans lequel il était installé et les avantages qu'il avait acquis en se laissant attraper par la fille du patron.

— C'est tellement évident… tellement humain…, soupira Juliette.

Étonnamment rassérénée par cette déduction, elle se trouvait sotte d'avoir réagi avec tant de violence. Un rire plein de dérision naquit dans sa gorge, d'abord léger et étouffé, avant de jaillir franchement.

— Alors c'est donc ça, l'amour, le vrai ? lâcha-t-elle, haletante, avant de s'avachir, épuisée.

11

Romain n'avait pas souvenir d'un week-end aussi idyllique que celui qui venait de se terminer. Il en avait passé chaque minute en compagnie de Jade. Et que ce fût dans la salle obscure d'un cinéma, à la table de ce restaurant gastronomique ultra-chic, le long des quais ou dans le magnifique appartement de la jeune femme, ils n'avaient cessé de se coller, de s'embrasser, de s'exciter et de se livrer à des corps à corps passionnés qui les avaient laissés sans souffle et les jambes coupées.

L'appétit charnel de Jade était inextinguible et Romain s'en goinfrait sans fin, s'en enivrait jusqu'à plus soif. Il avait déjà eu une courte aventure avec une femme de cette trempe, il avait cru être fou d'elle, alors qu'en définitive ils n'avaient été l'un pour l'autre que de flamboyants objets de désir, puissants mais volatils. Pendant les deux ou trois jours qui avaient suivi leur rupture, il avait déploré que l'histoire s'arrête. Puis, sans la moindre difficulté ni le plus petit regret, il avait rangé le souvenir avec une nostalgie empreinte de soupirs dans un coin de sa mémoire.

Jade, elle, le possédait corps et âme.

En ce lundi matin, assis dans son fauteuil de bureau, il achevait de revenir sur terre, notamment grâce à un troisième café bien serré qui ne serait peut-être pas suffisant pour permettre à son moteur interne de démarrer véritablement. Les yeux dans le vague, il repensait à l'audace inouïe de sa sublime lorsqu'elle lui avait envoyé un SMS depuis les toilettes du restaurant étoilé où ils dînaient. Ou plutôt, ce fut une photo qu'il découvrit sur son portable, un selfie d'une folle indécence. Mais pouvait-on vraiment appeler « selfie » le gros plan d'une main glissée dans une minuscule culotte de dentelle noire ? Encombré d'une érection subite, il s'était levé pour la rejoindre avec le sentiment honteux et régressif d'être un ado en train de feinter pour entrer dans les toilettes des filles.

— C'est la porte à côté pour les hommes, monsieur, lui fit aigrement remarquer une femme en le voyant poireauter devant la porte au logo éloquent.

À grand renfort de coups d'œil subreptices dès que la porte s'ouvrait, il lui avait fallu attendre qu'il n'y eût plus personne devant les lavabos pour pouvoir se faufiler clandestinement à l'intérieur. Trouver la bonne cabine parmi la dizaine à disposition ne fut pas difficile : Jade avait négligemment laissé dépasser la pointe de son escarpin dans l'espace entre le sol et le bas de la porte. Au comble de l'excitation et de l'effroi, il s'engouffra et tira le loquet. Jade le regardait avec ce petit sourire carnassier qu'elle lui réservait si souvent et agita devant son visage sa culotte minimaliste. Puis elle se tourna, releva sa jupe moulante sur ses hanches et, les mains appuyées au-dessus des toilettes, jambes bien campées, présenta à Romain son verso outrageusement cambré. Tout préliminaire aurait été vain, Jade voulait être possédée avec cette vigueur brutale qu'elle et lui savaient si bien s'offrir.

Devoir rester silencieux avait ajouté une dimension supplémentaire à leur fulgurant plaisir. La main plaquée sur la bouche de Jade et le visage plongé dans sa chevelure parfumée, Romain fut électrisé, à peine parvint-il à rester debout.

C'était quelques heures plus tôt et il en ressentait encore les effets. Il termina son café avec l'image des hanches de Jade cognant contre son bas-ventre profondément logée dans son esprit. Sentant gonfler une nouvelle érection, il souffla dans ses mains.

— Allez, au boulot !

Le temps que son ordinateur s'ouvrît, son regard dériva vers le courrier jeté pêle-mêle dans la panière métallique. Le sous-bock dépassant d'une enveloppe l'intrigua. Il lui fallut un petit temps pour l'associer aux coordonnées griffonnées au dos. Juliette Clermont… Il claqua la langue contre son palais. Il avait pris son invitation à boire une bière pour une simple politesse de la part de la jeune femme et, sous le coup du stress de la réunion de famille, il avait accepté machinalement, sans volonté particulière de la voir honorée par l'un ou par l'autre.

Embarrassé, il soupira en fourrant le sous-bock dans un tiroir. Il avait bien d'autres choses auxquelles penser cette semaine, le procès en appel de Martine Caussac nécessitait son énergie et toute son attention. Les bières, avec Juliette ou n'importe qui d'autre, attendraient. Jade et lui avaient même prévu de ne partager aucune nuit. Jusqu'au week-end prochain, ce serait chacun chez soi.

Il n'en avait pas envie, surtout en ce moment, néanmoins il faudrait qu'il envoie un message à Juliette, quelques mots polis et légers, suffisamment flous pour ne pas lui donner l'impression de s'engager et assez diplomates pour ne pas la blesser, c'était tout de même la sœur de Jade. Avec un peu de chance, elle oublierait sa proposition. Néanmoins, il ne pouvait pas miser là-dessus. *Arrête de procrastiner et fais-lui une vague promesse*, s'encouragea-t-il.

Alors qu'il s'apprêtait à ouvrir sa messagerie, le visage un peu épais de Jules apparut dans l'embrasure de la porte entrebâillée.

— Prêt pour les grandes manœuvres ? lança-t-il.

— Absolument ! répondit Romain, sa pleine conscience retrouvée.

Depuis le brunch, l'attitude de Jules n'avait pas changé. Romain s'en était d'abord inquiété. Mais avait-il vraiment cru qu'un simple déjeuner allait lui permettre d'entrer dans cette famille ? Asseoir sa place demanderait du temps et des efforts, de la délicatesse et de l'habileté.

Si rien d'intime ne transparaissait dans ses relations de travail avec Jules, l'un comme l'autre semblaient toutefois apprécier cette façon d'être. Jules gardait le même professionnalisme affable qui faisait de lui un confrère agréable et efficace, doublé d'un avocat talentueux marchant dans les traces de son père et partageant avec lui la même particularité : on les découvrait redoutables quand il était trop tard pour riposter. Malgré ses indiscutables aptitudes, Romain les considérait comme des exemples.

— Je te retrouve dans la salle de travail, fit Jules.

— J'arrive.

Il jeta le sous-bock dans un tiroir, empoigna ses dossiers et longea le couloir, non sans jeter un coup d'œil dans le bureau de Jade. Son harmonieux profil se découpait dans la lumière de la fenêtre devant laquelle elle se tenait, téléphone à la main, en pleine conversation. C'était lui qui portait ce procès en appel, il devait le gagner à tout prix, pour Martine Caussac, mais aussi pour Jade. La chance et le travail lui avaient permis de se hisser là où était désormais sa place, mais l'admiration et la fierté de cette femme dont il était fou tenaient un rôle prépondérant dans leur histoire. Si la déception avait régi les trente-trois premières années de sa vie, ce temps était définitivement révolu.

12

La pharmacienne dévisagea Juliette d'un air perplexe lorsqu'elle lui présenta son pouce meurtri.

— Je vais vous donner une pommade qui peut favoriser la régénération, mais vous devriez voir un spécialiste, lui dit-elle.

Juliette acquiesça par politesse. Un spécialiste de quoi ? La pharmacienne devinait-elle l'accès de folie qui l'avait poussée à se mutiler ? Le regard de cette dernière se fit d'ailleurs plus insistant, voire moralisateur.

— J'irai chez mon médecin ce soir, mentit Juliette en posant sur le comptoir des bandes, des compresses et du paracétamol.

— Pas plus de trois par vingt-quatre heures.

— Pardon ?

— Le paracétamol…

— Ah oui, d'accord, répondit distraitement Juliette.

Elle paya, les yeux baissés, et fila au musée. À l'abri d'une cabine dans les toilettes, elle se fit un pansement digne de ce nom, une énorme poupée qui lui tira des gémissements et des sueurs froides. Elle aurait pu demander à Nora ou à une de ses collègues, mais en vérité une petite boule de honte s'était installée au fond de son esprit. Elle se souvint du jour où une de ses amies lui avait montré ses scarifications en lui expliquant combien elles lui permettaient de se sentir moins mal dans sa tête. C'était au collège, quinze ans plus tôt, et Juliette n'avait oublié ni l'incompréhension ni l'écœurement que cette confidence avait suscités. Aujourd'hui, elle comprenait mieux, ce qui ne l'empêchait pas de se sentir absolument misérable. *Hors de question que je devienne folle !* se chapitra-t-elle.

Elle avala un cachet en se demandant comment elle allait bien pouvoir peindre avec ces insupportables élancements.

Elle mit en cause un vague accident de bricolage afin d'esquiver les questions sincèrement soucieuses de ses collègues et rumina les conséquences douloureuses de sa folie pendant toute la journée. Chaque coup de pinceau le lui rappelait et si par malheur elle se relâchait par un geste inconsidéré, en ouvrant trop précipitamment un tube de peinture ou en manipulant d'une certaine façon son pinceau par exemple, le rappel se faisait si mordant qu'il la menait au bord du malaise.

Mais au fil des heures sans aucun signe de Romain, un autre tourment enfla jusqu'à rejeter au second plan la souffrance physique. *Laisse-lui le temps d'admettre, d'intégrer...*, se répétait-elle comme un mantra.

Tout en peignant, elle passa une nouvelle fois en revue les signes, même les plus infimes, que Romain avait laissés affleurer à la surface de ses yeux, de ses gestes, de ses mots. Son attitude avait été un peu réservée, mais si explicite lorsqu'ils s'étaient retrouvés tous les deux sur le toit-terrasse. Et son émotion devant le tableau de Jacob, si pure, si franche, cette connivence instantanée et évidente, toute en ondes et silences. Le regard qu'il avait alors glissé vers elle était d'une telle puissance…

— Juliette ?

Elle coupa court au flux de ses pensées et leva les yeux vers Nora qui l'observait d'un air ahuri.

— Euh, c'est quoi, ça ? fit sa collègue en montrant de l'index le tableau que Juliette peignait.

— Le portrait de madame Vallotton, pourquoi ?

— Tu en es sûre ?

Juliette se tourna vers le chevalet : sans s'en rendre compte, elle s'était éloignée des teintes du tableau d'origine, gâchant sa palette et perdant quelques heures de travail.

Nora se pencha pour coller quasiment son nez à la toile, avant de jeter un coup d'œil mi-sceptique, mi-amusé à sa collègue.

— Très jolie variante... que ton client risque pourtant de ne pas vraiment apprécier, commenta-t-elle. Tu ne serais pas un peu distraite, toi ?

Avant d'ajouter :

— À moins que... Cupidon n'ait croisé ton chemin ?

Juliette lui retourna un sourire éclatant qui lui valut un baiser envoyé du bout des doigts de la part de son adorable collègue. On le disait et elle n'en avait jamais douté, la passion se voyait chez ceux qu'elle frappait.

— Tu crois que je pourrais partir un peu plus tôt, ce soir ? lança-t-elle.

— Tu vas le retrouver ? susurra Nora.

Juliette haussa les épaules et les sourcils sans se départir de son sourire.

— Vois avec la cheffe, mais je ne pense pas que ça pose problème, fit Nora.

Elle marqua un temps d'arrêt avant d'ajouter :

— Par contre, je ne suis pas sûre qu'elle soit très réceptive aux histoires d'amour, en ce moment, je crois avoir compris que son mec l'a larguée. Je te conseillerais de lui dire que tu dois voir le médecin pour ton pouce. Ce que tu devrais faire, aussi, entre deux câlins.

— Merci du conseil, tu es une mère pour moi !

Juliette s'empressa d'aller faire sa demande, aussitôt acceptée à la seule vue de son bandage impressionnant.

Il lui fallut néanmoins beaucoup de patience pour supporter l'après-midi qui se déroulait avec une mollesse révoltante. Mais à l'approche de dix-sept heures, elle se sentit revivre. Faisant fi des recommandations de la pharmacienne, elle avala un quatrième cachet, enfila tant bien que mal sa veste en cuir et enroula son écharpe autour de son cou, avant de se précipiter dehors.

Elle courut entre les grappes de piétons jusqu'au cabinet Clermont & Associés. Toutes les fenêtres du cinquième et du sixième étages étaient éclairées, il n'était que dix-sept heures trente. Juliette pressa sur la sonnette, une voix grésilla.

— Oui ?

— Je suis Juliette Clermont, je viens voir mon père.

La porte émit un déclic, Juliette se faufila dans le hall d'entrée. Son reflet dans le grand miroir ornant le bas des escaliers lui confirma qu'elle n'était pas au summum de sa beauté. Heureusement, ses yeux brillaient d'une ardeur exceptionnelle qui l'emportait sur les cernes et le teint pâle. Elle chercha tout de même au fond de son sac de quoi masquer sommairement ces tristes traces, mais ne réussit qu'à exhumer un poudrier hors d'âge et un baume à lèvres même pas teinté. Elle remit un peu d'ordre dans ses cheveux en se maudissant de n'être pas plus prévoyante, retira son écharpe afin de dégager son cou qu'elle savait gracieux, se pinça les joues pour leur donner un peu de couleur et estima qu'elle pouvait vraiment paraître très jolie aux yeux des hommes appréciant le naturel, le charme dénué d'ostentation.

Arriver au cinquième étage avec les poumons en feu était exclu, elle préféra attendre l'ascenseur. Et ce fut avec une assurance joyeuse, mais le cœur euphorique, qu'elle pénétra dans le cabinet familial.

13

Juliette s'était à peine avancée vers le comptoir de l'accueil qu'une femme, au visage chevalin et à l'allure très sophistiquée, la reconnut.

— Juliette ! Quelle bonne surprise ! s'exclama-t-elle. Il y a une éternité qu'on ne t'a pas vue ici.

— Bonjour, Angélique, répondit aimablement Juliette. Vous allez bien ?

Jamais une femme n'avait aussi mal porté ce prénom. Sexagénaire flamboyante, Angélique Chatrier était un pilier indétrônable du cabinet Clermont, une des plus redoutables avocates en droit des affaires. À elle seule, elle rapportait chaque année plusieurs centaines de milliers d'euros d'honoraires.

Derrière le comptoir, une jeune femme, nouvellement chargée de l'accueil et prénommée Coralie, écoutait d'une oreille curieuse la conversation un brin mondaine entre l'avocate aussi crainte que respectée et la fille cadette du patron qu'elle voyait pour la première fois. Elle mémorisa son visage : avoir des qualités de physionomiste était important dans son métier, les clients appréciaient toujours de ne pas avoir à décliner leur identité lorsqu'ils se présentaient. Au passage, elle ne put s'empêcher de noter la ressemblance entre Juliette et Jade comme leur immense dissemblance. Toutes deux possédaient la même allure svelte et ces mêmes traits de madone, mais leur style était à l'opposé l'un de l'autre.

— Mon père est là ? demanda Juliette après le bref échange de bonne courtoisie.

— Oui, bien sûr, mais il a changé de bureau, il y a quelque temps, Coralie va t'accompagner, lui répondit Angélique Chatrier.

— Ce n'est pas la peine, je vais trouver toute seule ! rétorqua joyeusement Juliette. Coralie a sûrement autre chose à faire.

L'avocate lui sourit. Aussi loin qu'elle s'en souvînt, aucun des enfants d'Édouard Clermont ne s'était jamais considéré comme étant fils ou fille du roi. Une qualité rare dans les milieux où il est question de pouvoir et d'argent. D'ailleurs, même si ses motivations étaient tout autres, Juliette détestait ce genre de prérogatives, elle aussi. Elle rendit à Angélique Chatrier son sourire lorsque celle-ci lui indiqua le chemin à suivre et lui souhaita une bonne soirée.

Alignés de chaque côté d'un couloir parqueté, les bureaux étaient répartis dans des pièces claires et hautes de plafond, les uns donnant sur la rue, les autres sur l'arrière des bâtiments alentour. La plupart des portes étaient ouvertes, l'usage voulait qu'on les ferme uniquement lors de réunions de travail ou de rendez-vous avec des clients. Juliette jeta un coup d'œil dans chaque pièce avec l'espoir avide d'apercevoir Romain. Intérieurement, elle hurlait son prénom. Le percevait-il ? Des ondes se propageaient forcément, traversaient les cloisons. Des cerveaux connectés ne connaissaient aucune barrière.

Le couloir formait un U, elle s'engagea dans la plus petite partie, le souffle précipité à la pensée que le jeune homme se trouvât derrière une des portes restées closes. Elle croisa des personnes qu'elle connaissait, d'autres totalement inconnues, on la salua, elle s'entendit répondre d'un air enjoué, quoique fébrile en s'imaginant tomber subitement sur Romain. *Arrête ça !* s'ordonna-t-elle en sentant ses yeux rouler dans leurs orbites. *Il va croire que tu es dingue.*

— Juliette ?

Elle s'arrêta net en entendant la voix de son père, puis se retourna. Édouard Clermont venait d'émerger d'un des quatre bureaux installés dans le creux du U, au centre de la fourmilière. Pendant une poignée de secondes, elle eut honte de ressentir une certaine contrariété.

— Qu'est-ce que tu fais là, ma fille ? demanda-t-il tandis que Juliette s'approchait de lui.

— J'étais dans le quartier, j'ai eu envie de te faire un petit bisou, répondit-elle en claquant un baiser sonore sur sa joue.

Son père leva un sourcil étonné avant de la serrer dans ses bras.

— Alors ça, c'est la plus jolie chose qui me soit arrivée aujourd'hui, soupira-t-il.

À peine effleurée par sa crapulerie, Juliette scrutait le couloir par-dessus son épaule en se demandant quel prétexte trouver pour poursuivre son inspection.

— Tentée de partager un verre avec moi ? lança son père.

— Bonne idée !

Elle aurait fait n'importe quoi pour rester encore un peu dans les locaux. Sans compter que son père semblait vraiment heureux de la voir. Il l'entraîna dans son bureau, une pièce superbe avec parquet point de Hongrie, hautes fenêtres, cheminée de marbre noir. Au centre, couverte de dossiers, la table de travail en noyer que Juliette avait toujours connue et qu'Édouard tenait de son père.

Un canapé et deux fauteuils en cuir entouraient une petite table basse marquetée. La porte étant restée ouverte, Juliette prit stratégiquement place sur le fauteuil avec la meilleure vue possible sur le couloir.

— Un client m'a offert un magnifique rhum arrangé, je sais que tu ne raffoles pas du whisky, fit son père en se servant un verre de sa boisson maltée préférée.

— Allons-y pour le rhum !

Elle avait un mal fou à quitter des yeux la minuscule portion de couloir. Par chance, son père s'installa juste en face d'elle, elle n'aurait pas à se contorsionner ni à ruser pour surveiller les passages. Sa conscience était presque sauve !

— Qu'est-ce que tu t'es fait ? s'alarma subitement Édouard en avisant son pouce bandé.

— Tentative de bricolage, échec total, répondit Juliette avec l'air contrit d'une petite fille qui a fait une bêtise.

— Tu as vu un médecin ? Il ne faut pas plaisanter avec ça, tu as besoin de tes mains !

— Ne t'inquiète pas, c'est rien. Mais toi, comment tu vas ? Je te trouve l'air fatigué.

L'inquiétude de Juliette était sincère, mais n'empêcha pas la levée de vilains scrupules quand son père but une gorgée de whisky et qu'elle en profita pour jeter un œil vers le couloir.

— Je vieillis, tout simplement, fit ce dernier.

Sous le coup de la multitude d'émotions qui la malmenaient depuis des jours et des nuits, Juliette sentit ses narines se pincer et les larmes monter.

— Tu es fort comme un ours, papa, murmura-t-elle.

Malgré ses vingt-sept ans, il lui arrivait encore d'utiliser cette expression qu'elle prononçait si souvent lorsqu'elle était enfant.

— Ah, ma petite fille, ma jolie pâquerette…, soupira-t-il. Tu sais, les ours, comme les hommes, ne sont pas éternels.

— Je te défends de dire des choses pareilles ! s'insurgea-t-elle, entre colère et chagrin.

Elle enfouit son nez dans son verre et but une gorgée. Le rhum répandit aussitôt une chaleur ambrée dans son corps et attendrit la boule d'angoisse qui l'oppressait.

— Comment as-tu trouvé ta mère, l'autre dimanche ? reprit Édouard.

— Maman ? Bien, je l'ai trouvée bien. Pourquoi ?

Elle n'écouta rien de la réponse de son père : elle venait de reconnaître le timbre de Romain parmi les voix qui lui parvenaient du couloir. Il avait senti qu'elle était là, tout près, et se manifestait !

Les paroles de son père furent réduites à l'état de bruit de fond aux oreilles de Juliette. Elle s'entendit pourtant le rassurer en lui promettant d'essayer de convaincre sa mère de faire un bilan de santé.

— Je ne vais pas te déranger plus longtemps, papa, tu dois avoir du boulot, lança-t-elle précipitamment.

Elle avait haussé la voix sans le vouloir, poussée par son incorrigible impulsivité. L'écho des conversations s'éloignant, elle se leva et rassembla promptement son sac et sa veste.

— Ça m'a fait plaisir de te voir, dit Édouard.

N'importe qui aurait perçu dans son ton las et ses épaules tombantes la déception qu'il taisait. Mais Juliette n'était déjà plus là. Elle lui fit une dernière bise avant de filer comme une voleuse.

Le couloir était vide et silencieux. Elle pivota sur ses talons pour foncer à l'opposé de l'entrée, vers la gauche, là d'où la voix de Romain lui avait semblé venir. La moitié des huit bureaux étaient vides et les portes des autres étaient fermées. Juliette n'allait pas tarder à imploser. Elle soufflait fort sous l'emprise de sa nervosité sans cesser de murmurer « Romain, Romain, où es-tu ? » et de traquer le moindre signe de sa présence.

D'autres voix lui parvinrent soudain depuis la cage d'escalier intérieure qui conduisait au sixième étage, où se trouvaient d'autres bureaux. Elle tendit l'oreille, vibrante d'espérance, et s'avança jusqu'au bout du couloir.

En bras de chemise, simple et beau, Romain était là, dans le léger renfoncement que formait le palier, en pleine discussion avec quatre collègues. Stupéfaite, Juliette resta en arrêt, son cœur soubresauta et manqua quelques battements. *Incroyable ! La probabilité était infime, et pourtant, on a réussi à se retrouver !* exulta-t-elle intérieurement. *Si c'est pas un signe, ça...*

Le jeune avocat lui jeta un coup d'œil sans s'attarder, avant de revenir sur elle et de lui adresser un franc sourire en la reconnaissant. Elle le lui rendit, paralysée et follement heureuse qu'il se soit placé sur son chemin dans les méandres du cabinet.

Et son bonheur fut décuplé lorsque, au bout de quelques secondes, Romain s'excusa auprès de ses collègues pour venir vers elle.

— Salut…, souffla-t-elle.

— Salut, répondit-il.

Elle se rapprocha de lui pour lui faire la bise. Il parut surpris, elle se montrait toujours si spontanée, sans doute n'était-il pas habitué à cette fraîcheur.

La jeune femme perçut une connexion si forte qu'elle dut s'adosser au mur. Son parfum discret, la douceur duveteuse de sa barbe de trois jours, sa présence si ardemment attendue, le regard caramel qu'il dardait sur elle, tout soulevait en elle une chaleur fondante qui la faisait gémir intérieurement.

— Tu cherches ton père ? ou Jade ? poursuivit-il, un peu gêné.

— Non, répondit-elle, transfigurée. Enfin, je veux dire, c'est bon, j'ai trouvé…, ajouta-t-elle avec un petit rire.

De la même façon que sur la terrasse lors du brunch, elle adorait instaurer un double sens à leurs propos. D'ailleurs, elle sentait combien Romain en était friand, lui aussi, ainsi qu'en témoignait son expression malicieuse.

— Ah, tant mieux ! C'est un vrai labyrinthe, ici. Les premiers temps, je me perdais sans cesse, dit-il.

— Oh, on finit toujours par trouver quand on cherche bien, répliqua-t-elle.

— Euh… oui… c'est pas faux, admit Romain.

Il détourna les yeux, comme emporté par ses pensées, contrairement à Juliette qui suivait sans faillir une ligne fixe.

— Alors ? On la boit quand, cette bière ? lança-t-elle.

Le regard de Romain revint sur elle. Il se frotta le visage de ses deux mains, inspira profondément et expira bruyamment.

— Cette semaine, impossible, répondit-il, je dois bosser sur un dossier capital, je mène une vraie vie d'ascète.

Juste sous la surface de son sourire, la déception ébrécha sévèrement l'euphorie de la jeune femme.

— Je vais finir par croire que tu cherches à m'éviter, lâcha-t-elle, pincée.

Avant d'enchaîner avec un sourire :

— Ça pourrait compromettre ton futur statut de beau-frère, tu sais !

Avec ces mots, elle avait touché Romain, elle en était certaine. Mais il fallait bien qu'elle se montre entreprenante puisque leur attraction mutuelle si évidente semblait le pétrifier.

— La semaine prochaine ? proposa-t-elle, faussement innocente.

Elle transpirait plus que de raison et sa voix lui parut désagréablement haut perchée. Cet homme la mettait dans tous ses états. Mais elle s'engagea sur les rails d'un nouveau tremplin lorsqu'il lui dit :

— Pourquoi pas…

— Super ! s'enthousiasma-t-elle. Lundi ?

— Laisse-moi déjà voir mon planning.

— D'accord. Bon, tu as mes coordonnées…

Dans un premier temps, son acquiescement dérouta Juliette. Ainsi, il avait bien reçu le sous-bock. Puis elle piétina une nouvelle fois sa contrariété pour rebondir plus loin, plus haut, plus fort.

— Tu peux aussi me contacter via Facebook, insista-t-elle, histoire de lui rappeler qu'elle l'avait demandé comme ami.

— Ah oui, Facebook…, fit-il, les sourcils froncés.

Juliette comprit aussitôt qu'il y avait un problème. Jade avait certainement un droit de regard, peut-être même la mainmise, sur la gestion de son profil.

— Romain ? On va y aller, là, interpella un des avocats qui attendait un peu plus loin.

— J'arrive ! fit le jeune homme.

— Pardon, je te retiens, s'excusa Juliette. On se dit à la semaine prochaine, alors ?

— Avec plaisir.

Sur ces mots, Romain fit volte-face et rejoignit le petit groupe, laissant Juliette au bord de l'extase. Elle le regarda s'éloigner, ou plutôt admira sa démarche souple, son corps ni trop, ni trop peu musclé. La réalité était tellement plus riche que les vidéos et photos dont elle se gavait depuis des jours.

Mais au-delà de cette enveloppe parfaite, c'était la connexion, l'incroyable et formidable connexion qui existait entre eux deux et qui annihilait tous les tourments qu'elle avait accumulés, le manque de sommeil, la douleur de son pouce.

Elle quitta le cabinet dans un état de béatitude qui lui donnait un air halluciné et descendit les cinq volées de marches quasiment en flottant. Parvenue dans la rue sans même s'en être aperçue, elle dut néanmoins s'arrêter, terrassée par l'émotion.

Ses jambes flageolaient tant qu'elles ne la portaient plus, elle se laissa tomber sur le banc d'un abribus.

— Ça ne va pas ? Vous ne vous sentez pas bien ? s'inquiéta une femme qui patientait là.

Juliette leva la tête et se mit à rire.

— Au contraire, je ne me suis jamais sentie aussi bien de toute ma vie, répondit-elle.

— Ah…, fit la femme d'un air perplexe.

Dix minutes et trois bus passèrent avant que Juliette ne puisse se lever. Elle ne se sentait pourtant pas encore d'aplomb pour rentrer tout de suite chez elle. Elle avait peu mangé au déjeuner, elle avait froid et à cela s'ajoutaient la marche rapide depuis le musée, la tension tout au long de cette interminable journée, la main de Romain sur son épaule, les yeux de Romain dans les siens, le baiser sur la joue douce de Romain, l'exaltation… Romain, Romain, Romain… Il fallait qu'elle reprenne quelques forces et qu'elle se réchauffe avant de regagner son appartement. La brasserie qui se trouvait face au cabinet serait parfaite pour cela, sans compter qu'elle pourrait peut-être apercevoir le jeune homme.

Il restait une petite table libre près de la devanture, elle s'y installa et commanda un croque-monsieur, accompagné d'un thé au citron – en matière d'alcool, le rhum arrangé de son père suffirait pour ce soir.

Elle envisageait de se laisser tenter par une part de gâteau aux carottes lorsqu'elle vit s'ouvrir la lourde porte de l'immeuble de l'autre côté de la rue. Une dizaine d'hommes et de femmes émergèrent et se saluèrent avant de s'éparpiller. Le cœur de Juliette s'emballa à nouveau en reconnaissant Romain et Jade. Sans avoir la moindre idée de l'intérêt d'une telle action, elle posa un billet de vingt euros sur la table et sortit en flèche de la brasserie, bien décidée à les suivre.

14

Postée dans l'ombre d'un porche, Juliette surveillait la devanture du restaurant italien sur le trottoir d'en face, à une rue du cabinet. Romain et Jade y étaient entrés près de trois quarts d'heure plus tôt, bras dessus bras dessous, le rire aux lèvres, et tout s'était entrechoqué dans l'esprit de Juliette, comme des courants contraires qui se fracassent dans de grandes gerbes d'écume sauvage. Romain avait évoqué « sa vie d'ascète » et il était là, à déguster une énorme assiette fumante – des pâtes à la Bolognaise, semblait-il –, face à Jade qui picorait une salade.

Mais passé les affres de la contrariété, Juliette comprenait qu'avec le volume de travail qu'il devait abattre, il ait besoin de se nourrir généreusement et de se détendre un moment. Elle ne lui en voulait pas. En revanche, elle pestait contre sa sœur qui cherchait par tous les moyens à le faire dévier des obligations qu'il s'était fixées.

Grâce au zoom de son téléphone, elle voyait tout, les mains fureteuses sous la nappe, les baisers par-dessus la table, toujours à l'initiative de Jade dont le pied déchaussé remontait langoureusement entre les jambes de Romain.

— Tu crois que je n'ai pas vu ton petit jeu ? Si c'est tout ce que t'as trouvé pour le retenir…, marmonna Juliette depuis son poste de surveillance.

Sa sœur et Romain finirent par se lever. Juliette s'enfonça davantage dans l'ombre et se mit à les filmer alors qu'ils sortaient. À la faveur de l'éclairage d'un lampadaire, rien n'échappait à l'apprentie espionne. Plus que collés, quasiment fusionnés, ils enroulaient leurs bras l'un autour de l'autre et s'embrassaient à bouche que veux-tu. Des passants plaisantèrent sur la chaleur qu'ils dégageaient sans toutefois réussir à les interrompre.

La respiration de Juliette se fit plus rapide, plus humide, elle se sentait voyeuse dans un équilibre très ténu entre supplice et excitation. Le téléphone dans le creux de la main, elle trembla en se prenant à imaginer qu'elle était à la place de Jade, les mains de Romain entourant son visage, sa langue s'immisçant avec une impérieuse volupté entre ses lèvres, son sexe durcissant contre son ventre.

Romain se dégagea doucement de l'étreinte de Jade, mais celle-ci ne semblait pas l'entendre ainsi. Elle se rapprocha de lui, féline et sûre d'elle, le regard enjôleur, il la repoussa en riant. Elle tenta un nouvel assaut qu'il rejeta. Concentrée comme jamais, Juliette ne perdait pas une miette de la scène, non sans brûler d'envie de bondir et de crier à Jade d'arrêter ses simagrées.

— Tu es ridicule, ma pauvre sœur. Tu ne vois pas qu'il ne veut pas ? grinça-t-elle.

De fait, Jade abandonna et passa un coup de fil. Peu après, elle s'engouffrait dans un Uber, après un ultime baiser d'une parfaite impudeur à Romain. Ce dernier regarda la voiture s'éloigner, puis partit dans la direction opposée.

Impossible pour Juliette de ne pas le suivre. Elle lui emboîta le pas tout en restant une bonne trentaine de mètres derrière lui. Il dépassa un arrêt de bus, elle en déduisit qu'il n'habitait pas très loin. En effet, dix minutes plus tard, il s'arrêtait devant un immeuble sans apparat. Juliette accéléra le pas et consulta les noms inscrits sur les sonnettes. La vision de la minuscule étiquette délavée indiquant « R. DENIS » lui provoqua une bouffée de satisfaction. Elle se recula pour observer la façade et ses sept étages dont la moitié des fenêtres étaient éclairées.

Le scooter d'un livreur de plats à domicile s'arrêta soudain au bord du trottoir. Un garçon casqué sortit plusieurs boîtes à pizza de son caisson et, les mains encombrées, pressa sur une des sonnettes. Juliette n'hésita pas une seconde et fit mine de l'aider dès que le grésillement de l'ouvre-porte retentit.

— Merci ! lança le garçon.

— Pas de quoi ! répondit Juliette, ravie de cette aubaine.

Un bref coup d'œil aux boîtes aux lettres lui suffit pour découvrir que Romain habitait au dernier étage. Comme elle. Encore un point commun… Malgré sa fatigue, elle décida de monter à pied. Son corps tout entier protestait, ses poumons se déchiraient, les muscles de ses cuisses mugissaient, ses genoux fondaient. Et pourtant rien ne comptait hormis cette formidable impression de se rapprocher de Romain à chaque marche gravie. Elle aurait pu monter vingt, trente étages.

Elle croisa le livreur sur le palier du cinquième.

— Pardon, j'ai monopolisé l'ascenseur, s'excusa-t-il.

— Pas de souci, fit-elle.

— Bonne soirée !

— Oh que oui ! s'entendit-elle répondre gaiement.

Toutefois, elle déchanta en ne trouvant pas celui qu'elle cherchait parmi les quatre appartements répartis sur le palier du septième étage. Avant de repérer un couloir conduisant à une galerie ouverte sur la cour et menant à d'autres appartements. Romain occupait le dernier, tout au bout. Cet accès alambiqué la fit sourire. Elle y vit comme une épreuve, un labyrinthe dont l'issue se méritait. Jade devait détester cet endroit, elle était si peu encline à la fantaisie.

Trois fenêtres de l'appartement s'alignaient au-dessus de la cour. L'une d'elles, à un mètre environ de la galerie, était entrouverte et laissait filtrer la voix de Romain, apparemment au téléphone. Juliette s'approcha en essayant de se faire aussi légère que possible, le plancher craquait, menaçant de la trahir à chaque seconde. C'était pourtant plus fort qu'elle, il fallait qu'elle écoute.

— Non, ma sublime, on avait dit pas cette semaine…

Juliette secoua la tête. *Tu parles d'une sublime, on dirait plutôt une chienne en chaleur !*

— Oui, je sais…, poursuivit Romain, moi aussi j'ai envie de toi…

Il s'était rapproché de la fenêtre. Juliette prit peur qu'il ne la voie et se colla au mur, tout en retenant inutilement son souffle. Elle l'entendit rire.

— Comment ça, on baisera pas ? fit-il. Tu sais très bien que si ! Tu as tout fait pour me chauffer au resto… Résultat, je ne débande pas.

Juliette eut l'impression de prendre feu. Si elle l'avait pu, elle aurait téléphoné sur-le-champ à Jade pour la stopper. *Tu te fais passer pour une femme fatale, mais t'es qu'une saleté de mante religieuse*, ragea-t-elle en pensée. *Ton instinct te fait sentir que ton mâle t'échappe, alors tu sors l'artillerie lourde, logique féminine… Mais ce que tu ne sais pas, c'est que Romain a été bouleversé par notre rencontre. Ma pauvre, t'as rien compris…*

— Ah oui ? continua Romain. Tu es réellement en train de faire ça ? Putain, tu sais très bien ce que ça me fait quand t'es comme ça…

Non, Jade, finalement t'es pas une mante religieuse, t'es juste une salope…, corrigea intérieurement Juliette.

Romain poussa un gémissement très explicite qui l'étourdit.

— OK, tu bouges pas, j'arrive…, fit le jeune homme.

15

Toutes les alarmes passèrent au rouge dans la tête de la jeune femme. Elle se précipita vers le palier et perdit de précieuses secondes à chercher une cachette. Il n'y en avait aucune, elle était à découvert et sentait la panique anesthésier son système nerveux. Elle eut seulement le réflexe d'appeler l'ascenseur. Il arriverait peut-être au septième étage avant que Romain ne sorte de chez lui. Il s'y engouffrerait sans découvrir sa présence.

Surmontant à grand-peine son affolement, elle commença à dévaler les escaliers à toute vitesse, avant de s'arrêter deux niveaux plus bas. L'oreille tendue, elle entendit des voix résonner depuis les étages inférieurs, mais aucun bruit ne ressemblant à celui d'un ascenseur en mouvement. En revanche, le martèlement de pas en provenance du septième lui parvint, très nettement, trop nettement. *Ces abrutis de voisins ont bloqué l'ascenseur !* brailla-t-elle intérieurement. Romain, encore en conversation avec Jade, avait décidé de prendre les escaliers. Si Juliette restait bêtement figée, dans quelques secondes ils se retrouveraient nez à nez. Ses jambes ne répondaient plus aux appels de son cerveau, pourtant saturé d'adrénaline, ses membres étaient gourds, pour la première fois de sa vie elle crut qu'elle allait s'évanouir. L'espace d'un instant furieusement romantique, elle se vit effondrée sur les marches, pâle comme une morte, Romain lâchant son téléphone pour venir à son secours.

Au lieu de cela, un éclair de lucidité lui fit reprendre sa descente. Elle manqua de se tordre les chevilles par trois fois, mais parvint enfin dans le hall au prix d'une panique inouïe qui grandit encore lorsqu'elle s'aperçut que quelqu'un avait refermé à clé la porte d'entrée. *Merde merde merde !* s'effara-t-elle.

Elle avisa le local à poubelles et s'y précipita. Mais il fallait également une clé pour y accéder. Juliette était bloquée. Romain n'allait pas tarder à déboucher dans le hall et elle allait mourir, foudroyée par le ridicule et la honte.

Une nouvelle bouffée d'adrénaline lui fit déplier son écharpe pour s'en couvrir la tête, les épaules et la moitié du dos, comme d'une cuirasse qui la protégerait. Puis elle se tourna face aux boîtes aux lettres et voûtée, ratatinée par son angoisse, fit mine de chercher sa clé au fond de son sac.

— Oui, je suis en route, là, prépare-toi…, retentit la voix de Romain qui venait de surgir derrière elle.

Juliette le sentit passer très près d'elle et ferma les yeux comme pour effacer ces quelques secondes de tension extrême.

— Bonsoir, fit Romain avec une politesse désinvolte.

— Bonsoir, répondit-elle d'une voix monocorde, méconnaissable, priant le ciel, Dieu, les anges, les saints pour que Romain ne s'attarde pas et poursuive son chemin.

Elle ne sut jamais par qui sa prière fut entendue. Le fait est que le jeune homme ouvrit la porte d'entrée sans prêter la moindre attention à elle. Le danger passé, elle s'affala sur une marche et, les coudes sur les genoux, se prit la tête entre les mains. Il lui fallut un long moment avant de retrouver une respiration normale.

Puis, gagné par une amnésie tenant du prodige, son esprit se remit à caracoler. Romain ne l'avait pas reconnue. Pourtant, son instinct aurait dû lui hurler qu'elle était là, à quelques centimètres de lui ! C'était dire combien l'emprise de Jade était forte.

Elle inspira profondément, posa les mains à plat sur ses cuisses et s'ébroua en reniflant, ainsi qu'elle avait l'habitude de le faire lorsqu'elle voulait s'encourager. Mue par une énergie nouvelle, elle remonta au septième étage, longea la galerie jusqu'à la porte de l'appartement de Romain et constata qu'un des battants de la fenêtre la plus proche de la rambarde était entrouvert.

Elle sourit. Cet acte manqué – cette invitation ! – lui pétrissait le cœur. Elle inspecta les façades donnant sur la cour, il restait quelques fenêtres allumées, dans les étages inférieurs. *Tu t'en fous*, décida-t-elle en se penchant par-dessus la balustrade pour pousser le battant mobile. Un pied en appui sur la gouttière de zinc, l'autre sur l'extérieur de la galerie, elle s'agrippa au rebord de la fenêtre, prit son souffle et s'écarta, doucement mais sans marquer d'hésitation.

Les vingt mètres de vide sous elle tentèrent de l'aspirer. Elle rejeta de toutes ses forces cette image et bascula le haut de son corps à l'intérieur de l'appartement. Trois secondes plus tard, elle se retrouvait dans une petite cuisine, modeste, voire réduite au strict minimum. Elle alluma le plafonnier, Romain ne rentrerait pas de la nuit, elle ne risquait rien. Son téléphone la fit néanmoins sursauter en émettant un de ces fameux « ding » auquel elle répondit par un « Ta gueule » énervé.

Constatant qu'elle n'avait quasiment plus de batterie, elle brancha le chargeur qu'elle emportait toujours dans son sac et commença sa visite, émue aux larmes de découvrir le lieu où vivait Romain.

De même que la cuisine, l'appartement, dans le pur style des années 60, n'était vraiment pas grand : un salon d'une quinzaine de mètres carrés sur lequel débouchait directement l'entrée, une chambre offrant juste assez de place pour le lit, une armoire et une commode, ainsi qu'une salle de bains microscopique en face. Rien à voir avec l'appartement de Jade, vaste, clair, d'un classicisme élégant, mais ennuyeux.

À la lumière tendre d'une lampe en verre opalescent, Juliette inspecta le salon, les cadres présentant des photos en noir et blanc, le bureau couvert de dossiers, l'ordinateur portable éteint – dommage… –, un portrait de Jade dans un petit cadre en argent qu'elle ne put s'empêcher de renverser, courroucée par le regard de sa sœur.

Dès qu'elle avait vu la façon dont il observait les tableaux dans le petit salon de Bérangère, elle s'était doutée que Romain était féru d'art. Mais ce fut avec un plaisir ineffable qu'elle découvrit également qu'il lisait et écoutait beaucoup de musique, ainsi qu'en témoignaient les piles de livres, surtout des romans historiques et des documentaires sur la criminologie, des ouvrages de photo – il semblait avoir une prédilection pour Henri Cartier-Bresson et Lucien Clergue – et une impressionnante quantité de vinyles, rangés à même le parquet. Agenouillée, Juliette passa en revue les pochettes colorées des groupes de rock des années 70 et des musiciens de jazz qui constituaient l'essentiel de la collection. Rien à voir avec ce qu'il avait affiché sur sa page Facebook et qui confirmait la déplorable influence de Jade.

— Je savais bien, murmura Juliette.

Pink Floyd était le plus représenté, Romain possédait au moins quarante disques de ce groupe culte qu'elle connaissait de notoriété, bien sûr, mais mal.

L'un des vinyles était sur la platine.

— *Echoes*..., lut-elle dans un murmure.

Elle saisit délicatement le bras articulé et posa la pointe de lecture sur les sillons. La musique, hypnotique et prégnante, envahit aussitôt la pièce. Adossée au canapé de toile grège, la jeune femme resta assise sur le sol, ferma les yeux et se laissa bouleverser.

And no one sings me lullabies
And no one makes me close my eyes
So I throw the windows wide
And call to you across the sky[1]

Elle écarquilla les yeux en entendant ces paroles.

— Je laisse les fenêtres ouvertes en grand..., répéta-t-elle en dodelinant de la tête, éberluée.

Une fois de plus, tout convergeait avec une puissance qui lui coupait le souffle. Tel un Petit Poucet, sans le vouloir, certainement sans même le savoir, Romain laissait dans son sillage une multitude de signes qu'il la chargeait inconsciemment de saisir.

— Je suis là, Romain, je suis là et je comprends...

Elle étouffait, jubilait, vibrait, tremblait, exultait. Elle se leva pour se passer le visage sous l'eau fraîche au-dessus du petit lavabo. Ruisselante, elle remarqua deux brosses à dents dans un verre, une bleue, classique, et une autre, en bambou, qui appartenait assurément à Jade, elle se souvenait que sa sœur avait livré cette palpitante information sur cet acte écologique dont la cadette s'était fait un plaisir de railler l'héroïsme, lors d'un précédent brunch familial.

---

1. « Et personne ne me chante de berceuse / Et personne ne me fait fermer les yeux / Alors je laisse les fenêtres ouvertes en grand / Et je t'appelle à travers le ciel ».

Inspirée, Juliette prit d'abord la brosse de Romain et se lava les dents, les yeux mi-clos, en proie à ce qui ressemblait quasiment à de l'extase. Puis elle saisit la brosse de Jade et s'installa sur les toilettes. Un plaisir mauvais l'aiguillonna lorsqu'elle urina sur le crin d'un noir charbonneux.

Elle remit tout en place dans le verre et reprit sa fouille.

— Voyons ce qu'il y a là-dedans…, chuchota-t-elle en ouvrant l'armoire de toilette en métal blanc.

Parmi les réserves de gels douche et de déodorant dérivés du parfum dont le flacon était posé sur le lavabo, elle remarqua un tube de crème hydratante bio, une lotion pour les cheveux, un rasoir électrique et un peigne. Elle ouvrit tout, respira longuement les différentes fragrances, y compris celle de la crème, s'attarda sur le parfum dont elle pulvérisa quelques gouttes sur ses poignets et dans son cou avant de continuer son inspection.

La garde-robe du jeune avocat était constituée de pièces simples et classiques, quatre costumes de bonne facture, un caban marine, des chemises blanches ou bleues, soigneusement suspendues sur des cintres, des jeans de toile brute, des polos colorés, quelques tee-shirts et des pulls à col rond, gris anthracite ou noirs.

— Classe, commenta sobrement Juliette.

Un des tiroirs de la commode contenait une quinzaine de paires de chaussettes foncées, toutes de la même matière, et autant de boxers, unicolores, impeccablement rangés et pliés. Se laver les dents avec la brosse de Romain avait fait grand effet à Juliette. C'était cependant peu en comparaison du plaisir voluptueux qu'elle ressentit en respirant à profondes goulées le linge sale qui se trouvait dans la machine à laver. Elle ne résista pas davantage à la pulsion lui commandant de prélever un des boxers qu'elle glissa dans la poche de sa jupe.

Son estomac gronda, se rappelant vivement à son souvenir. Elle fouina dans les placards de la cuisine. Essentiellement constitué de paquets de spaghettis, de bocaux de sauce tomate et de pâté de campagne, l'inventaire n'était pas très difficile à faire. Un tiroir recélait des tablettes de chocolat au lait et aux noisettes, un paquet de fruits secs et des dosettes de café. Quant au réfrigérateur, il ne contenait que deux pizzas fraîches, une boîte d'olives et une quinzaine de bières. Juliette s'en servit une, l'âpreté et la robustesse la firent grimacer, mais elle était si heureuse. Sa bouteille dans une main et une tablette de chocolat dans l'autre, elle retourna dans le salon et enclencha à nouveau le disque de Pink Floyd.

So I throw the windows wide
And call to you across the sky…

La simplicité qui se dégageait de l'appartement de Romain la touchait infiniment. Cet homme n'était pas fait pour vivre avec une femme comme Jade, au fond de lui il devait le savoir et c'est pourquoi il avait tout de suite été attiré par elle, la petite sœur dénuée de toute sophistication, la jeune femme spontanée et pétillante qui se nourrissait de l'infini foisonnement des arts.

— On se trompe parfois, tu sais, ça arrive…, murmura-t-elle entre deux gorgées de bière, allongée sur le canapé tout droit sorti de la série *Mad Men*. L'essentiel, c'est de s'en rendre compte.

Elle repéra ce qui ressemblait à un album photo au milieu des livres d'art. Qui avait encore ce genre de choses chez soi ? Cette trouvaille l'émut terriblement. Pendant près d'une heure, elle détailla la cinquantaine de clichés illustrant des moments importants, et pour la plupart heureux, de l'enfance, de l'adolescence et de la jeunesse de Romain, en famille, en vacances, en classe. Son téléphone étant rechargé, elle décida de photographier les pièces et des détails du mobilier, les cadres sur les murs, le pot rempli de crayons sur le bureau, l'intérieur de la penderie, puis chacun des clichés si bouleversants qu'elle prendrait le temps d'examiner avec minutie, on en apprenait tant à travers les souvenirs.

Les vinyles, l'album, cet appartement démontraient le tempérament nostalgique de Romain, une sensibilité dont elle savait Jade très éloignée.

Épuisée, elle décida d'aller dormir dans le lit. Elle se déshabilla entièrement, se prit en photo, puis se glissa sous la couette et se tourna en chien de fusil, un oreiller serré contre elle. Ses pensées, sa nudité, le parfum, savoir qu'il dormait là, tout concourait à ce que sa main entre ses cuisses la fasse exploser dans une jouissance gémissante et fascinée.

Une mollesse bienheureuse l'enveloppa. Alors, son corps se détendit enfin. Et elle s'endormit.

16

Une semaine plus tard.

Comment Romain aurait-il pu imaginer le déferlement d'émotions qu'il allait provoquer en acceptant la demande d'ami de Juliette sur sa page Facebook ? Pourquoi aurait-il craint qu'une action aussi banale puisse consolider et ancrer plus profondément encore la conviction délirante de la jeune femme ?

Contrairement à elle qui tournait en boucle sans véritable interruption, il ne lui accorda pas la moindre pensée entre le moment où il la croisa dans les couloirs du cabinet et le week-end au cours duquel il put enfin se poser. Hormis l'exception du lundi soir où il n'avait pu résister à l'invitation de Jade ni à ses cuisses accueillantes, il avait consacré son temps et son énergie au procès en appel qui aurait lieu deux semaines plus tard. Il avait à peine croisé Jade, ils ne travaillaient pas du tout sur les mêmes dossiers, ce qui s'avérait être une bonne chose. Plus intimement, il avait apprécié ce court éloignement, ressentir l'absence de son amoureuse, le manque d'elle. Ce recul salutaire et édifiant lui avait permis de comprendre combien et comment il l'aimait.

Le samedi, dans la quiétude de son appartement, il avait décidé de s'atteler à son courrier personnel. Il écréma les SMS et mails de ses amis, déclina les diverses invitations à déjeuner et autres séances de squash, promit de trouver un moment dès que le procès serait terminé.

Connecté à Facebook, il lut les commentaires aux photos publiées le week-end précédent, tous enjoués, élogieux, admiratifs du couple que Jade et lui formaient.

— Il faut reconnaître qu'on est plutôt canon, fit-il en souriant devant son écran.

Il répondit aux uns et aux autres par des émoticônes « pouce levé » ou « sourire réjoui », un peu honteux de sa paresse, puis remarqua la demande de Juliette et la valida par pure politesse.

— Ah, c'est vrai, la bière..., fit-il en claquant la langue, contrarié par le souvenir rattaché à la jeune femme.

Il pouvait difficilement revenir en arrière, il s'agissait de la sœur de Jade, de la petite dernière des Clermont, cette famille dans laquelle il commençait à s'intégrer – avec toutefois une persistante et inconfortable sensation de marcher sur des œufs. Malgré sa simplicité rafraîchissante et son esprit d'artiste un peu brouillon, on sentait que Juliette était issue d'un milieu favorisé, pour preuve la façon dont elle lui avait forcé la main pour qu'il vienne boire une bière avec elle. Elle n'avait pas vraiment l'habitude qu'on lui refuse quoi que ce soit. À force de côtoyer des gens bien nés ou ayant réussi, Romain savait reconnaître ce genre de choses. Après un premier abord déstabilisant, elle semblait l'accepter, c'était le plus important pour Romain. Mais comme avec le reste de la famille, il ne s'endormait pas sur ces premiers lauriers. Rien n'était gagné.

Il cliqua distraitement sur le nom de la jeune femme et parvint sur sa page. Un cri de surprise lui échappa lorsqu'il découvrit et reconnut la photo de couverture.

— Ça alors !

Il examina de plus près le portrait de ce petit garçon qui l'avait tant touché lorsqu'il était chez les Clermont. Que Juliette en soit la créatrice ne lui était pas venu à l'esprit. Il s'en voulut en prenant conscience qu'il s'était trop peu intéressé à ce qu'elle peignait. Il n'avait posé que quelques vagues questions de pure politesse, dénuées de réelle curiosité. Quel manque de tact... Même si elle l'avait vu attiré par son tableau, elle avait dû le prendre pour quelqu'un de superficiel et d'inculte en matière d'art, alors qu'en vérité il y était si sensible. Il parcourut les photos de ses tableaux, elle avait du talent, indéniablement, son style, puissant et précis, l'intriguait. Des photos d'elle, plus personnelles, le troublèrent. Sa ressemblance avec Jade était à la fois frappante et lointaine, on voyait qu'elles étaient sœurs tout en s'étonnant qu'elles le soient.

Toujours pressurisé par son désir de faire bon effet, il avait vraiment l'impression d'avoir commis un impair en ayant laissé traîner l'invitation. Toutefois, Juliette ne semblait pas lui en avoir tenu rigueur puisque, outre sa demande d'ami, elle lui avait laissé ses coordonnées – qui se trouvaient sur le sous-bock jeté négligemment dans un tiroir de son bureau, au cabinet. Il pouvait encore rattraper sa maladresse. Du moins l'espérait-il. Il avait tant tardé.

Bonjour Juliette, pardon pour ce délai de réponse, je suis confus. Toujours partante pour boire cette fameuse bière ? Bon week-end.

Le temps qu'il aille chercher un verre d'eau, elle avait répondu.

Bien sûr ! Lundi, 19 heures, à l'endroit dont on a parlé ?

Romain fronça les sourcils. Il ne gardait aucun souvenir de l'endroit en question et interroger Juliette à ce sujet revenait à avouer combien il avait été peu attentif. Il se frotta le visage en se demandant comment se sortir de cette impasse, avant de se mettre à rire nerveusement : il était capable d'éviter à certaines personnes de passer des années en prison pour des crimes qu'elles avaient pourtant commis, et voilà qu'à présent il se sentait empêtré face à un problème qui n'en était pas un. Dès qu'il s'agissait des Clermont, le manque de naturel et de spontanéité le métamorphosait en une espèce d'imbécile.

— Pourquoi t'es comme ça avec eux ? se tança-t-il en se frottant le visage.

Cette histoire de bar à bières n'était qu'une broutille qui le perturbait plus que de raison. D'ici lundi, il aurait forcément l'information. Au pire, il suffisait de demander à Juliette, sa dignité n'en serait pas flétrie.

C'est noté ! pianota-t-il sur son clavier.

La réponse de Juliette lui parvint aussitôt :

Merveilleux ! À lundi, bises.

Bises ? s'étonna-t-il. Que devait-il répondre à cela ? Il ne se creusa pas davantage la cervelle et colla une émoticône « sourire clin d'œil », en le regrettant aussitôt. Le clin d'œil n'était-il pas trop familier ? Ne revêtait-il pas une connotation douteuse ? Il soupira, excédé par ses propres tergiversations. Ce sempiternel sentiment d'imposture devenait vraiment encombrant.

— Il va falloir que tu te détendes, mon gars…, se rabroua-t-il.

Il consulta l'heure, il était temps de rejoindre Jade qui lui préparait un accueil dont la seule pensée l'électrisait. Il relégua Juliette en périphérie de sa conscience et se mit en route, excité et impatient.

17

Si les plaisirs prodigués par Jade l'avaient rendu amnésique, Romain aurait eu la mémoire rafraîchie par la vingtaine de notifications provenant des commentaires de Juliette à la poignée de photos personnelles figurant sur Facebook. Il les survola rapidement pendant le trajet menant au cabinet, sans remarquer qu'aucune n'était rattachée aux clichés sur lesquels Jade apparaissait.

Une fois dans son bureau, il fouina dans le tiroir où il avait jeté le sous-bock. Son espoir d'y découvrir un indice sur le lieu du rendez-vous s'éteignit quand il constata qu'il s'agissait d'une publicité. Il se rappelait avoir eu en main le briquet de Juliette, point de départ de leur conversation sur la bière. Mais impossible de se souvenir du nom du bar qu'elle avait évoqué.

Il consulta la page Facebook de Juliette, peut-être lui donnerait-elle quelque indication. Deux minutes suffirent pour que la photo de la jeune femme assise à une terrasse, un verre de bière à la main, ravive sa mémoire. Une partie de la devanture apparaissait en arrière-fond, il n'eut aucun mal à compléter. *Le Beer Trotter.* Soulagé de s'en être sorti sans avoir à avouer à Juliette qu'il avait oublié le nom du bar qu'elle avait évoqué, il se promit de tout faire pour ne plus se retrouver dans une situation aussi inconfortable.

Il rangea tout cela dans un coin de sa tête et s'attela à la montagne de travail qui l'attendait. La journée se déroula au rythme d'un torrent rapide et bouillonnant. Il quitta le cabinet plus tard qu'il ne l'avait prévu, il ne serait pas à l'heure au bar à bières.

Tandis qu'il marchait à vive allure, il sentit sa conscience égratignée. Le procès en appel, aussi chronophage qu'énergivore, ne laissait aucune place pour la détente. Aussi était-il censé passer la soirée chez lui, à travailler sur ses dossiers. Son comportement était absurde, d'une immaturité ridicule. D'autant plus qu'il n'avait pas spécialement envie d'honorer ce qu'il considérait comme une obligation familiale, quasiment une corvée. Mais plaire à tous les Clermont – ou du moins ne déplaire à aucun – valait bien ce petit sacrifice. *Une bière et tu rentres*, s'engagea-t-il en pensée.

Le bar était à moitié plein lorsqu'il arriva, avec une dizaine de minutes de retard, un exploit étant donné l'heure à laquelle il avait quitté le cabinet. Il aperçut Juliette qui lui faisait des signes depuis une table tout au fond.

— Désolé, j'ai pourtant tout fait pour être ponctuel…, dit-il avec un petit sourire contrit.

— Oh, je viens juste d'arriver ! s'exclama la jeune femme en déposant sur la table les écouteurs reliés à son téléphone.

Elle se leva pour lui faire la bise. Ses joues étaient chaudes, Romain en conclut qu'au contraire elle était installée là depuis un moment. Il retira sa parka et son bonnet, et s'assit face à elle.

— On commande et on discute après ? proposa-t-il.

— Ils ont une rousse splendide, une danoise, fit Juliette.

Soucieux de rester dans les bonnes grâces de la cadette des Clermont, il se méprisa de rebondir avec une légèreté forcée.

— On parle toujours de bière, n'est-ce pas ?

— Toujours !

Elle leva le bras pour attirer un serveur.

— On va prendre une Hundekoldt rousse et une Débauche brune, avec une planche mixte, s'il vous plaît.

— Ça marche, lança le serveur.

Les coudes sur la table, Juliette posa son menton en appui sur ses doigts entrelacés et contempla Romain. Bien que d'une autre nature, l'intensité de son regard rappela au jeune homme celui de Jade. À moins que ce ne fût tout simplement la forme de ses yeux et l'ensemble de son visage, les deux amandes couleur châtaine dans un ovale parfait.

En revanche et à l'inverse de sa sœur, Juliette semblait affectionner les vêtements noirs, sans pour autant paraître austère. Sa peau, très blanche, n'en était que plus lumineuse.

— Qu'est-ce que tu écoutais ? lui demanda-t-il en avisant les écouteurs.

— Oh, un vieux groupe que j'adore.

— Moi aussi, j'adore les vieux groupes.

— Pink Floyd, tu connais ?

Romain écarquilla les yeux.

— Si je connais ? Attends, c'est *mon* groupe préféré !

— Euh non, c'est le mien, rétorqua Juliette en riant. Ou alors, disons que c'est le nôtre.

L'espace d'un instant, il fut gêné par cette remarque et surtout par la façon qu'avait eue Juliette d'appuyer sur « le nôtre ». *Il ne manquerait plus qu'elle me drague !* se dit-il.

— Alors ça, je n'en reviens pas, enchaîna-t-il. On ne rencontre pas souvent de jeunes de ton âge qui aiment ce genre de musique.

— On n'a pas tant d'années de différence !

— Ben, quelques-unes, quand même, fit Romain.

— Je ne sais pas, tu as quel âge ? rebondit Juliette avec une petite moue taquine.

— Trente-cinq. Et toi ?

— Vingt-sept. Ça ne fait que huit ans.

— C'est énorme !

— Tu trouves ? Mais cette *énoooorme* différence ne nous empêche pas d'aimer tous les deux Pink Floyd.

Le serveur revint avec les bières et la planche gourmande. Les verres émirent un petit « poc » mat et léger lorsque Romain et Juliette trinquèrent.

— Waouh, elle est bonne ! approuva Romain après une première gorgée.

— Je savais que ça te plairait, souffla Juliette. Tu veux goûter à la Débauche ? fit-elle en lui tendant son verre.

Mal à l'aise, Romain hésita à rester dans le même état d'esprit. Les scrupules, tels des gravillons dans sa chaussure[1], le rendaient empoté. Il se détestait ainsi.

— Ah oui ! On peut dire que la Débauche a du potentiel, acquiesça-t-il.

— Ça, c'est pas un scoop, commenta Juliette en déchiquetant une tranche de jambon cru du bout des doigts.

Il l'imita en s'efforçant de se détendre. Juliette se montrait agréablement taquine et spirituelle, quoiqu'un peu trop enjôleuse à ses yeux. À sa manière et sans doute inconsciemment, elle était une séductrice dans l'âme, comme sa sœur.

— Juliette Clermont, tu es une vraie petite cachottière, fit-il tout à coup.

— Moi ? se récria Juliette.

---

1. Scrupules vient du latin *scrupulus*, « petite pierre pointue » qui, glissée par exemple dans une chaussure, gêne la marche.

— Pourquoi tu ne m'as pas dit que c'était toi qui avais peint ce magnifique tableau avec le petit garçon ?

— Le portrait de Jacob ? Eh bien, ce n'est pas ce qui me semblait le plus important à ce moment-là.

— Je ne dis pas ça pour te flatter, mais je le trouve incroyable.

— Oh…

La lumière n'était pas très vive, mais Romain la vit rosir, sans qu'elle baissât les yeux pour autant. Elle avait une façon de le fixer très intense, embarrassante. L'impression qu'elle cherchait à flirter avec lui s'accentua. Bien que n'ayant pas eu vraiment moyen de refuser, il n'aurait pas dû accepter cette invitation.

— Quand je l'ai vu sur ta page Facebook, j'ai repensé à cette peintre écossaise, reprit-il en s'extirpant de ses pensées malaisantes. Joan Eardley… Je ne sais pas si tu la connais, ses portraits d'enfants sont fabuleux, on dirait qu'ils sont faits à la craie.

— Si tu ne comptais pas me flatter, c'est raté ! J'adore cette artiste !

— Raconte-moi ce que tu fais exactement, enchaîna Romain.

Elle lui livra les grandes lignes de sa vie, la vaste erreur que furent ses études de droit, son inscription aux Beaux-Arts avec la bénédiction conditionnelle de ses parents, son travail de copiste au musée des Beaux-Arts, l'expo à venir et l'opportunité qu'elle représentait…

En l'écoutant parler avec une telle ferveur, Romain faillit s'en vouloir de l'avoir jugée aussi péremptoirement pendant le brunch, puis de l'avoir soupçonnée de le draguer. Certes, elle restait à ses yeux une jeune femme gâtée et sans doute un peu capricieuse qui devait largement profiter de son statut de petite dernière. Mais sa lucidité et sa passion la débarrassaient de la minauderie un peu hautaine et désabusée si courante chez les filles de son milieu social.

— Jules et Jade sont la fierté de la famille, les dignes héritiers du trône, dit-elle. L'honneur est sauf !

Une ride verticale se dessina entre ses yeux subitement froncés. Son buste se souleva lorsqu'elle poussa un soupir ostentatoire, presque exagéré. Les yeux baissés, elle but une goulée de bière d'une longueur qui impressionna Romain. De toute évidence, un point délicat venait d'être abordé.

— C'est pour ça que j'ai pu faire les Beaux-Arts, expliqua-t-elle d'une voix qui lui parut étranglée. Mes parents ne m'ont ni encouragée ni dissuadée. Depuis le départ, ils s'en foutent royalement, puisque les deux aînés assurent la relève, c'est tout ce qui compte. La preuve : tu ne t'en souviens peut-être pas, mais j'ai évoqué une illumination lors du brunch.

— Si, je me rappelle.

— Eh bien, tu as remarqué ? continua-t-elle sur un ton nerveux, presque colérique. Personne n'a réagi. Pas le moindre cillement, pas même l'ébauche d'une question du genre « Une illumination ? Raconte ! ».

Romain fut franchement peiné de la sentir si meurtrie.

— C'était quoi, cette illumination ? demanda-t-il doucement.

— Oh, un effet de lumière qui me plaisait, mais ça n'a plus d'importance maintenant.

Elle émiettait un morceau de pain avec de petits mouvements secs, tête baissée, comme engluée dans ses pensées.

— Tu as vraiment beaucoup de talent, lui dit-il.

— Merci, fit-elle, soudain timide et embarrassée.

— Je ne sais pas si tu t'en souviens, mais c'est tout de même ton tableau qui m'a interpellé parmi tous les autres.

— Je sais.

— Ta famille est certainement beaucoup plus fière de toi que tu ne le penses. D'ailleurs Jade…

— Jade n'y connaît rien en art, le coupa Juliette en redressant la tête.

Plus surpris par le ton que par les mots, Romain insista.

— Elle t'envie ton talent.

Juliette resta en arrêt.

— Je t'assure, dit Romain.

— Jade est incapable d'envier quiconque.

Ce fut au tour de Romain de froncer les sourcils. Il n'avait vu les deux sœurs réunies que pendant quelques heures, mais il était loin d'imaginer qu'il puisse exister un quelconque ressentiment entre elles, en l'occurrence du côté de la cadette. Car bien que Jade lui parlât peu de sa petite sœur, c'était toujours avec tendresse, magnanimité et, malgré les dénégations de Juliette, avec une réelle admiration. Mais sans doute cette pudeur muette propre au fonctionnement de certaines familles s'avérait-elle insuffisante pour assouvir la soif de reconnaissance de la jeune artiste.

— Bon, on n'est pas là pour parler de Jade ! le gronda-t-elle sur un ton redevenu léger.

Romain se trouva désemparé par la rapidité avec laquelle son visage avait retrouvé sa radieuse fraîcheur.

— Parlons plutôt de toi, fit-elle gaiement.

18

En une poignée de minutes, Romain se prêta à l'exercice et se raconta à travers les étapes les plus marquantes de sa vie.

— Tu vois, à part le procès de Martine Caussac, il n'y a rien de palpitant, conclut-il.

— Je ne suis pas d'accord avec toi, se récria Juliette. Toutes les vies ont quelque chose de passionnant. La vie elle-même est passionnante !

— Je peux t'assurer que certaines ne le sont pas, dit-il en pensant à ses parents et à ce qu'aurait été son existence s'il avait suivi leur voie.

— Ce qui doit être vraiment intéressant dans ton métier, ce sont les secrets, les frustrations, les petites hontes et les blessures enfouies très profondément, l'orgueil, les non-dits.

— Absolument ! La plupart des gens parviennent à gérer et à surmonter tout cela, parfois en se maintenant sur un fil. Et puis il arrive que certains dérapent et chutent, malheureusement en entraînant d'autres personnes dans leur chaos. C'est à ce moment-là que j'entre en scène, quand le mal est fait, pour défendre une facette de la vérité.

— Je comprends. Je ressens aussi cela à travers certaines peintures, ça me fascine. Pour moi, la Vérité, avec un grand V, c'est ça. Et tout le monde porte un petit morceau de cette vérité en soi. Beaucoup la gardent enfermée à double tour pendant toute leur vie, et puis d'autres, comme Martine Caussac par exemple, réussissent à la libérer.

Elle engloutit une tranche de fromage avant de poursuivre :

— C'est difficile de reconnaître la Vérité, d'être honnête avec soi-même et, tout simplement, *d'être* soi-même !

— Ça me fait penser à un dessin humoristique de Voutch, fit Romain. Attends, je vais essayer de le trouver.

Il chercha laborieusement sur son téléphone avant d'abandonner. L'alcool le rendait nettement moins opiniâtre qu'il ne l'était d'ordinaire.

— Je te le décris, ce sera plus rapide. Alors on voit deux gars, des gros durs, dans la cour de la prison St. Quentin, une des plus terribles des États-Unis. L'un dit à l'autre qu'il n'a vraiment été lui-même que trois petites minutes dans sa vie. Et il ajoute : « Bilan : cinq morts et quatorze blessés, dont deux graves. »

Juliette éclata de rire en renversant légèrement la tête en arrière. *De la même façon que Jade…*, ne put s'empêcher de remarquer Romain.

— Excellent ! J'adore !

Elle retrouva son sérieux et, sans quitter Romain des yeux, but deux gorgées de bière avant de continuer sur sa lancée.

— Pourquoi tant de gens sont malheureux, à ton avis ?

Sentant que le mode interrogatif n'était que de principe, Romain l'invita à répondre d'un signe de la tête.

— Parce qu'ils n'ont pas le courage d'affronter ce qu'ils sont vraiment et ce qu'ils veulent, fit-elle.

— Tu crois que c'est seulement une question de courage ?

— De quoi d'autre, sinon ?

— Je ne sais pas, de lucidité, de raison, de sagesse. Ou de choix, tout simplement.

Juliette écarquilla les yeux, visiblement outrée.

— Mais enfin, Romain, la Vérité, *notre propre* Vérité, n'implique aucun choix ! Elle seule devrait déterminer nos vies. Au lieu de cela, on passe notre temps en compromissions et, du coup, en erreurs.

— C'est un peu extrême, mais il y a du vrai, je te l'accorde.

Juliette le fixa avec une intensité nouvelle, lui sourit et saisit sa main.

— Je suis très heureuse de te connaître, Romain Denis, souffla-t-elle.

Il se figea. Le geste, comme les mots, lui paraissaient équivoques. L'étaient-ils ? *Elle me teste*, se dit-il. *Elle cherche à vérifier si je suis fiable. Ou alors elle agit ainsi par provocation, par rivalité vis-à-vis de Jade.* Décontenancé, il essaya de se dégager sans paraître vexant. Mais elle le tenait fermement.

— Quel enthousiasme ! fit-il pour dire quelque chose.

Il avait côtoyé très peu d'artistes au cours de sa vie et s'en faisait une idée assez stéréotypée, il le savait. Aussi se les représentait-il fougueux, exaltés, fantasques, à la fois sensibles et sans demi-mesure. De ce point de vue, aucun doute, Juliette en était une véritable. Il s'en voulut de l'avoir soupçonnée de sournoises manœuvres. *T'as vraiment l'esprit tordu*, s'accabla-t-il en pensée.

Il fut néanmoins soulagé lorsqu'elle lâcha sa main afin de saisir son téléphone.

— Je peux te prendre en photo ? lui demanda-t-elle à brûle-pourpoint.

— Oh, je ne suis pas fou de mon image, se défendit-il.

— Pourtant, tu es très photogénique. Et télégénique, aussi.

Romain se frotta le visage.

— Han… Ça, ça veut dire que tu m'as googlelisé.

— C'est normal, tu fais partie de ma vie, maintenant.

Sa façon de dire cela le plus naturellement du monde était presque plus déstabilisante que la phrase elle-même. Toutefois, Romain choisit de mettre cette déclaration sur le compte de la deuxième pinte de bière brune que la jeune femme avait déjà généreusement entamée. Elle voulait certainement dire qu'il faisait partie de la famille. Mais comment faire abstraction de l'ambiguïté qu'il ressentait ?

— Allez, laisse-toi faire, lui ordonna-t-elle, son portable dirigé vers lui.

Il tenta d'esquiver en levant son verre jusque devant son visage. *Arrête de voir le mal partout*, se morigéna-t-il. *Elle est spontanée et naturelle, elle... Et c'est la sœur de Jade.*

Il se prêta à ce jeu qui ne l'amusait pas, d'autant plus que Juliette prenait bien plus qu'une seule photo et qu'il se trouvait dans l'incapacité de l'arrêter. Mais en définitive, une ou plusieurs, ça ne changeait rien.

— Un selfie, maintenant !

— Juliette, non, s'opposa Romain, de plus en plus mal à l'aise.

Mais la jeune femme n'en fit qu'à sa tête. Vive comme un moineau, elle bondit à ses côtés et, un bras autour de son épaule, une joue collée contre la sienne, elle brandit son téléphone et déclencha une rafale de photos avant de reprendre sa place et des papotages que Romain peina à trouver légers. Il s'était promis de boire juste une bière et voilà qu'il était presque vingt-deux heures. Même s'il pouvait estimer s'être mis Juliette dans la poche, une certaine gêne se déployait insidieusement.

— Je vais rentrer, maintenant, il faut que je bosse encore un peu, annonça-t-il en se contorsionnant pour remettre sa parka.

— Tu habites où ?

— Pas très loin. Selon mon application, à un kilomètre trois, soit mille neuf cent douze pas.

— Je t'accompagne, c'est dans ma direction !

— Comment tu le sais ? Je ne t'ai pas dit où ! lui fit remarquer Romain.

Juliette ne sembla pas relever la sécheresse de son ton.

— Je n'habite pas très loin non plus, et puis j'adore marcher, répliqua-t-elle avec un grand sourire.

Elle se leva, vida sa pinte cul-sec et empoigna sa veste en cuir et son sac. Puis d'une démarche incertaine, elle alla payer au comptoir.

— Ah non, c'est hors de question ! s'insurgea Romain en la rejoignant.

— Ça me fait plaisir.

— Ce n'est pas une raison.

— À charge de revanche, alors ! La prochaine fois, ce sera toi, d'accord ?

Il acquiesça, un peu engourdi par les bières qu'il avait bues et dont l'effet se trouvait accentué par la fatigue. Une fois dans la rue, Juliette, qui avait bu plus que lui, se mit à tituber. Elle s'accrocha à son bras en riant et se serra contre lui.

Il se raidit, embarrassé.

— Oh là là, ces brunes m'ont bien tapé la tête, je suis complètement torchée, moi, fit-elle en pouffant.

— Ça va aller ?

— Voui voui voui, répondit-elle en reposant de tout son poids sur le bras de Romain.

Avant de s'écrier en manquant trébucher :

— Ouppps !

Il ne pouvait raisonnablement pas la laisser dans cet état. Que penserait Jade s'il arrivait quelque chose à sa sœur à cause de lui ? Et les Clermont ? La bonne opinion qu'ils avaient de lui était si fragile.

— Tu habites où ? demanda-t-il à la jeune femme.

— Tu vas me ramener chez moi ?

Elle libéra ses mains pour applaudir.

— Quelle merveilleuse idée ! s'écria-t-elle d'une voix traînante. Ben… J'habite à côté d'une grande église.

— OK…, soupira Romain, mais laquelle ?

— Saint-Michel, ânonna-t-elle.

— Juliette, ce n'est pas du tout à côté.

— Ben si !

— Euh, c'est à deux kilomètres et demi.

La jeune femme éclata d'un rire musical en se cramponnant de plus belle à son bras.

— Tu imagines ce que ça représente à l'échelle de l'univers ?

Romain ne put retenir d'exprimer son exaspération : celle qu'il éprouvait vis-à-vis de Juliette et surtout vis-à-vis de lui-même pour s'être embarqué dans une situation plutôt délicate. Le contact de la jeune femme collée à lui et le son de sa voix amollie par l'alcool le hérissaient.

— Fait chier…, marmonna-t-il. Je vais commander un Uber, renchérit-il, se voyant mal ramener la jeune femme à pied.

Cinq minutes plus tard, la voiture s'arrêtait devant eux. Il hésita. Devait-il accompagner Juliette jusque chez elle et s'assurer qu'elle était bien rentrée ? S'il lui arrivait quoi que ce soit, comment expliquerait-il aux Clermont qu'il l'avait laissée revenir seule chez elle dans un état d'ébriété avéré ? *Oh, et puis merde*, pensa-t-il, *elle est assez grande, je ne suis ni son mec ni son père.*

Sans réfléchir davantage, il l'aida à s'engouffrer dans la voiture.

— Merci, tu es un amour, chuchota-t-elle en peinant à le lâcher.

Elle poussa un soupir bruyant lorsqu'il se recula.

— Dors bien, monsieur, souffla-t-elle.

Et du bout des doigts, elle lui envoya un baiser auquel il ne répondit pas. Il regarda la voiture s'éloigner, inspira et expira profondément, et rentra enfin chez lui, l'esprit tiraillé entre le soulagement d'avoir acquis l'assentiment de la petite chérie des Clermont et le malaise qui ne l'avait quasiment pas lâché de toute la soirée.

19

Juliette se débarrassa de ses bottines, de son sac et de sa veste, avant de se jeter tout habillée sur le lit, à plat ventre. La tête lui tournait un peu, mais elle tenait bien l'alcool. Si elle avait titubé et semblé ne pas avoir les idées très claires, c'était uniquement pour prolonger de quelques minutes la soirée avec Romain.

Une extraordinaire euphorie ébranlait la jeune femme et propulsait son corps tout entier vers les confins de l'extase. Son cerveau, quant à lui, était tout bonnement en flammes. Il s'en était fallu de peu pour que Romain ne montât à ses côtés dans le Uber pour passer la nuit avec elle, elle l'avait senti. Quel dommage qu'il soit reparti… Mais il avait sans doute eu raison, il ne fallait pas se précipiter. La prochaine fois, il resterait. Elle tendit le bras et chercha à tâtons son sac pour en exhumer le bonnet qui avait glissé de la poche de sa parka. Il l'avait vue le ramasser, elle en était certaine, et l'avait laissée faire, comme s'il voulait lui offrir un petit morceau de lui.

Vautrée sur sa couette, le nez enfoui dans la laine douce, elle poussa un long gémissement dans lequel fusionnaient les fruits de son attente des derniers jours et les ressentis de cette soirée capitale.

Pendant la semaine qui avait suivi son audacieuse visite au cabinet de son père, deux choses lui avaient permis de supporter l'attente : le souvenir de Romain s'excusant auprès de ses collègues pour venir lui parler dès qu'il l'avait aperçue et sa spontanéité en prononçant « avec plaisir » dès qu'elle lui eut proposé de boire un verre la semaine suivante. Malgré sa surcharge de travail, il avait accepté. Repousser ce moment devait lui paraître aussi insupportable qu'à elle.

Elle avait continué à surveiller messageries et page Facebook, mais Romain l'avait prévenue, il y aurait peu de place pour la vie privée d'ici à ce qu'ils se voient. Alors Juliette avait pris son mal en patience. À eux seuls, ces deux mots – *avec plaisir* – l'avaient portée de leurs bras enchanteurs pendant quatre longs jours. D'autant plus qu'elle avait de quoi s'occuper avec les dizaines de photos prises lors de son intrusion dans l'appartement du jeune homme. Elle avait reconstitué l'album dans son intégralité et contemplé des heures durant les clichés de l'enfant, puis de l'adolescent qu'il avait été. Son air sage, les souvenirs de vacances en bord de mer, les photos de classe et l'inévitable changement physique, année après année, le bonheur des anniversaires et des Noël... Les poses, les lieux, les occasions offraient quelque chose de très convenu dans le fond comme dans la forme, les Denis semblaient vivre une vie simple ponctuée de joies sincères, quoique modestes.

Romain ressemblait à sa mère par son visage fin, presque pointu, et ses yeux écartés. En cherchant ce que cela signifiait en termes de caractère, Juliette lut que les personnes dotées d'une telle morphologie savaient « saisir les opportunités, faisaient preuve d'innovation, n'avaient peur de rien et ne se laissaient pas définir par leur passé ». Un point la mit particulièrement en émoi : on leur attribuait une forte capacité à ne pas rester entravés par qui que ce soit.

D'ordinaire peu encline à accorder du crédit à ce genre d'interprétations, elle en tira un ineffable réconfort qui ne fit que consolider ses convictions, par ailleurs déjà bien robustes.

Sa belle assurance avait pourtant encaissé un sacré coup lorsque, le samedi, Romain avait accepté sa demande d'ami sur Facebook. Une minute plus tard, elle avait découvert ses albums privés, les yeux en feu, le cerveau et le cœur en charpie face aux innombrables et très récentes photos du couple magnifique que Jade et lui formaient. C'était difficilement supportable, l'ongle de son pouce en avait subi de nouvelles et douloureuses meurtrissures.

Cependant, par de formidables circonvolutions de son esprit, elle avait retrouvé la conclusion d'une imparable logique à laquelle elle était déjà parvenue : la mainmise de Jade sur la page Facebook de Romain.

— Tu peux toujours essayer, ma pauvre Jade… Romain n'est pas un homme qui se laisse retenir, murmura-t-elle en reprenant avec un soupçon de triomphalisme l'article sur la morphopsychologie. Mais ça, tu ne le sais sans doute pas. Tu ne sais pas grand-chose en définitive.

Elle transforma en preuve irréfutable de cette évidence le message envoyé par Romain et ses excuses pour avoir tant tardé à confirmer leur rendez-vous. *Je suis confus*, avait-il écrit. Juliette trouvait cela fort, très fort. Elle aussi était en pleine confusion, une merveilleuse et indicible confusion qui la mettait – qui les mettait tous deux – dans cet état. Leurs chemins convergeaient l'un vers l'autre, inexorablement, rien ni personne ne pouvait les empêcher de se rejoindre.

Après un week-end sous le joug d'une abrutissante fébrilité, le lundi soir était enfin arrivé. Juliette s'était fait porter pâle au travail afin de pouvoir consacrer sa journée en essayages et préparation mentale. Elle passa des heures à tenter de trouver la tenue idéale, à associer telle jupe avec tel petit pull, blouse, chemisier, à tester cette robe droite avec ces bottines, la coupe empire avec ces bottes, la patineuse avec ces ballerines. Épuisée par des atermoiements sans fin, elle arrêta son choix sur une jupe trapèze, un cache-cœur en mohair, des collants opaques et des bottines à lacets, en se félicitant d'avoir une garde-robe entièrement constituée de vêtements noirs. Si, en plus, elle avait dû choisir entre plusieurs couleurs, il lui aurait fallu deux jours !

Sous son crâne régnait un tumulte identique. Fallait-il privilégier une table où Romain serait face à elle ou bien assis à ses côtés ? Par quoi commencer ? Jusqu'où aller ? L'embrasserait-il ? Devait-elle prendre l'initiative ? Se déchausser et caresser du pied ses chevilles comme elle avait vu Jade le faire au restaurant ?

Les questions sans réponse avaient fusé en la menant à bout de nerfs. Elle avait marché à vive allure jusqu'au bar où elle était arrivée avec une bonne demi-heure d'avance. Installée à la place idéale – cette petite table au fond, lumière douce, pas de passage –, elle avait enfoncé des écouteurs dans ses oreilles avant de lancer « I Wish You Were Here » de Pink Floyd et d'attendre, exaltée, impatiente, sens dessus dessous.

⋆

⋆ ⋆

Tout à coup, Romain fut là. Jamais, de toute sa vie, elle n'oublierait l'expression sur son visage lorsqu'il l'aperçut, cette lumière venue de l'intérieur qui irradiait autour de lui comme un adorable halo.

À partir de cet instant, tout se déroula comme dans un rêve, en mieux puisqu'en vrai, conversation fluide, regards éloquents, attitudes naturelles, entente parfaite. Romain pratiquait le même humour qu'elle, ils surfèrent ensemble sur les sous-entendus, le second degré, les doubles sens. Quant à l'art, il occupait dans la vie du jeune avocat une place encore plus grande que ce que Juliette pensait. Il avait véritablement une âme d'artiste.

Et il adorait ce qu'elle faisait.

Au fil de la soirée, il ne cessa de se montrer attentif et attentionné, délicat et réconfortant envers elle comme aucun homme, aucun membre de sa famille, aucun de ses amis n'avait jamais su le faire. Il sentait ses failles sans pour autant insister, ce qui démontrait une incroyable capacité à la comprendre. Comme s'il la connaissait depuis toujours.

Et puis il admit spontanément les compromissions et les erreurs lorsqu'elle aborda le sujet de la vérité. Cet aveu, décisif, apparut à Juliette comme le point de bascule de leur relation. Tout ce qui se passa ensuite ne fut que sa traduction.

Elle se retourna sur le dos et, téléphone au creux de la main, visionna les photos prises au cours de la soirée, en examinant les expressions de Romain sous tous leurs angles.

— On va vraiment bien ensemble, fit-elle.

Elle zooma sur les selfies. La sensation de leurs visages si proches l'un de l'autre était encore présente. Elle se toucha la joue du revers de l'index, la caressa comme si c'était celle de Romain. L'émotion et le plaisir précipitaient sa respiration, devenue haletante.

— Un jour, on sera réunis. Je te le promets, mon amour, murmura-t-elle.

20

Dire que Juliette ne fut pas déçue du silence qui suivit ce fameux lundi soir aurait été mentir. Elle attendit un message, un appel, une réaction, n'importe quoi signifiant combien Romain avait été heureux de cet incroyable tête à tête.

Jour et nuit, elle surveilla son téléphone, littéralement greffé à son corps autant qu'à son esprit. Mais le mardi passa, puis le mercredi et le jeudi, sans que rien ne vînt. Le vendredi, ses nerfs lâchèrent à propos d'une vague question de planning, une broutille qui généra un déferlement d'humeurs acrimonieuses sur l'innocente Nora.

— Je suis vraiment désolée, ne tarda pas à s'excuser platement Juliette auprès de sa gentille collègue consternée. C'est un peu les montagnes russes, en ce moment.

— Un peu, seulement ? releva Nora, nullement rancunière. Tu sais que mon épaule est d'un grand confort et mon oreille sait se montrer très ouverte, si tu as besoin de parler.

Juliette lui adressa un sourire aussi forcé que contrit, suivi d'un petit mouvement négatif de la tête.

— Je te remercie, ça va aller.

À peine ces mots dits, elle fondit en larmes. Nora souleva son corps généreux et serra la jeune femme dans ses bras moelleux.

— Allons, allons, mon petit, que se passe-t-il ? murmura-t-elle en lui caressant les cheveux.

— Rien, renifla Juliette.

Nora soupira.

— D'abord les montagnes russes, ce qui n'est pas peu dire, et maintenant rien ?

Juliette s'essuya les yeux d'un revers brutal de la main.

— Une peine de cœur ? insista Nora, en posant son faramineux fessier sur le bureau de sa jeune collègue.

— Une peine ? Oh non ! réfuta Juliette. Je n'ai jamais ressenti quelque chose d'aussi puissant. C'est juste compliqué.

— Je vois. Il n'est pas libre.

— On saura surmonter ça, il faut que je sois forte… et patiente surtout.

La perplexité clairement affichée par Nora crevait les yeux. Mais Juliette passa outre.

— Ne te laisse pas embobiner, ma belle, poursuivit Nora, les hommes sont très forts pour nous faire croire qu'ils feront ce que finalement ils n'ont jamais le courage de faire.

— Qu'est-ce que tu veux dire ?

— Certaines de mes amies ont patienté, comme tu dis, pendant des années en se nourrissant des promesses qu'on leur servait à la louche. Des dizaines, des centaines de soirées, de nuits, de week-ends, de jours de fête à passer seules chez elles pendant que monsieur vivait une vie bien propre au sein du petit confort familial. Tout ça pour être larguées, une fois qu'elles sont considérées comme étant trop mûres, hors d'usage. Et elles se retrouvent comme de vieilles merdes infertiles, fripées et dépressives, en ayant sacrifié leurs meilleures années à attendre ce qui n'allait *jamais* arriver.

En d'autres circonstances, Juliette aurait creusé le sujet et sans doute abondé dans le sens de Nora, qu'elle aurait par ailleurs soupçonnée d'être concernée par ce triste état de fait. Mais à cet instant, ses tourments étaient intégralement autocentrés.

— Romain n'est pas comme ça ! s'insurgea-t-elle.

Les épaules de Nora se haussèrent, puis s'affaissèrent non sans une certaine théâtralité lorsqu'elle soupira à nouveau.

— Bien sûr qu'il n'est pas comme ça, lâcha-t-elle, peu convaincue. Mais fais tout de même attention, d'accord ?

Juliette acquiesça.

— Et si tu as envie ou besoin de parler, je suis là.

— Merci, Nora.

Sitôt sa collègue eut-elle quitté le bureau que Juliette empoigna son portable. Il fallait qu'elle fasse quelque chose pour rompre ce silence insupportable, ce néant qui s'étirait depuis tous ces jours et ces nuits. Elle aurait dû agir le soir même de leur rencontre au lieu d'attendre stérilement, bêtement. *Avec le volume de travail qu'il doit avoir, il n'a pas eu le temps, c'était à moi de prendre l'initiative*, se dit-elle, agacée par ses propres atermoiements.

Elle enfouit son visage entre ses mains, percutée par une pensée lancée au grand galop dans son esprit tourmenté : et si Romain fonctionnait comme elle et attendait qu'elle le contacte ? Elle éclata d'un rire nerveux qui la secoua frénétiquement.

— Ah, on a l'air malin à attendre que l'autre bouge, chacun de son côté !

Elle s'empressa de pianoter quelques mots, les effaça, recommença, jusqu'à trouver le ton juste, à la fois léger et suffisamment éloquent.

Salut Romain, je voulais t'écrire plus tôt mais j'avais peur de te déranger, je sais que tu es très occupé avec le procès en cours. J'aimerais simplement te dire que j'ai passé une délicieuse soirée en ta compagnie, il faudra qu'on récidive ! D'autant plus que j'ai ton bonnet...

L'émoticône « clin d'œil taquin » supposée ajouter la touche décontractée à son propos souleva un infernal cas de conscience. Et si Romain détestait cela ? Il en avait déjà utilisé un, mais ça ne voulait rien dire. De fait, elle le supprima et se relut, imagina le jeune homme en train de découvrir son message, devina son sourire et son soulagement d'avoir enfin de ses nouvelles.

Je vais procéder à des incantations et invoquer les cieux, les dieux, les anges et les archanges (rires !) pour que tout se passe bien pour toi, continua-t-elle d'écrire, *même si je sais que tu n'en as pas besoin, tu es suffisamment brillant pour gagner ce procès !*

Elle conclut par un « Bises » qui lui sembla tout à fait approprié et put alors respirer.

21

Accaparé par la préparation du « procès de sa vie », ainsi qu'il l'appelait en secret, Romain avait vite laissé de côté ses impressions inconfortables suite à la soirée avec Juliette, et de la même façon, il n'avait pas prêté à son message toute l'attention que la jeune femme espérait. Il l'avait découvert seulement le dimanche matin en consultant d'un œil distrait la messagerie de sa page Facebook, tandis qu'il s'accordait une minuscule récréation entre deux énièmes relectures du dossier et de sa plaidoirie – en tant qu'authentique besogneux, il éprouvait ce besoin de compulser encore et encore ses notes.

Malgré son travail colossal, il répondit à Juliette, toujours par souci de ne pas déplaire, un de ses plus grands handicaps dans la vie.

Bonjour Juliette, merci pour tes encouragements et ton aide un peu spéciale, mais tout est bon à prendre pour mettre la chance de son côté, alors j'accepte les incantations et autres invocations. Bon dimanche à toi.

Puis il était retourné à ses dossiers.

Le procès en appel commençait le mardi. La veille, enfermé dans son bureau, il travailla avec son équipe du matin jusqu'au soir en s'interrompant de temps à autre pour avaler du café, puis du thé vert sur les conseils avisés de Jade qui venait de temps à autre s'assurer qu'il n'avait besoin de rien.

— J'aimerais tellement t'aider, mon amour, se désola-t-elle lorsqu'ils partagèrent ensemble une minuscule pause-déjeuner.

— Tu es là, regarde ! répondit-il en la pressant contre lui, plein d'amour et de désir. C'est ça qui m'aide vraiment.

— Tu me manques, lui souffla-t-elle à l'oreille.

— Patience…

Le premier procès l'avait mis sous les feux des médias et de l'opinion publique. Il avait aimé cela comme l'état d'esprit dans lequel cette situation l'avait propulsé, il s'était nourri et abreuvé de ce feu sacré, d'autant plus lorsque l'issue avait dépassé ses espoirs les plus ambitieux.

Depuis, il avait acquis une indiscutable solidité au cours de ces deux années chez Clermont & Associés. La pression lui semblait pourtant plus forte cette fois-ci, et plus difficile à supporter. Il ne se sentait pas aussi tête brûlée qu'il l'avait été.

Il devait gagner ce procès. Pour Martine Caussac, bien sûr, car rien ne serait plus tragique que de la voir retourner en prison. Mais cette fois, il devait aussi gagner pour Jade, susciter et entretenir son admiration, encore, toujours, éperdument. Lire dans son regard le moindre éclat tranchant d'une déception légitime serait insupportable. En cette veille de jour J, sa fierté de mâle se mettait en place dans les starting-blocks, côte à côte avec son professionnalisme ambitieux.

Il jeta un coup d'œil à la petite horloge en acajou, cadeau de Jade pour son trente-cinquième anniversaire – beaucoup plus pratique qu'un téléphone ou une montre pour consulter l'heure discrètement lorsqu'on avait un client en face de soi. Dix-huit heures. Il entendait résonner le bruissement de l'agitation de fin de journée et les « Au revoir, bonne soirée » de ses collègues qui quittaient leur bureau, les uns après les autres. Il n'allait pas tarder à partir, lui aussi, rentrer chez lui, manger léger, se coucher tôt. Jade était déjà passée lui faire un baiser, sans insister davantage, elle connaissait et respectait son besoin de s'isoler avant les procès importants.

Noûr, son assistante, apparut dans l'embrasure de la porte après avoir toqué.

— Maître, je suis navrée de vous déranger, fit-elle dans un chuchotement discret, un coursier vous demande.

— Vous voulez bien vous en occuper, Noûr, s'il vous plaît ?

— Je l'aurais fait volontiers, mais c'est une remise en mains propres.

— Encore ?

En fin de matinée, il avait déjà reçu un paquet anonyme requérant sa signature. On lui avait fait parvenir une boîte de Reese's Peanut Butter Cups[1]. Au lieu d'en être ravi, il avait éprouvé un sentiment de gêne. Qui, hormis ses proches, pouvait savoir que c'étaient ses friandises préférées ? Ses soupçons s'étaient dirigés vers Carole Lauret, son ancienne cliente éperdue de gratitude et coutumière de ces petits cadeaux impromptus. Toutefois, ils avaient jusqu'alors été plutôt impersonnels, des bouteilles de vin, un cognac coûteux, les chocolats d'un confiseur réputé. Avec les friandises de cette marque très précise, on s'immisçait dans sa vie privée, pour ainsi dire dans son intimité. Si c'était Carole Lauret, où diable avait-elle eu l'info ?

Submergé par le travail, Romain avait toutefois laissé cette troublante question de côté. Il avait clairement plus important à faire en ce moment. En conséquence de quoi, il avait oublié

1. Bouchées chocolatées au beurre de cacahuètes fabriquées aux États-Unis.

la contrariété causée par ce cadeau lorsque la même situation se représenta.

Il se leva, le coursier casqué attendait dans le couloir, impatient de pouvoir poursuivre sa tournée. Contre signature, ce dernier lui remit un paquet d'une quarantaine de centimètres de côté, pas très épais, un livre peut-être, emballé dans du papier kraft.

Manteau et sac au bras, Noûr semblait vouloir partir.

— Est-ce que vous avez besoin d'autre chose ?

— Non, je vous remercie, fit Romain. Rentrez et détendez-vous, on a une très longue journée en perspective.

Elle aussi travaillait d'arrache-pied en vue du procès, dans l'ombre qui plus est. Romain avait une grande estime pour cette forme d'abnégation dont lui-même était incapable.

— Alors, à demain, dans l'arène.

Romain opina avec un sourire un peu crispé et regagna son bureau. Il avait hâte de retrouver le calme de son chez-lui et d'en profiter, ce soir en particulier, et encore quelques jours, les derniers. Car sitôt le procès terminé, Jade et lui avaient décidé de vivre ensemble dans l'appartement de la jeune femme, beaucoup plus adapté que le sien pour une vie à deux. Ils comptaient bien l'annoncer officiellement à la famille de Jade lors du prochain brunch, le dimanche suivant.

Ciseaux en main, il entreprit d'ouvrir le paquet dénué de toute autre indication que son nom, l'adresse du cabinet, ainsi que les mentions « personnel » et « fragile ». Il déplia l'épais papier brun qui enveloppait l'objet en plusieurs couches, puis découpa le film bulle.

À la vue de ce qui s'avérait être un nouveau cadeau, il bondit de son fauteuil, si bien que celui-ci roula sur près d'un mètre en arrière.

— Han, c'est quoi, ce bordel ? rugit-il sourdement, les deux mains levées comme s'il venait de se brûler.

Sur son bureau, entre les lambeaux de kraft et de plastique, apparaissait un tableau. Le tableau le moins anodin et le plus embarrassant possible puisqu'il s'agissait du portrait de ce petit garçon, peint par Juliette, qu'il avait admiré dans le salon de Bérangère Clermont.

Il s'affala dans son fauteuil, éberlué et très mal à l'aise. Puis différentes hypothèses s'ébauchèrent dans son esprit en quête immédiate d'explications. Trois personnes pouvaient avoir eu l'idée de lui faire cet étrange cadeau : Jade, Bérangère et Juliette – d'instinct, il éliminait Jules et Édouard, estimant cette attention purement féminine. Mais qu'il s'agît de l'une ou de l'autre, seule Juliette connaissait l'émotion qui l'avait saisi. Soit elle en avait parlé à sa sœur ou à sa mère, soit…

— Oh non non non…, marmonna-t-il en fouinant dans l'emballage à la recherche d'un indice.

Il saisit le tableau comme s'il lui répugnait et le retourna. Une minuscule enveloppe était collée au dos de la toile. Il la détacha avec appréhension, l'ouvrit, sortit la carte, lut, blêmit.

Avec toi, je sais qu'il sera regardé
comme il le mérite. Juliette.

Il remballa le tout avec de grands gestes nerveux avant de le ranger au fond d'un placard à archives, derrière des dossiers clos.

Il tremblait presque lorsqu'il se rassit sur son fauteuil. Lui offrir ce tableau était une attention adorable de la part de Juliette, mais totalement disproportionnée, pour ne pas dire inappropriée. Les quelques mots qui accompagnaient ce cadeau laissaient entendre qu'il s'agissait de l'original et il y avait peu de chances que Bérangère Clermont ait accepté de rendre à Juliette le présent que cette dernière lui avait fait. À moins que la jeune artiste ait menti à sa mère pour le récupérer ?

Mais qu'est-ce qui lui avait pris ? Romain avait certes exprimé son émotion face à ce portrait, mais absolument pas dans le but d'en déposséder celle à qui il avait été offert ! Devait-il en parler à Jade ? Elle en informerait sa mère et sermonnerait sa sœur. Cela créerait des ennuis, des suspicions, des impressions de trahison dont il serait l'unique origine.

— Quel merdier…, soupira-t-il.

En voulant plaire à chacun des Clermont, il s'empêtrait dans des complications insupportables. Les mains jointes devant son visage, il inspira et expira plusieurs fois, longuement, fatigué par cette journée, spéciale à tous points de vue. Il devait rester concentré. En ce moment, il n'y avait vraiment aucune place pour les problèmes personnels. Il prendrait le temps d'éclaircir tout cela plus tard.

Hélas, son regard fut intercepté par la boîte de bouchées chocolatées et d'autres pensées percutèrent de plein fouet son esprit en surchauffe.

Il se replaça face à son bureau, ouvrit son ordinateur portable et se connecta à Facebook. Il détestait devoir vérifier, tout en sachant déjà, au fond de lui, qu'il allait trouver ce qu'il redoutait.

— Fait chier…, gronda-t-il.

Sur l'écran, parmi les rares photos de lui, s'affichait celle que Jade avait prise lors d'un week-end en amoureux sur la côte basque. Romain tirait la langue, derrière lui une longue plage se déroulait jusqu'aux montagnes, et dans sa main, microscopique détail, l'emballage orangé d'une Reese's Peanut Butter Cup.

22

Juliette était arrivée tôt devant la cour d'appel. Et pourtant, une foule hétéroclite mêlant journalistes, membres d'associations et curieux anonymes, occupait déjà les couloirs et le hall d'entrée. Plus les minutes passaient, plus elle grossissait, allant jusqu'à déborder sur les marches et le parvis de l'édifice.

Loin de se décourager, Juliette se faufila entre les différents groupes et réussit à atteindre les portillons de contrôle. Elle s'était renseignée au préalable sur les conditions d'accès à un procès, plus simples qu'elle ne l'aurait cru : elle devait présenter sa pièce d'identité et ne pas perturber l'audience. Mais elle n'avait pas du tout envisagé que la salle pût être pleine dès huit heures trente ! Déçue, elle rebroussa chemin en se promettant de venir à l'aube, les jours suivants.

Aujourd'hui, elle n'avait cependant pas le choix. Elle décida de rester à l'intérieur de la bâtisse, près d'une équipe de télévision, dans l'espoir d'apercevoir Romain dès qu'il apparaîtrait. Et puis, passé la curiosité première, des places se libéreraient peut-être en cours de journée, tout le monde n'était pas forcément mû par des motivations aussi ardentes que les siennes.

Au bout d'une demi-heure, un indescriptible brouhaha s'éleva. Sifflets, applaudissements et autres ovations retentirent. On se pressait autour de Martine Caussac qui faisait son entrée, accompagnée par Romain et ses collaborateurs.

Juliette tenta d'apercevoir celui pour lequel elle était venue, cria son prénom en agitant le bras en l'air, bouscula les personnes qui la gênaient, se hissa sur la pointe des pieds. En vain, la cohue écrasait toutes ses tentatives.

Les battements de son cœur s'emballèrent quand elle reconnut la voix de Romain.

— Ma cliente ne répondra à aucune question, annonça-t-il.

Le jeune avocat apparut sur l'écran du technicien à côté duquel elle se tenait. Le voir par ce biais tandis qu'il était si près avait quelque chose de frustrant. Pourtant, elle s'en gorgeait en mangeant littéralement l'écran des yeux.

— Dites-nous dans quel état d'esprit se trouve votre cliente, maître ? demanda une des journalistes.

— Êtes-vous confiant ? lança un autre.

— Allez-vous suivre la même ligne de défense qu'au premier procès ? s'enquit un troisième.

— Le verdict du jury était juste, nous avons pleinement confiance en la justice pour le confirmer, déclara Romain.

Il leva une main pour signifier qu'il ne dirait rien de plus. Un bras rassurant autour des épaules de Martine Caussac, il fendit la cohue et disparut à l'intérieur du bâtiment. Juliette secoua la tête, partagée entre deux sentiments paradoxaux, le bonheur et la déception d'une telle proximité.

Elle décida d'aller boire un café pour se remettre de ses émotions. Dehors, il commençait à pleuvoir, la foule se dispersait, il n'y avait plus rien à voir pour l'instant. La jeune femme avisa un bistrot pratiquement face au palais de justice et choisit une place donnant sur l'extérieur. Quelques minutes plus tard, des hordes de journalistes firent irruption, bavards, bruyants. Trois d'entre eux s'installèrent à la table derrière la sienne. Elle se figea en les entendant parler du procès.

— Un miracle n'arrive jamais deux fois, dit l'un d'eux. Je ne vois pas trop comment Denis pourrait gagner, cette fois.

— La première fois, il n'avait rien à perdre, mais là, c'est carrément l'inverse, renchérit son collègue.

— Vous oubliez qu'il a l'opinion publique avec lui, leur opposa le troisième. Qu'on le veuille ou non, ça pèse dans la balance.

— Vous avez remarqué qu'on parle de l'avocat et pas de Martine Caussac, là ? reprit le deuxième journaliste.

Juliette sourit en les entendant rire.

— On finit par l'oublier tellement c'est lui qui a été identifié à cette affaire, fit le troisième.

— Il a vachement bien mené sa barque, l'avocat.

— Ça, c'est sûr. Maintenant, faut voir si ça va changer quelque chose de faire partie du cabinet de Clermont.

Ils enchaînèrent sur un autre sujet qui n'intéressait pas du tout Juliette. Elle finit par se lever, sans vraiment savoir que faire. Rester ? Rentrer chez elle ?

— Excusez-moi, fit-elle en se tournant vers ses voisins de table, est-ce que vous savez à quelle heure l'audience d'aujourd'hui se termine ?

— Ah, ça, on ne sait jamais, lui répondit l'un des trois hommes. C'est le président qui décide, parfois ça s'arrête au bout de deux heures pour une raison *x* ou *y*, d'autres fois pas avant le soir, avec une ou deux courtes pauses.

Juliette les remercia et sortit, un peu décontenancée. Elle tenta à nouveau de s'approcher au plus près de la salle d'audience, mais c'était rigoureusement impossible, les abords étaient surpeuplés.

— Est-ce qu'on peut réserver sa place ? demanda-t-elle à un des agents d'accueil.

Peu réceptif à sa candeur, ce dernier lui répondit vertement qu'on n'était pas au théâtre et qu'il ne s'agissait pas d'un spectacle.

La frustration donna à Juliette envie de pleurer. Tout se passait là-bas, derrière cette porte, à quelques mètres d'elle, et elle se retrouvait bloquée dans ce hall gelé. Penser que de simples curieux, nullement concernés, assistaient à l'audience la mettait hors d'elle. Si elle avait pu, elle les aurait tirés par les cheveux pour les jeter dehors.

Décidée à rester jusqu'à ce que Romain sorte, elle se cala contre une colonne et attendit. Une heure. Deux heures. Trois heures. Une femme s'approcha d'elle et amorça la conversation.

— Vous êtes journaliste ?

— Pas du tout, répondit Juliette, et vous ?

— Je fais partie d'une association pour la défense des droits des femmes et je tiens un blog d'actualité judiciaire. Ce procès est capital pour notre cause.

Elle porta sur Juliette un regard aussi bienveillant qu'insistant.

— J'ai remarqué que vous étiez là depuis un bon moment, dit-elle. Pardonnez-moi si je suis indiscrète, mais vous suivez l'affaire ?

— Vous connaissez Romain Denis ?

— Bien sûr, de réputation !

— C'est l'amour de ma vie, lâcha abruptement Juliette.

Et elle commença à lui raconter dans le détail les circonstances inouïes de leur rencontre, tout en martyrisant l'ongle de son pouce, et sans remarquer que la femme cherchait par tous les moyens à s'écarter. Cette dernière fut sauvée par son téléphone qui vibrait dans la poche de son pardessus.

— Excusez-moi, je dois répondre, chuchota-t-elle avant de s'éloigner, et de disparaître.

Au bout de cinq heures d'attente et de plusieurs tentatives pour approcher la salle d'audience, Juliette s'affala sur un banc où une place s'était miraculeusement libérée. Elle n'avait pas voulu prendre le risque de se réfugier dans la brasserie, pourtant tentante. Si quelque chose se passait pendant qu'elle se trouvait de l'autre côté de la rue, elle s'en voudrait terriblement. Aussi ses jambes et son corps étaient-ils lourds et engourdis à force de rester debout, quasi immobile. Sans compter qu'il faisait vraiment très froid dans ce palais parcouru par les courants d'air. Il faudrait penser à s'habiller plus chaudement les jours suivants, et à apporter une thermos de thé.

Si une franche lassitude accablait son corps, son espoir en revanche restait irréductible. Elle en était certaine, d'ici la fin de cette journée, ne serait-ce que par un petit signe de la main, un sourire, un regard, elle montrerait à Romain combien il pouvait compter sur elle.

Cette conviction s'emballa lorsque les portes de la salle d'audience s'ouvrirent soudain, faisant émerger de leur torpeur tous ceux qui n'avaient pu entrer et qui, comme Juliette, patientaient depuis des heures. Les gens se levèrent, les journalistes empoignèrent leurs micros et caméras, tout le monde se rua, il se passait quelque chose.

— Romain ! Romain ! cria Juliette, les mains en porte-voix.

Mais la certitude qu'elle avait soigneusement chérie retomba cruellement quand elle entendit que Martine Caussac et son avocat avaient déjà quitté le palais par une autre issue. Pendant que les collaborateurs de Romain répondaient aux questions des médias, Juliette dévala les escaliers et se précipita dehors. Les larmes aux yeux et le cœur griffé par l'amertume, elle longea la bâtisse en courant pour trouver cette fameuse sortie, scruta à l'intérieur des voitures en stationnement et de celles qui roulaient au pas, prises dans les encombrements.

— Romain ! cria-t-elle encore.

Les bras ballants, elle revint sur ses pas, hagarde d'épuisement, et resta plantée au milieu du parvis sans remarquer qu'on la bousculait.

Elle finit par rentrer chez elle, mécaniquement, la conscience anesthésiée. Frigorifiée, elle s'immergea un long moment dans l'eau très chaude de sa petite baignoire, jusqu'à retrouver ses facultés. Elle se sécha, s'enveloppa dans son peignoir moelleux, se prépara un plateau gourmand avec ce qu'elle trouva dans ses placards – pâtes de fruits, biscuits au sésame, thé fumé – et se pelotonna sur son canapé, son ordinateur à portée de main.

Sa revue de presse virtuelle lui en apprit plus que ce qu'elle avait pu glaner au palais de justice, ce qui lui tira un petit rire ironique. Cette première journée avait vu défiler les différents spécialistes dont l'expertise, deux ans après le premier procès, se trouvait encore en faveur de Martine Caussac. Rien n'était joué, mais comme l'avait dit Romain, tout était bon à prendre pour mettre la chance de son côté.

Je suis vraiment heureuse que ça se soit bien passé pour toi, aujourd'hui, écrivit-elle sur la messagerie Facebook de Romain. *Tu peux compter sur moi, je poursuis ma collecte d'ondes positives pour te les envoyer en intégralité ! Je t'embrasse, avec admiration. À demain.*

Mais le deuxième jour, pourtant si prometteur, plongea Juliette dans un état de frustration encore pire que le précédent. Le soleil se levait à peine lorsque, équipée, prête, pleine d'espoirs, elle arriva à la cour d'appel et fut arrêtée dès l'entrée : les membres d'une association ayant causé quelques troubles à l'ouverture des portes, il avait été décidé de ne laisser passer que les porteurs de cartes de presse et les personnes directement liées au procès. L'ambiance était tendue, chargée d'une électricité hostile, les agents se montraient nerveux et inflexibles.

Juliette décida néanmoins de tenter sa chance.

— Oh, s'il vous plaît, monsieur..., insista-t-elle auprès de l'un des agents.

Elle exerça quelques minauderies en dégainant son plus séduisant sourire.

— L'avocat de Martine Caussac est mon amoureux, je venais le soutenir.

— Alors voyez avec lui pour obtenir un laissez-passer, rétorqua l'agent.

— Mais je voulais lui faire une surprise !

L'agent, épais et bougon, la dévisagea avec atterrement avant de faire non de la tête. Et Juliette dut renoncer sans même avoir pu assister à l'arrivée de Romain et de sa cliente.

Elle rumina sa contrariété dans le bistrot d'à côté jusqu'au début de l'après-midi, enchaînant cafés, thés et bières, et prêtant l'oreille aux papotages de pigistes qui préféraient attendre au chaud plutôt qu'en faisant le siège dans les couloirs du palais.

— On peut dire ce qu'on veut, mais il assure, le petit avocat, fit l'un d'eux à l'issue d'une discussion sur les stratégies de la défense.

Juliette ne put se retenir et darda sur l'homme un regard orageux.

— Pourquoi *petit* avocat ? lança-t-elle avec acrimonie.

— Ce n'est pas un poids lourd comme Édouard Clermont ou d'autres, argumenta son interlocuteur.

— Ah, parce que vous, vous êtes quoi ? Un *grand* journaliste ? L'Albert Londres du XXIe siècle, peut-être ?

Un rire grinçant tordit ses lèvres, tandis qu'à la tablée tous fronçaient les sourcils d'un air circonspect et vaguement inquiet. Elle leur jeta une expression traduisant le mépris qu'elle leur vouait et se précipita aux toilettes pour se calmer. Elle s'enferma dans une cabine et se soulagea des litres de boissons accumulées dans sa vessie – elle n'avait pas voulu prendre le risque de le faire plus tôt, craignant de manquer quelque chose d'important. Debout devant les lavabos, elle se lava ensuite les mains, moites d'agacement, puis s'humecta le visage du plat de ses paumes. Ses joues étaient rouges, ses yeux veinés et cernés, sa mine effroyable. À côté d'elle, une femme se remaquillait, son sac grand ouvert et suspendu à une patère. L'attention de Juliette fut aussitôt attirée par la carte de presse plastifiée qui apparaissait au milieu du fatras féminin ordinaire. Elle y vit une aubaine. Et mieux encore : un signe.

D'un geste discret, elle poussa son propre sac, jusqu'à ce qu'il tombe et répande une grande partie de son contenu sur le sol.

— Oh mince ! s'exclama-t-elle.

Elle fit mine de vouloir se baisser et, les mains plaquées sur les reins, poussa un gémissement.

— Je peux vous aider ? proposa la femme.

— Je veux bien, oui, c'est gentil..., fit Juliette. Je me suis bousillé les lombaires, j'ai l'impression d'avoir quatre-vingt-dix ans.

— Vous devriez aller voir Macias, c'est un ostéopathe dans le quartier des Chartrons, il est très bon, lui conseilla la femme en s'accroupissant.

Pendant qu'elle entreprenait de ramasser les affaires de Juliette, cette dernière n'eut qu'à plonger la main dans le sac à côté d'elle pour y subtiliser la carte de presse.

— Voilà, je crois que tout y est, lui dit la journaliste.

— Vous êtes adorable !

— Macias, aux Chartrons, lui rappela la femme avec un sourire.

— C'est noté, je vous remercie infiniment.

Sur ces souriantes paroles, elle tourna les talons et fila, sésame en poche, étourdie par la perspective du lendemain.

23

Romain ne pouvait présumer de rien tant que le verdict n'était pas tombé, mais en cette fin de troisième journée, le procès en appel semblait en très bonne voie d'être gagné.

Il monopolisait chacune de ses pensées et chaque minute de ses jours et de ses nuits. Son énergie était tout entière dédiée à Martine Caussac, tandis que la pression éprouvée avant cette folle semaine ne faiblissait pas. Il parvenait plus ou moins efficacement à la transformer en super carburant afin de se rassurer, de se sentir plus fort, plus sûr, conquérant. Des atouts essentiels qui parfois pouvaient lui faire secrètement défaut.

Jade lui manquait. Tous deux avaient fait le choix de ne pas se voir afin qu'il puisse garder intacte sa concentration. Ils s'appelaient cependant chaque soir, Romain lui relatait dans ses menus détails l'audience du jour, sans toutefois s'étaler plus qu'il ne fallait sur ses états d'âme, ses vacillements intérieurs, sa trouille abyssale d'échouer.

Mais ce qu'il ne pouvait pas non plus confier à la femme de sa vie, c'était ce tracas sous-jacent que représentait sa sœur, ses soupçons à l'égard de celle qui semblait tout mettre en œuvre pour le séduire. Depuis la réception des bouchées au beurre de cacahuètes et surtout du tableau, Romain ressentait un véritable malaise, très malvenu en cette période si agitée, qu'il s'efforçait de rejeter en arrière-fond tout en espérant farouchement se tromper. *Arrête de te voiler la face : Juliette s'est amourachée de toi*, s'avouait-il néanmoins.

Il n'était pourtant pas du tout son genre. Trop sérieux, trop propre sur lui, trop gendre idéal. *Tu n'es qu'une lubie, un objet dans la rivalité qu'elle entretient avec Jade. Ça va bien finir par lui passer.*

Parmi les multiples notifications Messenger affichées par son téléphone, plusieurs indiquaient des messages envoyés par Juliette via Facebook. Dix-huit en trois jours, exactement. Il ne les avait pas ouverts, mais il avait pu lire le début de quelques-uns d'entre eux et relevé qu'ils semblaient de plus en plus enflammés.

Ce n'était pas tout. La veille, il avait surpris la jeune femme en planque sous le porche de l'immeuble en face du sien, ce qui d'une part signifiait qu'elle connaissait son adresse, et d'autre part qu'elle le surveillait. L'avait-elle suivi ? Avait-elle fouiné sur Internet ? Malgré sa contrariété et l'envie de la dissuader de continuer ce genre de choses, il avait feint de ne pas la remarquer, tout comme il l'avait fait au cours de la journée après l'avoir aperçue dans la salle d'audience, parmi le public, lui adressant des signes de la main. Il s'était efforcé de faire abstraction de sa présence alors qu'il interrogeait les témoins, la gravité des circonstances et de sa mission y avaient contribué. Mais Juliette n'avait rien à faire là, elle l'avait dérangé.

— Bon, arrête de penser à ces conneries et concentre-toi, marmonna-t-il, debout devant la gazinière où cuisait une énorme entrecôte.

Le lendemain, il plaiderait pour sauver Martine Caussac une seconde fois, rien ne comptait hormis ces années de prison qu'il devait à tout prix lui éviter.

Il ne savait pas encore comment procéder, mais une fois que tout cela serait passé, il faudrait bien qu'il s'occupe de « l'affaire Juliette Clermont ».

⋆

⋆ ⋆

Une foule bruyante et compacte envahissait le parvis de la cour d'appel, et très certainement les escaliers et le couloir menant à la salle d'audience, tandis que Romain et Martine Caussac se faufilaient à l'intérieur par un accès emprunté habituellement par le personnel.

— Ça va ? demanda le jeune avocat à sa cliente.

Cette dernière n'avait jamais pu se départir totalement de son extrême réserve et de son regard fuyant. Mais elle semblait moins effarouchée que lors du premier procès, elle parlait d'une voix plus assurée, il lui arrivait presque de sourire. Ce qu'elle tenta de faire en réponse à la question de Romain, en vain. Cette journée allait bouleverser sa vie, quelle que soit la tournure des événements. Alors, les sourires, peut-être même les rires, seraient pour plus tard, il fallait l'espérer. Pour l'heure, elle se contenta de hocher la tête et de prendre la main de Romain pour la serrer très fort entre les siennes, dans un geste tremblant et vibrant de confiance. Celui qui était devenu son sauveur l'enveloppa de ce regard franc et chaleureux qui l'avait un peu réconciliée avec les hommes – à force de subir la cruauté de son mari pendant de si effroyables années, elle avait fini par oublier que tous n'étaient pas comme lui.

Un huissier les fit entrer dans la salle. Ils prirent place aux côtés de Noûr et de Sylvain, les deux assistants de Romain, dans un brouhaha perturbant. Il y avait tant de monde qu'une bonne trentaine de personnes étaient obligées de rester debout le long des murs. Romain remarqua la sœur et les trois enfants de Martine, assis au premier rang, et leur fit un petit signe de tête amical. Deux rangées derrière, Jules Clermont s'était mêlé au public et le salua d'un air encourageant, Romain apprécia sincèrement sa présence et son soutien. Si elle l'avait pu, Jade serait venue, elle aussi, mais elle avait une audience qui durerait toute la matinée. Au fond de lui, il préférait qu'elle ne soit pas là, ça l'aurait perturbé. Mais peut-être parviendrait-elle à le rejoindre d'ici à ce que le verdict soit annoncé.

En revanche, il fut incommodé d'apercevoir Juliette au milieu de la salle, agitant le bras pour attirer son attention. Son regard glissa, à peine croisa-t-il le sien pendant une fraction de seconde.

Enfin, il fit le vide intérieurement, régula sa respiration, coupa son esprit de tout ce qui pouvait parasiter sa réflexion.

Et s'ensuivirent deux heures aussi éprouvantes que passionnées pendant lesquelles l'avocat général, un mythe vivant du barreau, dynamita les arguments développés par Romain au cours de la semaine en mettant en avant la gravité d'un meurtre de sang-froid et le danger non de la récidive, mais de l'exemplarité. Il termina en enfonçant la tête de Martine Caussac sous l'eau avec la requête d'une peine de vingt-cinq ans de prison.

Puis ce fut au tour de Romain, en clôture des débats. Sa cliente était devenue grise, écrasée par le poids des mots de l'avocat général, les regards de la foule et des membres du jury, le contrecoup des faits à nouveau examinés au microscope. Au-delà de son orgueil et des raisons très personnelles qui l'aiguillonnaient, Romain voulait voir Martine Caussac sourire, pleurer de joie, se jeter dans les bras de ses proches – et aussi dans les siens. Il voulait, comme la première fois, sortir du palais de justice en la tenant par le bras, et la savoir définitivement libre.

Il suivit à la lettre la plaidoirie qu'il avait peaufinée au fil des audiences. Elle ressemblait peu ou prou à celle du procès en première instance, jusqu'à la conclusion où il laissa libre cours à son émotion, à son attachement pour cette petite femme à l'apparence si ordinaire et au destin si exceptionnel.

Un silence magistral succéda à ses derniers mots, prononcés non pas sur le ton de la déclamation, mais avec une émotion profondément sincère, ses yeux dans ceux des jurés, longuement, ardemment. Jamais il ne s'était senti aussi pénétré par une mission. En qualité de professionnel, mais aussi d'être humain.

Jules opina de la tête lorsqu'il croisa son regard. Il y lut une sincère sympathie, de la reconnaissance et du respect aussi, il en fut touché.

Le jury se retira pour délibérer, Romain et Martine Caussac furent conduits dans une salle attenante. Noûr sortit chercher des sandwiches et des boissons, il fallait parfois des heures pour qu'une décision soit prise. En l'occurrence, cinq furent nécessaires, mettant au supplice les personnes concernées dans cette petite pièce surchauffée. Le temps s'étirait péniblement, Romain sentait le doute infuser dans son esprit au fur et à mesure que les minutes se succédaient, lentes, molles, insupportables. L'excitation du premier procès était bien loin.

Son téléphone, configuré en mode silencieux, ne cessait de s'éclairer sous l'avalanche de notifications et de messages qui lui parvenaient. Il aperçut ceux de Juliette, nombreux, sans y accorder autre chose qu'un claquement de langue irrité. Mais lorsqu'un SMS de Jade s'afficha sur son écran, lui annonçant qu'elle arrivait à la cour d'appel, son cœur parla. *Que je gagne ou que je perde, j'ai besoin de toi, ma sublime, j'ai vraiment besoin que tu sois là*, pensa-t-il.

Un quart d'heure plus tard, l'huissier revint. Tous savaient qu'il ne détenait aucune information, et pourtant personne ne pouvait s'empêcher de scruter son visage impassible.

— Le jury va énoncer son verdict, annonça-t-il.

Martine Caussac devint encore plus grise. Elle dévisagea Romain, dévorée par une angoisse muette, et se leva. Noûr dut la soutenir pour marcher à petits pas prudents jusqu'au box des accusés.

Les jurés firent leur entrée, graves, terrifiants, puis le président, ses assesseurs et l'avocat général. Romain chercha Jade dans la foule comme il aurait cherché une bouée dans un océan tumultueux. Il la repéra aux côtés de Jules, elle était belle et lumineuse au milieu de tous ces gens dont l'impatience ressemblait pour certains d'entre eux à de l'avidité malsaine.

Les paroles préliminaires du président survolèrent Romain, jusqu'à la question fatidique :

— Martine Caussac est-elle reconnue coupable des faits d'assassinat avec préméditation sur son mari, Jean Caussac ?

— Oui, clama le porte-parole du jury.

Bien que cette réponse fût inévitable, un frémissement ébranla la salle tout entière. Pourtant, le silence figeait ce moment sentencieux, chaque personne semblait s'être statufiée sous l'effet du suspens.

— Quelle peine est retenue par le jury ? poursuivit le président.

— Deux ans d'emprisonnement.

La colossale chape d'angoisse qui pesait de tout son poids sur Romain fut aussitôt pulvérisée. Le verdict confirmait celui du procès en première instance, Martine Caussac allait sortir libre, elle dormirait chez elle, ce soir, auprès de sa famille.

Pendant qu'une clameur victorieuse s'élevait dans la salle, couvrant la validation finale du président, Romain sentit des bras l'entourer, des mains secouer les siennes, des baisers claquer sur ses joues, des bravos retentir à ses oreilles. Martine Caussac, en larmes, Noûr et Sylvain, au comble de l'émotion, Jules, ravi…

Puis Jade fut tout à coup devant lui, ses yeux dans les siens, ses paumes chaudes enserrant son visage.

— Tu l'as gagné, ce putain de procès… Tu l'as gagné deux fois, mon roi, lui souffla-t-elle.

Elle exultait d'admiration et lui de fierté. Reconnaître qu'alors rien n'était plus important que le regard de cette femme sur lui avait quelque chose d'indécent et de terriblement égocentrique. C'était son essence, ce qui le nourrissait et le faisait avancer, cela resterait son secret.

Avant d'être entraîné dans le tourbillon médiatique, il la saisit par la nuque et plongea son visage dans son cou gracile pour s'enivrer de son parfum, de sa peau tiède, de sa présence miraculeuse dans son existence.

— Je t'aime, lui murmura-t-elle.

24

Samedi, 13 h 45

Romain, mon merveilleux Romain, je ne vais pas te dire combien je suis fière de toi, tu le sais, je l'ai lu dans tes yeux lorsque nos regards se sont croisés hier dans cette salle pleine à craquer. C'était incroyable pour moi d'être là, parmi tous ces gens qui étaient venus pour toi, et de sentir ce lien entre nous, unique et grandiose.

J'ai rêvé de toi cette nuit, ne souris pas, c'est très sérieux ! Nous étions dans une salle d'audience, seuls, tu étais assis à la place du président et tu portais cette robe d'avocat qui te rend si impressionnant, en as-tu seulement conscience ?

Il y avait cette prodigieuse tension sexuelle entre nous, nous étions aimantés avec autant d'ardeur que dans la réalité, j'étais si excitée que j'en suffoquais. Tu t'es alors reculé sur ton siège en soulevant ta robe d'avocat et tu m'as attirée dessous, je me suis agenouillée devant toi, ta braguette gonflait sous la pression de ton désir. Je l'ai déboutonnée avec ces gestes lents qui te rendent fou et ta verge a jailli, massive, gorgée, tendue vers moi. J'ai commencé à la couvrir de baisers gourmands, pendant que tu caressais ma tête à travers le tissu de ton uniforme en la poussant de plus en plus impérieusement.

Tu déclenchas un éclair de feu dans mon ventre et je t'entendis gémir, tu sais, ce genre de gémissement qui signe la capitulation. Jamais je n'avais connu un tel délice et une telle envie de dévorer un homme, je m'enivrais de ton parfum doux et de cette raideur entre mes lèvres, sur ma langue, contre mon palais, jusque dans ma gorge.

Soudain, il y eut du bruit autour de nous, je ne voyais rien, mais j'entendais des gens s'installer, discuter, t'adresser la parole. Personne ne pouvait me voir, j'étais cachée sous ta robe, tu continuais d'appuyer sur ma tête et de donner des saccades avec ton bassin, tout en parlant avec ces gens.

C'était incroyablement excitant pour la simple raison qu'entre nous, ça va bien au-delà d'une banale histoire de cul, c'est ce qui est beau. Tu le sais, Romain, n'est-ce pas ?

Dis-le !

Mais tu as raison, il ne faut pas brusquer les choses, je comprends que ce ne soit pas facile pour toi. Alors prends le temps qu'il te faut, je saurai être patiente. Et discrète, fais-moi confiance, personne ne verra rien tant que tu ne seras pas parfaitement libre.

Je t'embrasse passionnément. À demain, au brunch du dimanche.

Juliette

La jeune femme relut son message, une main accessoirement glissée entre les cuisses, et cliqua sur « envoyer » avec un sourire extatique. Puis elle rabattit le capot de son ordinateur, posa la machine sur le sol et, affalée sur le canapé, s'adonna à une petite échappée onanique, le boxer de Romain roulé dans sa main libre.

Quelques heures plus tôt, elle était pourtant loin de cet état de béatitude. Sa semaine de congé, spécialement posée pour assister au procès, n'avait été d'aucun repos. Au contraire : à l'issue de quatre jours de montagnes russes émotionnelles, elle avait atteint les limites de ce qu'elle pouvait supporter. Tout s'était magnifiquement passé entre Romain et elle, bien qu'ils n'aient pu échanger que des regards. Mais quels regards ! Un peu perdu, il avait cherché le sien dans la foule juste avant les plaidoiries, et lorsqu'il l'avait trouvé, elle avait senti combien c'était important pour lui qu'elle soit là. Il n'aurait pas pu se montrer si brillant sans cette brève connexion, cette confirmation qui se passait de mots.

Le matin même, en parcourant Facebook, elle était tombée sur une citation archi-connue : « Il n'y a pas d'amour, il n'y a que des preuves d'amour[1]. » Elle prêtait rarement attention à ces maximes dont ses amis usaient et abusaient sans vergogne, elle préférait les opinions exprimées en fonction de la personnalité de chacun. Mais celle-ci lui avait plu, elle y avait vu une indication, un encouragement, une voie à suivre.

Patienter des heures dans le froid pour apercevoir Romain pendant un bref instant, voler la carte de presse de cette journaliste dans les toilettes, jouer des coudes au mépris de toute bienséance pour pouvoir entrer dans la salle d'audience… Ça, c'étaient des preuves d'amour.

Puis Jade était arrivée, ridiculement somptueuse, quelques minutes avant le verdict, et avait spolié Juliette de ce qui devait être son apothéose. *Tu étais où, toute cette semaine, connasse ?* pensa-t-elle, passablement écœurée. *Tu crois qu'il suffit d'arriver comme ça, en faisant ta star ? T'as vraiment rien compris à l'amour, ma pauvre.*

Il y avait eu ce moment fabuleux de l'énoncé du verdict, l'euphorie générale avait transporté de joie la jeune femme,

1. Pierre Reverdy.

jusqu'à ce que Jade enroule ses bras autour de Romain et l'embrasse sans aucune pudeur devant tout le monde.

Juliette crut ne pas pouvoir supporter l'effroyable douleur qui l'avait percutée et entraînée dans les tréfonds les plus sinistres de son esprit. Nauséeuse et mortifiée, elle avait quitté la cour d'appel et erré en ruminant son amertume pendant des heures dans les rues battues par le vent et la pluie, un vrai déluge dont elle ne se rendait même pas compte.

Plusieurs fois, elle s'était retrouvée devant l'immeuble de Romain et avait pressé aussi frénétiquement que vainement sur le bouton de sa sonnette. Le deviner chez Jade n'avait fait qu'aggraver son sentiment de perdition.

Elle avait fini par rentrer chez elle, tard dans la nuit, après avoir parcouru des kilomètres. L'idée de passer sa rancœur en entamant une nouvelle toile s'imposa comme une urgence et pas seulement à cause de l'appel de son galeriste qui commençait à se montrer pressant, à juste titre d'ailleurs, car elle faisait preuve d'une désinvolture inexcusable.

Elle avait déjà peint dans cette sorte d'état second, portée par une émotion, un trouble, un bouleversement. Mais ce soir-là, c'était la première fois qu'elle se lançait sous l'emprise de la rage. Il lui fallut quatre heures pour accomplir un portrait de Jade, exalté, beau, terrible et mystique à sa façon. En surface, sa sœur apparaissait dans toute sa splendeur, moulée dans une robe d'un rouge coquelicot éclatant, aux antipodes des tons qu'elle portait habituellement. Juliette était particulièrement satisfaite de la peau du visage, des bras, des jambes et des pieds nus dont le rendu texturé lui semblait atteindre la perfection, ou du moins l'effet qu'elle voulait leur donner.

Car ce qui faisait à la fois la subtilité et la force de ce tableau, c'étaient les dessous de cette apparence lumineuse. Lorsqu'on se rapprochait, les détails dévoilaient un autre aspect, sale, presque pourri, des taches de moisissure parcheminant la peau, des traînées nacrées évoquant des cicatrices, des toiles d'araignées mêlées à la chevelure qu'elle avait choisie blonde et surtout ces ombres inquiétantes au fond des yeux noisette qui privaient le regard de Jade de toute humanité.

Dans la lumière du petit matin naissant, Juliette s'était reculée pour observer son œuvre. Son air un peu buté, durci par l'amertume, avait fini par se dissoudre dans cette étrange contemplation. Peindre ce portrait lui avait procuré le meilleur des réconforts. Exténuée, vidée de sa hargne primaire, elle s'était alors jetée sur son lit sans prendre la peine de se déshabiller et de nettoyer les taches de peinture sur ses mains, et avait basculé dans un sommeil épais.

*

*   *

Juliette avait surveillé sa page Facebook et celle de Romain tout au long de la journée du samedi, puis de la soirée. L'objet de son désir s'était connecté aux alentours de deux heures du matin, elle l'imaginait lire ses messages en cachette de Jade et se délecter secrètement du récit de son rêve érotique.

Et puis le dimanche tant attendu arriva enfin : dans quelques heures, ils allaient se revoir au cours du brunch familial. Certes, ces circonstances n'étaient pas les meilleures, il leur faudrait réprimer leur envie de se jeter dans les bras l'un de l'autre et de se dévorer des yeux. Ce qui en définitive rendait ces retrouvailles très excitantes.

La jeune femme surprit son père en se présentant la première, avec une bonne demi-heure d'avance sur l'heure habituelle.

— Qu'est-ce qui t'arrive ? Tu es tombée du lit ? fit-il en la prenant tendrement dans ses bras.

— J'avais envie de vous voir.

— Je ne sais pas si Dieu pourra te pardonner cet ignoble mensonge, mais moi oui.

— Oh papa, tu sais bien que je vous adore, maman et toi.

— À propos de ta mère, attends un peu avant d'aller l'embrasser, elle est déjà assez contrariée par le chamboulement de son organisation millimétrée, poursuivit-il, non sans un sourire taquin. T'accueillir avec tant d'avance pourrait lui être fatal.

— Papa…, soupira Juliette.

— Viens donc prendre un verre avec moi, veux-tu ?

— Je te suis.

Une fois dans le salon, elle se laissa gagner par le doute dont son père venait de semer les graines d'une main amusée.

— De quel chamboulement tu parles ? demanda-t-elle.

— Nous devons faire face à une défection, annonça Édouard Clermont.

Juliette pensa aussitôt à Jules. Il arrivait que son frère parte en week-end au gré d'une rencontre féminine inopinée et souvent éphémère.

— Ah ! Tu es déjà là, ma chérie ?

Bérangère venait de découvrir sa présence. Juliette trouva sa mère tendue, le visage creusé.

— Ça va, maman ?

Si elle avait été plus attentive, elle aurait remarqué le regard soudain voilé de son père. Mais ses pensées galopaient déjà ailleurs.

— Oui, oui, ça va, répondit Bérangère. Je suis juste un peu déçue que ta sœur et Romain ne viennent pas.

— Quoi ?! s'exclama Juliette.

Une espèce de trou noir intérieur commença à aspirer toute la joie qu'elle avait investie dans ce brunch.

— Jade a appelé tout à l'heure, ils ont décidé d'aller passer la journée à Lacanau, pour prendre l'air, expliqua sa mère. Tu connais ta sœur, quand elle veut quelque chose…

— On ne peut pas leur en tenir rigueur, enchaîna Édouard. La semaine a été rude, je comprends qu'ils aient envie de s'aérer en tête à tête.

Trop choquée pour commenter, Juliette but cul-sec le whisky offert par son père.

— J'avais prévu une petite surprise pour l'emménagement…, geignit Bérangère.

— Ce n'est pas grave, ma chérie, on les reverra ! la rassura son mari.

— Quel emménagement ? fit Juliette d'une voix d'outre-tombe.

— Ta sœur ne te l'a pas dit ? Romain va quitter son appartement, ils vont vivre ensemble dans celui de Jade…

25

La porte cochère offrait une vue parfaite sur l'immeuble où habitait Romain, Juliette l'avait déjà expérimentée. Elle s'y adossa, calée dans l'ombre, le visage en partie dissimulé sous la capuche d'un vieux sweat *oversize*, exhumé de sa garde-robe pour l'occasion… Secouée par un frisson, elle remonta la fermeture éclair pour se protéger du froid, l'automne semblant avoir décidé de marquer définitivement son empreinte en ce dimanche de novembre.

Les heures qui avaient suivi l'annonce de l'installation de Romain chez Jade l'avaient jetée dans un état de sidération hallucinée. La préparation de son expo avait fait office d'explication tout à fait crédible quand elle avait écourté le brunch pour rentrer chez elle, abattue, le cœur crevé.

« Quand on touche le fond, on ne peut que remonter »… Ce fut sur ce graff que ses yeux s'arrêtèrent tandis qu'elle longeait une rue pluvieuse. Le genre de formule qu'elle avait l'habitude de dédaigner, mais qui, à cet instant, lui parla comme une vérité s'imposant frontalement pour l'extirper de sa détresse. Encore un signe, une voie, une voix…

Elle ferma les yeux face au mur coloré, les mots la transportèrent dans la fosse aux eaux sombres de la maison de Cap-Ferret, le jour où son père avait tenté de l'initier à l'apnée. Elle avait détesté, la profondeur lui avait semblé infinie alors qu'elle savait bien que ce n'était pas possible, on ne pouvait pas s'enfoncer sans qu'à un moment ou à un autre on atteigne un plancher. Il y avait toujours un fond, même dans la fosse des Mariannes. Sous l'effet de la panique, elle avait cherché la lumière au-dessus d'elle et trouvé extraordinaire ce rectangle miroitant vers lequel elle s'était empressée de remonter.

Exactement ce qu'elle commença à faire, sitôt ses yeux rouverts.

À partir de là, sa réflexion la conduisit à trouver à Romain de généreuses excuses et à Jade les torts les plus impardonnables. Le jeune homme avait beaucoup à perdre à cause de ces liens bien trop étroits entre travail, sexe et famille. Juliette imaginait sans mal la pression qu'il devait subir intérieurement. Elle avait le devoir de se montrer patiente et délicate, pour eux deux.

Mais il fallait également que Romain sache qu'elle ne le laissait pas tomber et qu'il pouvait compter sur elle. Elle s'apprêtait à lui écrire une énième fois quand la suspicion l'interrompit en plein élan. Comment être certaine que Jade n'interceptait pas ses messages ? C'était d'ailleurs bien pour cette raison qu'elle avait décidé de se rendre chez Romain pour l'assurer directement de son indéfectible constance.

Et tandis que ses amis sonnaient vainement à sa porte pour partager avec elle l'habituel dîner des dimanches postbrunch familial, elle était là, en planque sous ce porche glacial, attendant le retour de Romain.

Je suis désolée, une urgence... amoureuse... je n'ai pas eu le temps de vous prévenir, on se rattrape bientôt ? Bisous..., écrivit-elle à Elsa, Lorette et Hugo.

Il était presque vingt heures quand l'Austin Mini de Jade s'arrêta le long du trottoir, sortant Juliette de sa torpeur glacée. L'écho des rires de sa sœur et de Romain s'éleva dans le silence de la rue et lui transperça le cœur. Elle se risqua à jeter un coup d'œil et la flèche s'enfonça davantage encore à la vue de l'étreinte à laquelle se livrait le couple, Romain palpant les fesses de Jade, les bras de celle-ci cramponnés autour de son cou, leurs lèvres fusionnées dans un baiser débarrassé de toute pudeur. Ils disparurent à l'intérieur de l'immeuble de Romain, tandis que Juliette peinait à respirer normalement sous l'afflux de sentiments d'une violence inédite.

— Quelle comédie..., grinça-t-elle.

Ce à quoi elle venait d'assister lui faisait penser aux premiers flirts adolescents et à la façon grotesque qu'avaient certaines filles de montrer qu'elles sortaient avec un garçon, en riant très fort, en s'accrochant à eux avec de grands gestes inutiles et vulgaires, et en toisant les autres, comme pour marquer leur territoire.

— Ma pauvre Jade, t'en es encore là ? Mais t'as plus quatorze ans, marmonna-t-elle.

Elle attendit encore une bonne demi-heure avant de se rendre à l'évidence : sa sœur passerait la nuit chez Romain. À l'intérieur de ses veines, son sang devenait bile et fiel, pendant qu'un chaos invraisemblable se déchaînait dans sa boîte crânienne.

Elle brûlait d'envie de faire quelque chose de très bête et de très méchant : crever les pneus de la mignonne voiture de Jade. Elle déplia la plus grande lame du couteau suisse qui ne quittait pas son sac et la planta dans le caoutchouc. Pensant que c'était plus facile, elle se limita à deux roues, inutile de risquer d'attirer l'attention sur elle, on ne savait jamais qui pouvait l'observer depuis une fenêtre.

La voiture s'affaissa sur le côté. Satisfaite, Juliette s'éloigna et se mit en route, son nouvel objectif solidement chevillé en elle.

★

★ ★

Le dimanche soir, en général, l'épicier vendait essentiellement du lait, des boîtes de conserve et des packs de bière. De l'alcool aussi, mais pas à brûler, sinon les neurones. Or, la jeune femme devant son comptoir venait d'acheter les deux flacons qui traînaient dans le rayon des produits ménagers depuis des lustres. Il tenta un trait d'humour à propos de vitres propres – sa femme ne jurait que par cela pour faire celles de la vitrine –, mais il se heurta à un mutisme chargé d'hostilité, la cliente semblait peu encline à la plaisanterie.

De fait, en proie à des bouffées d'amertume inédites, Juliette ruminait, encore et encore, sans parvenir à se détacher de l'image de Jade, suspendue au cou de Romain, et de son genou remontant le long des jambes du jeune homme.

— Salope…, murmura-t-elle.

Il lui restait encore trois kilomètres à parcourir avant d'arriver chez sa sœur. S'enfermer dans un taxi ou dans un bus lui aurait été insupportable. Elle préférait marcher à vive allure dans le but instinctif que cette cadence puisse la soulager de sa colère infernale. Il n'en fut rien. Plus elle se rapprochait du quartier où vivait sa sœur, de l'autre côté de la Garonne, plus le désordre s'aggravait dans sa tête. Cette fois-ci, rien ne la calmait, si ce n'était la pensée de ce qu'elle s'apprêtait à faire.

Par ailleurs, elle ne cessait de consulter son téléphone en marmonnant un étrange mélange de plaintes, d'insultes, de suppliques. Des passants s'en inquiétèrent lorsque, en attendant de pouvoir traverser une chaussée, ils l'entendirent maugréer avec virulence, les yeux enflammés, la mine défaite.

— Mademoiselle, est-ce que ça va ? lui demanda un homme.

— Non, répondit Juliette.

— Je peux faire quelque chose pour vous ?

— Non.

Plus loin, un couple l'interpella.

— Vous n'avez pas l'air dans votre assiette, lui fit remarquer la femme. Vous voulez qu'on prévienne un proche ? Votre famille ?

Juliette la regarda sans la voir et agita la tête en signe de négation.

— Si vous me permettez, je crois que vous êtes en pleine crise délirante, intervint l'homme.

Juliette haussa les épaules.

— Il y a un café pas très loin, nous pourrions aller prendre une boisson chaude, ça vous ferait du bien, poursuivit-il.

— Non, merci, répondit Juliette.

L'homme fouilla dans la poche intérieure de son pardessus et lui tendit une carte.

— Appelez-moi, si vous en ressentez le besoin. Je suis psychiatre.

La jeune femme saisit la carte et traversa la rue en courant sans prêter la moindre attention au couple qui la suivait des yeux.

— Appelez-moi ! cria l'homme.

Juliette ne l'entendit même pas. L'immeuble où vivait Jade se trouvait à deux centaines de mètres. Après cela, pas besoin d'un psychiatre, elle se sentirait mieux. Elle irait mieux. C'était certain.

*

* *

Elle rabattit sa capuche, s'emmitoufla dans son écharpe et attendit. Elle avait renoncé à presser sur toutes les sonnettes dans l'espoir qu'un des habitants lui ouvrît, elle connaissait ces immeubles, tout le monde était méfiant, on n'ouvrait pas la porte à n'importe qui. Mais quelqu'un finirait bien par entrer ou par sortir, un chien à promener, un retour de week-end…

Vingt minutes furent nécessaires avant qu'un des habitants ne revienne avec un énorme chien en laisse. Juliette se précipita pour empêcher la porte de se refermer. Elle attendit que l'homme disparaisse dans les étages avant de pénétrer dans le hall d'entrée et de gravir les escaliers en chêne massif.

Trois étages plus haut, elle reprit son souffle. Elle n'était pas venue souvent chez Jade. Prise d'un doute sur l'étage et pestant contre sa mauvaise mémoire, elle redescendit pour vérifier sur les boîtes aux lettres, fixées au mur dans l'ordre des étages. Non, elle ne s'était pas trompée. Elle remonta, énervée contre elle-même.

Les initiales sur la sonnette de l'appartement de gauche lui indiquèrent que Jade habitait celui de droite, dépourvu d'indication.

Elle s'accroupit devant la porte. Son cœur manqua quelques battements et s'emballa dans un rythme anarchique à la pensée de ce qu'elle s'apprêtait à faire.

— J'ai pas le choix, murmura-t-elle.

Elle déboucha les deux flacons d'alcool à brûler et les vida. Le liquide se répandit sur le paillasson et s'infiltra sous la porte en dégageant son odeur âcre et agressive. Alors Juliette sortit une vingtaine de mouchoirs en papier qu'elle chiffonna pour les caler dans l'interstice entre le plancher et le bas de la porte. Puis elle se releva, fit jaillir une belle flamme de son briquet, l'approcha du dernier mouchoir qu'elle tenait en main, y mit le feu et le jeta sur le paillasson.

26

Une cigarette aurait été bienvenue, mais Romain ne pouvait pas prendre le risque de s'éloigner de la salle d'attente. La lumière crue, diffusée par de grands plafonniers rectangulaires, lui donnait mal à la tête, mais sans doute moins que l'angoisse générée par le lieu et les causes de sa présence. Comme la quinzaine d'hommes et de femmes bloqués dans cette pièce avec lui, accablés de fatigue et d'inquiétude, il prenait son mal en patience.

Les aiguilles d'une grosse horloge très laide égrenaient le temps en émettant un petit clic à chaque mouvement. Minuit et demi… Romain était arrivé deux heures plus tôt, juste après avoir été prévenu par les pompiers qui conduisaient Jade aux urgences. Il avait foncé, mais ne gardait aucun souvenir du taxi qui l'avait emmené ni même de s'être présenté à l'accueil de l'hôpital.

— Monsieur Denis ? l'interpella un infirmier.

— Oui ? fit Romain, sur le qui-vive.

— Le médecin va vous recevoir, venez, s'il vous plaît.

Il obtempéra et se laissa guider dans le dédale des couloirs de l'hôpital jusqu'à un minuscule bureau.

— Docteur, monsieur Denis…, annonça l'infirmier.

Un homme en blouse blanche, au physique étonnamment jeune, leva la tête de son ordinateur à l'apparition de Romain.

— Entrez, entrez ! fit-il. Asseyez-vous, je vous en prie. Vous êtes le mari de Jade Clermont, c'est cela ?

— Son compagnon. Comment va-t-elle ?

— Rassurez-vous, elle n'a été que très légèrement intoxiquée par les fumées. Tous les indicateurs sont normaux, mais nous préférons la garder en observation pendant quelques heures.

Romain se sentit délesté d'un grand poids, pas encore total, néanmoins.

— Et ses brûlures ? l'interrogea-t-il.

— La paume de sa main droite est la plus touchée, mais rien d'inquiétant, ça reste superficiel, lui déclara le médecin. Votre amie risque cependant d'avoir mal pendant quelques jours, je vais lui prescrire une pommade pour éviter qu'elle ne prenne des antidouleurs.

Il plongea son regard d'un noir intense dans celui de Romain. Un regain d'inquiétude assaillit ce dernier.

— Pourquoi devrait-elle éviter les antidouleurs ?

— Votre compagne est enceinte de deux mois et demi, monsieur Denis, répondit le médecin avec un sourire sincère.

Ballotté entre des émotions extrêmes, Romain resta bouche bée, peinant à respirer.

— Enceinte ? bredouilla-t-il.

L'homme lui tendit le cliché en noir et blanc sur lequel apparaissaient les formes vagues et courbes d'une échographie.

— Vous voyez l'espèce de petite cacahuète en plein milieu ? poursuivit-il. Eh bien, c'est votre bébé.

Le regard de Romain alternait entre l'image et le visage doux du médecin comme pour essayer de faire un lien avec la réalité.

— Est-ce que je peux la voir ? demanda-t-il d'une voix étranglée. Je veux dire… Jade…

— Pas longtemps, elle doit se reposer.

Romain se leva, un peu gauche.

— Chambre 204, au fond à droite, précisa le médecin.

— Merci…

— Vous l'embrassez et vous filez, d'accord ? On vous appelle dès qu'elle sera autorisée à sortir.

Sonné, Romain longea le couloir en détaillant les numéros sur les portes, jusqu'à trouver la bonne chambre.

La femme de sa vie était là, sur un lit, les bras sagement posés le long du corps, des lunettes à oxygène dans les narines, une perfusion fichée dans le creux du coude. Il s'efforça de réguler sa respiration et s'approcha.

— Tu es là…, murmura Jade.

Depuis qu'il la connaissait, jamais Romain ne l'avait vue malade, ne serait-ce que d'un simple rhume. Là, il la découvrait fragile, atteinte dans sa chair. Sa voix rauque, ses mains bandées, ses cheveux empestant la fumée, ses yeux injectés de sang… Elle n'était pas passée loin d'un épouvantable drame. Romain sentit son cœur se tordre en l'imaginant au milieu des flammes et de la fumée.

Incapable de décrocher un mot, il la serra délicatement contre lui.

— Le médecin t'a dit ? poursuivit-elle.

Il opina de la tête. Chahuté par l'immense joie comme par l'effroi, il ne parvenait pas à réagir de façon adéquate.

Jade lui sourit tandis qu'il caressait son visage.

— C'est magnifique… Tu es magnifique…, réussit-il à dire.

Il posa la main sur le ventre de son aimée et se fendit d'un sourire qu'il aurait voulu plus ardent. La main bandée de Jade se joignit à la sienne.

— On va avoir un bébé, chuchota-t-elle.

Malgré le choc qu'elle venait de subir, elle irradiait du bonheur de cette nouvelle.

— Tu… tu le savais ? bredouilla Romain.

— J'ai eu tellement peur…, souffla-t-elle.

Romain avait plus d'une fois imaginé ce moment où on lui apprendrait qu'il allait devenir papa. Mais jamais il n'aurait pensé que cela arriverait dans des circonstances aussi dramatiques. D'ailleurs, la gravité de ce qui s'était produit écrasait lourdement la joie fabuleuse qu'il aurait dû ressentir.

— Qu'est-ce qui s'est passé, mon amour ?

— Je ne sais pas, je ne sais vraiment pas… J'étais sous la douche et quand je suis sortie, il y avait le feu dans l'entrée, le parquet, la porte, la penderie, tout flambait, la fumée avait déjà envahi le salon, c'était terrible… J'ai ouvert une fenêtre, ça a empiré, j'ai voulu téléphoner, mais je me suis sentie mal et après je ne sais plus…

Elle déglutit à grand-peine et se racla la gorge. Son regard la trahissait, la peur faisait son œuvre à retardement, fendillant sa cuirasse.

— Monsieur Denis ?

Une infirmière se tenait sur le pas de la porte, Romain devait partir.

— Repose-toi, ma sublime, pense seulement à toi et au bébé. Je reviens te chercher tout à l'heure.

— Tu ne dis rien à mes parents, lui dit-elle, suppliante.

— Jade…

Romain ne voyait pas vraiment comment faire, elle devait plaider dans quelques heures, son absence était impossible à cacher. Elle se rendit vite à cette évidence.

— Pas en pleine nuit, d'accord ? tempéra-t-elle.

— Compte sur moi.

Romain embrassa ses lèvres sèches, lâcha sa main pansée et s'extirpa des méandres oppressants de l'hôpital après être passé à l'accueil pour régler les questions administratives. Un infirmier compatissant, en pause sur le parvis, lui offrit une cigarette lorsque, une fois dehors, il se laissa tomber sur un banc. Quelle nuit… Après une semaine de folie, entre le procès Caussac, l'insistance intrusive et équivoque de Juliette, le dimanche à la mer idyllique, l'horreur de cet appel des pompiers, l'annonce du bébé… un vrai foutoir.

Il décida de prendre un taxi et de passer chez Jade avant de rentrer à son appartement. Il fallait qu'il voie de ses yeux l'ampleur du danger auquel elle avait échappé.

— Vous pouvez attendre, s'il vous plaît ? demanda-t-il au chauffeur. J'en ai pour cinq minutes.

Un périmètre de sécurité avait été dressé au pied de l'immeuble. C'était difficile de constater les dégâts depuis l'extérieur, d'autant plus qu'aucune fenêtre n'était éclairée, peut-être le bâtiment avait-il été évacué.

Romain s'approcha du policier qui se tenait en faction devant l'entrée.

— Bonjour, je m'appelle Romain Denis, je suis le compagnon de Jade Clermont, son appartement…

— Personne ne peut entrer, le coupa l'agent, un homme entre deux âges à l'expression martiale.

— On sait ce qui s'est passé ?

— Le feu s'est déclaré au troisième étage, une enquête est en cours, la brigade criminelle est saisie de l'affaire.

Romain se décomposa. L'incendie était donc volontaire et dirigé contre Jade.

Dans le taxi qui le ramenait chez lui, de préoccupantes questions se mirent à cribler son esprit. À l'issue d'un verdict en deçà de leurs prévisions ou espérances, c'était rare mais il arrivait que certains clients accusent leur avocat de ne pas les avoir correctement défendus, sans compter les membres des parties adverses. Le ressentiment des uns et des autres pouvait outrepasser les reproches et la colère pour glisser dangereusement vers les menaces de vengeance. Romain avait été confronté deux fois à des maris agressifs lors d'affaires de divorce particulièrement ardues. Ça n'avait pas été plus grave que des injures et des rayures sur sa voiture, mais il devait reconnaître avoir eu des sueurs froides et vérifié pendant des semaines qu'il n'était pas suivi. Ces expériences pénibles lui avaient permis de tirer bien des enseignements, il avait affiné sa perception et sa compréhension de ce que pouvaient endurer des femmes victimes de violences – sa façon de plaider lors de certains procès y avait d'ailleurs gagné en intensité.

Ces souvenirs le ramenaient désagréablement au présent. Jade venait-elle d'être la cible d'un client mécontent ? Les pneus de sa voiture avaient été crevés devant chez lui. Y avait-il un lien ? Il tressaillit, cette hypothèse était la pire, elle impliquait que quelqu'un les surveillait. En descendant du taxi, il ne put s'empêcher de regarder tout autour de lui et de scruter les porches plongés dans l'obscurité.

— Commence pas à devenir parano, se tança-t-il, avant de s'engouffrer dans son immeuble.

Mais le mal était fait, la peur l'avait déjà hameçonné. Il gravit quatre à quatre les escaliers jusqu'à son étage et s'enferma dans son appartement, épuisé et tremblant.

27

Le visage de Juliette s'éclaira d'un sourire étrange, entre satisfaction et impatience, lorsque, en fin de matinée, le SMS qu'elle attendait apparut sur l'écran de son portable.

Ma chérie, appelle dès que tu peux, s'il te plaît, c'est urgent. Maman.

Bérangère Clermont faisait partie de ces personnes qui tiennent en haute estime la ponctuation et l'orthographe, y compris les accents, jusque dans l'écriture des SMS. Et qui les signent. Mais ce n'était pas uniquement ce qui rendait Juliette si joyeuse. Sa mère allait lui apprendre ce qu'elle savait déjà : l'appartement de Jade avait été incendié. En empêchant Romain d'emménager chez sa sœur, Juliette avait atteint son but. Il lui faudrait attendre que des travaux soient effectués et elle comptait bien profiter de l'intervalle pour aider le jeune homme à prendre des décisions conformes à l'évidence quasiment alchimique qui était née entre eux.

Elle abandonna momentanément son chevalet et le tableau dont elle venait de commencer la copie, *Madeleine en extase* du Caravage, qui soufflait sur les braises incandescentes de sa passion outrée. Téléphone en main, la jeune artiste quitta la grande salle vide pour gagner l'extérieur. Esther, sa collègue, fumeuse elle aussi, lui fit signe de la rejoindre sur son banc, Juliette feignit de ne pas la remarquer et s'éloigna de quelques mètres pour appeler sa mère.

Cette dernière décrocha au bout de deux sonneries.

— Allô, maman ? Qu'est-ce qui se passe ?

— Il est arrivé quelque chose à ta sœur, lui dit d'emblée Bérangère. C'est terrible…

Sa voix chevrotait, elle semblait vraiment bouleversée. Juliette l'imaginait dans tous ses états, sa mère n'était pas très solide, le moindre accroc dans une vie bien réglée pouvait l'affecter sans commune mesure. Pour cette raison, un sentiment de culpabilité frôla la jeune femme, sans toutefois la plonger dans les affres pourtant méritées. Après tout, il ne s'agissait que de dommages matériels.

— Il y a eu un incendie dans son appartement, elle est à l'hôpital, poursuivit sa mère.

— Comment ça ? fit Juliette, plus étonnée que choquée.

— Jade est à l'hôpital.

— J'ai compris, maman, mais pourquoi ?

— Je viens de te le dire ! Le feu a pris dans son appartement, elle ne pouvait pas sortir… Elle a inhalé beaucoup de fumée avant que les pompiers n'arrivent et elle souffre de brûlures aux mains.

Cette information atteignit enfin Juliette avec la brutalité d'un uppercut. Elle en fut étourdie, sa vue se troubla, elle chancela. Quelques secondes de panique auxquelles succéda une forme d'agacement qu'elle trouvait légitime : Jade n'était pas *du tout* supposée être chez elle ! Pourquoi était-elle revenue ?

— C’est grave ? demanda-t-elle à sa mère.

— Non, heureusement, mais ça aurait pu être dramatique.

La voix de Bérangère se brisa complètement.

— Maman, ce qui compte, c’est qu’elle aille bien, pas ce qui aurait pu se passer.

Elle entendit sa mère renifler à l’autre bout du fil.

— Il y a beaucoup de dégâts ? poursuivit Juliette.

— Je ne sais pas. Ton père a essayé d’accéder à l’appartement, mais tout est bouclé pour l’enquête.

— L’enquête ?

— Oui, une enquête est ouverte pour incendie criminel. Quelqu’un a voulu faire du mal à Jade, peut-être même la tuer !

Prononcer ces mots la fit gémir et sangloter.

— Mais excuse-moi, ma chérie, fit Bérangère, je ne voulais pas t’inquiéter, je n’aurais jamais dû te dire tout ça.

— Bien sûr que si ! répliqua Juliette d’une voix blanche. Ça concerne la famille, tout de même !

— Tu as raison.

— Papa a pu avoir des infos ? fit-elle en s’efforçant de ne laisser filtrer aucun signe qui pourrait être mal interprété.

— Il pourrait s’agir d’un ancien client de Jade, ou de Romain… Une affaire de vengeance.

À l’idée que Romain soit concerné par l’enquête, Juliette se glaça.

— Romain ? Pourquoi Romain ? souffla-t-elle.

Elle sentit sa mère hésiter.

— Maman, dis-moi ! supplia-t-elle.

— Jade avait laissé sa voiture garée devant chez lui lorsqu’ils sont revenus de leur escapade à la mer. Quand elle a voulu rentrer chez elle, elle a constaté que deux pneus avaient été crevés. Elle a pris un taxi et, une heure plus tard, on mettait le feu à son appartement.

— C'est peut-être juste une coïncidence, tenta d'argumenter Juliette.

— On verra ce que trouve la brigade criminelle. Le plus important, c'est que ta sœur se remette sur pied. Romain est parti la chercher, elle va habiter ici, le temps de sa convalescence et de l'avancée de l'enquête. Elle sera en sécurité.

Malgré sa nervosité, Juliette ne retint qu'une chose : Romain serait seul chez lui pendant quelques jours. Elle en fut heureuse.

— Et puis quand tout sera revenu dans l'ordre, ils se mettront en quête d'un appartement, poursuivit Bérangère.

— Comment ça ? fit Juliette, à nouveau en alerte.

— Celui de Jade sera bientôt trop petit.

— Maman, arrête avec tes mystères !

— Jade est enceinte ! De deux mois ! C'est merveilleux, n'est-ce pas ?

Juliette ne garda aucun souvenir de la façon dont s'était terminée la conversation. La stupeur l'avait ensevelie comme une avalanche déboulant des sommets dans un fracas aussi douloureux que destructeur. Lorsqu'elle émergea, elle était assise par terre, Esther se trouvait devant elle, accroupie et inquiète.

— Ça va, ma belle ?

— Mmhh, marmonna Juliette.

— Tu ne te sens pas bien ? Tu veux que j'appelle SOS Médecins ?

— Non, non… J'ai eu un petit étourdissement, c'est rien.

— Viens, j'ai des chocolats dans mon tiroir, ça va te requinquer ! lança Esther en lui tendant la main pour l'aider à se relever.

Sous l'effet des confiseries, ou plus vraisemblablement de son extraordinaire capacité à retrouver son équilibre sur la voie qu'elle s'était tracée, elle élimina tout ce qui la gênait en expulsant les évidences insupportables. Elle reprit sa peinture, tout en ressassant et en s'interrompant pour analyser une énième fois les trois photos postées par Romain sur Facebook à l'issue de la journée à la mer. Certes, Jade y apparaissait resplendissante de bonheur, mais ni plus ni moins que d'habitude, elle était si artificielle, dénuée de toutes nuances.

— C'est chiant, cette perfection, si tu savais..., soupira longuement Juliette. Des mecs comme Romain ont besoin de profondeur, d'aspérités, de reliefs !

Avant de lâcher, venimeuse :

— T'es brillante, mais qu'est-ce que tu peux être conne, parfois.

En revanche, plus elle observait les expressions de Romain, plus elle lui trouvait des ombres au fond des yeux. Elle n'avait guère de doutes, cette situation le tourmentait, et il le lui faisait comprendre par l'intermédiaire de ces clichés faussement joyeux.

— Ne laisse personne te faire croire que tu n'es pas libre, mon amour, marmonna-t-elle tout en copiant le Caravage dans la salle déserte. N'oublie jamais que tu n'es pas homme à te laisser retenir.

Ces injonctions, lancées avec une conviction rageuse, n'attendaient que d'être dites face à face. Car depuis qu'elle lui avait envoyé le récit de son rêve érotique, Romain n'avait lu aucun des huit messages qu'elle lui avait adressés tout au long du dimanche après-midi. Une fois de plus, elle lui trouvait des circonstances atténuantes. Avec Jade toujours au-dessus de son épaule, ce ne devait pas être facile, il devait faire constamment preuve de prudence, quel enfer ce devait être de vivre ainsi. Et puis il fallait reconnaître qu'elle n'y était pas allée de main morte avec son rêve, il y avait de quoi troubler n'importe quel homme normalement constitué, et Romain était bien plus, bien mieux que le commun des mortels. Sa subtilité et son infinie délicatesse l'empêchaient de prendre des mesures radicales, il répugnait certainement à blesser Jade. Sans compter que les conséquences allaient être terribles dès lors qu'il se désengagerait de cette relation qui n'avait plus aucun sens : grâce à la notoriété qu'il avait acquise, il n'aurait pas de mal à trouver un autre poste. Mais vivre sa vie avec elle, c'était quitter Jade, et au-delà, le cabinet Clermont, symbole qu'il n'était peut-être pas encore prêt à détruire. Il était englué dans une situation qui n'avait rien d'inextricable, ce qui n'empêchait pas qu'elle fût difficile à supporter.

— Je comprends, mon amour, c'est à moi de débroussailler le chemin ! chuchota-t-elle face à sa toile.

L'esprit obnubilé, elle peignait sans application, d'autant moins que son pouce guérissait lentement. Elle l'avait encore meurtri, c'était devenu systématique : une contrariété et son pansement sautait. Sans même s'en rendre compte, elle grattait, creusait, tirait, arrachait. Lorsque la douleur vrillait à l'en faire pleurer, elle prenait enfin conscience de la folie qui la poussait à se mutiler ainsi.

Mais à cet instant, elle ne sentait rien. Pourtant, ajoutée à son manque désastreux de concentration, la gêne était bien présente, la précision de son travail en pâtissait.

— Tu es en train de faire de la merde, là, fulmina-t-elle en constatant la piètre qualité de sa copie.

À ce rythme, elle allait finir par compromettre sa place. Elle réussit à mobiliser son attention pendant une vingtaine de minutes, mais dans le silence de cette salle vide, sans autre garde-fou ni stimulant que sa volonté peu coopérante, ses pensées désertaient vers Romain, inévitablement, et son geste, son œil, son talent perdaient toute valeur.

Elle se prit la tête entre les mains. Elle n'osait pas imaginer dans quel état se trouvait Romain. Il devait se sentir écartelé, pressurisé, manipulé. Jade, enceinte… Quel sale coup. De tout temps, des femmes avaient retenu auprès d'elles – et piégé ! – des hommes de cette façon, la ruse perdurait au-delà des siècles. Car on ne tombait pas enceinte par hasard lorsqu'on était une femme comme Jade Clermont.

Remontée à bloc, Juliette rangea son matériel. Elle n'était bonne à rien, autant arrêter le saccage. Elle attendit plus ou moins patiemment dix-sept heures à l'abri de son bureau, sous le prétexte de préparer une visite qu'elle avait proposé de conduire sur le thème des femmes peintres. Quand il fut enfin l'heure, elle salua distraitement ses collègues et, taraudée par son idée fixe, fila en direction de l'appartement de Romain.

28

Ce lundi avait été éprouvant, Romain espérait ne pas revivre de sitôt une journée aussi pénible.

Il était presque vingt-deux heures quand il put enfin rentrer chez lui. Il avait décliné la proposition de Bérangère et d'Édouard de rester chez eux la nuit. Jade était en sécurité, c'était tout ce qui importait. Et puis en vérité, il aurait été un peu gêné, il n'était pas encore prêt à occuper la place de gendre de cette façon. Il aspirait à un rythme plus naturel et à des conditions moins forcées.

Par ailleurs, le préavis de résiliation de son bail arrivait à son terme à la fin de la semaine, les nouveaux locataires devaient emménager dans la foulée. Il avait encore des cartons à faire, rien n'était prêt, c'était le bazar. Édouard lui avait accordé quelques jours de congé, néanmoins il devait assurer l'après-procès Caussac en répondant aux sollicitations des médias, le fer était encore chaud et la cause valait bien qu'on la défende dès que l'occasion se présentait.

Dans le taxi qui le reconduisait à son appartement, il fit défiler les dernières vingt-quatre heures. Le médecin s'était montré rassurant, les pompiers étaient intervenus en quelques minutes, Jade n'avait pas été exposée aux fumées suffisamment longtemps pour qu'on puisse craindre des séquelles, notamment pour le bébé. Quant aux brûlures, la jeune femme serait gênée pendant quatre ou cinq jours avant de retrouver un peu d'autonomie. Mais elle avait eu de la chance. Si personne ne le disait, tout le monde le pensait.

L'inspectrice Suchet, de la brigade criminelle, n'avait pas tardé à vouloir les interroger tous les deux. Elle s'était présentée à l'hôpital dans la matinée, avant que Romain ne ramène Jade chez ses parents. Il l'avait reconnue, et réciproquement. Ironie du hasard, ils s'étaient rencontrés sur une affaire d'incendie criminel. Romain défendait alors un jeune homme accusé d'avoir mis le feu au magasin d'où il venait d'être renvoyé pour vol aggravé. À cette époque, le jeune avocat s'efforçait d'assumer de défendre les « méchants », c'était son rôle, son métier, ce pour quoi on le payait. Certains de ses confrères s'épanouissaient dans les affaires indéfendables. Mais au fond de lui, être du mauvais côté criblait de scrupules sa conscience trop peu élastique. Alors il forçait le trait, usait de tous les stratagèmes, traquait l'erreur de procédure et le vice de forme. Mais le soir, seul à seul avec lui-même, il en vomissait de dépit et de dégoût.

Face à l'inspectrice, il s'était souvenu de ce qu'il avait ressenti aux côtés de cette petite ordure qui avait causé la mort d'une maman et de sa fillette, piégées dans l'appartement au-dessus du magasin incendié. À cette époque, il avait lu dans le regard des policiers un écœurement larvé et chez certains du mépris. Il les comprenait. Et pour cause, il ressentait exactement la même chose vis-à-vis de lui-même.

Il admirait celles et ceux qui défendaient des « salauds » comme si leur propre vie en dépendait tout en gardant le recul nécessaire.

— Notre boulot n'est pas de chercher la vérité, mais de mobiliser tous les moyens pour que nos clients s'en sortent le mieux possible, avait coutume de rappeler Jade.

Sur ce point, elle se montrait parfaite, il l'avait vue à l'œuvre, notamment sur le procès Mattéis, cet homme d'affaires accusé de corruption, extorsion et autres indélicatesses. Une véritable pasionaria, doublée d'une habile acrobate. Son client, une pure ordure, n'avait écopé que de deux ans de prison avec sursis, alors que la peine encourue et prédite s'élevait à dix ans ferme. Romain avait été subjugué par l'énergie de Jade et aussi par le détachement dont elle faisait preuve en matière de conscience, de morale.

— Ni l'une ni l'autre n'ont leur place dans le box des accusés, disait-elle.

Romain était le seul à s'en savoir incapable. De fait, il faisait en sorte de ne s'occuper que des affaires où il se trouvait du bon côté. Ce qui le conduisait à se considérer comme un imposteur. Contrairement à ce que tout le monde pensait, il n'était pas un bon avocat, un vrai. Il se l'était toujours dit et se le disait toujours, c'était son secret ultime, un secret collant, pernicieux, inconfortable.

Pourtant, Jade l'admirait, alors qu'en définitive elle prenait beaucoup plus de risques que lui. Pour preuve, son professionnalisme et son talent n'avaient peut-être pas empêché certains de ses clients de s'estimer injustement punis. À moins que ce ne fût quelqu'un de la partie adverse, s'attendant à une condamnation plus sévère. C'était apparemment sur cette voie que s'engageait l'enquête, ainsi que l'avait expliqué l'inspectrice, après que Jade eut fait sa déposition et déposé plainte contre X.

— Dans un premier temps, il faudrait que vous listiez les dernières affaires dont vous vous êtes occupée, avec le nom des personnes mises en cause ou celles qui pourraient entretenir des griefs envers vous. Nous respecterons le secret professionnel, bien entendu.

Elle s'était tournée vers Romain.

— Nous devons enquêter aussi de votre côté, monsieur Denis,

— Oui, bien sûr, je comprends.

— Alors, c'est vraiment un incendie criminel ? avait demandé Jade, la voix encore éraillée par la fumée qu'elle avait inhalée.

La réponse de l'inspectrice avait été directe.

— On a déversé un liquide inflammable au niveau de votre porte d'entrée avant d'y mettre le feu.

Jade avait regardé Romain avec une incrédulité inquiète.

— Le fait que les pneus de votre voiture aient été crevés une heure plus tôt confirmerait l'hypothèse que c'est vous qui étiez visée, avait poursuivi la policière. Nous avons visionné les vidéos des caméras de surveillance fixées dans votre rue, monsieur Denis, et celle de votre immeuble, mademoiselle. Il s'agit visiblement de la même personne.

— Vous avez un signalement ? avait aussitôt demandé Romain.

— Un mètre soixante-dix, sweat à capuche, écharpe sombre, pantalon large, baskets… Je ne vais pas vous le cacher, ce n'est pas d'une grande précision, avait reconnu l'inspectrice. Ça peut aussi bien être un homme qu'une femme. Les analyses de terrain nous en diront peut-être davantage, une équipe y travaille.

Romain et Jade avaient apprécié sa franchise.

Puis la journée s'était écoulée dans cette atmosphère étrange, inconfortable, lourde. Romain se sentait rassuré de savoir Jade chez ses parents, elle ne serait jamais seule, l'immeuble était bien sécurisé et Bérangère assurerait à merveille son rôle de maman-infirmière.

Il était passé au cabinet régler quelques affaires courantes, ramasser le courrier qu'il dépouillerait plus tard et commencer à dresser avec Jules la liste des personnes potentiellement rancunières. Quelques évidences s'étaient dégagées, mais globalement la tâche se montrait ardue, pour chaque procès ils pouvaient inscrire un ou plusieurs noms. Et comment savoir, à l'issue d'une bataille juridique, ce que les gens recélaient réellement au fond d'eux et quelle part occupaient le ressentiment, l'amertume, l'humiliation ?

— Dès qu'on touche à l'argent et au pouvoir, ça attise pas mal de haines, avait conclu Jules, dépité. Ce pourrait être n'importe qui. Sans compter qu'au-delà des personnes directement incriminées ou impactées, il y a tous ces anonymes qui passent leur temps à colporter des *fake news* et des jugements erronés sur les réseaux sociaux. La plupart se prennent pour des militants, il y a tout un tas de pro-ci et anti-ça qui ne réalisent pas qu'il est impossible de défendre une cause quand on n'a qu'une toute petite partie des données d'un problème. Et certains sont de vrais acharnés. Enfin, tu connais ça, toi aussi…

— Oui, c'est un vrai fléau, avait approuvé Romain. Mais de mon côté, je fais plus consensus, même si, depuis l'affaire Caussac, j'ai eu maille à partir avec quelques associatifs, des ligues masculinistes, ce genre de groupuscules.

— Suffisamment pour que ça mérite d'être noté ?

— On est bien placés pour savoir combien l'humain peut se laisser emporter. Alors oui, on les ajoute.

De fait, la liste s'avérait longue, très longue, et pourtant en deçà de ce que les deux hommes pouvaient encore recenser.

— Monsieur, on est arrivés…, retentit la voix du chauffeur de taxi.

Romain revint à la réalité de l'instant. Il paya la course et sortit de la voiture. Affaissée du côté où les pneus avaient été crevés, l'Austin Mini de Jade se trouvait toujours garée à quelques mètres de son immeuble. Une contravention était glissée sous l'essuie-glace, il la retira et nota mentalement de prévenir un dépanneur le lendemain. D'un regard radar, il balaya la rue déserte et peu éclairée. La fatigue et la pression concouraient à rendre suspects les porches obscurs, les sombres encoignures et les véhicules derrière lesquels il était si facile de s'embusquer. Sa main trembla lorsqu'il tapa le code sur le boîtier de l'entrée. Il n'attendit pas que la porte se referme automatiquement et la poussa d'un geste brutal. Sa chemise collait à son dos soudain couvert d'une sueur glacée, une boule d'angoisse obturait sa trachée-artère. Après avoir tenu bon toute la journée, il paniquait.

L'image des mains bandées de Jade s'était solidement imprimée dans son esprit. Plaqué contre le mur, il s'efforça de se calmer par de longues inspirations et de lentes expirations. Penser qu'on cherche à l'atteindre en s'attaquant à la femme de sa vie lui donnait la nausée. Pendant quelques secondes, la tentation du regret piqua sa conscience. Si c'était là le prix à payer en contrepartie de la notoriété et du succès, il ne se sentait pas d'envergure. Pas dans ces conditions, en tout cas.

L'ascenseur lui parut menaçant. *Tu crèves de trouille, t'es lamentable…*, se rabroua-t-il. Son obsession de l'imposture lui claquait en pleine figure tandis qu'il gravissait les escaliers, le souffle heurté. Jade se trompait sur son compte, tout le monde se trompait. On le pensait solide, entreprenant, combatif, alors que, sous la surface, il le savait, tout n'était qu'orgueil, lâcheté, poltronnerie.

La lumière s'éteignit lorsqu'il arriva sur le palier du quatrième étage, renforçant son malaise. Une nouvelle bouffée d'angoisse affecta sa respiration déjà très chaotique. Il enclencha la minuterie et poursuivit son ascension, pressé de s'enfermer dans son appartement. Ses jambes flageolaient, la sueur lui piquait les yeux, il tremblait de froid. Ou de peur. Ou des deux, comment savoir dans ce maelström de sensations malaisantes.

D'une main, il agrippa plus fermement la rampe et, de l'autre, serra la sangle de sa sacoche qu'il portait en bandoulière comme pour s'accrocher à quelque chose. La minuterie parvint à nouveau au bout de sa course lorsqu'il arriva enfin au septième étage. Il poussa la porte de séparation entre le palier et la galerie conduisant à son appartement, avisa l'interrupteur et réenclencha la lumière.

Son cœur soubresauta à la vue de la femme assise devant chez lui, prostrée, le visage enfoui entre les bras en appui sur les genoux. Il s'arrêta net, glacé d'effroi, et s'apprêtait à faire demi-tour pour s'enfuir lorsque sa visiteuse leva les yeux.

— Juliette ? Mais qu'est-ce que tu fais là ? s'exclama-t-il.

29

Juliette était la dernière personne que Romain avait envie de voir. Sa présence lui rappela les messages, pas tous lus tant ils étaient abusivement nombreux, et le malaise dans lequel le récit de son rêve érotique l'avait jeté. Sans parler des cadeaux, reçus au cabinet, qui lui faisaient penser aux offrandes que les chats ramènent des jardins pour les déposer aux pieds de leurs maîtres. D'ailleurs, il en était presque certain, les deux paquets encore emballés qu'il avait jetés dans sa sacoche un peu plus tôt faisaient partie de ces présents dénotant l'attrait excessif qu'il paraissait exercer sur Juliette. Le comportement de la jeune femme lui semblait aller au-delà de ce qu'il avait d'abord considéré comme un simple jeu de séduction destiné à le tester ou à provoquer sa sœur. Mais désormais, elle dépassait les bornes avec une outrance gênante, notamment en l'attendant devant sa porte.

Elle se releva péniblement, sans doute engourdie par sa longue station assise. Romain se frotta le visage dans un geste déconcerté.

— Tu m'as foutu la trouille, lâcha-t-il, entre colère et soulagement.

Elle lui adressa un sourire radieux, complètement en décalage avec la situation.

— Je t'attends depuis plus de trois heures, dit-elle sur un ton qui tenait davantage de la fierté d'une performance que d'un véritable reproche.

— Comment tu es entrée ?

Il se demanda si elle était déjà venue et se souvint de son impression, quelque temps plus tôt, que quelqu'un avait pénétré chez lui. Il n'avait constaté aucune effraction ni aucun vol. Seules quelques affaires n'étaient plus tout à fait à la même place, des déplacements sans doute liés à Jade, rien qui puisse l'affoler vraiment.

— Un gentil voisin m'a ouvert, répondit Juliette avec un petit rire.

— Et comment… comment tu as eu mon adresse ?

Pour toute réponse, elle agita son auriculaire sans se départir de ce sourire qui lui donnait un air déstabilisant dans la lumière crue de l'éclairage des communs.

Romain aurait fermement demandé à une autre qu'elle de partir sur-le-champ. Mais il s'agissait de Juliette Clermont, fille chérie de son patron et futur beau-père, et sœur de la femme de sa vie. Une fois de plus, il se sentait piégé par sa volonté de bien faire, de bien paraître, de plaire.

La lueur ardente dans les yeux de Juliette acheva de le persuader qu'elle n'était pas dans un état normal et qu'il devait se montrer prudent. Avait-elle bu ? Pris de la drogue ? Non, les innombrables messages, les cadeaux, l'insistance, sa présence sur le pas de sa porte… tout cela était le signe de quelque chose de plus profond. Ce qui n'était pas un constat très rassurant.

Ses clés dans le creux de la main, il s'avança.

— Je suis désolé, Juliette, mais j'ai eu une sale journée, il faut vraiment que je me pose, dit-il avec le plus de tact possible.

— Je voudrais seulement te parler, je ne resterai pas longtemps, répliqua-t-elle. Juste le temps de me réchauffer, je suis gelée, ajouta-t-elle, légèrement réprobatrice cette fois.

Elle se poussa à peine lorsqu'il inséra la clé dans la serrure et cette promiscuité forcée le dérangea, physiquement et mentalement. Juliette s'immisçait, l'envahissait, l'étouffait.

Il ouvrit la porte, alluma la lumière et l'invita à entrer avec une réticence qu'il rechignait à cacher, autant par manque d'énergie que d'envie. Il était en train de faire exactement le contraire de ce qu'il aurait dû. Juliette, en revanche, semblait très décontractée. Elle se débarrassa de sa veste en cuir, de son écharpe et de son bonnet, et s'installa directement sur le canapé, les jambes ramenées sous elle, avec une désinvolture que Romain trouvait très inappropriée.

— Je te prépare un thé ? Une tisane ? proposa-t-il, mal à l'aise.

— Un thé, je veux bien, merci.

Il s'affaira dans la petite cuisine, englué dans ses pensées tourmentées, et faillit lâcher la bouilloire en s'apercevant que Juliette l'observait, adossée au chambranle.

— Putain, Juliette ! s'écria-t-il, pris par surprise.

Sa colère vibrait de spontanéité et d'exaspération. Pourtant, il se sentit obligé de justifier son mouvement d'humeur :

— Je suis crevé, excuse-moi.

Il tendit une tasse à son encombrante invitée et resta debout contre l'évier, sans manifester la moindre envie de s'installer dans le salon. La discussion à laquelle la jeune femme semblait tellement tenir se terminerait peut-être plus vite ainsi.

— Je pense que tu es au courant de ce qui s'est passé hier soir, dit-il.

— L'incendie ? Oui, maman m'en a parlé.

Romain attendit qu'elle prît des nouvelles de Jade. Ce qu'elle ne fit pas. Il en déduisit qu'elle avait sans doute appelé sa mère, ou directement sa sœur, au cours de la journée.

— Alors, tu vas quand même déménager ? poursuivit-elle en montrant du menton les cartons qui s'amoncelaient dans le couloir.

— Les nouveaux locataires arrivent lundi.

— C'est super rapide ! Tu as donné ton préavis quand ?

— Mi-octobre.

— Tu perds deux mois de loyer, c'est bête ! s'exclama-t-elle avec une étrange petite moue.

— Dans les zones tendues comme certaines grandes villes, les préavis sont réduits à un mois.

Il but une gorgée de thé, décontenancé par la teneur de cette conversation et le ton inquisiteur de Juliette.

— Mais je pense que tu n'es pas venue pour parler des clauses de mon bail de location, non ? fit-il en s'efforçant de paraître léger.

— Tu vas faire comment ? enchaîna-t-elle. Je veux dire… maintenant que l'appartement de Jade est inhabitable. Tu vas aller où ?

Il ne put cacher sa surprise.

— Ben oui, maman m'a tout dit, expliqua-t-elle.

Il se dit qu'il faudrait s'habituer à une telle intimité familiale. Chez lui, on y était moins enclin.

— Alors tu sais également que Jade est enceinte et que nous allons en quelque sorte profiter de ce qui est arrivé pour chercher un endroit qui sera un vrai chez-nous, *notre* chez-nous. Finalement, c'est un mal pour un bien.

Il vit clairement le visage de Juliette se figer dans une sorte de sourire qui n'avait rien de joyeux. D'ailleurs, c'était plus vraisemblablement un rictus, voire une grimace empreinte d'un scepticisme de mauvais augure. Les soupçons de Romain se confirmaient, non seulement Juliette s'était amourachée de lui, mais de surcroît sur un fond de rivalité et de complexe d'infériorité se traduisant volontiers à l'égard de Jade par une animosité bornée, injustifiée et regrettable. Jouer les médiateurs entre les deux sœurs lui semblait prématuré, les Clermont y verraient une forme d'ingérence tout à fait inopportune, il avait plus à perdre qu'à y gagner. Pour l'heure, le plus important était que Juliette parte afin qu'il puisse prendre une bonne douche et se mettre au lit.

— Et nous ? fit la jeune femme, cinglante.

Romain manqua de s'étrangler de surprise. Il crut d'abord avoir mal compris. Puis il pensa à une plaisanterie, avant de déceler dans le regard de Juliette un flamboiement pénible à soutenir. *Alors, nous y voilà...*, se dit-il, affligé. La faire sortir allait devenir compliqué, il n'aurait jamais dû la laisser entrer.

Il gagna quelques secondes en feignant de n'avoir pas entendu. Mais Juliette était venue pour lui parler et d'après le peu qu'il connaissait d'elle, il ne voyait pas vraiment comment y échapper.

— Tu ne peux pas emménager avec Jade, annonça-t-elle, pas avec ce qui sc passe entre nous !

À peine cette stupéfiante déclaration eut-elle percuté sa conscience que Romain sentit se mettre en branle la mécanique de l'affolement, semblable à celle qu'il avait dû affronter, quelques minutes plus tôt en revenant chez lui : palpitations anarchiques et assourdissantes de son cœur, respiration lourde, gangue de sueur froide et puante. *Réagis, bon sang !* s'exhorta-t-il intérieurement.

— Juliette, on est amis, fit-il en appuyant sur ce dernier mot.

Il cligna nerveusement des paupières avant d'ajouter :

— Et nous le resterons, même lorsque tu deviendras ma belle-sœur.

Cette fois, ce fut au tour de Juliette de se montrer abasourdie.

— Mais enfin, nous deux…, bredouilla-t-elle.

Elle s'approcha de lui, il recula.

— Nous deux quoi ? murmura-t-il avec une prudence inquiète.

Les yeux écarquillés, les lèvres entrouvertes comme pour chercher son souffle, elle le fixa d'un air outré, frappé par l'incompréhension.

— Juliette, poursuivit Romain, il n'y a pas de « nous deux ». Si j'ai fait quelque chose qui a pu te faire croire qu'il existait autre chose que de l'amitié, j'en suis profondément désolé. J'aime ta sœur… Jade est la femme de ma vie et nous allons avoir un enfant.

Une grimace rageuse tordit à nouveau le visage de Juliette.

— Jade, encore Jade, toujours Jade ! cracha-t-elle. Mais on s'en fout de Jade !

Elle jeta sa tasse de thé sur le carrelage. La porcelaine se brisa dans un fracas qui résonna sinistrement dans le cerveau effaré de Romain. Cette fille avait un problème, un énorme problème, et la perspective qu'il n'ait devant lui que la partie émergée de sa folie avait de quoi l'effrayer.

— Tu n'as rien en commun avec Jade, reprit-elle.

— Jade est la femme de ma vie, insista-t-il.

— Tu te voiles la face. Au fond de toi, tu sais très bien que celle que tu aimes, c'est moi.

Romain en eut le souffle coupé. Les mains jointes devant sa bouche, il fut pris d'un vertige. Il ne pouvait croire à ce qu'il entendait.

— Ce qui se passe entre nous est puissant, unique ! poursuivit Juliette en criant.

— Qu'est-ce qui est supposé se passer entre nous ? se risqua à demander Romain aussi calmement que possible.

Juliette le regarda comme s'il venait de proférer la pire des absurdités.

— Le destin, Romain ! répondit-elle. Jade n'est qu'un maillon parmi d'autres, un maillon qui nous a permis de nous rencontrer, ne me dis pas que tu ne l'as pas compris !

Romain secoua la tête, écartelé entre incrédulité et irritation. Non, ça n'avait rien d'une blague. Là, devant lui, il voyait se profiler le tombereau d'ennuis qui menaçait de lui tomber dessus. Son esprit parvenait à contenir ses nerfs qui s'échauffaient et vibraient sous son masque encore à peu près digne. Mais le point de rupture n'était pas loin.

— Tu te trompes, Juliette, je t'assure que tu te trompes, fit-il d'une voix blanche.

— Arrête de nier l'évidence !

— Quelle évidence ?

— Mais, tu le sais bien ! C'est toi qui as commencé, Romain…

— Mais… commencé quoi ?

— À tomber amoureux de moi !

— Non ! s'opposa-t-il, révulsé.

— Si, bien sûr que si ! D'abord, tu t'es arrêté sur *mon* tableau parmi tous les autres, et puis notre connivence sur la terrasse, les doubles sens, les allusions, tes mots lorsque je suis passée au cabinet, notre soirée au bar, le bonnet que tu m'as laissé, ton regard au palais de justice… tous ces signes qui consolident ce qu'on ressent l'un et l'autre…

Elle profita du silence catastrophé de Romain pour insister :

— Je sais combien c'est difficile pour toi, tu travailles avec papa et Jules, et puis Jade vient de te piéger avec cette histoire de grossesse, je parie que vous n'aviez pas du tout parlé d'avoir un enfant, mais c'est classique, les femmes ont toujours agi ainsi… Et ma sœur s'y connaît pour manipuler les hommes… Même si tu as été très discret, car je suis sûre que tu l'as été et je te trouve vraiment héroïque sur ce plan, elle a dû sentir que tu te détachais, forcément, les femmes savent reconnaître ce genre de choses. Alors bim, elle se retrouve enceinte, comme par hasard ! Un bébé dans ton dos, le meilleur moyen pour te garder près d'elle… Mais on est plus forts que ça, ça prendra le temps qu'il faudra, mais on va y arri…

— Arrête ! la coupa Romain en criant plus fort qu'il ne le voulait.

L'ampleur de son erreur venait de lui exploser en pleine figure : Juliette n'était pas en rivalité avec sa sœur, elle la détestait profondément.

— Jade était déjà enceinte avant que je fasse ta connaissance et je veux ce bébé autant qu'elle, lâcha-t-il sur un ton vibrant.

Choquée, Juliette resta bouche bée.

— C'est du délire…, murmura-t-il.

Il se passa les mains dans les cheveux et souffla pour se calmer. Cette situation avait dérapé sans qu'il s'en rendît compte, il devait y mettre un terme. Tant pis pour la bienséance à laquelle il s'astreignait obstinément.

— Maintenant, tu vas rentrer chez toi et on va faire comme si cette discussion n'avait pas existé, d'accord ? dit-il.

— Ça ne changera rien, on sera toujours rattrapés par l'évidence.

Dès qu'il essayait de se montrer posé, il sentait Juliette réactiver la mèche de la bombe cachée sous son crâne.

— Julictte, écoute-moi bien : on est amis, rien de plus…, martela-t-il.

— Bien sûr que si, Romain, mais tu ne veux pas, ou tu ne peux pas encore l'admettre, dit-elle.

Les paroles de la jeune femme, lâchées avec un sourire d'illuminée, venaient d'abattre ses dernières résistances.

— Non, il n'y a rien d'autre que de l'amitié, ça je peux te l'assurer, assena-t-il.

Il se redressa, bien que son corps tout entier lui donnât l'impression d'avoir été roué de coups. Dominant Juliette d'une quinzaine de centimètres, il la fixa avec sévérité et froideur.

— Et maintenant, je vais te demander de partir, s'il te plaît.

À contrecœur, il empoigna l'épaule de Juliette, redoutant que son geste ne provoquât une réaction violente, et la poussa vers l'entrée. Elle resta plantée au beau milieu tandis qu'il cherchait ses affaires pour les lui fourrer dans les bras, ouvrit la porte et la jeta dehors.

— Tâche de te reposer et d'oublier tout cela, d'accord ?

Et il referma derrière lui, la laissant seule et défaite sur le palier.

Deuxième partie

Dépit

« Aime-moi par pitié. Je vais devenir folle
si tu ne m'aimes pas[1]. »

1. Lettre du 23 juin 1990 de Bérangère M. à Benoît, tirée de *« Bien que mon amour soit fou »*. *Érotomanies : du regard à une écoute*, étude de Benoît Dalle, Yves Edel, Alejandro Fernandez, Paris, Les Empêcheurs de penser en rond, 1997.

30

Dix jours plus tard...

Parmi les amis de Juliette, Elsa était celle qui s'inquiétait le plus du mutisme de la jeune femme. La messagerie se déclenchait dès la première tonalité, indiquant que Juliette avait coupé son téléphone. Elsa avait alors essayé de la joindre via les réseaux sociaux, sans résultat, avant de se résoudre à appeler directement le musée.

— Elle a soldé tous ses jours de congé, elle reviendra après son expo, l'avait informée Nora, une de ses collègues.

Elsa en avait d'abord conclu que son amie s'isolait pour rattraper le retard qu'elle avait accumulé et travailler activement à la préparation de cet événement qu'elle attendait depuis des mois. À moins qu'elle ne fût en train de vivre le grand amour quelque part à l'écart du monde ? Mais ce n'était pas une raison pour laisser ses proches sans nouvelles ! D'autant plus qu'elle n'en avait pas du tout l'habitude.

Et s'il lui était arrivé quelque chose ?

Le dixième jour, Elsa voulut en avoir le cœur net. Après s'être acharnée en vain sur la sonnette de l'interphone, elle réussit à pénétrer dans l'immeuble grâce à un livreur qui en sortait.

En collant son oreille contre la porte de l'appartement de Juliette, elle perçut des bruissements à l'intérieur. Elle sonna, toqua, gratta, en vain.

— Juliette ? C'est moi, c'est Elsa, ouvre, je sais que tu es chez toi ! lança-t-elle d'une voix suffisamment forte pour être entendue de l'autre côté.

Elle eut beau supplier, implorer, invoquer la raison, l'amitié, le souci, rien ne semblait vouloir décider Juliette à ouvrir.

— Bon, je te préviens, ma belle, je vais m'asseoir sur les marches et attendre, quitte à mourir d'inanition, annonça-t-elle.

Elle patienta quelques secondes, puis poursuivit sur un ton exagérément grave :

— Quand tu te décideras à ouvrir, tu me retrouveras toute ratatinée et tu t'en voudras jusqu'à la fin de tes jours d'avoir laissé ta meilleure amie crever sur ton palier.

Elle ramena son ample jupe sur ses cuisses et s'assit adossée au mur, jambes étendues devant elle. De temps à autre, elle rappelait sa présence en scandant un « Je suis toujours là ! » ou un « Je sais que tu m'entends ! ». Vingt minutes plus tard, sa détermination était à peine ébréchée. Mais au bout de trois quarts d'heure, l'exaspération et l'angoisse finirent par se retrouver dans un désagréable mélange.

— Juliette, si tu n'ouvres pas cette putain de porte dans la minute, j'appelle les pompiers, menaça-t-elle. Et tu sais que je vais le faire !

Le déclic d'une serrure qu'on déverrouille résonna discrètement dans le silence de la cage d'escalier. Elsa distingua l'entrebâillement donnant enfin accès à l'appartement de son amie.

— Ah, quand même ! s'exclama-t-elle en se levant, engourdie par sa longue attente inconfortable.

À peine eut-elle pénétré à l'intérieur qu'elle porta la main à sa bouche, catastrophée par ce qu'elle découvrait : un salon et une cuisine sens dessus dessous, sales, puants, jonchés de bouteilles de bière, de parts de pizza sèches et racornies, de tubes de peinture vides et d'une multitude de débris, sachets froissés et boîtes cartonnées de poulet au curry.

— Juliette ? appela-t-elle, éberluée par ce spectacle de désolation.

Son amie apparut à ses côtés, émergeant du recoin le plus sombre de l'entrée. Alors qu'elle s'apprêtait à l'agonir de reproches pour avoir coupé son téléphone, Elsa fut emportée par le sentiment de consternation qui venait de s'aggraver de façon exponentielle en la voyant.

— Mais… qu'est-ce… qu'est-ce qui s'est passé, ma chérie…, bredouilla-t-elle, les larmes aux yeux.

À l'instar de son appartement, la jeune femme était dans un état lamentable, bas de pyjama maculé de taches, tee-shirt dégoûtant, cheveux gras et constellés d'éclaboussures de peinture, lèvres gercées, pâleur et yeux caves.

Elle leva vers Elsa un regard hostile, comme si elle lui en voulait de l'avoir obligée à lui ouvrir. Sans se laisser démonter, Elsa s'approcha d'elle, non sans piétiner quelques détritus, et la prit de force dans ses bras.

— Qu'est-ce qui t'arrive, ma belle ? murmura-t-elle.

Cette simple question démolit le masque qui durcissait son visage. À défaut de se détendre, ses traits se relâchèrent pour révéler une douleur ravageuse.

— Ouh là, fit Elsa, viens par ici, toi.

Elle entraîna Juliette vers le canapé et jeta par terre tout ce qui l'encombrait. Sa présence tourbillonnante et parfumée détonnait au milieu de la pièce crasseuse. Elle semblait sortie à la fois d'une autre époque et d'un autre monde.

Le canapé à peu près accessible, elle posa fermement ses mains sur les épaules de son amie et l'obligea à s'asseoir.

— Maintenant, dis-moi, souffla-t-elle.

Juliette fit non de la tête et détourna les yeux, à la fois butée et accablée.

— C'est Romain ? se risqua à demander Elsa.

Elle comprit qu'elle venait de mettre le doigt sur une plaie béante quand Juliette s'effondra littéralement contre elle. Saisie par l'émotion, elle la laissa s'allonger en chien de fusil, la tête posée sur ses cuisses moelleuses, avant de commencer à lui caresser doucement les cheveux.

— T'étais accro à ce point ? la questionna-t-elle.

Juliette marmonna quelque chose qui ressemblait à la plainte d'un pauvre petit animal, épuisé par sa souffrance.

— Bon, tu t'es plantée, poursuivit Elsa, et je dirais même que tu t'es bien fracassée.

Tout en lui parlant, elle peignait de ses doigts aux ongles vermillon la chevelure emmêlée de son amie.

— Mais tu le sais pourtant que les hommes sont des salauds et que nous, on devient de pures débiles quand on tombe amoureuses ! C'est une sorte d'alchimie à l'envers.

On associait généralement son côté direct à un manque de délicatesse. Ce trait de caractère lui jouait parfois des tours – et faisait souvent fuir des amants potentiels. Il fallait bien la connaître pour apprécier la bienveillance affleurant sous cette lucidité exprimée si brutalement.

— Là, c'est encore tout frais, tu souffres le martyre, tu es au bout de ta vie, reprit-elle. Mais dans quelques jours, tu te rendras compte que la planche était pourrie depuis le départ, ça ne pouvait pas se terminer autrement.

Jusqu'alors, les mots avaient paru glisser sur la cangue hermétique à l'intérieur de laquelle Juliette s'était enfermée, en tête à tête avec sa douleur. Elsa doutait même qu'elle l'eût entendue, et encore moins écoutée. Aussi Juliette la prit-elle par surprise en se redressant brusquement, les yeux révulsés.

— T'as rien compris, grinça-t-elle.

Sa voix, rendue rauque par des jours sans parler, sonnait lugubrement. Une quinte de toux lui tira des larmes qui ne demandaient qu'à couler. Elle les essuya d'un geste nerveux, se racla la gorge et lâcha :

— Il n'est pas prêt.

Elsa la dévisagea avec un scepticisme qu'elle peinait à cacher.

— Pas prêt à quoi ? demanda-t-elle prudemment.

— Je ne dois pas le brusquer.

— C'est quoi, ces conneries ? ne put s'empêcher de maugréer Elsa.

— J'ai voulu aller trop vite, ça le dépasse, il faut que je sois patiente.

— Ah, d'ac-cooord..., marmonna son amie, les sourcils froncés.

Depuis qu'elles se connaissaient, Juliette l'avait consolée une bonne quinzaine de fois avec des arguments à peu près identiques. Le cœur de la jeune artiste, quant à lui, se brisait moins facilement et moins souvent, elle s'était toujours remise de ses quelques déboires amoureux avec une aisance qu'Elsa trouvait presque insolente. Mais là, il fallait reconnaître que son amie réagissait d'une façon déconcertante.

— Je déteste te voir dans cet état, ma chérie, tu as l'air d'une folle, fit-elle en lui prenant la main.

— Il m'aime, mais pour le moment, il est incapable de me le dire, ou même de le reconnaître, il y a trop de choses qui l'en empêchent.

Ayant déjà proféré ce genre de discours concernant ses propres histoires, Elsa savait en mesurer l'inanité. Elle ne connaissait pas Romain ni les détails de l'histoire, mais la lucidité de Juliette semblait sévèrement endommagée, c'était très inhabituel, voire inédit. Pourtant, elle préféra l'encourager à parler plutôt que de lui opposer d'autres raisons imparables.

— Trop de contingences ? lança-t-elle.

— Son poste au cabinet de mon père, ma famille qui l'accueille comme le gendre et beau-frère idéal… Et Jade.

— Oui, Jade, bien sûr, soupira Elsa d'un air entendu.

— Tu sais ce qu'elle a fait, cette garce ?

— Non…

— Elle est tombée enceinte, grinça Juliette. Comme par hasard, ou plutôt comme pour bien marquer son territoire.

— Oh…

Elsa porta sa main libre à sa gorge et plongea son regard sfumato dans celui de Juliette, brûlant. La situation s'avérait bien pire que ce qu'elle avait d'abord cru. En s'engageant sur cette voie plus que douteuse, non seulement son amie se fourvoyait, mais risquait de surcroît de se faire très mal.

— Tu es sans doute un peu dure avec ta sœur, ma belle, lui dit-elle.

— Je la connais bien, je sais de quoi elle est capable quand elle veut quelque chose, rien ne l'arrête !

Elsa lui adressa un petit sourire se voulant tempérant.

— Alors, sur ce point, on peut dire qu'elle et toi, vous n'êtes pas si différentes.

Juliette retira sèchement sa main de celle d'Elsa.

— Sauf que moi, je ne suis pas une salope ! s'écria-t-elle. Elle pensait qu'elle pouvait garder Romain en ne misant que sur le cul, mais quand elle a senti qu'il se passait un truc plus puissant qui lui échappait, elle nous sort cette histoire de bébé… Je ne sais pas si tu te rends compte du degré de fourberie de cette… poufiasse… Elle ferait n'importe quoi !

— Mais… Romain et elle sont peut-être *vraiment* amoureux ! ne put s'empêcher de lâcher Elsa, éberluée par la virulence de la jeune femme.

Le regard que lui jeta Juliette lui donna la sensation de quitter la périphérie du problème pour y pénétrer de plain-pied et en découvrir la profondeur abyssale.

— Et toi, tu es sûre que tu as *vraiment* écouté ce que je t'ai dit ? répliqua Juliette. Romain m'aime…

— Il te l'a dit ?

— Je n'ai pas besoin qu'il me le dise, je le sais. Et même s'il me disait qu'il ne m'aime pas, je ne le croirais pas, il y a trop de signes qui ne trompent pas. Ce serait juste une preuve qu'il est dans le déni.

Elsa resta figée, frappée par l'incrédulité et la consternation qui faisaient un bras de fer dans sa tête.

— C'est terrible, finit-elle par murmurer.

Son effarement fut confirmé par la méprise de Juliette qui s'écria aussitôt :

— Terrible et dégueulasse, oui !

Troublée, Elsa détourna les yeux du regard exorbité de Juliette et examina le salon dévasté. Au milieu du fatras dégoûtant, elle avisa cinq toiles posées sur le sol et représentant un homme dont elle n'avait aucun mal à deviner l'identité. Elle se leva pour les observer de plus près, sans vraiment savoir si elle les trouvait intéressantes ou effroyables.

— C'est pour ton expo ? demanda-t-elle.

Le visage de Juliette et son être tout entier semblèrent s'éclairer subitement.

— Elles sont belles, n'est-ce pas ? fit-elle.

Elsa n'était pas femme à flatter facilement, et encore moins hypocritement. Ces portraits avaient peut-être quelque chose de beau si l'on aimait les chairs meurtries de Francis Bacon ou les univers cauchemardesques de Zdzisław Beksiński – elle frissonna au souvenir impérissable de cette expo à laquelle Juliette l'avait un jour traînée quasiment de force.

— Je préfère celles que tu as l'habitude de peindre, dit-elle. Qu'en pense ton galeriste ?

— Il ne les a pas encore vues, répondit Juliette.

Elle quitta à son tour le canapé pour se camper fièrement devant ses œuvres.

— C'est Romain, annonça-t-elle.

Son ton déclamatoire et sa soudaine allégresse gênèrent encore davantage Elsa.

— Je m'en doutais un peu, fit-elle, même si c'est difficile de se rendre compte qu'il s'agit bien de… quelqu'un.

Les cinq toiles offraient différentes variations sans subtilité, allant de sanguinolentes à anxiogènes qu'Elsa pouvait résumer par « abominables ». Aucun lien ni aucune cohérence avec la gravité délicate de son style habituel.

— Et ça ? C'est toi ? En blonde ? demanda-t-elle en indiquant le portrait que Juliette avait fait de sa sœur, quelques jours plus tôt.

— Mais non, c'est Jade !

Elsa observa de près les détails imprégnés dans la toile et les nuances travaillées qu'offrait le travail sur les textures en dépit de l'impression d'ensemble qui se dégageait, sinistre.

— J'ai intitulé ce tableau « Les blondes rouges sentent la charogne », précisa Juliette.

Mal à l'aise, Elsa fit volte-face et regarda l'artiste droit dans les yeux.

— Bon, à partir de maintenant, je décrète que cette petite déprime est révolue ! annonça-t-elle.

Elle attrapa la main de son amie et la conduisit vers la salle de bains.

— Première chose, je vais te faire couler un bon bain et tu vas me faire le plaisir de te laver car, excuse-moi de te le dire, ma belle, mais tu pues.

Ces mots dits, elle fit couler de l'eau dans la baignoire et y ajouta une généreuse dose de gel douche.

— Pendant que tu décrasses ce corps et ces cheveux honteusement négligés, je vais commencer à nettoyer le scandaleux foutoir que tu nous as fait. Sinon, d'ici deux jours, ce sont des hordes de souris qui vont débarquer et s'en donner à cœur joie.

Juliette lui adressa un petit sourire navré.

— Et quand tout sera d'une propreté ir-ré-pro-cha-ble, je descends chercher ce qu'il faut chez l'épicier du coin et on se fait une bonne salade ! poursuivit Elsa.

Stupéfaite, elle enlaça Juliette qui venait de se jeter dans ses bras. Cette dernière étouffa un sanglot dans le creux de son épaule.

— Ça va aller, ma chérie, ça va aller, tu vas remonter la pente, tu peux compter sur moi.

— Merci…

— Pas de quoi. Mais zou, au bain, maintenant ! Je ne supporterai pas une seconde de plus cette odeur !

31

Pendant que Juliette flottait dans la torpeur d'une inévitable mélancolie, Romain s'efforçait de résister à l'emprise de la panique soulevée par sa folle entrevue avec la jeune femme. Il était habitué à ce type de violence dans son travail, elle le touchait à travers les affaires qu'il traitait, les personnes qu'il défendait. Mais jamais dans sa vie privée il n'avait eu à se montrer si brutal.

Certes, Juliette n'y était pas allée de main morte, son comportement avait été intrusif, outrancier, dément. Inacceptable. Mais il s'en voulait surtout de ne pas avoir vu les signes avant-coureurs, pourtant si flagrants, les messages, sa présence au tribunal, les cadeaux. Sa négligence, teintée d'aveuglement, lui était apparue dans toute son ampleur, il avait honte de ce qu'il avait laissé s'installer. Son propre manque de clairvoyance et sa désinvolture lui faisaient désormais craindre un scandale. Qui croirait-on si par malheur Juliette se mettait à raconter n'importe quoi à son propos ? Cette perspective le démoralisait complètement. En quelques mots, l'enfant chérie des Clermont pouvait briser net cette vie qu'il avait si patiemment, si laborieusement construite.

Par réflexe de défense, il avait supprimé sa page Facebook. Officiellement, cela allait dans le sens de l'enquête criminelle sur l'incendie de l'appartement de Jade, il fallait éviter de donner prise à son intimité et par ricochet à celle de Jade, même si sa page était peu fournie. De fait, il ressentit un véritable soulagement à la pensée que Juliette ne pouvait plus fouiner ni commenter ses posts et ses photos, ni le joindre par ce biais.

Par ailleurs, il avait bien d'autres préoccupations. Entre la convalescence et la grossesse de Jade, le déménagement et la recherche d'un nouveau logement, les dossiers importants qui s'accumulaient et les sollicitations médiatiques, Jade et lui avaient peu de moments d'intimité. Quand ils se retrouvaient, il restait peu de place pour d'autres sujets de discussion que ceux concernant leur quotidien partagé.

D'un œil anxieux, il avait néanmoins surveillé ses mails et ses SMS, redoutant que Juliette ait pu obtenir ses coordonnées par des voies détournées et revienne à la charge. Mais elle n'en avait rien fait.

Il s'était plusieurs fois demandé si, le fameux soir où il l'avait trouvée devant sa porte, elle avait bu ou s'était droguée – il ne fallait pas avoir toute sa raison pour débarquer ainsi chez le compagnon de sa propre sœur pour lui débiter les absurdités qu'elle avait lâchées avec cette verve délirante. Force était de reconnaître qu'il n'avait pas fait preuve d'une lucidité spectaculaire. En négligeant de voir et d'étouffer dans l'œuf ce qui était en train de se tramer, il lui avait laissé le champ libre et elle était allée beaucoup trop loin. Mais pour sa défense, il avait cru bien faire en s'efforçant de se montrer comme le gendre et beau-frère idéal. Et puis le procès lui avait demandé un travail si colossal qu'il avait relégué

Juliette dans les « affaires non urgentes ». *Quelle erreur…*, constatait-il avec regret.

Il ne pouvait cependant pas s'attribuer tous les torts. Juliette avait largement dépassé les limites. En avait-elle conscience ? Et honte ? Ou bien au contraire l'humiliation du rejet avait-elle soulevé colère et ressentiment ? Il la connaissait si peu, en définitive.

Raison pour laquelle il avait cherché à en savoir davantage sur elle, avec une prudence discrète. Une semaine après cette terrible scène, il trouva l'occasion d'aborder la question avec Jade, tandis qu'ils dînaient tous deux en tête à tête dans la partie du grand appartement que Bérangère et Édouard Clermont avaient laissée à leur disposition.

— On ne peut pas dire que ma petite sœur se soucie beaucoup de moi, c'est à peine si elle a pris de mes nouvelles, se plaignit Jade.

— Elle a peut-être beaucoup à faire avec son expo, tempéra-t-il.

— Oui, tu as raison. Depuis le temps qu'elle attend ce moment… Ça peut représenter un vrai tremplin pour sa carrière.

Elle se servit quelques morceaux de poulet grillé avant de poursuivre :

— N'oublie pas de réserver ta soirée pour le vernissage, ça créerait un véritable incident diplomatique si on n'y allait pas.

Romain étouffa de toutes ses forces la répulsion que cette obligation lui inspirait, ce fut à peine s'il fronça les sourcils.

— C'est quand exactement ? demanda-t-il pour cacher son trouble.

— Le dix décembre.

Romain nota la date sur l'agenda de son téléphone en cherchant d'ores et déjà comment affronter ce prochain face à face.

— Elle a un mec ? lança-t-il à brûle-pourpoint.

Jade prit sa question avec un naturel qui le rassura.

— Oh, tu sais, ma sœur est une espèce de gracieuse petite abeille qui butine de fleur en fleur, répondit-elle avec un sourire.

— Cœur d'artichaut ?

— Je ne suis pas certaine qu'il y ait vraiment de l'amour, je suppose que ça reste en surface, sinon ça durerait, non ? Il y a une éternité qu'elle ne nous a pas présenté quelqu'un. Sa dernière histoire un peu sérieuse date d'au moins trois ans, elle avait duré quelques mois. C'était un de ses profs aux Beaux-Arts, si je me souviens bien, le double de son âge et marié, tu vois le tableau.

— C'est triste, fit Romain.

— Elle avait l'air bien accrochée, mais elle n'est pas très sentimentale, elle a vite rebondi.

Romain ne sut s'il devait se sentir soulagé de ces précisions. S'il n'était qu'une toquade pour Juliette, tant mieux ! Plus vite elle volerait vers une autre fleur, mieux ce serait. Pourtant, elle lui était apparue beaucoup plus romantique et encline à la passion que la jeune femme décrite par Jade. Faisait-il exception à cause de la rivalité entre les deux sœurs ?

— L'inspectrice Suchet m'a appelée tout à l'heure, fit Jade, déjà concentrée sur un autre sujet.

— Oh, qu'est-ce qu'elle t'a dit ?

— Les éléments matériels et les empreintes relevées sur la rampe d'escalier n'ont rien donné de probant.

— Et la liste qu'on lui a fournie ?

— Tu sais bien..., soupira Jade.

— Oui, ce pourrait être n'importe qui, de ton côté comme du mien. Chaque affaire provoque forcément des insatisfactions et des rancunes.

Le beau visage de Jade s'assombrit. Romain tendit le bras par-dessus la table et lui prit la main. La voir fragilisée le peinait tant, elle se montrait toujours si forte, si altière. Il plongea les yeux dans les siens comme pour lui redonner du courage.

— C'était quand même une réaction vachement extrême, souffla-t-elle. Et pourtant, ce sera bientôt classé, faute de preuves.

Elle secoua la tête comme pour retrouver une attitude plus détachée.

— L'inspectrice m'a dit quelque chose qui m'a un peu rassurée, reprit-elle.

— Ah oui ?

— Les pneus de ma voiture auraient pu être crevés pour me retenir chez toi.

Romain réfléchit à cette hypothèse.

— Ça voudrait dire qu'on aurait mis le feu à ton appartement en pensant que tu n'y étais pas ?

— Oui.

— C'est plausible et effectivement moins flippant. Enfin, d'une certaine façon…

— Sauf si on considère cela comme un avertissement.

— Dans ce cas, il y aurait un message, une menace, tu ne crois pas ?

— C'est ce que m'a dit l'inspectrice.

Romain serra très fort la main de Jade et lui adressa un tendre sourire.

— On a bien fait de se retirer des réseaux sociaux, tu sais, fit-elle. C'est une fenêtre entrouverte sur la vie privée, n'importe qui peut y jeter un coup d'œil et rager derrière son écran. Le moindre détail peut être interprété d'une façon complètement tordue par des esprits un peu fragiles, envieux ou revanchards. C'est vraiment un aimant à problèmes pour des gens comme nous.

Elle le regarda avec cette expression lumineuse qu'il aimait tant. Simultanément, une fléchette de culpabilité, de honte et de compassion mêlées piqua sa conscience lorsque ses pensées le conduisirent vers Juliette. Les mots de la lettre érotique qu'elle avait eu le cran de lui écrire se mirent à voltiger dans sa mémoire. Avec le don du tableau subtilisé à Bérangère Clermont, c'était sans doute l'acte qui aurait dû le faire réagir de façon nette et précise. Son inaction valait pour un encouragement, il s'en voulait terriblement.

— Ça ne va pas trop te manquer ? lui demanda Jade.

Il tressaillit, comme pris la main dans le sac.

— Quoi ?

— Les réseaux sociaux.

— Non ! se récria-t-il. Souviens-toi combien tu t'es moquée de moi en découvrant ma page Facebook.

— Un peu pauvrette…

— Ce n'est pas exactement le mot que tu as utilisé.

— Pathétique ? suggéra Jade, le regard taquin.

— Non plus.

— Je ne sais plus…

Romain darda sur elle un regard qui se voulait tranchant, mais qui ne réussit qu'à la faire pouffer.

— Attendrissante, lâcha-t-il. Tu as dit que ma page Facebook était *attendrissante*, avec un air de profonde commisération tout à fait vexant.

Jade éclata de rire, provoquant un tourbillon au creux du ventre de son compagnon. *J'adore cette femme*, se dit-il.

— Je n'ai jamais fait preuve d'une assiduité et d'un intérêt exceptionnels, c'est tout !

— Ni d'une créativité débridée ! renchérit Jade.

— Et voilà, tu continues de me balancer ces insupportables sarcasmes.

— Hélas, ce ne sont pas des sarcasmes ! fit la jeune femme en riant de plus belle. Mais c'est ce que j'aime chez toi.

— Je croyais que tu étais éblouie par mon talent d'orateur et mon incontestable prestance. Quelle désillusion…

Malgré la gravité de ce qui s'était passé et la stagnation d'une enquête qui n'aboutirait vraisemblablement à aucun résultat, Romain sentait son cœur fondre de bonheur de voir Jade retrouver sa vivacité. Sans compter que la grossesse la rendait encore plus belle.

Cet imbroglio de problèmes serait bientôt derrière eux, ils allaient être follement heureux.

32

Juliette ? C'est papa. Tu veux bien me rappeler dès que tu peux ? Il faudrait qu'on parle de ta mère. Merci, mon ange, à plus tard.

Juliette coupa la messagerie de son portable et soupira, malgré le ton plutôt grave de son père. Elle adorait ses parents, mais sa mère avait le pouvoir stupéfiant de métamorphoser une simple contrariété domestique en un problème requérant la mobilisation de toutes les forces vives de la famille. Qu'était-ce donc, cette fois ? Elle n'arrivait pas à se décider entre la nuance beige sable et la beige argile pour le rafraîchissement des murs de la buanderie ? Ou bien devait-elle faire un choix épineux entre le spectacle organisé par son professeur de russe et le dîner trimestriel de l'association caritative dont elle était membre ?

Juliette sourit à cette évocation. Elle exagérait, mais seulement un peu.

— Maman, la spécialiste de la noyade dans un verre d'eau, murmura-t-elle.

Elle décida néanmoins d'appeler son père, sinon il risquait de la déranger à nouveau. Elle se laissa glisser contre le mur pour s'asseoir directement sur le sol jonché de chiffons sentant l'essence de térébenthine et de tubes de peinture jetés ici ou là. Bien calée, elle inspira à fond et pressa sur la touche de rappel.

— Allô, papa ?

— Ah, ma fille !

— Je ne te dérange pas ?

— Pas du tout. Comment vas-tu ? Il y a une éternité que tu n'as pas donné de nouvelles. Ta mère a essayé de te joindre à plusieurs reprises, Jade et Jules aussi, pourquoi tu ne décroches pas ?

— Je suis en pleine préparation de l'expo, j'ai beaucoup de travail.

— Ce n'est pas une raison, tout le monde se fait du souci, tu sais.

— Je vais bien, fit Juliette en battant des cils pour tenter d'empêcher les larmes de déborder.

— Comment ça se passe ? Tu avances comme tu le veux ? s'enquit son père.

— Ça devrait le faire, répondit laconiquement la jeune artiste.

— On a tous hâte de voir ton œuvre.

Juliette haussa les épaules, poussée par le doute davantage que par le plaisir que soulevait cette déclaration.

— Tu avais quelque chose à me dire à propos de maman ? esquiva-t-cllc.

— Promets-moi d'abord que tu ne lui parleras pas de mon appel, elle en serait fâchée.

— D'accord.

— Bon… Tu l'as sûrement remarqué, elle est très fatiguée en ce moment. Elle a mis cela sur le compte de la ménopause, mais il y a quelques semaines, elle m'a avoué avoir détecté une petite grosseur au niveau du sein droit.

Juliette sentit un frisson la parcourir.

— Tu es toujours là ? demanda Édouard.

— Oui, répondit Juliette, la gorge nouée.

— La ponction qui a été faite la semaine dernière suite à une mammographie a révélé la présence d'une tumeur cancéreuse.

Juliette reçut la nouvelle comme un uppercut : souffle coupé, échardes sous les paupières, corps estomaqué par le choc. Chez les Clermont, on avait toujours été épargné, la maladie restait en périphérie, frappait des connaissances pour lesquelles on compatissait avec une sincérité véritable, tout en sachant que cette bénédiction qui protégeait la famille pouvait constamment être remise en question. Mais pas au point de la frapper en plein cœur.

— C'est… grave ? ânonna Juliette.

— Elle va être opérée.

— Quand ?

— Le lendemain de ton expo. Elle aurait pu le faire avant, mais elle craignait que ça l'empêche de venir…

— N'importe quoi ! s'emporta la jeune femme. Il ne faut pas attendre !

— C'est important pour elle d'être auprès de toi et quelques jours supplémentaires ne changeront rien à son état.

Sous le poids de cette responsabilité involontaire, Juliette se débattait entre colère et accablement.

— Je ne veux pas te dire ce que tu as à faire, mon ange, poursuivit son père, mais ce serait bien que tu l'appelles de temps en temps, ou que tu passes à la maison. Tu lui manques beaucoup, elle se fait du souci quand elle n'a pas de nouvelles de toi, ce n'est pas bon. Et puis elle a besoin qu'on l'entoure et qu'on lui montre tout notre amour pendant cette période.

— Je vois ce que tu veux dire, papa.

Elle comprenait maintenant pourquoi le brunch de décembre était annulé. Et dire qu'elle n'avait même pas pris la peine de s'inquiéter. Oh, comme elle s'en voulait !

— Bien. Désolé de me répéter, mais ne lui dis pas que tu sais, d'accord ?

— Jade et Jules sont au courant ?

— Jules ne le sait pas encore. En revanche, Jade, oui, c'était difficile de lui cacher, tu sais que Romain et elle vivent avec nous en ce moment…

— Encore ? fit Juliette.

— Ils ont trouvé l'appartement de leurs rêves, il y a quelques travaux à faire, notamment pour la chambre du bébé, ils emménageront au début de l'année. En attendant, ils restent avec nous et c'est plutôt une bonne chose, ça permet à ta mère d'être un peu moins seule, même si on travaille beaucoup tous les trois. Elle s'entend bien avec Romain et réciproquement, tant mieux.

Au fond d'elle, Juliette savait qu'elle ne devait se polariser que sur sa mère, c'est ainsi que tout humain fonctionnait, le plus proche l'emportait. Mais à la minute où son père avait mentionné Romain, elle avait senti son attention dévier, puis écraser celle qu'elle venait d'accorder à sa mère. Si elle perçut les prémices de la honte et de la culpabilité griffer sa conscience, elle eut tôt fait d'en balayer les effets. Romain l'absorbait comme un trou noir.

— Je compte sur toi pour l'appeler, conclut son père.

— Hein ?

— Ta mère, Juliette, appelle-la, s'il te plaît !

— Oui, oui, je vais le faire.

L'esprit et le cœur en flammes, elle balbutia quelques politesses sans âme avant de raccrocher. Puis elle ne tarda pas à réenclencher sa playlist spéciale, entièrement constituée des vidéos et interviews radiophoniques que Romain avait accordées à propos de l'affaire Caussac. Elle les avait compilées et pris l'habitude de laisser tourner en boucle pendant des heures, souvent en illustration sonore du diaporama des dizaines de photos du jeune homme collectées ici et là.

... chacun d'entre nous porte sa propre vérité... aucune n'a plus de valeur qu'une autre... certaines sont moins visibles, d'autres sont tellement insupportables qu'elles restent verrouillées et demeurent muettes... il faut creuser l'âme, sonder le cœur, extirper parfois aux forceps les bribes d'une vérité qui n'a jamais connu la lumière du jour...

Combien de fois avait-elle écouté ce passage ? Cent fois ? Deux cents fois ? Elle le connaissait par cœur et pourtant, à chaque écoute, elle souriait en opinant de la tête. Ces mots la touchaient avec une précision chirurgicale, en plein cœur. Exemptés de toute chronologie, ils produisaient en elle un écho éloquent, l'expression même de l'évidence : en parlant de Martine Caussac, Romain parlait aussi et avant tout de lui !

— Je vais t'aider, mon amour, tu vas y arriver, on va y arriver..., murmura-t-elle en reprenant en main un pinceau.

Elle s'attela pendant un long moment au portrait d'une femme assoupie dans un train dont elle avait pris la photo, un jour d'hiver, touchée par ce qu'elle lui inspirait. Trois jours plus tôt, à J-12 du vernissage, son galeriste, inquiet de ne pas avoir de nouvelles, était venu la voir. Il eut la politesse de n'afficher qu'un scepticisme discret face aux cinq toiles représentant Romain et, n'en retenant qu'une, esquiva avec élégance la proposition de Juliette de toutes les inclure dans l'exposition de son œuvre. La jeune artiste insista avec une subjectivité passionnée qui finit par se muer en mauvaise foi, elle ne parvint pas à le convaincre et dut abandonner la série, non sans pleurer de rage une fois le galeriste parti.

Ce fut Elsa qui, une fois de plus, la réconforta, tout en trouvant une habile parade.

— Cette expo « jeunes talents » va te propulser et t'ouvrir des tas de portes, garde ces portraits, ils connaîtront leur heure de gloire. En attendant, au boulot !

Sa bienveillance vigoureuse permettait à Juliette de rester à la surface des eaux saumâtres où elle surnageait depuis la terrible soirée. Ce jour-là et ainsi qu'elle le faisait quatre fois par semaine, Elsa débarqua avec des sacs de nourriture et de boissons. Juliette prit soin de couper le flux des vidéos avant de laisser entrer cette tornade de couleurs et de bonne humeur.

— Juliette ! Qu'est-ce que c'est que ça ? gronda son amie, les mains sur ses hanches voluptueuses.

Juliette la rejoignit dans la salle de bains au milieu de laquelle trônait une grande caisse en plastique débordant de linge humide.

— Ne me dis pas que c'est la lessive d'avant-hier que tu as eu la flemme de mettre dans le sèche-linge…, ronchonna Elsa.

— J'ai oublié, fit Juliette avec un air faussement enfantin.

— Putain, comment t'as pu oublier ? s'écria son amie, véritablement irritée. C'est là, dans le passage, tu ne *peux pas* ne pas le voir ! Ou alors ça veut dire que tu n'as pas mis un orteil dans la salle de bains… Approche…

Elle la huma comme un animal, le nez fureteur.

— Tu ne t'es pas lavée, mademoiselle Clermont, c'est lamentable, conclut-elle.

Elle fourra le linge dans la machine avec de grands gestes exagérés et relança une lessive.

— Je prépare un truc à manger et pendant ce temps, tu vas me faire le plaisir de te glisser dans cette baignoire et de te frotter de la tête aux pieds.

— Oui, chef.

— Je ne rigole pas, Juliette.

Devant l'air effectivement très sérieux d'Elsa, la jeune femme obtempéra et la rejoignit, une dizaine de minutes plus tard, enveloppée dans un peignoir.

Elsa coula vers elle un regard tendre, néanmoins scrutateur.

— Bon, comment tu vas ? lui demanda-t-elle.

— Bien.

— Mais encore ? insista Elsa tout en découpant une pomme.

— Mieux.

Les sourcils circonflexes d'Elsa l'incitèrent à lui parler de l'appel de son père et de la maladie de sa mère. Émue, son amie posa son couteau et la prit dans ses bras.

— Il faut rester confiant, c'est un cancer qu'on sait bien soigner quand il est détecté tôt, ça va aller, ma belle, j'en suis sûre, la rassura-t-elle.

Assises à la petite table de la cuisine devant une salade de fruits frais, les deux amies se jetaient de longs regards, reconnaissants quoique plutôt fuyants pour Juliette et empreints d'une inquiétude affectueuse pour Elsa.

— Et là ? Ça va comment ? fit cette dernière en se tapotant le buste au niveau du cœur.

Ostensiblement concentrée sur son assiette, Juliette baissa les yeux, puis les releva vivement pour révéler un regard souriant et chaleureux.

— C'est encore un peu fragile, mais j'ai compris, répondit-elle d'une voix claire.

— Et qu'est-ce que tu as compris ? lui demanda Elsa avec une douceur prudente.

— Que je me suis trompée.

— Développe, s'il te plaît.

Juliette soupira, mais répondit pourtant à l'invitation de son amie.

— Toute cette histoire est une profonde méprise, du grand n'importe quoi, pour tout dire. Oui, j'ai cru qu'on allait vivre quelque chose de beau et de grand, il y avait tellement de signes et j'en avais tant envie…

— Mais ? souffla Elsa à la suite de la phrase laissée en suspens.

— Mais je me suis plantée. C'était juste un jeu pour… pour *lui*. Sans doute inconscient, sans volonté de blesser, un jeu de séduction innocente que je n'ai pas su voir comme tel.

— Ça arrive même aux plus malignes d'entre nous, tu sais.

Elles mangèrent en silence jusqu'à ce que Juliette enchaîne :

— Tu te souviens de ce que je t'avais dit quand… je ne sais plus si c'était Damien ou Yvon… ou Léo, peut-être ? Enfin, bref… un mec qui t'avait emmenée haut et loin…

— … pour me lâcher comme une merde, compléta Elsa avec une grimace dégoûtée. Oh, il y en a eu quelques-uns, peu importe leur prénom, qu'ils aillent se faire foutre…

Elles se sourirent en secouant la tête, avec une expression plus amusée que désabusée.

— Oui, je me souviens de tes sages paroles, reprit Elsa, aucun homme ne mérite…

Et toutes deux de déclamer la suite, les yeux dans les yeux :

— … qu'on pleure pour lui au-delà d'une semaine !

Elles éclatèrent de rire, en chœur, en se prenant la main par-dessus la table.

— Ça va faire trois semaines, lança Juliette, son calme retrouvé.

— Tu ne pleures plus, j'espère ?

— Non ! se récria la jeune artiste.

Si elle remarqua la petite brisure dans sa voix, Elsa n'insista pas.

— Je vais bien, je t'assure, fit Juliette.

— Je te crois. Mais à partir de maintenant, il faudrait que tu sortes un peu de chez toi. Ton appartement est ravissant, du moins quand tu ne te comportes pas comme une petite truie, mais tu ne peux pas continuer à rester enfermée, ma belle amie, il faut que tu te décides enfin à sortir ! Demain, tu vas prendre l'air, d'accord ?

— D'accord, je vais essayer, acquiesça Juliette avec un sourire reconnaissant.

Une heure plus tard, Elsa partie, un vague sentiment de bassesse tenta vainement de noircir sa conscience lorsqu'elle enfila bottines, veste chaude et bonnet, ainsi qu'elle le faisait chaque soir depuis deux semaines.

Elle gagna la rue, pressa le pas, ignora la tension dans ses tibias endoloris par la marche trop rapide et ne s'arrêta que lorsqu'elle atteignit la rue où se trouvait le cabinet Clermont & Associés.

Comme tous les jours, un peu avant dix-huit heures, elle entra dans la brasserie d'en face et prit place sur la banquette dans l'angle entre la devanture et le mur du fond. Le serveur la salua avant de lui apporter une bière noire comme du réglisse qu'elle avala par petites gorgées, les yeux fixés sur l'entrée de l'immeuble d'en face. Chaque fois que la porte cochère s'ouvrait, son cœur tressautait et le sang pulsait de plus belle dans ses veines, comme si son corps était resté à l'arrêt et qu'il revenait à la vie en voyant les employés quitter le cabinet et les autres bureaux, un à un ou en petits groupes.

Embarquée sur ce grand-huit émotionnel, elle crispait les mains autour de son verre de bière, pleine d'espoir et de désir. Et quand Romain apparaissait, parfois au bout de dix minutes, d'autres fois plus tard, et balayait la rue d'un regard fébrile, elle sentait bien, là, du plus profond d'elle-même jusqu'à la surface hérissée de sa peau, qu'il la cherchait, consciemment ou non. Que Jade fût systématiquement cramponnée à lui n'y changeait rien.

Ce soir-là, comme tous les autres, Juliette murmura :

— Je suis là.

À cet instant, le regard de Romain glissa sur la devanture du café et marqua un infime arrêt avant de se river sur le bout de la rue d'où un Uber finit par apparaître. Juliette en fut persuadée : le cœur du jeune homme savait voir ce que ses yeux ne distinguaient pas. Bien qu'elle soit invisible, calfeutrée dans l'angle confortable de sa banquette, il sentait sa présence. Et s'il la sentait, c'est qu'il la souhaitait, la désirait, l'appelait.

— Tu as beau lutter pour le nier, souffla-t-elle, tu sais bien que tu m'aimes…

33

Ce fut seulement le lendemain de l'appel de son père que Juliette réagit : elle n'avait pas pris la peine de téléphoner à sa mère. Un sentiment de honte émergea, sans toutefois parvenir à ternir totalement son bonheur d'avoir aperçu Romain. Elle se trouva – elle avait ! – les meilleures excuses du monde.

— Fais une pause et viens prendre le goûter avec moi, ma chérie ! proposa Bérangère avec un enthousiasme perlé d'imploration.

Les pensées de Juliette poursuivirent la même logique indigne en se focalisant aussitôt sur Romain. Toutefois, elle ne parvenait pas à déterminer si elle craignait ou si elle espérait le croiser dans l'appartement familial. En plein après-midi, il y avait peu de chances, ou de risques, que cela arrive, mais savait-on jamais.

Il s'était retiré des réseaux sociaux, la coupant de toute possibilité de communication avec lui – Jade en était l'instigatrice, à n'en pas douter. Aidée par les effets d'une sidération difficile à digérer, Juliette avait résisté quelques jours, avant de se mettre à fouiner en pure perte sur Internet à la recherche de coordonnées personnelles. L'apathie la faucha à nouveau, annihilant ce regain de volonté, et elle retrouva son état de torpeur dans lequel elle s'enveloppait comme dans un plaid moelleux et consolateur. Elle se considérait comme en convalescence après une chute grave qui l'aurait fracturée. Si Romain n'était pas tout à fait prêt à vivre leur histoire d'amour, elle, en revanche, ne s'estimait pas encore assez solide pour affronter une nouvelle salve de mots cruels ou la noirceur d'un regard plein d'une acrimonie forcée. Anesthésiée, elle souffrait moins. Mais bientôt, elle serait d'aplomb et, sa forme recouvrée, elle redeviendrait celle qu'elle était.

*

* *

Dès que sa mère ouvrit la porte, Juliette laissa ses préoccupations obsédantes filer en arrière-fond, au profit d'une poignante compassion et d'un vif sentiment de culpabilité. Elle s'évertua à ne pas montrer qu'elle voyait ce qui sautait pourtant aux yeux, le teint gris de sa mère, son regard terne, perdu au fond des orbites cernées, ses épaules tassées, comme écrasées, et le profond sillon de ces rides qui n'existaient pas la dernière fois qu'elle était venue, un mois plus tôt. Pouvait-on décliner à ce point en si peu de temps ?

— Ma petite… Mais qu'est-ce qui t'arrive ? souffla Bérangère en la prenant dans ses bras.

Ce renversement des rôles rendit Juliette béate. Elle lut dans les yeux de sa mère ce qu'elle-même éprouvait, une surprise similaire, mêlée d'inquiétude et de tristesse, à découvrir un être aimé que les stigmates du malheur avaient subitement transformé.

Pourtant, elle avait fait des efforts pour effacer les traces imprimées par les tourments des derniers jours : longues ablutions aux huiles apaisantes, masque à l'argile pour rehausser l'éclat d'une peau malmenée par une alimentation désastreuse et un sommeil dévasté, décrassage et coiffage de tignasse, habile maquillage et tenue d'une sobre féminité.

Mais une mère savait voir au-delà de ces fards. Juliette ne pouvait ignorer son expression scrutatrice et le questionnement muet, soucieux. Mal à l'aise, elle se lança dans une discussion anodine, reléguant les sujets sérieux à plus tard. Elle parlait et écoutait avec une inattention flagrante, se rendant parfaitement compte que son corps et son esprit étaient aux aguets du moindre signe de la présence de Romain. C'était plus fort qu'elle. *Tu es ignoble*, se dit-elle dans un éclair de lucidité.

— Tu as l'air exténuée, lâcha Bérangère en lui resservant une tasse de thé. Tout se passe bien pour ton expo ? Tu es prête ?

— C'est beaucoup de boulot, répondit Juliette.

— Pas trop de pression ?

La question de sa mère lui fit froncer les sourcils. Les remous des dernières semaines avaient totalement écrasé le curieux mélange d'euphorie et de fierté qu'avait soulevé l'invitation du célèbre galeriste, elle n'envisageait plus l'expo que comme l'occasion inespérée de revoir Romain, un peu plus, un peu mieux qu'en l'observant en cachette. Ils échangeraient certainement quelques mots, partageraient une coupe de champagne, riraient, clandestinement heureux de se retrouver. Comme elle avait hâte. Lui aussi, d'ailleurs, devait attendre ce moment avec autant d'impatience et de fébrilité.

— Non, aucun stress, au contraire, il me tarde que ça arrive ! répondit-elle à sa mère en souriant du sous-entendu secret.

Elle la fixa avec une ardeur qui l'incendiait de l'intérieur. Elle ne doutait pas une seule seconde du succès de cette soirée et s'y voyait, radieuse, admirée, expliquant son travail aux uns, remerciant les autres pour leurs compliments.

— Vous viendrez, hein ? s'entendit-elle murmurer.

— Quelle question ! Bien sûr que nous viendrons !

— Je veux dire… Vous tous ?

Bérangère se leva lentement et, debout devant Juliette, attira sa tête contre son ventre.

— Personne dans cette famille ne manquerait cela pour rien au monde, fit-elle en lui caressant les cheveux.

— Jade sera là aussi ? poursuivit Juliette en pensant très fort et exclusivement à Romain.

Le besoin criant d'entendre sa mère lui confirmer que le jeune homme serait présent la rendait lourde, elle en était consciente, mais pas suffisamment pour que cela l'empêchât d'insister.

— Ta sœur a très envie de voir ton œuvre, comme nous tous, ma chérie, lui répondit Bérangère.

Juliette ravala sa frustration.

— C'est si important pour moi que vous soyez tous là, dit-elle.

Percevant de la fragilité dans ses mots, Bérangère resserra son étreinte, sa main pressant tendrement la tête de sa fille.

— Nous serons tous là, fit-elle en écho sur un ton dont elle essayait de cacher le trouble.

Juliette se laissa bercer. Cette quête permanente de réponses l'épuisait. Une bienfaisante hébétude commençait à anesthésier son esprit quand un bruit de pas venant des escaliers de communication entre les étages la figea. Son cœur se mit à battre plus sourdement. La pensée que Romain se trouvât là, à quelques mètres, l'affolait, la bouleversait, accélérait son pouls d'une folle manière.

Son regard se porta sur la portion visible du couloir. À la fois prête et totalement prise au dépourvu, elle tremblait. Par chance, sa mère se resservait une tasse de thé, l'état dans lequel Juliette se trouvait échappa à son attention.

— Ma petite sœur, toi ici ? Je ne t'ai pas vue depuis un siècle ! s'exclama Jade depuis l'encadrement de la double porte grande ouverte.

L'agacement prit aussitôt le pas sur la déception. Entendre sa sœur hérissa les nerfs de Juliette. La voir, encore davantage. Elle était superbe dans cette robe tube rose pâle qui exposait sans tricherie possible ses courbes parfaites et son ventre, délicatement saillant. Mais au-delà de la plastique irréprochable, c'était son visage, son teint lumineux, irradiant de bonheur, qui saisissait.

— Salut, lança simplement Juliette en se levant pour l'embrasser.

— Assieds-toi un petit moment avec nous, proposa Bérangère.

— J'adorerais, mais j'ai rendez-vous..., dit Jade en caressant indolemment son ventre.

Juliette trouva exaspérante sa fausse candeur. Elle se surprit à s'imaginer foncer vers elle pour lui assener une gifle, un coup de poing ou n'importe quoi qui pût faire disparaître ce petit sourire si satisfait qu'il en devenait provocant.

— Ah oui, c'est vrai, l'échographie, se récria Bérangère.

Jade jeta un bref coup d'œil à son portable.

— Ouh là, il faut que je file, Romain m'attend en bas !

Le cœur de Juliette tressauta une nouvelle fois, tandis que sa sœur trottinait en direction de l'entrée, joyeuse, élégante, parfaitement insupportable. Instantanément, toutes ses pensées convergèrent vers le jeune couple, leur attente dans le cabinet d'obstétrique, le gel qu'on allait appliquer sur le ventre de Jade, l'écho maritime des battements de cœur du bébé... Romain, captif dans tous les sens du terme. Comment réagirait-il lorsque la minuscule silhouette, enroulée sur elle-même, apparaîtrait sur l'écran ? Penserait-il à elle, à la distance forcée, au piège qui se refermait sur lui ?

Bérangère avait repris son doux bavardage, Juliette l'écoutait en surface et donnait le change mécaniquement, l'esprit ailleurs, dénuée d'âme, sans éprouver le moindre scrupule ni se soucier que sa mère puisse en être blessée. Tout son être se focalisait sur le retour du couple. Au moindre bruit, elle se raidissait, prête à croiser Romain, déterminée à lui sourire.

Mais les minutes défilèrent par dizaines sans que Jade et lui réapparaissent. Au supplice, Juliette finit par quitter sa mère, ne supportant plus de se trouver à la fois si près et si loin du jeune homme. Le cou enfoncé dans les épaules, elle marcha à une allure insoutenable en direction de son appartement avec une question tournant en boucle dans sa tête : en définitive, était-elle soulagée ou déçue de ne pas l'avoir vu ?

Son obsession fut violemment interrompue par une affiche en faveur de la Ligue contre le cancer sur laquelle ses yeux s'étaient d'abord posés sans la voir. Le visage d'une femme y apparaissait, dépouillé de tout artifice. Son regard intense transperçait la foule des piétons et la cohorte des véhicules qui ne se tarissaient pas en cette fin de journée. Juliette fut comme frappée à l'estomac. Sa mère…

Elle se laissa tomber sur le rebord du trottoir et se mit à pleurer, rattrapée par l'ampleur de sa négligence et de sa folie.

Bien que malade, sa mère avait repoussé une importante opération afin d'être présente le jour de la fameuse exposition. Et pas une seule seconde Juliette ne s'était souciée d'elle ou n'avait cherché à la réconforter, à l'encourager, à la rassurer.

— Je suis dégueulasse, se tança-t-elle à mi-voix. Une sale égoïste… une débile… une connasse…

Puis elle se leva dans un mouvement brutal et poursuivit son chemin, suffoquant du dégoût que sa propre personne lui inspirait et incapable de trouver comment rattraper son impardonnable insouciance. Elle chercha les mots qui l'amoindriraient, ressassa des formules à haute voix, agrémentées d'insultes à son propre égard, sans prêter attention à l'expression inquiète et méfiante des gens qu'elle croisait.

Sitôt la chaleur de son chez-soi retrouvé, elle jeta veste, bonnet, écharpe et bottines avant d'avaler une bière bien fraîche, debout face à la fenêtre de sa cuisine. La virulence de sa rancœur s'émoussa légèrement. Téléphone en main, elle trouva enfin le courage d'envoyer à sa mère le message qui lui paraissait le plus adéquat, à défaut d'être irréprochable.

Je suis à tes côtés, maman, on est tous à tes côtés.
Ta fille imparfaite qui t'aime.

Elle cliqua sur « envoyer » avec une envie de pleurer qui ne la lâchait pas et s'affala sur son canapé, épuisée. Le tintement indiquant la réception d'un SMS retentit. Elle saisit son portable pour constater qu'il s'agissait d'un message de Jade, dont les premiers mots apparaissaient accompagnés d'une image jointe.

Juliette hésita à le lire. Mais bien entendu, la curiosité l'emporta.

Voici les premières images de notre bébé, Romain et moi sommes fous de joie de les partager avec vous. Bisous.

À ces mots s'ajoutaient trois photos. Si ce n'était la puissance du contexte, elles ne montraient rien d'autre qu'une sorte de magma dans les dégradés de gris, raison pour laquelle Jade avait pris soin d'ajouter une flèche pour indiquer ce qu'il fallait voir : la vague silhouette d'un fœtus.

La réaction de Juliette ne tarda pas.

— Salope, lança-t-elle.

La lucidité qui était parvenue à l'atteindre fut dissoute par ces photos. Sa mère, la maladie, sa propre folie qui la poussait à se comporter de façon si indigne… Elle relégua tout dans les coulisses sombres de sa conscience pour se focaliser à nouveau sur son obsession : Romain et leurs imminentes retrouvailles.

34

Sourire aux lèvres et au fond des yeux, Romain contemplait la pièce orientée à l'est, parfaite pour une chambre de bébé. *La* chambre du bébé. Les peintres qui s'affairaient dans le salon venaient d'y appliquer une couche crémeuse de ce jaune tendre que Jade et lui avaient choisi ensemble. La pièce était nue, mais il n'avait aucun mal à imaginer l'enfant dormant dans son petit lit, au milieu des meubles remplis de minuscules vêtements, des coffres pleins à craquer de jouets, des peluches, mobiles, boîtes à musique et de tout ce qui allait faire de ce lieu un paradis.

L'appartement lui avait immédiatement plu lorsqu'il l'avait visité. Il s'était surpris à espérer ardemment que Jade en aimât autant que lui les proportions, pas immenses mais bien configurées, la composition atypique des pièces avec leurs alcôves et leurs niches, la sensation de calme et d'harmonie lumineuse qui s'en dégageait. Il ferait bon y fonder une famille et y vivre.

Après s'être montrée perplexe – ce qui avait secrètement beaucoup contrarié Romain –, Jade s'était laissé convaincre, notamment par la vue qu'offraient les baies vitrées sur les berges arborées de la Garonne. Habiter dans cette ville magnifique et pouvoir admirer le fleuve et ce foisonnement végétal depuis son canapé ou son lit… Romain considérait cela comme un privilège qu'il avait longtemps cru inaccessible, une forme de concrétisation matérielle validant sa réussite sociale. Il en était fier. Fier et heureux.

La cohabitation avec Bérangère et Édouard Clermont se passait bien. Romain avait d'abord redouté de se sentir mal à l'aise, mais ceux qu'il pouvait désormais considérer comme ses beaux-parents ne se montraient pas aussi intrusifs qu'il ne l'avait craint. Et finalement, malgré les raisons qui avaient amené le jeune couple à habiter provisoirement chez les Clermont, il n'était pas mécontent de la tournure que prenait sa vie. Bérangère et lui s'entendaient bien, chacun appréciant une fibre artistique restée trop discrète chez leurs conjoints réciproques. Par ailleurs, il avait surpris Édouard, Jade et Jules en assistant Bérangère dans ses démarches médicales avec une compassion sincère, dénuée de pathétisme ou d'une quelconque manœuvre.

C'était arrivé naturellement, elle avait sollicité Romain pour la conduire à un premier rendez-vous.

— Les services d'oncologie ne sont pas un lieu pour une femme enceinte ni pour un vieil époux débordé, avait-elle argumenté un soir, lors du dîner, tandis qu'Édouard et Jade se désolaient d'être mis à l'écart.

Avant de confier un peu plus tard à Romain :

— Ils me font peur, tous les deux, avec leur angoisse si voyante. Et puis je veux laisser Juliette et Jules à l'écart de tout cela, eux aussi.

Il l'avait accompagnée jusque dans les couloirs de la clinique, l'avait attendue patiemment, puis soutenue lorsqu'elle était sortie, accablée. Il avait été touché par la détresse de cette femme pondérée et altière, comme elle l'avait été par la franchise attentionnée de son futur gendre. Depuis, il se chargeait de l'escorter à chaque rendez-vous, quelque chose de différent se nouait peu à peu entre eux, une forme d'intimité qu'ils n'auraient pu atteindre aussi vite ni aussi fortement dans des circonstances ordinaires.

Romain l'admettait, ces quelques semaines avaient entraîné une conséquence inespérée : les Clermont voyaient en lui un homme de plus en plus digne d'entrer dans leur cercle exigeant.

Il avait toutefois hâte d'emménager dans le joli appartement qui deviendrait le foyer qu'il avait toujours rêvé de construire. Ce n'était plus qu'une question de jours, le temps que les ouvriers terminent les travaux de rafraîchissement.

— Laissons passer les fêtes, avait proposé Jade, et attendons le début de l'année pour nous installer chez nous.

Il était d'accord. Tout se présentait sous les meilleurs auspices, si ce n'était l'avertissement dont Jade, et peut-être indirectement lui, avait été la cible. L'enquête concernant l'incendie n'avait pas progressé, elle n'aboutirait sans doute jamais. Il ne restait qu'à espérer pouvoir mettre un point final à cette sinistre affaire.

Juliette tenait également une place non négligeable dans ses préoccupations. Il devait avouer penser à elle de temps à autre, assurément pas de la façon dont la jeune femme s'obstinait à le croire. Il avait coupé tous les canaux virtuels par lesquels elle pouvait le contacter, tout en gardant une conscience effarée des ravages qu'elle aurait pu soulever. Il n'y était pas allé de main morte en la mettant à la porte manu militari, mais elle non plus, se rabâchait-il.

Au fil des jours, aidé par le silence de Juliette, il se rassurait. Il l'imaginait blessée, mal à l'aise, peut-être honteuse de cette folie passagère qui l'avait poussée à s'amouracher du compagnon de sa sœur, certainement par esseulement ou par jeu, sur fond de rivalités sororales. Mais il ne doutait pas une seule seconde qu'elle ait compris l'absurdité de toute cette histoire.

Il ressentit toutefois une certaine gêne lorsque Jade lui rappela l'importance de leur présence au vernissage de l'expo qui aurait lieu trois jours plus tard. Une gêne si prégnante qu'il tenta d'esquiver avec un mensonge à peine entaché de scrupules.

— Je vais faire mon possible pour passer à la galerie, promis !

— Romain, s'il te plaît ! fit Jade, surprise par son manque d'enthousiasme. Tu *dois* venir !

Elle lui adressa un de ses irrésistibles sourires qui le faisaient si souvent fondre.

— Tu fais partie de la famille, lui dit-elle simplement.

Ces quelques mots et son regard un brin moralisateur suffirent pour lui faire comprendre combien son absence serait remarquée. Il acquiesça et confirma son accord par un baiser d'une impudeur vorace, tout en se promettant de ne faire qu'une brève apparition à cette soirée.

⋆

⋆ ⋆

Le vernissage commençait à dix-neuf heures trente et il était presque vingt et une heures lorsque Romain se présenta à contrecœur à la galerie. Une bonne centaine de personnes étaient encore là, une flûte de champagne à la main, picorant de minuscules bouchées salées dans un brouhaha policé. L'expo semblait être un véritable succès.

Romain chercha Jade dans l'assemblée et finit par la débusquer au moment même où elle remarquait son arrivée. Elle s'avança vers lui, superbe dans sa robe anthracite légèrement pailletée dont le décolleté bateau dévoilait subtilement ses clavicules – Romain les adorait, comme à peu près chaque centimètre carré de son corps.

Sublime, certes, mais visiblement un peu courroucée.

— Ah, quand même ! s'exclama-t-elle, joue tendue réclamant un baiser. Je t'ai envoyé des messages, tu ne les as pas reçus ?

— Je n'ai plus de batterie, mentit-il, et j'ai oublié mon chargeur au cabinet.

Elle soupira avec une ostentation qui l'amusa. Depuis qu'il la connaissait, il ne l'avait jamais vue en colère ou exprimer quoi que ce fût de virulent, d'intense, d'explosif. Hormis au lit où elle abandonnait toute réserve pour se transformer en une sorte d'amazone au tempérament volcanique.

— Qu'est-ce qui te fait sourire ? lui demanda-t-elle en se suspendant à son bras pour l'entraîner vers la foule.

— Des pensées lubriques, murmura-t-il à son oreille.

Elle sourit à son tour et lui lança un coup d'œil connivent.

— Espèce d'obsédé, chuchota-t-elle.

— Avoue que tu n'en penses pas moins, fit-il.

— J'en penserais même plus, admit-elle.

Ces mots susurrés d'une voix indolente aiguillonnèrent Romain, lui donnant l'impression délicieusement turpide que son cerveau se déplaçait jusque dans son boxer.

— Mais ça se mérite, poursuivit Jade. Viens d'abord voir ce qu'a peint ma petite sœur, il y a une surprise pour toi.

L'excitation de Romain retomba aussitôt, balayée par un mauvais pressentiment que la bonne humeur de Jade ne parvenait à amoindrir. Cette dernière le conduisit à travers les différentes salles disposées en enfilade et dans lesquelles les jeunes artistes du collectif exposaient leurs tableaux.

À l'instar de tous ceux qui pénétraient dans la troisième salle réservée aux œuvres de Juliette, Romain ne pouvait manquer *sa* surprise, une toile pourtant pas très grande, un mètre sur quatre-vingts centimètres, le représentant de profil, debout en pleine contemplation d'un mur couvert de tableaux comme dans celui du petit salon de Bérangère. Souffle coupé, il resta en arrêt, tétanisé au point de ne pas avoir le réflexe de trouver une contenance.

— C'est dingue, non ? fit Jade. C'est tellement toi !

Contre toute attente, ce commentaire lui parut d'une banalité aussi agaçante que décevante et il s'en voulut aussitôt de ce jugement péremptoire. Jade possédait d'innombrables qualités, mais l'œil artistique n'en faisait pas partie. Toutefois, bien qu'il lui arrivât de le regretter, cela n'avait pas vraiment d'importance au regard de ses facultés et autres talents. Elle avait raison, même si elle l'exprimait de façon basique : Juliette avait magnifiquement reproduit cette posture qu'il adoptait si souvent. À croire qu'elle l'avait observé en secret.

Il se souvint l'avoir vue téléphone en main lors du premier brunch, peut-être l'avait-elle pris en photo. À la pensée des heures qu'elle avait dû passer à peindre ce tableau, il se prit à tempérer son optimisme, voire à le remettre en cause. Juliette avait-elle vraiment abandonné l'espoir qu'il n'y ait entre eux autre chose que des liens d'amitié ?

Le doute et surtout le regard que pouvaient porter les membres du clan Clermont sur ce tableau le gênèrent profondément. Que devaient penser Édouard et Bérangère ? Il fronça les sourcils et, instinctivement, chercha Juliette parmi les grappes d'invités, comme s'il voulait vérifier l'état d'esprit de la jeune femme à son égard.

Elle surgit devant Jade et lui, elfique dans son jupon en tulle et son justaucorps. Il se sentit rassuré de la voir si pétillante, quoique amaigrie et cernée. Mais on le serait à moins avec une expérience de l'importance de celle qu'elle vivait.

— Je suis si heureuse que tu sois là ! déclara-t-elle.

Une main posée sur son épaule, elle lui claqua un seul baiser sur la joue avec un naturel qui le laissa coi et provoqua une mimique amusée de la part de sa sœur. On aurait dit que rien n'était arrivé. En définitive, c'était mieux ainsi, se dit-il, feindre l'amnésie et reprendre le cours des choses. La normalité finirait bien par revenir.

— Ça se passe bien ? demanda-t-il.

— Je ne pouvais rêver mieux, fit-elle en le fixant droit dans les yeux avec un sourire éclatant.

Il dévia son regard, mais Juliette s'était déjà tournée vers Jade :

— Tiens, je t'ai vendue, il y a un quart d'heure, fit-elle, un brin frondeuse.

— Un bon prix, j'espère…

Romain ne put cacher sa curiosité.

— Juliette m'a peinte sous un jour… disons… peu flatteur, lui expliqua Jade.

— Tu plaisantes ? se récria Juliette. Si je te dis combien on me l'a acheté, tu réviserais sans doute ton jugement !

Un homme, habillé comme un dandy du XIXe siècle, s'approcha d'elle.

— Juliette, souffla-t-il, tu voudrais venir, s'il te plaît ? Quelqu'un est intéressé par *Le Dormeur*…

Il se tourna vers Jade et Romain.

— Je vous l'enlève, lança-t-il en guise d'excuse, sur un ton mou.

Juliette se retourna tandis qu'il l'emmenait et leur adressa un coup d'œil rieur. Le jeune couple se retrouva un peu décontenancé, même si Romain éprouvait du soulagement à voir s'éloigner la jeune femme. Ainsi qu'il l'avait espéré, elle semblait avoir tiré un trait sur ce qui s'était passé entre eux. Mais pour sa part, il éprouvait encore beaucoup de gêne. Trop. Il en était perturbé.

— Viens, fit Jade, je vais te montrer le portrait que ma tendre petite sœur a fait de moi, j'aimerais bien avoir ton avis parce que moi, je ne sais vraiment pas quoi en penser.

Elle glissa une main douce dans la sienne et l'entraîna vers un des trois murs où étaient exposés la quinzaine de tableaux de Juliette, jusqu'à l'un d'eux, plus grand que les autres.

— Oh…, lâcha Romain.

Jade le laissa observer, puis ne résista plus à l'envie de connaître son opinion.

— Ben, c'est toi de loin et une sorte de version maléfique de toi de près, dit-il.

— Une version dégueulasse, tu veux dire ! se récria Jade.

Au lieu de répondre, Romain s'approcha de la toile et l'examina avec un soin intrigué.

— Techniquement, c'est remarquable.

— Mais plus intimement, reconnais que c'est assez glauque, non ? rebondit Jade.

Romain la sentait froissée, peut-être blessée, et il la comprenait. Cependant, la noirceur malsaine qui se dégageait en filigrane de ce portrait n'avait pas la même signification pour elle que pour lui. Il supposa que Juliette l'avait peint pendant la période où elle s'était amourachée de lui.

— Et tu n'as pas vu le pire, poursuivit Jade.

— Le pire ?

— Lis le titre.

— *Les blondes rouges sentent la charogne*… Ah oui, ça rigole pas…, fit-il dans une vaine tentative de plaisanterie.

Il se frotta le visage de sa main libre, véritablement mal à l'aise. L'envie de partir et d'emmener Jade loin d'ici le taraudait. Il la prit dans ses bras et pressa amoureusement son corps tout entier contre le sien.

— Tu n'as pas envie de rentrer ? murmura-t-il.

— Tu n'es là que depuis dix minutes ! se récria-t-elle.

— Personne ne s'apercevra de rien, il y a tellement de monde.

— Juliette va être vexée…

— Elle est très occupée. Et puis tu es venue, Jules et tes parents aussi, non ?

— Oui, ils sont repartis, il n'y a pas longtemps, mais Jules doit encore être là, à boire du champagne et à draguer.

— Alors, si tout le monde a fait honneur à cette soirée, c'est parfait, on peut y aller.

Interloquée, elle le suivit, non sans avoir lancé un petit signe à Juliette, en pleine discussion avec un acheteur potentiel. Romain croisa inopinément son regard braqué sur lui et pressa le pas.

— Romain ! retentit la voix de la jeune artiste quelques secondes plus tard.

Encombré par sa gêne qu'il traînait comme un boulet derrière lui, le jeune homme espéra de toutes ses forces que Jade, accrochée à son bras, ne perçût pas sa crispation. Ils se retournèrent tous les deux pendant que Juliette fonçait vers eux d'un pas dansant et si décidé que Romain crut qu'elle allait les percuter.

Elle s'arrêta devant lui.

— Merci d'être venu, lança-t-elle, les yeux plantés dans les siens.

Puis elle fit volte-face et retourna dans la salle.

— Et moi, je dois sentir la charogne, sans doute, maugréa Jade.

Romain cala son bras autour de sa taille et l'enserra amoureusement.

— Ta sœur est un peu bizarre, mais pas méchante, dit-il, conscient que ses mots représentaient une piètre consolation.

— Je vais finir par penser qu'elle me déteste.

— Elle te taquine, lui opposa-t-il aussitôt sans y croire une seule seconde.

Sa précipitation à vouloir défendre la benjamine des Clermont sonna de façon suspecte à ses propres oreilles. Il était capable de garder un sang-froid inébranlable face à ses plus coriaces adversaires, mais flanchait dès que Juliette décochait une flèche en direction de sa sœur. Car au fil des derniers jours, il avait fini par s'en persuader : toute cette histoire aurait pu être une banale rivalité entre sœurs. Or, elle prenait bel et bien racine dans la détestation de Juliette à l'égard de Jade, ce tableau en était l'illustration. En qualité de compagnon de cette dernière, Romain voyait bien qu'il n'était qu'un outil servant à alimenter l'inimitié de la jeune artiste pour des raisons aussi obscures qu'absurdes, les deux sœurs étaient belles et brillantes, chacune à sa façon, elles évoluaient dans des milieux radicalement différents, ce qui rendait inepte toute comparaison. Ce n'était pas de lui, Romain, que Juliette s'était entichée : c'était de l'homme dont sa sœur était véritablement amoureuse. *Pourvu que ça lui passe... vite...*, se dit-il.

— Non, elle ne me taquine pas, elle me déteste, insista Jade.

— Ça lui passera, tempéra à nouveau Romain.

— Je me le demande. Percer dans le milieu de l'art va sans doute lui donner davantage confiance en elle, je l'espère.

— Tu crois qu'il s'agit de confiance ?

— Quoi d'autre ? Ça ne peut pas être de la jalousie, j'incarne tout ce qui lui fait horreur, le droit, la rigueur, une vie rectiligne et mortellement dénuée de fantaisie, comme elle le dit… Pour rien au monde elle ne voudrait être à ma place. Il n'empêche qu'elle est ambitieuse et orgueilleuse, ce qui est une très bonne chose. Décoller et être reconnue en tant qu'artiste devrait lui permettre de s'épanouir pleinement.

Elle soupira avant de lancer :

— Et puis, elle va bien finir par trouver un mec, à long terme.

— À long terme ? s'entendit répéter Romain.

— Un mec qui restera dans sa vie davantage que quelques jours. Les CDD, ça va un moment, il serait temps qu'elle se pose avec un homme bien.

Elle coula vers lui un regard ardent.

— Un homme comme toi, souffla-t-elle.

Romain réussit tant bien que mal à camoufler combien cette remarque le perturbait. Sans le savoir, Jade venait sans doute de mettre le doigt sur le nœud du problème. Il resserra son étreinte autour de la taille de son aimée et hâta le pas, pressé de s'éloigner de la galerie et de retrouver le fil paisible de sa vie.

35

Sitôt la porte de son appartement fermée, Juliette balança son blouson et ses ballerines pour se jeter sur son lit, à plat ventre, bras et jambes écartés. Tout avait été réuni pour que ce vernissage fût un succès. Toutefois, jusqu'au dernier moment, on ne pouvait jamais vraiment savoir et cette incertitude avait nourri sans répit son angoisse jusqu'à la date fatidique.

Mais elle avait réussi à ne pas y céder outre mesure. Elle resta immobile pendant quelques secondes avant de se retourner sur le dos et de pousser un long cri dans lequel exultaient toute la fierté qu'elle ressentait, le soulagement et cette intense satisfaction d'avoir assuré. Artistiquement et financièrement, le bilan dépassait ses espoirs les plus élevés, ses quinze tableaux avaient été vendus et elle était repartie avec une vingtaine de commandes, ainsi que deux nouveaux projets d'expo, un sur la femme souveraine et l'autre sur le sommeil – le portrait de Jade et celui de l'homme endormi avaient marqué les esprits, chacun à sa façon.

Tout au long de cette soirée, Juliette s'était sentie forte, talentueuse, vive, belle. Et pour cause : elle était tout cela !

Elle avait lu l'admiration dans le regard de ses parents et perçu leur émotion sincère. Mais sa mère lui avait paru affaiblie, les fards qui pourtant masquaient savamment son teint cendreux et ses yeux caves ne suffisaient pas à tromper la perspicacité de ses proches, Juliette incluse. Le cœur de la jeune femme s'était pincé à plusieurs reprises en voyant cette femme d'ordinaire si droite s'accrocher au bras de son mari pour s'efforcer d'afficher une prestance qui s'effilochait.

Cependant, l'esprit de Juliette était en priorité resté rivé sur Romain dont l'absence aurait fait de cette soirée un échec, ou pour le moins un demi-succès. Au fur et à mesure que les minutes s'égrenaient, se métamorphosant en heures, elle n'était plus parvenue à se concentrer sur l'événement et la raison pour laquelle toutes ces personnes se trouvaient là. Un œil en permanence braqué sur l'entrée, elle avait répondu de plus en plus mécaniquement, parfois avec une impatience mal contrôlée, aux questions qu'on lui posait.

Romain viendrait, comment pouvait-il en être autrement ? Pourtant, elle avait commencé à douter. Aurait-il la force de la revoir en présence de Jade ? Un regard, un geste, un mot pouvaient le trahir. D'ailleurs, ce retard exprimait tant de choses. Juliette y voyait le symbole de ce qu'il devait ressentir, cet écartèlement entre l'envie de la revoir et l'impossibilité de l'avouer ouvertement.

Il avait fini par arriver et Juliette avait cru mourir de bonheur. Elle s'était gorgée de sa présence, transportée par un incomparable sentiment de désir et de tendresse mêlés en le voyant observer ses tableaux, la tête penchée sur le côté, l'air captivé et ému. Superbe comme à son habitude, pour ne pas dire ostentatoire, Jade avait semblé lutter contre ce lien inexorable qu'elle sentait certainement de façon intuitive et qui lui échappait.

Ses efforts la rendaient pathétique aux yeux de Juliette. *Si tu savais combien tes ruses sont vaines, ma pauvre fille...*, avait-elle intérieurement ironisé. *Romain vient pour moi, pas pour toi. Sors tous les artifices que tu veux, il n'est pas dupe. Tu es belle, mais tu es vide et Romain l'a compris, c'est comme ça. Tu as beau tout faire pour le garder dans tes filets, l'évidence est là...*

Elle devait toutefois admettre avoir suffoqué d'une rage venimeuse au spectacle de Jade collée à lui et de la façon qu'elle avait de l'accaparer comme s'il était sa propriété exclusive. Pendant quelques secondes, elle eut envie de faire disparaître cette sœur castratrice. Des images monstrueuses lui vinrent même en tête, elle se vit saisir et briser la coupe qu'elle tenait délicatement du bout de ses jolis doigts aux ongles vernis – tandis que celui de son pouce la meurtrissait – pour la lui enfoncer dans ce ventre dont elle exhibait la rondeur avec tant d'orgueil. Peut-être son petit sourire policé et supérieur s'effacerait-il enfin. *Ne t'y trompe pas, pauvre garce, je ne suis pas jalouse... Pour rien au monde je ne voudrais être toi, ni même être à ta place...*

Elle l'avait regretté, mais la précipitation de Jade à quitter la galerie le confirmait, il lui fallait éloigner Romain aussi vite que possible.

Quelques heures plus tard, dans la plénitude de la nuit qui s'achevait, sa jubilation atteignit des sommets tandis qu'elle déroulait chaque seconde de la brève présence de Romain au vernissage.

— Tu es venu... Tu es venu pour moi... Pour moi, rien que pour moi..., murmura-t-elle en allumant son ordinateur.

Des bouffées de désir charnel l'envahirent lorsqu'elle accompagna ses pensées du diaporama qu'elle avait déjà regardé des dizaines de fois. Elle se déshabilla entièrement et, face aux photos qui défilaient, se caressa avec une volupté aiguillonnée par la pensée qu'il s'agissait des mains, des doigts, des lèvres de Romain.

Elle se tordit et gémit de plaisir, les yeux grands ouverts sur l'écran, le ventre palpitant, la bouche happant l'air saturé du parfum de Romain dont elle avait acheté un flacon, une semaine plus tôt.

— Ça n'a rien de romantique, tu sais, souffla-t-elle entre deux gémissements, je ne suis pas romantique, je déteste ça, les dîners violon-chandelles-roses rouges, les couchers de soleil, les cœurs dégoulinants de sucre… Je suis sûre que Jade t'en gave…

À cette évocation, elle suspendit son geste, parasitée par l'image des corps de Jade et de Romain entremêlés. Elle se demanda quelle amante était sa sœur. Ultra-féminisée, tendance porno-chic, à n'en pas douter. Le genre de femmes qui accrochent les hommes avec leur maîtrise des talons aiguilles, guêpières, jarretelles et rouge à lèvres rubis.

— Toi et moi, on se fout de ces camouflages, hein Romain ? reprit-elle. Toi, tu sais voir au-delà, on ne peut pas t'abuser longtemps par des subterfuges aussi faciles, tu as soif de profondeur, de texture, de vérité, tu me l'as bien fait comprendre…

Un spasme extatique la coupa dans son monologue. Elle se cabra, se cambra, stupéfaite par l'ampleur de sa jouissance.

La flamme de ce qui les unissait, Romain et elle, avait vacillé et menacé de s'éteindre, mais elle avait tenu bon et se dressait désormais de toute sa belle vaillance.

Envers et contre tout, dans la splendeur de l'évidence.

— Tu m'aimes, tu sais que tu m'aimes… Je sais que tu le sais…

36

Dix jours plus tard.

Débordé par les préoccupations du quotidien, Romain avait laissé de côté l'épineux « problème Juliette ». L'absence de manifestation de la jeune femme y avait largement contribué. De fait, l'optimisme renaissait dans sa façon d'analyser la situation et lui permettait de relativiser ce qu'il avait pu considérer comme étant inquiétant. Certes, il y avait eu ce tableau de lui et celui de Jade, aussi malaisants l'un que l'autre. Sans oublier le comportement équivoque de la jeune artiste lors du vernissage. Mais Romain avait mis cette attitude sur le compte de son extravagance naturelle, sans doute aiguisée par les reliquats de la gêne.

Le temps commençait à faire son œuvre, pensait-il. Plus les jours passaient, plus ses craintes s'émoussaient sous les effets anesthésiants de la conviction qu'elle se fût rendue à la raison. En conséquence de quoi sa confiance gonflait. Ça n'avait pas été facile de le lui faire admettre, mais Juliette avait vraisemblablement compris qu'il serait vain d'attendre quoi que ce fût d'amoureux ou de sexuel de sa part.

La vérité avait été dite, les quiproquos expliqués, l'ordre et la raison rétablis. D'ici Noël tout cela ne serait plus qu'un souvenir gênant, il en était persuadé.

Ce fut en pleins préparatifs festifs, à quatre jours du réveillon prévu dans la maison landaise des Clermont, qu'il vit voler en éclats cet état de torpeur farci d'optimisme dans lequel il s'était complu sans réelle méfiance au cours de ces derniers jours.

★

★ ★

La frénésie de fin d'année lui donnait l'impression de courir à contresens sur un tapis roulant avec un sac chargé à bloc sur le dos. Entre une montagne de rendez-vous aux quatre coins de Bordeaux, les travaux du futur appartement à finaliser et les cadeaux à trouver pour chaque membre de la famille Clermont et pour ses parents, l'urgence le pressurisait. Sans compter sa présence croissante et inattendue auprès de Bérangère Clermont qui avait été opérée le lendemain du vernissage de Juliette. Repoussant ses filles, son fils et son mari pour tout ce qui concernait le protocole médical, Bérangère n'acceptait que Romain. Il s'était d'abord impliqué avec une empathie plus ou moins de circonstance, puis avec une affection véritable. Un vrai lien se nouait entre elle et lui, Bérangère avait l'impression d'être comprise sans craindre de causer une peine incurable à sa famille, elle pouvait se confier ouvertement sur ses souffrances et sa terreur, Romain l'écoutait et se surprenait à la secouer lorsque son moral flanchait. Il savait trouver les mots, naturellement, la bonne attitude dénuée d'apitoiement.

Cet emploi du temps très chargé réduisit drastiquement sa présence au cabinet, avec l'assentiment tacite d'Édouard. Les mails et le courrier s'accumulaient par dizaines lorsqu'il y passa après une semaine d'absence.

— Christian Machard et Charlotte Krebs ont appelé plusieurs fois pour l'affaire Mercier, lui glissa Noûr, son assistante. Ils n'ont pas voulu me donner les raisons, mais ça semblait important.

— Je vais m'en occuper, lui assura Romain.

— Juliette Clermont a essayé de vous contacter, elle aussi, ajouta Noûr sur un ton d'une neutralité très professionnelle.

Un profond agacement s'immisça dans l'esprit de Romain. Il le ravala toutefois en rebondissant aussitôt :

— Ah oui, c'est vrai, il faut absolument que je l'appelle ! s'exclama-t-il avec une légèreté qu'il savait convaincante.

Mais sitôt Noûr retournée à son poste, il arracha mentalement ce masque et ouvrit sa messagerie. Juliette avait-elle fini par débusquer son adresse électronique ? Pour lui dire quoi ?

Il lança une recherche parmi les innombrables mails qu'il n'avait pas encore lus pour trouver ceux qu'elle aurait pu lui envoyer, mais il n'en vit aucun. Il s'empara alors des fiches que Noûr avait déposées sur son bureau. Chacune d'elles notifiait les appels téléphoniques, Juliette en comptabilisait quinze à elle seule. Soit une moyenne de deux par jour, le dernier pas plus tard que la veille.

— Il va falloir se calmer, là..., marmonna-t-il.

Il soupira en s'enfonçant dans son fauteuil. Cet acharnement peu discret le contrariait. Qu'allaient penser Coralie et Noûr ? Il détestait cette situation, mais il ne pouvait s'en prendre qu'à lui-même. Il s'était trompé, lourdement : Juliette n'avait pas compris, rien n'était terminé.

Noûr avait également laissé une vingtaine de lettres estampillées « confidentiel » ou « personnel », certaines écrites sur traitement de textes et imprimées, d'autres manuscrites. Il les décacheta pour vérifier leur expéditeur. Trois venaient de Juliette.

— Putain, c'est pas vrai ! tonna-t-il.

Alertée, Noûr toqua à la porte de communication entre son bureau et celui de son patron avant de passer la tête dans l'interstice.

— Un problème ? demanda-t-elle.

— Non, pardon Noûr, ce n'est rien, répondit-il avec une expression qui démentait ses paroles.

Il commença à lire la lettre la plus ancienne, datant du lendemain du vernissage.

> *Romain, pardon, tout est arrivé si vite que je n'ai pas compris qu'il te fallait du temps. Je comprends ta réaction, elle est à la hauteur de notre histoire, fulgurante, puissante, ravageuse...*
>
> *Je sais que tu m'aimes. Je le sais et tu le sais aussi. Tu m'aimes mais tu ne veux pas me le dire parce que tu crèves de trouille, parce que tu as peur de la passion, tu as peur du véritable amour... Je ne peux même plus peindre tellement j'ai mal à la main à force de me masturber, j'arrive à jouir rien qu'en pensant à tes yeux et à ton regard, en respirant ton odeur sur ce bonnet que tu m'as laissé comme un morceau de toi. Tu m'aimes, Romain, prends tes couilles à pleines mains et dis-le que tu m'aimes, dis-le enfin, tu ne peux pas être à ce point dans le déni !*

Totalement désemparé, il prit une autre lettre :

> *Romain, mon amour, peux-tu imaginer combien je souffre ? Il suffirait d'un seul mot de toi, une seule réponse à mes lettres et à mes messages pour que je sois un peu soulagée de ce supplice que tu m'infliges.*
>
> *J'ai compris ce que tu ne peux pas me dire ouvertement : personne ne doit être au courant de cette passion*

qui nous dévaste, toi et moi. Je l'ai compris, tu sais, je l'ai compris et je respecte ce que tu m'imposes, je l'accepte parce que c'est la condition essentielle pour que nous vivions notre amour. C'est ce que tu me dis sans le dire, je le perçois dans ta voix, dans tes yeux, dans ton attitude vis-à-vis de moi.

Mais j'ai mal à en crever, est-ce que tu t'en rends compte ? Mal de ton silence, de tes fuites, de l'indifférence que tu affiches. Même si tout cela est forcé, même si je sais que tu ne peux pas faire autrement que de me traiter comme tu le fais, il y a des moments où je sens que je pourrais mourir tellement j'ai mal.

Libère-toi de cette liaison absurde avec Jade. Je t'en prie, fais-le. Plus tu attends, plus je souffre.

Il lâcha cette lettre pour parcourir la dernière, avec l'espoir ténu d'y lire un rétropédalage, un retour à la raison, des excuses.

Je n'ai plus d'amour-propre, je vais devenir folle si tu ne me dis pas que tu m'aimes…

Il ferma les yeux et s'enfonça dans son fauteuil, tandis que se déployait devant lui un monstrueux champ de mines.

37

Juliette oscillait entre la panique et la colère. Très agitée, son portable collé à l'oreille, elle faisait les cent pas dans la rue, devant le cabinet Clermont, après un nouvel échec à joindre Romain. Cette fois-ci, il était en réunion. Depuis dix jours, c'était soit cela, soit des rendez-vous à l'extérieur. Pour ne rien arranger, elle n'avait pas réussi à l'apercevoir une seule fois, malgré des visites opportunes et bâclées à l'hôpital puis à l'appartement familial dans l'espoir de le croiser, ainsi que des heures passées dans la brasserie à l'attendre. Son travail en pâtissait, elle arrivait systématiquement en retard, trouvait des prétextes de plus en plus extravagants pour partir tôt. Sa responsable voyait cette désinvolture d'un mauvais œil et Nora cachait mal sa contrariété d'être tenue à l'écart des confidences qui d'ordinaire lui revenaient.

Mais Juliette n'en avait cure. Elle laissa derechef son prénom et son numéro à Coralie, en se retenant toutefois d'accuser la jeune chargée d'accueil de ne pas faire correctement son travail. Mais elle n'en pensait pas moins. Si Romain avait su qu'elle cherchait à le contacter, nul doute qu'il l'aurait appelée !

En dépit de toute fierté, elle insista :

— Vous êtes sûre que vous lui avez bien transmis mes coordonnées ?

À l'évidence, quelqu'un faisait barrière entre elle et lui. Sa suspicion se concentrait sur Jade. Sa sœur avait certainement donné des consignes pour l'empêcher de contacter Romain, à son insu.

Elle décida donc d'opérer à couvert en s'équipant d'un téléphone à carte prépayée – en quelque sorte une ligne privée, réservée exclusivement à Romain.

Assise sur le banc humide d'un square, elle fit une tentative pleine d'inventivité et d'espoir. Les portes allaient s'ouvrir !

Son cœur s'emballa quand on lui passa Noûr. Il avait fallu un nouveau numéro, un faux nom et une voix modifiée pour franchir ce palier dans la hiérarchie bureaucratique du cabinet. Pourquoi n'y avait-elle pas pensé plus tôt ? *Si ce n'est pas la preuve que ma poufiasse de sœur est derrière tout ça...*, jubila-t-elle intérieurement, fière de sa ruse.

Mais l'assistante de Romain se cantonna à lui demander les raisons de sa prise de contact.

— C'est privé, fit Juliette en pressant sur sa gorge pour transformer son timbre.

— Dans ce cas, je vous conseille de voir directement avec lui, lui répondit Noûr sur un ton policé qui agaça la jeune femme.

— C'est exactement ce que j'essaie de faire ! Dites-lui que…

Elle chercha rapidement un nom évocateur. Le nom de la première bière qu'il avait bue lors de leur soirée lui vint à l'esprit.

— Dites-lui que Hundekoldt l'a appelé et donnez-lui mes coordonnées, s'il vous plaît. C'est *très très* important.

— Je transmets, lui assura Noûr.

Les heures qui suivirent, Juliette resta aux aguets, maudissant Coralie, fulminant contre Noûr, incriminant Jade et disculpant Romain de toute responsabilité.

Néanmoins elle se consolait de sa frustration à l'approche de Noël. Dans quatre jours, la famille serait réunie dans la maison de Cap-Ferret, Romain et elle se retrouveraient, ce serait formidable.

Sa joie monta en flèche et atteignit les sommets de l'extase lorsque son portable d'appoint sonna.

— Juliette ? C'est Romain.

Elle, d'habitude si prolixe, en resta muette de surprise.

— Je crois qu'il faut qu'on se voie, dit-il.

— Oui, réussit-elle à dire dans un souffle.

— Demain neuf heures, à la brasserie face au palais de justice, c'est bon ?

★

★ ★

L'euphorie empêcha la jeune femme de fermer l'œil de la nuit. Romain voulait la voir, il avait compris la puissance implacable qui les unissait. Ce jour allait être un des plus beaux de sa vie. De leur vie.

Il ne faisait pas encore jour quand elle se mit en chemin. Obnubilée par son but, elle ne sentait ni l'humidité odorante des abords de la Garonne, ni celle de la bruine qui mouillait le ciel. Elle parcourut les rues sans prêter attention aux frissons qui la traversaient, toutefois c'est frigorifiée qu'elle entra dans la brasserie.

— J'ai l'impression qu'un *breakfast* complet vous ferait du bien, fit le serveur.

— Un double expresso, ça suffira, merci.

— Comme vous voulez !

Elle s'installa confortablement, nerveuse et heureuse, et attendit. Ce ne fut pas si long, un quart d'heure plus tard, Romain apparut dans son champ de vision, puis devant elle.

— Salut, murmura-t-elle, des étoiles plein les yeux.

Elle se leva pour lui faire la bise, mais il remonta le col de sa parka fourrée sur le bas de son visage. Cet évitement, telle la manifestation d'une certaine pudeur, lui parut terriblement attendrissant.

— Bonjour, Juliette, fit-il.

Sa voix, bien que résonnant d'une politesse presque neutre, provoqua des tressaillements au creux du ventre de la jeune femme qui souriait, transportée de bonheur.

Magnifique. L'instant était magnifique. Ces premières secondes en tête à tête la portaient déjà aux nues.

— Je peux t'accorder dix minutes, pas plus.

Juliette sentit son cœur enseveli sous l'avalanche des émotions. Romain était débordé et il trouvait tout de même un peu de temps, si précieux, à lui accorder. Tandis qu'il passait commande d'un café allongé, elle retira son manteau et son écharpe. Elle se savait charmante avec son teint de porcelaine rosée et cette petite robe dont le décolleté soulignait à la perfection le galbe de ses épaules et de ses seins. D'ailleurs, elle le remarquait : sans doute bouleversé, Romain avait bien du mal à poser les yeux sur elle. Son regard la frôlait, sans parvenir à s'attarder.

— Je suis si heureuse, commença-t-elle.

— De quoi, Juliette ? De quoi es-tu heureuse ?

— Je suis heureuse… que tu sois venu, précisa-t-elle avec un air réjoui. J'ai compris, tu sais.

Cette fois, Romain planta ses yeux dans les siens. Elle y vit la lutte intérieure qui le retenait de l'embrasser, de l'enlacer, de la déshabiller pour posséder chaque partie de son corps. Elle en tressaillit de surprise, d'excitation et de bonheur.

— Qu'est-ce que tu as compris, Juliette ? demanda-t-il sur un ton dont elle balaya aussitôt la sécheresse.

Elle le dévisagea, enjôleuse.

— Que ce sera long et sans doute difficile, mais inéluctable…

Il fronça les sourcils, ce qui donna à la jeune femme une folle envie de caresser les rides qui se formaient sur son front et entre ses yeux, comme pour les déplisser.

— On y arrivera, poursuivit-elle, je te promets qu'on y arrivera.

Romain se recula brutalement de la table en dardant sur elle un regard qui glaça son enthousiasme pourtant si inébranlable. Il soupira avec un air agacé, presque en colère, qu'elle pouvait difficilement ignorer.

— Arriver à quoi ? fit-il.

Les mots tranchants, l'irritation sur son visage, sa raideur inopinée, l'écart qu'il mettait entre eux deux… Juliette en resta muette d'effroi. Le déni de Romain était plus profond qu'elle ne le pensait.

— Tout ça, c'est dans ta tête…, lança-t-il.

Elle détesta sa façon de dire ces mots, assortie d'un rictus qui le rendait aussi hostile qu'insupportable. Cette fois, son regard ne la fuyait pas, mais ce qu'elle y lisait la pétrifiait.

— Je te l'ai dit et je pensais que tu l'avais compris, reprit-il, à peine moins cinglant.

Il s'adossa au dossier de sa chaise et bascula son corps en arrière comme pour s'éloigner au maximum.

— Ça n'a rien à voir avec ce que tu es ou n'es pas, poursuivit-il, tu es quelqu'un de formidable, mais j'aime Jade, c'est la femme de ma vie, on va avoir un enfant, fonder une famille.

Un violent sentiment de panique submergea Juliette. Tout lui échappait. Elle entrouvrit les lèvres pour chercher l'air qui lui manquait.

— Je suis désolé si je t'ai laissée penser qu'il pouvait y avoir autre chose que de l'amitié entre nous, dit-il.

— Tu es *désolé* ? ânonna Juliette, les yeux écarquillés.

— Oui.

— Mais tu ne comprends donc pas que tes actes, ta façon d'être, tout ce que tu as pu me dire, ce ne sont que des manifestations de ton inconscient ? Ce qu'il y a entre nous est bien présent, au fond de toi. Tu n'es simplement pas prêt à le reconnaître.

Prise d'un regain d'exaltation, elle sortit son portable et balaya frénétiquement l'écran.

— Regarde ! s'écria-t-elle en brandissant devant Romain le selfie pris à la brasserie. Regarde cette photo !

Elle attendit une poignée de secondes avant d'assener l'argument qu'elle considérait comme imparable :

— Tu ne pourras pas toujours être dans le déni. La réalité finit toujours par l'emporter. Tu vois, l'expression que tu avais, ça ne ment pas. Sur aucune des photos avec Jade tu n'as l'air aussi heureux, ne dis pas le contraire !

Elle tendit une main pour saisir celle de Romain. Ce dernier repoussa son geste avec un air de dégoût.

— On nage en plein délire, là…, grommela-t-il. Tu es… Tu as… un problème, un sérieux problème…

Blême, il sc frotta le visage, souffla et se redressa.

— Juliette, c'est toi qui es dans le déni. Regarde-moi dans les yeux et écoute bien ce que je vais te dire…

La jeune femme eut du mal à soutenir la rage du jeune homme exprimée dans son regard, la contraction de ses traits, la distance physique qu'il mettait entre eux.

— Je… ne… suis… pas… amoureux… de… toi…, martela-t-il.

Le contraste entre son ton murmuré et l'articulation exagérément appuyée était étourdissant. Juliette reçut chaque mot comme un coup de poignard. Tout s'obscurcit autour d'elle.

— Tu comprends ce que je suis en train de te dire ? ajouta-t-il, les mâchoires crispées.

Elle crut qu'il allait la gifler. Elle le vit reculer sa chaise pour se lever et ses oreilles commencèrent à bourdonner, son cœur à se déchirer, tandis qu'une venimeuse douleur se répandait dans ses veines.

Mais ce n'était rien en comparaison de celle que l'estocade finale allait lui infliger.

— À partir de maintenant, je voudrais *vraiment* que tu me foutes la paix avec ces conneries, conclut-il froidement.

— Mais…

— Il n'y a pas de « mais ». Il n'y a rien. Je ne t'aime pas et je ne t'aimerai jamais.

Puis il quitta la brasserie, laissant Juliette horrifiée par cette violence et par son impuissance à le retenir.

Troisième partie

Rancune

« Tu m'aimes mais tu ne veux pas me le dire parce que tu as peur que je m'attache à toi. Tu ne veux pas me le dire parce que tu as peur d'une vraie liaison entre nous deux ? [...] Tu as peur de la passion ? Tu as peur des complications ? Des complications, il y en a toujours dans la vie. Tu as peur de moi ? Alors il ne fallait pas me rendre amoureuse de toi, maintenant c'est trop tard[1]. »

1. Lettre du 13 juin 1989 de Bérangère M. à Benoît, tirée de « *Bien que mon amour soit fou* ». *Érotomanies : du regard à une écoute, op. cit.*

38

Comment échapper au réveillon de Noël chez les Clermont ? La question taraudait Romain. À deux jours de l'événement, il avait déjà retourné cent fois le problème dans sa tête sans réussir à trouver une raison qui pourrait paraître plausible. Décider subitement d'emmener sa compagne en voyage, dans un élan aussi amoureux qu'impromptu ? Si le couple n'avait pas déjà annoncé partir fêter le nouvel an à Venise, il aurait peut-être fait ce choix. Pendant quelques minutes, il envisagea de prétexter un dilemme déchirant et d'aller passer le réveillon chez ses parents qui, par ailleurs, les accueilleraient le lendemain pour le déjeuner de Noël, Jade et lui. Tout le monde trouverait louche ce changement de programme. Sans compter les susceptibilités qui ne manqueraient pas de ternir les festivités.

Pourtant, il appréhendait tant de se retrouver à proximité de Juliette qu'il se sentait prêt à se blesser volontairement pour ne pas avoir à honorer l'invitation des Clermont. Il préférait encore passer Noël à l'hôpital plutôt qu'à redouter les dérapages de la jeune femme déséquilibrée au sein du huis clos familial. Mais Bérangère lui en voudrait beaucoup de bouleverser la tradition, elle se donnait tant de mal pour que tout soit parfait. Il n'avait pas le cœur à la décevoir. Pour rien au monde il ne souhaitait être celui qui démolirait cette organisation un peu lourde mise en place de longue date. Alors il irait dans la maison des Landes avec Jade, il supporterait la présence de Juliette et esquiverait ses flèches éventuelles. C'était l'affaire de quelques heures et il avait connu des situations bien pires. Enfin… dans sa carrière, oui. Mais en y réfléchissant, jamais dans sa vie personnelle.

Les heures suivant sa mise au point musclée avec Juliette, d'étranges sentiments l'avaient tourmenté, mélange de dégoût, de colère et de pitié à l'égard de la jeune femme dont la déraison, peut-être la folie, l'inquiétait énormément.

C'était quitte ou double : soit Juliette lâchait l'affaire, soit elle aggravait la situation en le « dénonçant ». Dans ce cas, comment réagirait Jade ? Qui croirait-elle ? Et si les Clermont étaient mis au courant ? La balance pencherait forcément en faveur de Juliette, l'enfant chérie. Même s'il ne s'était rien passé entre elle et lui, il avait tout caché. *Tu t'es comporté comme un vrai débile*, se tançait-il quand il y pensait. Et il y pensait beaucoup.

Sans compter qu'il y avait ces fichus selfies que la jeune femme l'avait plus ou moins obligé à prendre lors de leur « soirée bière ». Joue contre joue, l'air exultant de bonheur de Juliette, l'expression un peu béate sur son propre visage… Les photos pouvaient faire illusion aux yeux de n'importe qui ignorant tout des circonstances. Y compris et surtout aux yeux de Jade.

Objectivement, on voyait bien que Juliette ne lui avait pas mis le couteau sous la gorge. Et pourtant, il n'avait rien à se reprocher. Un comble… Il aurait pu la menacer ou lui arracher le portable des mains pour le détruire dans un mouvement d'humeur absurde et vain. Ce n'était pas l'envie qui lui avait manqué. Mais un homme comme lui ne faisait pas ce genre de choses. Un homme comme lui n'aurait d'ailleurs jamais dû se laisser piéger aussi facilement. Alors, quand par malheur cela arrivait, un homme comme lui usait de rhétorique et de persuasion, agissait avec les mots. Et en dépit de leur véracité, ceux qu'il avait choisis s'étaient transformés en armes fatales face à la déraison, Juliette était à terre lorsqu'il l'avait laissée.

Il la soupçonnait cependant de ne pas y être restée très longtemps. L'idée lui répugnait, mais sans doute devait-il prendre les devants et en parler avec Jade.

— Quelle merde ! s'exclama-t-il tout haut.

Les mots parvinrent jusqu'à Gaëtan, un de ses confrères, qui passait dans le couloir.

— Un problème ? l'interpella ce dernier en s'arrêtant sur le seuil de son bureau.

Ils avaient travaillé ensemble sur une dizaine d'affaires, Romain l'appréciait particulièrement pour son parcours, similaire au sien, et pour sa grande discrétion, confirmée par son refus de participer aux commérages inhérents à tout microcosme professionnel. Ce qui lui valait une réputation de « coincé » ou de « gars qui ne se mouillait jamais », ce dont par ailleurs il se fichait éperdument.

— Tu aurais un instant à me consacrer ? fit Romain. J'aimerais te parler d'une affaire qui me tracasse.

— Oui, bien sûr, répondit Gaëtan.

Ce dernier referma la porte derrière lui et rejoignit son confrère sur les fauteuils club réservés à certains entretiens.

— Je te sers quelque chose à boire ? proposa Romain.

Gaëtan consulta l'heure sur son portable avant de répondre :

— Je n'ai plus de rendez-vous, alors un truc fort, si tu as. Ça ne me fera pas de mal avec ces journées qu'on enchaîne.

— Whisky ?

— Allons-y.

Romain remplit deux verres de l'excellente bouteille offerte par Édouard, avec cette singulière sensation d'être dorénavant entré dans le cercle, d'être en passe de devenir un Clermont.

— Tu as l'air crevé, lui fit remarquer Gaëtan.

— J'ai un gros souci, enchaîna Romain.

— Je t'écoute…

Juliette fut prénommée Manon pour les besoins du compte-rendu au cours duquel Romain exposa pour la première fois tous les détails de sa relation avec la jeune artiste.

— Je vois, souffla Gaëtan. Tu ne pouvais pas trouver meilleur interlocuteur, je me suis occupé d'une affaire similaire, il y a cinq ans.

— Tu défendais qui ? Le mec harcelé ou la harceleuse ?

— Le mec. Mais on assimile trop souvent ce genre d'affaire à du harcèlement. C'est à la fois proche et très différent, malheureusement.

— Malheureusement ?

— Ce que tu me décris là ressemble trait pour trait à de l'érotomanie.

— Je crois avoir déjà entendu parler de ça.

Gaëtan reposa son verre et s'enfonça dans son fauteuil, l'air grave.

— L'érotomanie, c'est l'illusion délirante d'être aimé. Autrement dit, l'érotomane est persuadé d'être l'objet du désir de quelqu'un. Sa conviction est étayée par une interprétation fantasmatique du moindre geste, de la moindre attention comme étant des signes d'amour qu'il croit lui être secrètement adressés, de regards dont il est seul à pouvoir saisir et comprendre la nature.

— La vache, c'est exactement ça ! commenta Romain.

— Je ne suis pas psy, mais d'après l'affaire que j'ai eu à traiter et selon ce que tu me dis de cette femme, ça m'en a tout l'air. Notamment les coups de fil, les messages, les cadeaux dont cette Manon te submerge, c'est symptomatique. Mais il n'y a pas que cela. Même quand l'érotomane est rejeté, il imagine ce refus comme une manœuvre pour cacher au reste du monde cet amour. C'est pourquoi le délire peut facilement tourner au harcèlement.

En proie à un sérieux malaise, Romain se frotta le visage, faisant crisser les poils de sa barbe de trois jours.

— C'est de la folie, fit-il d'une voix blanche.

— Oui, on peut le dire. Une folie d'amour. Mais plus précisément une maladie psychiatrique connue sous le nom de syndrome de Clérambault, et qui touche essentiellement les femmes. Et autre symptôme concordant avec ton cas, les érotomanes se fixent souvent sur des hommes au statut social élevé ou prestigieux, des écrivains, des médecins, des professeurs, des prêtres aussi, pour les plus mystiques.

— Mais de quel genre de femmes on parle ? Il y a une typologie ? Des profils récurrents ?

— On pourrait penser que ça touche des vieilles filles solitaires, un peu frustrées et à tendance romantique, mais ce serait une erreur. Il y en a, bien sûr, mais parmi les érotomanes on rencontre aussi des mères de famille épanouies, des jeunes femmes ayant une vie sociale très active, des amis, des amants.

Gaëtan se tut. Face à lui, Romain ne cachait pas son effarement. Il respirait fort, comme essoufflé par la masse des informations affolantes qui se déversait à gros bouillons dans son esprit.

— Je vais te raconter une histoire, reprit Gaëtan. L'homme que j'ai défendu était chirurgien orthopédiste. Il avait opéré Marine, attachée de presse, alors âgée de trente ans, d'une fracture du tibia qu'elle s'était faite au ski. Il n'a pas tout de suite compris combien elle surinterprétait l'attention qu'il lui accordait, alors qu'il ne s'était ni plus ni moins appliqué qu'avec ses autres patients. Mais Marine, elle, voyait dans chaque visite, chaque soin, chaque mot la manifestation d'un amour fulgurant. Si elle le croisait dans les couloirs de l'hôpital, c'était pour elle le signe incontestable qu'il se mettait sur son chemin, consciemment ou non. Si la secrétaire appelait pour avancer le rendez-vous, comme ce fut le cas une fois, elle était convaincue qu'il ne supportait plus de ne pas la voir plus tôt. Tous ces signes étaient incontestables à ses yeux : le chirurgien était fou d'elle, mais ne pouvait pas le reconnaître. Elle s'est alors mise à le noyer de cadeaux, de lettres, d'appels téléphoniques.

— C'est dingue…, lâcha Romain, affolé par la similitude avec Juliette. Mais ton client lui a expliqué que ça ne servait à rien ? Qu'il ne l'aimait pas ?

— Bien sûr. Avec autant de fermeté que tu l'as fait avec « ta » Manon. Et c'est là que la troisième phase a commencé…

— Attends, attends, l'arrêta Romain. C'est quoi, ces phases ?

— La première, l'espoir, la phase la plus longue, la plus optimiste, où l'érotomane attend que l'être aimé déclare son amour. Ça peut durer des années. La deuxième phase se corse. En l'absence de déclaration, l'espoir devient du dépit, la souffrance s'installe, l'érotomane s'isole, tombe dans la dépression. Mais ça n'cst jamais très long.

— Oh putain…, ne put s'empêcher de grommeler Romain. Et la troisième ?

— La rancune, j'y viens. Dès que mon client a vertement rejeté Marine, c'est devenu un véritable cauchemar pour lui. Marine a commencé à faire le pied de grue devant chez lui, à le suivre dans la rue, à le prendre en photo, à pister sa femme et à l'insulter en public… Il la trouvait régulièrement sur son chemin à s'acharner à lui faire entendre raison, à le supplier de se rendre à l'évidence. Le couple a dû changer six fois de numéro de téléphone, à chaque fois elle se débrouillait pour trouver le nouveau. Elle a crevé les pneus de la voiture de sa femme à douze reprises, saccagé son cabinet à l'hôpital, volé des photos personnelles sur son bureau, tout en continuant de lui envoyer des lettres et des cadeaux…

Le récit de Gaëtan exhumait des détails dont Romain n'avait pas pris conscience, notamment l'impression que Juliette était entrée chez lui pendant son absence, les coïncidences en matière de musique et d'art qui, en d'autres circonstances, n'auraient rien eu de suspect.

— Quelle folie…, murmura-t-il.

— Oui, acquiesça Gaëtan. Et accroche-toi bien, ça a duré cinq ans.

Romain manqua de s'étouffer.

— Cinq ans ?! Mais c'est un calvaire ! s'écria-t-il, complètement catastrophé. Je ne tiendrai pas aussi longtemps.

Il but une lampée de whisky qui lui brûla le palais et la gorge. Un vertige le saisit, il reposa la tête en arrière contre le dossier du fauteuil.

— Comment ça s'est terminé ? ânonna-t-il d'une voix d'outre-tombe.

— Marine a été à nouveau hospitalisée, cette fois pour une fracture du bras qu'elle s'était vraisemblablement infligée. Elle a fait un scandale en exigeant que ce soit mon client qui s'occupe d'elle, mais il n'a pas cédé. À peine guérie, elle l'a agressé à l'arme blanche devant chez lui, il s'en est miraculeusement tiré, elle n'a réussi à atteindre que l'épaule. Puis il est parti en vacances avec sa femme. Marine, qui restait introuvable depuis l'agression, en a profité pour s'introduire dans leur appartement, elle y a vécu plusieurs jours en détruisant absolument tout, avant d'y mettre le feu.

— Quoi ?! Dis-moi que c'est pas vrai !

— C'est extrême, mais rigoureusement authentique, Romain.

Le souvenir de l'appartement de Jade, couvert de suie, empestant la fumée, surgit dans son esprit comme un diable sortant de sa boîte. *Non non non, tu t'égares, là, tu transposes...*, se raisonna-t-il péniblement.

— Marine a été arrêtée, mais il a fallu attendre le procès pour que soit reconnue son érotomanie et, de fait, son irresponsabilité pénale. Elle a été internée en unité psychiatrique fermée où elle est toujours soignée.

Abasourdi, Romain souffla entre ses mains jointes devant sa bouche.

— Il y a quelque chose que je ne comprends pas dans le processus, fit-il au bout de quelques secondes de silence.

— Je sais ce que tu vas me dire : pourquoi agresser l'homme qu'elle aime ?

— Oui.

— Ça fait partie de la troisième phase : détruire l'objet de son amour.

— Tu plaisantes, là ? bredouilla Romain. Tu veux dire... c'est symbolique, hein ?

Gaëtan plissa les lèvres et secoua la tête.

— Marine était lourdement atteinte, il s'agissait d'une pathologie extrême. Mais en théorie, l'érotomanie inclut ces trois phases, je te le confirme.

— OK, souffla Romain.

En reprenant brièvement le déroulé de son histoire avec Juliette, il ne pouvait que l'admettre : la jeune femme avait déjà montré tous les signes des deux premières phases de l'érotomanie. Dans la succession des événements, il reconnaissait clairement l'espoir, puis le dépit. Restait la rancune, déjà enclenchée.

— Autant dire que je suis dans une belle merde, conclut-il avec effroi.

Et ce ne fut pas le regard de Gaëtan, profond et désolé, qui put contredire cette constatation.

39

Romain n'avait jamais aimé Noël outre mesure. Il passait depuis toujours le vingt-quatre et le vingt-cinq décembre chez ses parents, dans la maison limougeaude qu'il trouvait chaque année plus quelconque, pour ne pas dire moche et déprimante. D'autant plus depuis que sa mère s'était prise de passion pour les boîtes à musique. Sa collectionnite, devenue aiguë au fil du temps, avait fini par envahir toutes les pièces, hormis la chambre de Romain, restée intacte depuis qu'il avait quitté le foyer.

Il avait d'abord été attendri par l'obsession de sa mère, avant de s'enfoncer dans un apitoiement qui le mettait mal à l'aise. À la perspective de présenter Jade à sa famille, il peinait à reconnaître qu'il éprouvait une certaine honte, sentiment ô combien hideux, un mépris de classe qu'il s'en voulait de ne pouvoir dissiper. Il l'imaginait assise sur le vilain canapé en cuir vert sapin, trop imposant pour le salon étriqué, soumise au feu nourri des bavardages pas toujours subtils de sa mère et au regard taiseux de son père. Cet environnement était si éloigné du raffinement auquel elle était habituée.

Il ignorait comment elle se représentait ses parents, quelle image elle pouvait bien avoir d'eux. Ils n'en avaient jamais parlé, mais elle devait bien s'être fait une idée. Serait-elle déçue ? Le verrait-elle autrement ? Perdrait-il le prestige dont il jouissait jusqu'alors ?

Ces préoccupations, bien que prégnantes, s'avéraient pourtant moins affolantes que la perspective de revoir Juliette. Romain gérait mal son appréhension. Son édifiante conversation avec Gaëtan l'empêchait de dormir, il craignait le pire, désormais à juste raison. Les quelques recherches sur l'érotomanie auxquelles il avait procédé ne l'avaient pas rassuré. Cette maladie était source de problèmes incommensurables pour les « objets » de ce désir fou, né dans les tréfonds d'esprits déséquilibrés. Mais comme toute maladie psychique, elle était aussi porteuse de terribles souffrances et difficilement curable pour les personnes qui en étaient atteintes. Elle transformait en cauchemar la vie de tout le monde.

Circonscrit dans un cercle familial, le danger était décuplé. Romain ne voyait vraiment pas comment se tirer de ce piège sans provoquer de très gros dégâts, voire saccager tout ce qu'il avait réussi à édifier. Restait à espérer que Juliette ne fût pas trop sévèrement atteinte. Mais d'après ce qu'il avait appris sur le syndrome de Clérambault, il valait mieux ne pas miser sur cette éventualité.

— Est-ce que ça va, mon roi ?

La voix de Jade le tira de ses réflexions tourmentées. Il acquiesça sans conviction. Au fond de lui, il était tenté de tout lui raconter. Mais il avait tant attendu, sans doute trop, il aurait dû le faire depuis le début, ou du moins dès qu'il avait reçu les premiers messages, les premiers cadeaux. *T'as manqué de courage et de lucidité, t'es un con…*, se reprocha-t-il. Il n'y avait pas de bon moment pour réparer cette erreur, mais le faire en chemin pour fêter Noël chez les Clermont était le plus mauvais. *C'est ça, repousse encore...*, se blâma-t-il.

— À quoi tu penses ? poursuivit Jade.

Sa façon de prononcer les *s*, sensuellement, lascivement, lui faisait chaque fois de l'effet. Il s'était toujours demandé si elle s'en amusait consciemment ou non. Cela semblait si naturel. Cette femme était extraordinaire.

Il quitta un instant la route des yeux pour la regarder, puis se concentra à nouveau sur la conduite.

— À toi, répondit-il.

Il la sentit poser une main chaude sur sa cuisse et exercer de légères pressions. De fréquents coups d'œil à sa compagne, faussement sérieuse sur le siège passager, exacerbèrent une pulsion subite et lui donnèrent rapidement envie d'arrêter la voiture. Ces deux derniers jours, Jade s'était montrée plus provocante que jamais et l'avait excité de mille irrésistibles manières sans qu'il pût répondre avec la virilité dont elle avait l'habitude. Il en avait été mortifié. Depuis qu'ils se connaissaient, ça n'était jamais arrivé, sauf lors de quelques veilles d'audiences importantes. La plupart du temps, la tension avait plutôt tendance à donner une vigueur débridée à leurs ébats.

— Qu'est-ce que tu fais ? minauda-t-elle en souriant, tandis qu'il ralentissait à l'approche d'une aire de repos.

Il gara la voiture le plus loin possible des autres véhicules et attira le visage de son aimée vers le sien pour l'embrasser avec une telle passion que leurs dents s'entrechoquèrent. Le goût métallique du sang se répandit au fond de leur gorge essoufflée tandis qu'ils se dévoraient. La main de Romain se fraya un chemin sous la jupe trapèze en cuir fauve de Jade. Les collants tendaient un dérisoire écran entre ses doigts fureteurs et l'intimité moite de la jeune femme qui gémit de plus belle en pressant sans vergogne sur sa braguette.

— On n'a jamais fait ça dans la voiture, non ? chuchota-t-elle.

— Jamais, confirma-t-il.

Elle ne le vit pas froncer les sourcils lorsqu'il comprit que la réponse de son corps ne serait pas à la hauteur du désir qu'il éprouvait. Quatre débâcles en deux jours, c'était beaucoup. Et y penser renforçait encore l'ampleur de son désappointement.

Ainsi qu'il savait si bien le faire, il trouva une parade.

— Recule ton siège, ordonna-t-il.

Jade obéit en souriant, releva sa jupe et se contorsionna pour descendre fiévreusement ses collants, lui donnant ainsi accès à ses chairs impatientes. Il s'agenouilla devant elle et plongea son visage entre les cuisses de la jeune femme où il se délecta, se pourlécha, se rassasia de cette offrande de miel et d'iode, jouant de sa langue comme de ses doigts audacieux et s'enivrant des soupirs extatiques de Jade. La jeune femme, quant à elle, fourrageait dans la chevelure de son compagnon et pressait sur sa tête pour marquer le rythme délicieux.

Elle exulta dans un cri béant, les yeux écarquillés, le corps stupéfait. Barbouillé de fluide, Romain se redressa pour l'embrasser à pleine bouche, électrisé par ce plaisir qu'ils parvenaient mutuellement à se donner. Puis il reposa la tête sur ses cuisses restées dénudées et caressa son ventre tendrement bombé avec une puissante envie de pleurer. De joie, de tristesse, de peur ? Il était si fatigué qu'il n'en avait pas la moindre idée.

Lorsqu'à son tour Jade chercha son entrejambe du bout du pied, il la repoussa délicatement.

— C'est trop tard…, fit-il avec un sourire forcé.

— Ah oui ?

Elle rit, doublement comblée, au grand soulagement de Romain. Il aurait été si gêné de la voir insister et constater sa défection.

— Bon, on se remet en route ? lança-t-il.

Il se voulait gai, ou pour le moins détendu. Il n'était ni l'un ni l'autre, il avait l'impression d'avancer sur un fil suspendu au-dessus du vide pendant qu'un typhon se déchaînait sous son crâne.

— C'est beau, hein ? fit Jade au bout d'une bonne dizaine de minutes de silence.

Il ne sut si elle parlait de la musique – une sélection de concertos de piano qu'elle avait tendance à écouter en boucle, ces derniers temps – ou du paysage, verdoyant en ce début d'hiver anormalement doux.

— Très, répondit-il, au hasard.

Le piano allait bien avec le ciel plombé, tous deux déprimants au possible. Romain aurait volontiers troqué les mélodies plaintives pour une envolée de guitare électrique. Mais il n'avait pas le cœur à faire descendre Jade du petit nuage sur lequel elle semblait si joliment perchée. Et puis il ne restait plus qu'une trentaine de kilomètres à parcourir. Il ralentit instinctivement, taraudé par l'envie de faire demi-tour et de rentrer pour passer Noël en tête à tête avec Jade dans un endroit neutre et rassurant, la chambre d'un hôtel luxueux, par exemple. Depuis qu'il vivait chez Bérangère et Édouard, il ne se sentait pas chez lui et personne ne pouvait rien contre cela. Il travaillait avec les Clermont, il vivait chez les Clermont, il allait fêter le réveillon avec et chez les Clermont... Sa belle-famille l'avait adopté et il s'intégrait parfaitement, il en avait rêvé. Mais jamais il n'aurait cru pouvoir se sentir phagocyté comme à présent. Il avait hâte d'emménager dans l'appartement que Jade et lui avaient choisi, meublé, décoré ensemble.

— Tu pourras prendre la prochaine à droite, lui indiqua sa compagne, l'arrachant à ses pensées.

— OK, acquiesça-t-il, résigné et sinistre.

*

* *

La résidence secondaire des Clermont s'avérait encore plus belle que ce que Romain avait imaginé. Au cœur d'une pinède, sur l'étroite presqu'île s'avançant vers l'océan, il découvrit la propriété, ses pins et ses massifs d'hortensias, puis la maison avec ses colombages typiquement landais, ses volets bleus, les fenêtres à petits carreaux et la cheminée qui fumait faisaient penser à ces bâtisses idéales et idylliques qu'on voyait dans les films sans toujours se rendre compte qu'elles existaient vraiment.

Il gara la voiture à côté des deux déjà parquées.

— Ça te plaît ? lui demanda Jade.

— Il faudrait être difficile, ou fou pour ne pas aimer, dit-il.

— Attends ! Tu n'as pas encore vu l'intérieur ! Maman en a fait un vrai cocon.

Il sortit leurs sacs du coffre et se laissa guider vers l'entrée par Jade, légère et rieuse. Bérangère leur ouvrit avant même qu'ils n'y parviennent.

— Je suis si heureuse de vous voir ! s'exclama-t-elle.

Ses traits paraissaient encore plus creusés que lorsque Romain l'avait accompagnée au rendez-vous chez son oncologue, trois jours plus tôt. Il fit mine de ne rien remarquer et l'embrassa avec une chaleur partagée.

Jade tint à lui faire visiter. Elle n'avait pas exagéré, la maison était une merveille de confort et de goût, elle fleurait bon le passé avec ses parquets et ses tomettes anciennes, ses meubles et objets campagnards, les édredons sur les lits, ses cheminées et ses poêles, ses baignoires à pieds de lion et la longue table de cuisine au-dessus de laquelle étaient suspendues des casseroles en cuivre.

— Bérangère, cette maison mériterait d'être citée dans les plus grands magazines de déco ! lui fit remarquer Romain sans flagornerie aucune.

— Figure-toi qu'elle l'a été, il y a quelques années, répondit Bérangère. Elle a même servi de décor pour deux films.

— Ça ne m'étonne pas ! Il faudra me dire lesquels, je regarderai avec plaisir.

Dans la longue pièce faisant office de salon-salle à manger trônait un sapin de Noël, sans doute le plus grand et le plus richement décoré que Romain eût jamais vu dans un intérieur. Il resta en arrêt. Enfant, et même adolescent, il avait toujours rêvé d'un sapin immense qu'il dût regarder en levant la tête. Mais chaque année, ses parents ressortaient du fond du garage un sapin artificiel d'un mètre quarante dont il fallait déplier chaque branche fripée. Sa mère le parait ensuite de guirlandes et de boules bon marché qui masquaient mal sa banalité, rien à voir avec la délicatesse des ornements de l'arbre des Clermont, les boules de verre soufflé, les angelots dorés, les nœuds en tissu écossais, les guirlandes de clochettes.

— On dirait que tu n'as jamais vu de sapin de Noël, lui fit gentiment remarquer Jade.

— Je ne sais pas si tu te rends compte de la chance que tu as.

— Si, bien sûr que si. Mais tu n'étais tout de même pas tant à plaindre que ça, mon petit Gavroche ?

— Non, je n'ai absolument manqué de rien, répliqua-t-il, un peu piqué.

Personne ne pouvait vraiment comprendre, Jade certainement moins que quiconque. Les Denis ne manquaient pas d'argent, mais simplement de goût, c'était ainsi. Ils auraient pu être millionnaires que cela n'aurait rien changé, la maison aurait juste été plus grande et encore plus remplie de bibelots plus coûteux, tout aussi moches.

— J'ai encore quelque chose à te montrer, poursuivit Jade en le tirant par la manche.

Elle l'entraîna à travers les pièces disposées en enfilade, jusqu'à une porte de ferme coulissante qu'elle manœuvra, laissant apparaître une extension surchauffée, longée de baies vitrées, avec au milieu la piscine évoquée lors du premier brunch.

— Hé ! Les *beautiful people* ! les interpella Jules depuis le bord où il s'étirait.

Édouard Clermont était là, lui aussi, ainsi qu'en témoignaient les bulles qui se formaient à la surface d'une partie délimitée par une ceinture de flotteurs.

L'apnéiste ne tarda pas à apparaître.

— Allez donc mettre un maillot ! lança-t-il en les saluant de la main. On va vidanger les bassins après Noël, c'est le moment ou jamais d'en profiter !

Romain en avait très envie. Mais savoir Bérangère toute seule en cuisine le peinait. Elle se donnait toujours tellement de mal.

Jade sentit son dilemme.

— Vas-y, mon beau, détends-toi, tu en as besoin, lui chuchota-t-elle. Moi, je vais voir si tout va bien du côté des préparatifs.

— Je fais deux trois longueurs et je vous rejoins.

— T'inquiète… J'ai insisté pour que cette année, vu la situation, on fasse appel à un traiteur. Il est hors de question que maman passe des heures en cuisine.

Quelques instants plus tard, le jeune homme s'immergeait dans l'eau tiède et entamait quelques brasses indolentes. Au bout de la piscine, Édouard disparaissait pendant deux, peut-être trois minutes, et réapparaissait avant de s'enfoncer à nouveau. Romain ne put s'empêcher de frémir en pensant à la fosse, il n'avait jamais aimé les profondeurs aquatiques.

Les bras en arrière, en appui sur le rebord, il se laissa porter par l'eau clapotante en regardant la pluie fouetter les baies vitrées.

— Ça va ? lui demanda Jules. T'as l'air vraiment crevé.

— Le contrecoup de l'appel Caussac, expliqua-t-il. Ça m'a lessivé.

— C'est vrai que tu as joué gros, reconnut Jules.

— Et puis l'incendie chez Jade, le nouvel appart, tout ça... et la maladie de ta mère...

— Papa, Jade, moi... Juliette aussi, à sa façon... On a tous essayé, ne crois pas qu'on soit désinvoltes ou dans le déni, on est tous angoissés par rapport à sa maladie. Mais elle refuse de nous intégrer dans son parcours médical.

— Je sais.

— Alors merci de t'occuper d'elle comme tu le fais. Vraiment.

Jules était sincère, Romain le sentit à sa voix qui se brisa et à son regard dépouillé de son éclat d'ordinaire si assuré.

Tout à coup, la porte de ferme coulissa et Juliette apparut, aussi elfique que lors de son vernissage. Si Romain avait un tant soit peu réussi à mettre de côté la boule d'angoisse qui l'encombrait, elle s'imposa à nouveau, malsaine et indomptable.

— Salut, les nageurs ! fit-elle gaiement.

— Salut, p'tite sœur ! lui fit écho Jules.

— Ma belle artiste ! la salua Édouard en lui envoyant un baiser du bout des doigts. Viens te baigner avec nous !

Romain, lui, se contenta d'un signe de la main et dissimula sa gêne en se lançant dans un crawl nerveux. Lorsqu'il arriva à l'extrémité de la piscine, Juliette était toujours là, en train de présenter celui qui se tenait à ses côtés, un homme d'une trentaine d'années, prénommé Nicolas.

Sans un regard pour Romain, elle finit par quitter l'endroit.

— Un invité surprise ? demanda-t-il à Jules.

Ce dernier opina avec une petite grimace sceptique.

— Ça ne va pas plaire à maman, elle déteste les imprévus.

— Mais pour une fois que Juliette vient avec un garçon, on ne va pas le lui reprocher ! intervint Édouard. Il y a longtemps qu'elle ne nous avait pas présenté de petit ami.

— Ce serait bien qu'elle le garde un moment, celui-là, releva Jules.

— Cocasse de la part de celui qui enchaîne les conquêtes…, fit son père en levant les yeux au ciel. C'est vraiment l'hôpital qui se fout de la charité !

— Juliette et moi, on est pareils : des prisonniers de la chair, des épicuriens invétérés. Et si je peux me permettre, Jade était comme nous jusqu'à ce qu'elle te rencontre, dit-il en se tournant vers Romain. C'est toi qui l'as sauvée de cette vie de turpitudes dans laquelle elle se vautrait !

Romain rit de concert avec Édouard. Pourtant, le cœur n'y était pas. La présence inopinée de ce petit ami ne le convainquait pas. Dans des circonstances ordinaires, un tel revirement aurait été concevable. Juliette pouvait très bien avoir été frappée par un éclair de lucidité et avoir compris combien il était vain d'espérer quoi que ce soit de sa part. Mais depuis sa discussion avec Gaëtan, il savait que cette possibilité était exclue. Juliette était érotomane, psychopathe, obsédée par lui. Chaque acte, chaque pensée, chaque intention lui étaient dédiés. *Nicolas ou n'importe quel autre aurait fait l'affaire pour me provoquer, hein Juliette ?* l'interpella-t-il intérieurement. *Mais ça ne sert à rien, je ne suis pas amoureux de toi. Je ne t'aime pas, Juliette.*

Il sortit de l'eau, harassé par ses préoccupations. Il s'enveloppa dans un épais peignoir et regagna la chambre de Jade pour se changer. Cette soirée avait tout pour être délicieuse et tout pour devenir un parcours d'obstacles.

40

Le feu crépitait dans la cheminée et la table de fêtes rutilait sous la flamme douce des bougies. Une musique flottait en arrière-fond, il fallait tendre l'oreille pour distinguer les mélodies, des standards de Noël version jazz, acoustique ou piano solo.

Au pied du sapin étincelant, les cadeaux s'étalaient en monticules de papier argenté ou doré. La scène tenait de la perfection, Romain n'aurait jamais cru que cela pût exister réellement. Et pourtant il était bel et bien là, au cœur même de cette famille si prestigieuse, sa main glissée dans celle de Jade, la femme de sa vie qui portait leur enfant. Une forme de consécration à laquelle il avait aspiré pendant des années.

— Venez ! lança Édouard en les voyant apparaître, Jade et lui. Venez vous installer !

— Que vous êtes beaux ! fit Bérangère depuis le fauteuil dans lequel elle était enfoncée, près du feu.

Jade serra la main de Romain et coula vers lui un regard amoureux. Moulée dans sa robe de laine blanche, elle incarnait la féminité épanouie, la sensualité et la maternité mêlées.

Quant à lui, il avait respecté les consignes de Bérangère en choisissant des vêtements simples – pas de chichis, on est à la campagne, lui avait-elle dit –, pantalon en toile et pull noirs, polo rouge pour la touche de Noël.

— C'est vrai que vous êtes canon, approuva Jules, assis près de sa mère.

Face à eux, Juliette et son ami se serraient sur une bergère de velours taupe. À condition de faire abstraction des cernes qui lui donnaient un air maladif, la jeune artiste affichait une bonne humeur rayonnant sur tous les convives, hormis sur Romain qui ne pouvait s'empêcher de suspecter une frivolité de circonstance.

Il prit place aux côtés de Jade sur le long sofa où Édouard et Jules sirotaient un vin chaud.

— Prenez des mignardises, mes enfants, fit Bérangère en montrant le plateau généreusement fourni sur la table basse.

— Merci, Bérangère, c'est magnifique, dit Romain.

— Je te sers un verre ? lui proposa le patriarche.

— Volontiers !

— Et un jus de pommes chaud aux épices pour toi, belle enfant qui nous fait ce cadeau d'être grands-parents pour la première fois, poursuivit Édouard en remplissant un verre pour sa fille aînée.

— Je peux toucher ? fit Jules en braquant du doigt le ventre de sa sœur.

— Bien sûr ! s'exclama Jade. Mais tu ne sentiras pas grand-chose, le bébé ne bouge pas encore.

Jules plaqua sa main sur l'adorable proéminence et soupira d'aise.

— Salut, mon neveu, c'est moi, c'est tonton…, susurra-t-il.

— Neveu ou nièce, corrigea Jade en riant.

— Vous avez une préférence ? demanda Édouard.

— Aucune ! répondirent en chœur les deux futurs parents.

— C'est tout de même fou de savoir que tu portes un petit être humain, souffla Jules.

Puis, se tournant vers Juliette :

— Et toi, ça te fait quoi de devenir tata, p'tite sœur ?

Le visage de Juliette resta figé dans un étrange sourire.

— Rien du tout, lâcha-t-elle.

Sa réponse jeta un froid embarrassé sur l'assistance et lui valut un regard mi-réprobateur mi-suppliant de la part de sa mère. Le moment n'était vraiment pas propice à la sempiternelle rivalité entre les deux sœurs, unilatéralement entretenue par la plus jeune. Sentant Jade se raidir sensiblement contre lui, Romain passa un bras autour de ses épaules et avala une longue gorgée de vin chaud pour dissimuler son inquiétude.

— Je plaisante ! se récria la benjamine dans un éclat de rire. Ce bébé est une bé-né-dic-tion, n'est-ce pas ?

Elle se vautra contre Nicolas en balançant une jambe gainée de résilles par-dessus l'accoudoir de la bergère et commença à chantonner « Il est né le divin enfant… qui tombe à pic ». Si Romain avait conservé le menu espoir qu'elle soit revenue à la raison, tout s'effondra définitivement quand il croisa le regard de la jeune femme, frondeur, cinglant, haineux, qui lui était clairement destiné.

La soirée promettait d'être longue et périlleuse. Très périlleuse. *Ça sent le jeu de massacre à plein nez*, pensa-t-il.

— La sale gosse dans toute sa splendeur, murmura Jade à son oreille.

— Et alors, Nicolas, comment vous êtes-vous rencontrés, Juliette et vous ? intervint Bérangère.

Romain se demanda s'il était le seul à sentir combien Bérangère avait besoin de sérénité. Il était bien placé pour savoir ce qu'elle avait enduré, ces derniers temps. Les questions que lui posaient régulièrement Édouard, Jules et Jade montraient qu'elle leur taisait ses souffrances et ses angoisses.

Elle avait à cœur de faire comme si de rien n'était et y réussissait avec ce tact policé qu'elle maîtrisait à merveille. Elle ne se confiait qu'à lui. Quelqu'un d'étranger à la famille n'aurait pu deviner qu'elle venait d'être opérée et qu'elle se trouvait sous le joug infernal de l'évolution ou non de son cancer. Juliette s'en rendait-elle compte ? Une bouffée de rage saisit Romain : ne pouvait-elle vraiment pas faire l'effort de mettre ses rancœurs de côté juste pour un soir ? Sa mère ne méritait-elle pas cette trêve ? *L'érotomanie est une maladie mentale*, martela-t-il en pensée, comme s'il pouvait l'oublier. Juliette était malade, d'une autre façon que sa mère, mais tout autant. Et Romain n'avait pas de prise sur le raisonnement de la jeune femme qui n'obéissait à aucune rationalité.

Cette dernière passa nonchalamment sa main dans les boucles brunes de son ami.

— On s'est rencontrés dans un bar, fit-elle en réponse à la question de Bérangère.

— Une soirée mexicaine, précisa Nicolas.

Ses yeux bleus pétillaient d'une joie sincère.

— Ça a tout de suite fonctionné entre nous, ajouta-t-il.

À ces mots, Juliette attira le visage de Nicolas vers elle et l'embrassa avec une impudeur qui sembla le surprendre. Il interrompit ce baiser enflammé, avec un sourire confus à l'adresse de Bérangère.

— Vous travaillez dans quelle branche ? lui demanda Édouard.

— Papa, on s'en fout de savoir ce que font les gens dans la vie ! s'insurgea Juliette.

Nicolas posa une main pacifique sur son avant-bras.

— Je suis développeur web pour une administration.

— Je n'ai aucune idée de ce que ça peut être, mais je ne doute pas que ce soit très intéressant, dit Bérangère avec un petit rire.

— Détrompez-vous, c'est assez… ennuyant, rebondit Nicolas, tout aussi gaiement. C'est juste un bon terrain pour se roder, mais je ne compte pas faire ça toute ma vie.

— Vous avez des projets ? insista Édouard.

— Ouvrir ma propre boîte, oui. D'ici un an ou deux.

Romain décrocha de la conversation qui s'engageait. Malgré l'ambiance détendue, il sentait son attention et son énergie se concentrer sur la présence encombrante de Juliette et redoutait à chaque instant un débordement, une parole désastreuse.

— J'ai envie d'une bière, lança-t-elle soudain. Quelqu'un d'autre se laisse tenter ? Romain ? Tu en prends une avec moi ? ajouta-t-elle.

Il déclina poliment en espérant de toutes ses forces que personne ne relevait l'incongruité de cette proposition ni l'effronterie dans le ton et dans le regard de la benjamine à son encontre. Elle se leva brusquement et le bouscula à l'épaule en passant près du sofa au bout duquel il était assis. Devait-il la suivre dans la cuisine pour la supplier de ne pas gâcher égoïstement cette soirée ? *Elle est malade, elle ne fonctionne pas rationnellement…*, se dit-il dans un rappel forcé.

Calée contre lui, Jade sirotait son jus de pommes épicé, rien ne semblait pouvoir l'atteindre vraiment. Jules et Édouard parlaient communication avec Nicolas. Bérangère, quant à elle, affichait un air lointain, presque absent. Sentant le regard de Romain sur elle, elle leva les yeux et lui adressa un sourire triste. Chaleureuse et bienveillante, elle était parfaite dans son rôle d'hôtesse, mais ses efforts pour corriger le tassement de son corps fatigué n'échappaient pas à Romain.

Et lui, il était là, impuissant à juguler son effroi, avec l'impression d'avoir autour de la taille une ceinture d'explosifs dont le détonateur se trouvait entre les mains de Juliette. Il renonça à tenter de la raisonner. D'ailleurs, elle revenait déjà, joyeuse comme un pinson. Elle décapsula sa bouteille de bière avant de se lover avec ostentation contre Nicolas qui se laissa faire, un rictus d'excuse à l'adresse de ses hôtes.

— Oh, il faut que je vous montre quelque chose ! s'écria-t-elle.

Elle sortit son téléphone de la poche de sa jupe plissée en lamé argenté et commença à faire défiler des images sur son écran. Le cœur de Romain se mit à cogner douloureusement, si fort qu'il craignit que Jade ne s'en rendît compte. Juliette faisait durer le supplice sans cacher qu'elle s'amusait comme une petite folle. *Une mignonne chatonne qui joue avec une souris*, pensa Romain pour qui l'argument « maladie mentale » s'effaçait au profit d'une forte envie de lui coller une claque. Un comble pour lui qui avait défendu tant d'affaires de violences faites aux femmes.

— Ça vient, ça vient, avertit Juliette.

— Quel suspens…, soupira Jules en se resservant à boire.

— Tu ne crois pas si bien dire, ça pourrait définitivement changer la vie de quelques-uns d'entre nous.

Elle n'oserait pas, se dit Romain pour se rassurer. *Pas ce soir, pas avec sa mère dans cet état, pas avec ce mec à côté d'elle.*

— Une invention révolutionnaire ? suggéra Jules.

Juliette leva un sourcil.

— Je suis une artiste, mon cher frère, je n'invente rien, je crée, c'est très différent, fit-elle. Ne me dites pas que personne ici n'est capable de comprendre la nuance !

Avant d'exulter :

— Ah, voilà !

Elle brandit son téléphone face à son auditoire dans un cri victorieux.

— Tadaaammm !

Jamais Romain n'avait été soumis à un stress de cette nature. Des crépitements électriques faisaient tressauter ses paupières, il respirait fort et mal, il devait avoir l'air d'un fou. Davantage encore que dans un prétoire, il lui semblait que sa vie se jouait là, dans ce salon un soir de Noël. Sa vie intime, sa belle vie à venir auprès de Jade et de leur bébé. *Il a suffi d'une saleté de bière pour tout foutre en l'air*, gémit-il intérieurement. *Merde, tu es en train d'accéder à tout ce que tu as toujours voulu, tu as une femme extraordinaire et tu vas devenir père, tu es un ténor dans ton boulot, tu es devenu quelqu'un... et cette folle va tout détruire !*

Peu s'en fallait qu'il ne sortît pour aller hurler son désarroi sous le ciel plombé. Mais il resta assis, soumis aux réactions imprévisibles d'une jeune femme sévèrement déséquilibrée. Menotté, bâillonné, piégé.

— C'est quoi ? demanda Jules en se penchant pour distinguer ce que Juliette montrait sur son téléphone.

— On dirait un contrat..., fit Édouard.

— Ouiii ! Une commande de quinze tableaux pour une galerie berlinoise ! précisa Juliette.

Romain ne perçut rien des acclamations admiratives et des félicitations qui s'ensuivirent. Hagard, il s'entendit prononcer un vague « bravo », pendant qu'il s'efforçait de retrouver une certaine contenance.

— Elle a décidé de nous faire son show, ce soir, lui chuchota Jade.

— Quoi ?

— Juliette... Elle a besoin d'être au centre.

— C'est pas grave, mon amour, réussit-il à dire.

— Non, c'est juste pénible.

— Qu'est-ce que vous complotez, tous les deux ? lança l'artiste.

— Je disais à Romain qu'on a toujours su que tu réussirais, répondit Jade.

Juliette toisa sa sœur d'un regard peu amène. Romain sentit qu'il se recroquevillait à nouveau, prêt à subir l'attaque fatale qu'il s'épuisait à redouter. Mais elle leva les yeux au ciel en poussant un soupir exaspéré et poursuivit son compte-rendu enflammé en délaissant totalement le couple.

Bérangère consulta sa montre.

— Et si nous passions à table, maintenant ? proposa-t-elle.

— Je vais t'aider, maman, fit Jade.

— Hors de question ! objecta Romain. C'est moi qui vais jouer les marmitons, toi, tu restes assise. Et Bérangère aussi, d'ailleurs.

— Mais..., tenta d'opposer la maîtresse de maison.

— Romain a raison, intervint Édouard. Laisse-moi m'occuper de l'intendance avec lui, je connais les fourneaux et le menu aussi bien que toi.

À sa façon de céder sans objection, tout le monde comprit combien Bérangère était exténuée. Les deux hommes s'éclipsèrent en cuisine où flottaient d'appétissants effluves de viande rôtie.

— N'oubliez pas d'arroser la dinde ! leur cria Bérangère depuis la salle à manger.

— À tes ordres, ma chérie ! répondit Édouard.

Pendant qu'il mettait à chauffer les légumes à feu doux, Romain prit en main la découpe du foie gras dont il disposa les tranches sur une plaque d'ardoise.

— La compotée de pommes et le pain sont sur le plan de travail, lança à nouveau Bérangère. Et il faut brancher le toaster sur trois.

— On maîtrise, Bérangère ! la rassura Romain.

— Je me demande si ce n'est pas ça le plus difficile pour elle, lâcher les rênes, fit Édouard.

— Il faut la comprendre. J'ai l'impression que l'organisation a toujours été son pré carré, n'est-ce pas ?

L'inquiétude que le patriarche avait jusqu'alors camouflée finit par apparaître sur ses traits marqués, comme laborieusement délestée du poids protecteur des apparences pour remonter à la surface. Courbé devant la longue table campagnarde, les mains posées à plat sur le bois usé, il encaissait et s'autorisait à le montrer. Pour la première fois depuis qu'il le connaissait, Romain voyait le vieil ours ébranlé.

— Ça va aller, s'entendit-il lui dire.

Édouard se redressa et renifla avant de se tourner vers lui et de le regarder droit dans les yeux.

— Je suis heureux que tu fasses partie de notre famille, tu sais, lâcha-t-il.

Au même moment, des rires leur parvinrent depuis la salle à manger. En vérité, on entendait surtout celui de Juliette, clair et fort. Un rire impudent, extravagant, si perturbant aux oreilles de Romain.

Il détestait ce Noël. Il le détestait profondément.

41

Malgré une ambiance minée, le réveillon se déroulait mieux que Romain ne l'avait craint de prime abord. Bérangère avait dû changer le plan de table pour y inclure Nicolas, et l'insistance de Juliette pour conserver sa place initiale, face à Romain, n'avait pas échappé à ce dernier. Mais la maîtresse de maison avait eu gain de cause, Romain s'en félicita intérieurement lorsque Nicolas s'installa entre la benjamine et lui.

Édouard et Jade se retrouvaient donc chacun à une extrémité de la table rectangulaire, Jules et Bérangère face à Juliette, son ami et Romain. Si l'attitude de la jeune artiste s'inscrivait dans une exubérance presque euphorique, au moins n'avait-il pas à échanger de regards avec elle.

— Elle est défoncée ou quoi ? murmura Jade à son oreille.

Il exprima son incrédulité par un soupir et se concentra sur Bérangère dont l'attention semblait se décrocher au fur et à mesure que la soirée s'avançait. Elle contemplait tour à tour chacun de ses enfants, avec une tristesse lasse, s'attardait de temps à autre sur Romain, le mieux placé pour connaître et mesurer exactement l'ampleur de cette détresse qu'elle parvenait à garder secrète. Il avait mal pour elle de devoir feindre d'aller bien, alors que son corps réclamait d'être allongé près du feu, enveloppé dans un plaid, exempté de toute sollicitation.

Autour de la table, les conversations se faisaient badines, si ce n'étaient les saillies bruyantes de Juliette et sa façon de brandir le chiffon rouge dont seul Romain connaissait le sens.

— Il arrive une drôle d'histoire à une de mes collègues, entreprit-elle de raconter. Elle a rencontré un mec, ils sont tombés fous amoureux, on peut même dire qu'ils sont faits l'un pour l'autre, une osmose incroyable…

Elle ménagea le suspens en buvant une énième gorgée de vin.

— Ça commence bien, mais j'ai l'impression que ça ne va pas durer, fit Jules, amusé.

— Ben non, ça ne va pas durer, confirma Juliette, parce que le mec a fait un beau petit rétropédalage. Il refuse de reconnaître qu'il est dingue d'elle.

— Peut-être qu'il ne l'est pas ? suggéra Jade.

Romain ne vit pas le regard que Juliette lança à sa sœur, mais il n'eut aucun mal à l'imaginer acerbe et méprisant.

— Bien sûr que si ! rétorqua-t-elle. Sinon il n'y aurait pas d'histoire. Le mec préfère juste être dans le déni parce qu'il s'est persuadé que leur relation est impossible.

— C'est triste, fit Bérangère.

— Et pourquoi leur relation est impossible ? demanda Jules. Qu'est-ce qui peut empêcher deux personnes de s'aimer ? C'est un problème de religion ? De culture ? Une histoire à la Roméo et Juliette ?

Il n'en fallut pas plus à la jeune femme pour exulter.

— C'est exactement ça ! Un amour qui exige de s'arracher des liens familiaux ! Mais il faut des couilles pour ça, et apparemment, le mec en manque.

— Ah oui ? fit Jules.

— Je vous explique…

Romain fut fortement tenté de se lever de table sous prétexte de chercher du pain, un couteau, de l'eau, n'importe quoi dans la cuisine. Mais tout geste, tout évitement ou toute parole pouvait trouver une interprétation aussi fallacieuse qu'avantageuse dans l'esprit dérangé de Juliette. *Ne souffle pas sur le feu, il est déjà bien assez vif*, se dit-il. *Ferme-la, arrondis le dos et laisse couler.*

— En fait, le mec en question sort avec la sœur de ma collègue, poursuivit Juliette.

Une fois de plus, Romain sentit son échine se hérisser. L'appétit coupé, il continua néanmoins de picorer des petits morceaux de dinde sans pouvoir en apprécier le goût.

— C'est pas de chance, commenta Jules, pince-sans-rire.

— C'est surtout très lâche ! se récria Juliette.

— Pourquoi ? Il préfère peut-être la sœur.

— Ben non ! C'est ça le problème.

Romain se sentait de plus en plus mal, le terrain devenait très glissant, voire miné. L'envie le démangeait de taper du poing sur la table en criant « Ça suffit ! ».

— Il est piégé, insista lourdement Juliette.

— Par qui ? Par quoi ? demanda Édouard, non sans perplexité.

— Par la sœur ! Elle le tient par la queue !

— Juliette ! S'il te plaît ! la réprimanda Bérangère.

— C'est pas vraiment être piégé, ça, rigola Jules.

— En plus, elle lui a fait un bébé dans le dos ! vitupéra Juliette.

— Mouais… Mais tu es sûrement loin de tout savoir. Je veux dire, tu vois ça de l'extérieur. Si le mec reste avec la sœur, c'est qu'il a ses raisons. Ta collègue se fait peut-être des films.

Romain ne la voyait pas, mais d'après le soupir qu'elle poussa, Juliette semblait ulcérée par les mots de son frère. Elle but encore, avant de lâcher une sorte de grognement irrité.

— Des films ? marmonna-t-elle. N'importe quoi... Elle n'est pas du tout le genre à se faire des films.

— Elle est fatigante, là..., souffla Jade en se penchant vers Romain.

Le chuchotement parvint aux oreilles de Bérangère qui, face au silence pesant qui s'installait, s'empressa de donner un nouveau tour à la conversation :

— Quand donc partez-vous pour Venise, vous deux ?

Romain entrevit Juliette penchée dans sa direction et perçut sa surprise.

— Le 28, répondit Jade. J'ai hâte !

— Ton père et moi, nous y sommes allés, il y a longtemps, pour nos vingt ans de mariage, dit Bérangère. C'était au printemps, j'avais adoré ce voyage.

— Le nouvel an au cœur de la Sérénissime, c'est follement romantique, lança Jules.

— Un peu convenu, non ? fit Juliette.

Romain dut une fois de plus prendre sur lui pour contenir son exaspération. Par chance, Jules rétorqua aussitôt :

— Étonnante remarque de ta part, p'tite sœur. Une artiste comme toi ne peut être que sensible à la splendeur d'une telle ville, non ?

— Comme moi, oui..., répéta Juliette.

— C'est peut-être convenu à tes yeux, ne put s'empêcher de rétorquer Jade, mais en ce qui me concerne, je suis simplement très heureuse de profiter de la vie avec mon homme dans l'une des plus belles villes du monde.

— Rhôôô, c'est trôôôp mignon, susurra ironiquement la benjamine.

— Et vous avez prévu des visites ? des spectacles ? s'empressa d'enchaîner Bérangère.

Romain n'avait quasiment pas parlé de la soirée, son mutisme allait finir par paraître suspect.

— À part deux ou trois impondérables, je crois qu'on va surtout se laisser guider par nos envies, expliqua-t-il. Venise est un musée à ciel ouvert, vraiment propice à ça, la moindre promenade devient extraordinaire. Même si elle est parfois décatie, la beauté est partout. L'histoire et l'art sont à chaque coin de rue.

— Tu n'as pas peur que Jade soit complètement larguée ? lança Juliette.

Chacun entendit distinctement ce qu'elle glissa aussitôt à Nicolas dans un semblant de chuchotement :

— Emmener ma sœur dans un musée, c'est comme donner de la confiture à un cochon.

Tous autour de la table furent choqués par son insolence, Nicolas y compris.

— Tu devrais lever le pied avec le vin, ma belle, lui souffla-t-il.

— Ben non, pourquoi ? répliqua Juliette en se resservant. C'est Noël, c'est la fête ! claironna-t-elle.

Romain bouillonnait. Il ne pouvait pas rester sans réagir à cette pique. La mesquinerie était une chose, l'insulte une autre.

— Tu serais surprise par la subtilité de ta sœur en matière d'art, fit-il en tentant de maîtriser sa colère.

Sa voix tremblait. Mais les vannes étaient ouvertes, impossible de s'arrêter. Juliette méritait vraiment qu'on lui rabatte le caquet.

— Et puis j'aime cette forme de candeur qu'elle a face à des œuvres, poursuivit-il. Oui, j'aime son enthousiasme, sa façon de découvrir et d'apprendre. Elle regarde, elle se laisse imprégner, ça l'atteint en profondeur sans qu'elle ait ce sempiternel besoin qu'ont certaines personnes de tout vouloir expliquer, exprimer… Il suffit juste de l'observer et de se laisser gagner par son ressenti. C'est bien plus touchant que les analyses techniques et les dissections parfois un peu snobs des spécialistes qui finissent par perdre toute émotion.

Il se sentait consterné par ce qui ressemblait à un grossier plaidoyer, mélange facile de vérité et d'exagération. Il venait de dresser le portrait d'une Jade qui n'existait qu'en partie. Certes, il l'encourageait en sourdine et louait sa volonté d'enrichir sa connaissance des arts. Cependant, dans les coulisses de son esprit, il voyait avant tout les efforts laborieux qu'elle déployait et en dépit desquels elle restait plutôt hermétique. Il n'était pas dupe, la plupart du temps, elle aimait surtout lui faire plaisir.

Aussi, à cet instant éprouvait-il une honte indigeste à lui attribuer des qualités qu'elle n'avait pas et n'aurait peut-être jamais. Ce n'était pas grave, juste dommage. *Imposteur !* se tança-t-il. Mais Juliette se montrait si agressive. Il répliquait à la mesure de ses provocations.

Jade lui saisit la main sous la table et la serra très fort. Une bouffée d'amour gonfla en lui, il eut envie de se lever de table et d'emmener son aimée très loin, tout de suite. Une pulsion dont il pouvait rêver sans avoir la possibilité d'y céder. Un homme comme lui ne faisait pas ce genre de choses. Un homme comme lui restait bloqué à cette table, dans cette maison, dans cette situation, et se soulageait par les mots dans ce qui ressemblait à une piètre consolation.

— L'art, c'est avant tout l'émotion, non ? ajouta-t-il d'une voix grave et vibrante. Ça ne devrait obéir à rien d'autre, tu ne crois pas, Juliette ? Et ta sœur a une perception beaucoup plus fine et surtout plus vraie que tu ne le crois.

— Carrément bou-le-ver-sant, assena la jeune artiste.

Elle se pencha et leva son verre en direction de Romain. Sombres, perçants, durs, ses yeux démentaient la raillerie de son ton. *Quelle petite merdeuse…*, ragea-t-il intérieurement, avant de se forcer à se souvenir une nouvelle fois qu'elle était malade.

Sa repartie lui avait permis de calmer plus ou moins son exaspération, mais la frustration grignotait ses dernières retenues, il les sentait disparaître de seconde en seconde. D'autres paroles ne tardèrent pas à fuser, plus vite et plus sèchement que la prudence ne le lui soufflait.

— Toi, ton domaine et ton talent, c'est l'art. Mais face à des requins de la finance ou un dossier fiscal hyper complexe, tu crois quoi ? Que tu brillerais ?

Jade pressa sa main dans la sienne. Il tourna la tête pour la regarder, elle lui fit non de la tête. Il n'avait cependant pas envie de laisser tomber.

— C'est facile de dénigrer ou d'ironiser, poursuivit-il, les yeux rivés sur son assiette qu'il ne voyait même pas. Et cette facilité n'a rien de prestigieux ni d'honorable, c'est une médiocre paresse de l'esprit.

Il faillit ajouter « la manifestation d'un profond mal-être », mais se retint à temps. Inutile de s'aventurer sur ce registre. Sans regretter un seul mot de ce qu'il avait dit, il était déjà allé bien plus loin qu'il ne l'aurait fallu.

Jules ponctua cette tirade en applaudissant, sourire aux lèvres.

— Ne fais pas cette tête ! lança-t-il à sa jeune sœur, assise face à lui. Admets plutôt que tu l'as bien cherché, petite… paresseuse !

Le silence qui s'ensuivit n'avait rien de chaleureux. Une fois de plus, ce fut Bérangère qui sauva les convives de l'embarras dans lequel ils s'embourbaient.

— Eh bien, j'espère que vous aurez une montagne de jolis souvenirs vénitiens à nous montrer et à nous raconter, fit-elle.

— On n'y manquera pas, maman, lui assura Jade.

— Et si on passait au dessert ? intervint Édouard. Romain ? Tu me secondes ?

— Avec plaisir.

Les deux hommes débarrassèrent la table en déposant la vaisselle sur un chariot et se retrouvèrent en tête à tête dans la cuisine.

— Aide-moi à choisir une bouteille pour Nicolas, veux-tu ? fit Édouard, perplexe face à l'armoire à vins bien fournie. Bérangère l'a vu déposer des paquets devant le sapin et aucun de nous n'a rien pour lui. On ne voudrait pas qu'il soit le seul à ne pas recevoir de cadeau. La soirée doit déjà être assez compliquée pour lui.

— Il a l'air d'apprécier le rouge bien charpenté, précisa Romain.

Édouard réfléchit quelques secondes avant de tirer une bouteille des casiers.

— Alors ce chassagne-montrachet devrait lui plaire. Tiens, regarde dans ce meuble, il doit y avoir du papier de soie et tout ce qu'il faut pour emballer.

— Je m'en occupe.

Pendant qu'Édouard remplissait le lave-vaisselle, Romain s'évertua à confectionner un paquet-cadeau aussi joli que possible. Se trouver momentanément loin de Juliette lui procurait un répit bienvenu.

— Je suis désolé, souffla soudain Édouard.

Romain ne doutait pas de la raison, néanmoins il posa la question, par principe.

— Pourquoi ?

— Juliette… Je ne sais pas ce qu'elle a, ce soir. Elle a toujours entretenu une espèce de rivalité avec Jade, ce qui est absurde, elles sont si différentes. Mais là, il faut reconnaître qu'elle y va fort. Savoir sa mère malade ne la freine même pas, c'est insupportable.

Il fixa Romain qui s'efforça de rester impassible.

— Tu es au courant de quelque chose ? lui demanda-t-il. Elles se sont disputées ?

— Non, pas à ma connaissance.

— Alors c'est peut-être le bébé.

— Le bébé ?

— La perspective de ne plus être la petite dernière de la famille, je ne sais pas...

— À vingt-sept ans, elle doit avoir dépassé ça, vous ne croyez pas ?

— Je le suppose. J'essaie de comprendre pourquoi elle se montre si... hargneuse, si méchante. D'habitude, ça reste assez bon enfant, des taquineries légères, des boutades innocentes. Mais ce soir, elle est blessante et vulgaire, je ne la reconnais plus.

Nerveusement éreinté, Romain n'avait pas la force de chercher à le rassurer. Cette soirée était un simulacre de joyeux Noël en famille. Il avait hâte d'en finir au plus vite, en espérant de toutes ses forces s'en tirer indemne.

Incapable de se détendre malgré les efforts de chacun, y compris les siens, il survola d'un air aussi absent que tourmenté la dégustation de la bûche, puis des cafés, tisanes et autres digestifs pendant la distribution des cadeaux.

Il sourit, discuta, donna le change, s'émerveilla, remercia, se prêta au ballet des accolades, étreignit mécaniquement, en surface, sans rien ressentir d'autre que l'effroi d'un esclandre fatal provoqué par Juliette. Aiguillonnée par l'alcool et sa proximité avec lui, il la voyait feindre la joie, réagir avec un enthousiasme factice, surjouer le bonheur d'être accompagnée par Nicolas qui avait l'air de se demander ce qui lui arrivait.

Elle se suspendait à son cou pour l'embrasser à pleine bouche, se frottait à lui sans aucune pudeur, l'excitait ouvertement par des caresses si audacieuses que le jeune homme en était gêné. C'était Noël, une fête de famille, pas une soirée entre amis ou dans un bar.

Jules et Jade, eux, ne semblaient pas étonnés de ces outrances mâtinées de provocation, ou bien faisaient mine de ne pas les remarquer afin de ne pas les attiser, pensa Romain. En revanche, il surprit des échanges de regards éloquents, lourds de peine entre Bérangère et Édouard. Il en éprouva une profonde compassion pour Bérangère.

— Ça va ? Vous tenez bon ? lui demanda-t-il discrètement.

Elle opina de la tête, bien que tout prouvât le contraire.

— Merci pour le coffret, la céramique est de toute beauté, dit-elle.

Derrière l'évitement, il la sentait sincère et en était touché. C'était la recherche de son cadeau qui lui avait pris le plus de temps et de soin, il tenait vraiment à trouver quelque chose d'unique et de très personnel. Cette boîte en émail bleu de style Art nouveau, dénichée chez un antiquaire, lui avait paru parfaite et il ne s'était pas trompé. À l'opposé, il s'était fendu d'un cadeau très ordinaire pour Juliette afin d'éviter tout risque d'interprétation. Il lui avait fallu procéder par élimination, oublier ce qu'il aurait choisi sans hésiter, quelques semaines plus tôt, un cadeau en rapport avec la bière, la musique des années 70, Pink Floyd ou l'illustration, par exemple. Certes, il s'était senti penaud de la voir déçue, presque furieuse, lorsqu'elle avait découvert ce qu'il avait choisi pour elle – le dernier essai paru sur l'art contemporain. Mais la moindre connotation personnelle pouvait alimenter son délire. Tant pis s'il passait pour un homme peu original.

— Mes enfants, il est temps pour moi de vous laisser terminer tranquillement cette soirée, annonça Bérangère.

Il était près de minuit, elle avait tenu plus longtemps que Romain ne l'aurait cru. À son grand soulagement, Jade s'accrocha à son bras, féline et indolente.

— J'irais bien me glisser sous un édredon moelleux, moi aussi, dit-elle.

Puis, se tournant vers son père :

— Je suis un peu fatiguée et on a de la route, demain…

— Je ne vais pas tarder non plus, renchérit Édouard.

— Filez au lit ! ordonna Jules en riant. On va rester entre jeunes et finir de débarrasser.

Jade lui tira la langue avant d'embrasser tout le monde. Il n'échappa pas à Romain que Juliette grimaça lorsque ce fut son tour.

Un quart d'heure plus tard, Jade se lovait contre lui dans le lit de l'adorable petite chambre d'amis qui avait autrefois été celle de son adolescence.

— Je ne suis pas mécontente que cette soirée soit terminée, avoua-t-elle sobrement.

Romain se contenta d'un « mmhh » ensommeillé. La pression redescendait péniblement, il tombait de fatigue.

— On a eu droit à du grand Juliette, poursuivit la jeune femme. Qu'est-ce qu'elle a pu être lourde, ce soir, je n'en reviens pas ! Ça devient insupportable, cette obsession de vouloir être au centre. Elle n'a pourtant jamais manqué d'amour… Aucun égard pour personne, pas même pour maman. Et ce pauvre Nicolas… j'ai l'impression qu'il ne comprenait rien à ce qui lui arrivait…

Romain la serra davantage dans ses bras.

— Viens, on dort, maintenant, ânonna-t-il.

Jade ne tarda pas à s'abandonner au sommeil. Romain se cala sur sa respiration, profonde et lente, pour essayer de s'assoupir à son tour. Mais la pression redescendait lentement, il accumulait de vives frustrations de n'avoir pu remettre à sa place celle qui avait gâché le réveillon avec ses outrances égoïstes. *Elle est malade*, dut-il se rappeler une énième fois.

Le calme de la maison fut bientôt rompu par des bruits dans les pièces alentour. Engourdi par le sommeil qui s'installait, il en déduisit que Jules, Juliette et Nicolas allaient se coucher. Mais au bout de quelques secondes, il ouvrit les yeux, médusé par ce qu'il entendait.

— C'est pas vrai…, marmonna Jade, réveillée à son tour.

Il la sentit se raidir contre lui.

— Non mais je rêve ! s'exclama-t-elle. Ils sont en train de baiser !

En vérité, on n'entendait que Juliette. Ses gémissements lascifs et ses grognements voluptueux firent place à des cris extatiques et des mots crus qui fouettaient le silence de la nuit.

Jade se redressa, prête à sortir du lit. Romain la retint, elle se rebiffa.

— Elle a passé la soirée à nous… faire chier… Et elle continue ! Qu'est-ce qu'elle cherche à nous prouver ? Tu te rends compte si maman entend ça ?

— Je pense que c'est trop tard, toute la maison doit être au courant, maintenant.

Les cris redoublèrent de puissance. Un « Vas-y à fond, bordel, vas-y ! » retentit, impératif et strident.

Jade se mit à rire nerveusement.

— C'est n'importe quoi.

La cadence des ahanements s'accéléra. En d'autres circonstances et avec d'autres protagonistes, Romain aurait pu trouver cette situation excitante, Jade aussi, d'ailleurs, et sans doute en auraient-ils joyeusement profité. Mais là, il avait mal et honte pour Juliette. Et pour tout le monde, en fait.

— Ça, elle ne nous l'avait encore jamais fait, grommela Jade. Bon, tu te dépêches de jouir, Juliette, qu'on puisse *enfin* dormir !

Comme en écho à sa demande, un braillement victorieux résonna dans toute la maison.

— Félicitations…, soupira Jade, excédée.

Elle se pelotonna contre Romain qui l'accueillit tendrement entre ses bras.

— Quelle petite conne, quand même…, maugréa-t-elle.

— Dors, mon amour, dors…, la berça-t-il, une main posée sur son ventre.

Il resta longtemps ainsi, le visage plongé dans la chevelure parfumée de son aimée, à rassembler péniblement ses pensées vers les jours à venir, Venise, la chambre sublime qu'il avait réservée avec vue sur le Grand Canal, Jade et lui dans les rues brumeuses.

Des instants loin de Juliette, de son encombrante et inquiétante folie à laquelle il lui faudrait bien faire face, à un moment ou à un autre.

— Plus tard… Plus tard…, murmura-t-il, emporté par ses songes.

42

Un mois et demi plus tard.

C'était chaque année plus démesuré : à l'approche de la Saint-Valentin, des cœurs, du rose, *des* roses, du champagne, du romantisme à gogo, partout sur les murs de la ville, dans les vitrines des magasins, sur Internet. Même le musée avait cédé à cette coutume mondialisée en organisant des visites spécial amoureux.

— Ne comptez pas sur moi pour me prêter à cette mascarade ! avait prévenu Juliette.

Sur ce, elle avait anticipé et posé des jours de récupération avant et après le quatorze février.

— Tu vas t'isoler du monde et de ses turpitudes ? la taquina Nora en avisant le planning.

— Je vais surtout en profiter pour régler une affaire qui traîne depuis trop longtemps, répondit la jeune femme.

— Tu devrais aussi t'accorder du temps pour toi, tu as une mine affreuse, ma chère, si je peux me permettre. Un bon spa, un massage…

Juliette lui jeta un regard ténébreux.

— Comment va ta mère ? insista Nora, pensant que ce pouvait être un des tourments de la jeune femme.

— Elle remonte doucement la pente.

S'ensuivit un mutisme borné que Nora choisit d'ignorer.

— Tant mieux ! Mais toi, tu couves peut-être quelque chose. Il y a longtemps que tu n'as pas fait de check-up ? Il faudrait peut-être y penser…

Juliette haussa les épaules et se concentra à nouveau sur sa reproduction picturale en cours – l'incontournable *Martyre de saint Georges* de Rubens, loin d'être son tableau favori. Elle savait pourtant combien Nora avait raison. D'ailleurs, sa collègue n'était pas la seule à lui faire la remarque et il suffisait qu'elle se regarde dans le miroir ou qu'elle croise son reflet dans une vitrine pour le constater.

Elle s'attela à son travail, sans conviction. Seule l'avancée des minutes qui la rapprochaient du soir revêtait de l'importance dans ces journées aussi mornes qu'interminables. Aux alentours de seize heures quarante-cinq, elle rangea la toile inachevée dans son bureau, puis revint jeter ses tubes de peinture en vrac dans sa boîte à couleurs, plia chevalet et tabouret, et déposa le tout à la va-vite dans le local dévolu au matériel.

— Salut, à la semaine prochaine ! lança-t-elle à ses collègues qui s'attardaient dans le couloir.

— Profite et reviens en pleine forme ! l'exhorta Nora.

Une demi-heure plus tard, tibias et poumons en feu après une course folle sur les quais et dans les rues bordelaises, elle s'installait dans sa brasserie habituelle, sur la banquette dans l'angle au fond de la longue vitre offrant une vue parfaite sur le cabinet Clermont.

Comme tous les jours, hormis les samedis et les dimanches, les pires jours de la semaine à ses yeux, le serveur s'approcha, sourire aux lèvres.

— Bonsoir… Une pinte de brune ? lança-t-il.

Juliette acquiesça, tout en retirant écharpe, bonnet, manteau. Elle allait rester là un moment, autant se mettre à l'aise.

Des publicités passaient en sourdine sur l'écran télé fixé au-dessus du comptoir. « Quand on aime, on ne compte pas », clamait l'une d'elles à propos de bijoux. La formule fit de l'effet dans l'esprit de la jeune femme. À l'inverse de ce dicton populaire, elle comptait, beaucoup, toujours, de façon systématique et obsessionnelle, inlassablement, compulsivement.

Elle saisit son téléphone, ouvrit l'application « notes » et lut ce qu'elle y consignait quotidiennement depuis cinquante jours, soit depuis le réveillon de Noël.

Messages envoyés : 248, dont 212 restés non lus
Lettres manuscrites : 25
Appels téléphoniques : 67
Heures d'attente dans la brasserie : 98
Pintes de bière bues : 54, soit 27 litres
Heures en face de l'appartement de Romain : 72
Heures passées au palais de justice : 23
Heures à suivre Romain : 37
Dernier échange verbal : 15 janvier
Nuits d'insomnie : 51
Kilos perdus : 8

Elle posa son portable et concentra son attention sur la porte d'entrée du cabinet.

Elle attendit une heure, puis une autre, en se retenant d'aller aux toilettes pour ne pas risquer de manquer Romain. À dix-neuf heures trente, les fenêtres des cinquième et sixième étages étaient désormais éteintes, les dix-huit employés de Clermont & Associés étaient sortis – elle avait appris à tous les reconnaître –, ainsi que son père, Jules et Jade.

— Tu es où ? murmura-t-elle.

Sa vessie se trouvait sur le point d'exploser et ses nerfs au bord de la rupture, elle se sentait dévastée. Ce jour-là, comme les trois précédents, elle ne connaîtrait pas le réconfort, à la fois infime et colossal, d'apercevoir Romain, ne serait-ce que quelques secondes. Elle se rendit aux toilettes sous le regard compatissant du serveur qui, à force, avait plus ou moins compris de quoi il retournait.

De retour à sa place, elle fouina dans son sac pour en sortir un bloc de papier et un stylo. Puis elle se mit à écrire avec une énergie si rageuse qu'elle en troua la feuille. Elle recommença, tout aussi emportée.

Romain, je deviens un peu plus folle à chaque minute, tu me tues, je vais crever de cet amour et de cette haine que tu as fait naître en moi. Ça t'est donc égal de savoir combien je souffre ? Tu t'en fous à ce point ?

Lorsque nous avons parlé, la dernière fois, tu étais tellement en colère. Je ne dirai rien à Jade, tu sais, je ne dirai rien parce que tu m'as demandé de me taire. C'est d'autant plus dur que je ne crois pas que tu vailles ce sacrifice. Tu me fais tant de mal.

Mais je ne crois pas que j'arriverai à tenir. Tu es en train de me tuer, Romain. Je te hais de m'avoir rendue folle. C'est toi qui as commencé, moi je ne t'avais rien demandé, j'allais bien avant de te connaître. Tu m'as attirée à toi et maintenant tu me repousses comme si j'étais une merde qui te gêne pour poursuivre ta petite vie ridicule en plaqué or.

Tu sais quoi ? J'ai envie de la détruire, ta vie, comme tu as détruit la mienne en te jouant de moi. La seule chose qui me retient, c'est maman. Tu ne mérites pas son affection. Tu te sers d'elle, c'est dégueulasse, tu es un imposteur.

Et tu ne mérites pas mon amour, il est beaucoup trop grand et trop pur pour l'homme malfaisant et pervers que tu es.

Je te hais de tout mon être.

Elle signa et jeta le stylo sur la table. Sans prendre la peine de se relire, elle plia nerveusement la feuille avant de la glisser dans une enveloppe. Elle inscrivit « Romain Denis » et « PERSONNEL » qu'elle souligna trois fois. Puis elle laissa dix euros près de son verre, enfila son manteau, attrapa son sac et sortit.

— À demain ! lança le serveur.

Comme tous les soirs au moment de partir, elle affichait une mine encore plus ravagée que lorsqu'elle arrivait.

Depuis le comptoir, il la vit attendre que la porte de l'immeuble d'en face s'ouvrît. Elle se glissa à l'intérieur pour ressortir trois minutes plus tard et disparaître dans la nuit triste de l'hiver.

43

Romain s'arrêta au milieu du trottoir et fit mine de parler au téléphone. Ce faisant, il jeta un coup d'œil autour de lui en prenant un air qu'il espérait concentré sur sa pseudo-conversation. Juliette n'était pas loin, il n'avait même plus besoin de le vérifier, il sentait quand elle le suivait ou qu'elle l'épiait, en bas de son immeuble, sur les berges lorsqu'il allait courir ou au milieu de la salle d'audience du palais de justice.

Il l'aperçut à une trentaine de mètres, de l'autre côté de la rue, face à la vitrine d'un magasin. C'était ainsi depuis un mois et demi. Très exactement depuis la rentrée de janvier. Si aujourd'hui sa présence ne lui échappait pas, il ne l'avait pas tout de suite remarquée. Il avait eu tant à faire entre l'emménagement dans le nouvel appartement, des dossiers passionnants à défendre et l'accompagnement de Bérangère qui ne voulait personne d'autre que lui pour affronter sa chimiothérapie – le verdict était tombé quelques semaines plus tôt, l'opération n'avait pas suffi à la tirer d'affaire.

Par bonheur, la grossesse de Jade se passait bien. Sa compagne irradiait au fur et à mesure que son ventre s'arrondissait, il n'en finissait pas de s'émerveiller de ce miracle, de la présence de cette femme à ses côtés, du bébé qui prenait de plus en plus de place en elle et bientôt dans leur vie. Amoureuse, elle se montrait sans cesse plus créative pour l'emmener sur des territoires charnels dont il n'avait jamais soupçonné le potentiel. Ils s'y aventuraient tous les deux, follement heureux, enivrés l'un par l'autre, insatiables.

Mais il avait si peur de ce que Juliette pourrait lui faire. Il gardait en tête sa discussion avec Gaëtan, son confrère. À la lumière des nombreuses convergences avec le cas rapporté par son collègue, non seulement certains détails l'effrayaient terriblement, mais il se rendait compte qu'aucune stratégie ne saurait être efficace pour briser cet engrenage. Il souhaitait malgré tout lui en parler, avoir son avis. Alors il l'avait invité à boire un verre après le travail.

Juliette se tenait toujours face à la vitrine. Tant pis pour elle si elle faisait le pied de grue à proximité du bar où il se rendait. Elle pouvait même s'installer à quelques tables de la sienne, ainsi qu'elle le faisait régulièrement. Il n'allait pas se priver de cette discussion qui lui tenait à cœur.

Il pénétra dans l'établissement et aperçut Gaëtan, assis sur les banquettes du fond.

— Ça t'embête si je me mets contre le mur ? lui demanda-t-il.

— Pas de problème, répondit son confrère en se plaçant dos à la salle. Tu veux surveiller les passages ?

— Exactement.

— Ton harceleuse est susceptible d'être dans le coin ?

Romain se passa la main sur le visage et soupira.

— Je vois, fit Gaëtan. On va commander et tu vas me raconter.

Le serveur ne tarda pas à déposer des margaritas devant les deux hommes. Dans l'intervalle, Romain avait fini par apercevoir Juliette assise au comptoir mais, entravé par son lien familial avec elle, il garda le silence sur sa présence.

— Alors, j'imagine que ça ne s'est pas arrangé, commença Gaëtan.

— Tout ce que tu m'as dit sur cette jeune femme qui a poursuivi ton client pendant des années… Eh bien, ça se vérifie.

Il passa outre le réveillon et les provocations de Juliette au cœur du cocon familial pour en venir directement au calvaire qu'il endurait depuis son retour de Venise.

— Elle a trouvé mon adresse mail professionnelle. En quatre semaines, j'ai reçu près de deux cent cinquante messages, elle créait de nouvelles adresses régulièrement pour éviter les blocages. C'est pour cette raison que j'ai demandé aux informaticiens de modifier ma messagerie.

— Ah, d'accord, tu as bien fait, approuva Gaëtan. Mais, dis-moi, Noûr a accès à ta messagerie pro, non ?

— Oui, bien sûr, c'est mon assistante. D'ailleurs, je suis vraiment gêné vis-à-vis d'elle. Elle est extrêmement discrète, une perle, mais elle a vu passer tous ces messages et elle reçoit les appels. Je me doute combien ça doit être facile de croire que j'ai une maîtresse un peu envahissante.

— Oui, vu de l'extérieur, c'est le premier réflexe qu'aurait n'importe qui. Mais on bosse dans un domaine où on sait pertinemment combien les apparences, et parfois même les évidences, peuvent être trompeuses.

— Tu as raison. Sans entrer dans les détails, j'ai malgré tout préféré expliquer à Noûr que j'étais harcelé par une… folle. Mais je ne sais pas ce qu'elle pense de tout cela en son for intérieur, c'est très embarrassant, j'ai l'impression d'être un salaud à ses yeux, même si elle ne montre rien.

— Je comprends.

Sentir son confrère sincère réconfortait Romain encore plus qu'il ne l'avait imaginé.

— Maintenant, je suis tranquille du côté de la messagerie, mais du coup, je reçois des lettres manuscrites…

— D'après ce que j'ai appris au cours de l'instruction sur l'affaire que j'ai défendue, les érotomanes ont un besoin irrépressible d'écrire à leur « objet ».

— Ça ne les décourage pas de ne pas avoir de réponse ?

— Il semble que non. Peut-être qu'ils n'en attendent même pas. En revanche, ça doit bien alimenter leurs souffrances.

— Mais en monologuant de cette façon, est-ce que ça ne les enferme pas encore plus dans leur illusion délirante ?

— Que tu répondes ou non, ils en sont prisonniers. Et puis tu as bien compris qu'ils finissent toujours par s'arranger avec la réalité, ils la moulent à leur conviction.

Gaëtan dévisagea son ami en pleine réflexion.

— Je vois, fit Romain, songeur.

— Tu as répondu à l'une ou l'autre de ses lettres ?

— J'ai failli, et puis j'ai renoncé. Même chose pour les appels téléphoniques, je raccroche dès que je comprends que c'est elle. J'en suis à mon troisième numéro de portable, je ne sais pas comment elle se débrouille pour trouver. Et je ne peux pas la bloquer, elle appelle depuis des numéros différents, sans doute des appareils prépayés.

— Elle te laisse des messages ?

— Ah ça, pour m'en laisser, elle m'en laisse !

— Des menaces ?

— Non, pas vraiment. Plutôt des reproches, des accusations, des déclarations de haine. C'est intenable. Et je ne te parle pas des heures qu'elle passe à me suivre, à me surveiller. Je l'ai même surprise au tribunal ! Ça reste discret, mais je ne peux pas faire comme si ça n'existait pas.

— Elle a l'adresse de ton domicile ? demanda Gaëtan.

— Oui. Elle me suit dès qu'elle le peut, j'aurais dû être plus vigilant.

Il s'en voulut de déformer la réalité sur ce point. Comment aurait-il pu cacher sa nouvelle adresse à la sœur de la femme de sa vie ?

— Elle a essayé d'entrer plus franchement en contact avec toi ? De t'aborder ? poursuivit Gaëtan.

— Oui, plusieurs fois. De nombreuses fois. J'ai toujours réussi à esquiver, sauf une fois où je n'ai pas pu me retenir de faire volte-face pour lui parler frontalement.

— Je comprends, c'est très dur de garder son sang-froid. À un moment ou à un autre, l'évitement finit par faire péter les plombs et l'affrontement devient libérateur, même si ça ne change rien pour la harceleuse. Ou disons que ça devient une énième preuve qui alimente sa conviction.

— Son délire, surtout, corrigea Romain.

— Il ne faut jamais perdre de vue que tu as affaire à quelqu'un qui ne raisonne pas raisonnablement, si je peux dire.

— C'est un cauchemar… Elle me pourrit la vie.

— Comment s'est passée votre confrontation ?

— Elle me suivait, je me suis retourné et j'ai foncé dans sa direction, elle est restée là, complètement stupéfaite, comme un lapin pris dans les phares d'une voiture au milieu de la route. J'ai résisté à l'envie de la prendre par les épaules et de la secouer, c'était difficile, tu peux me croire, et pourtant ce n'est pas du tout mon genre, il n'y a qu'avec les mots que je peux me montrer brutal. Mais là, c'était très physique, la voir devant moi avec ses yeux écarquillés qui me dévoraient… J'avais envie de la claquer.

— C'est compréhensible.

— Mais répréhensible.

— Effectivement. Tu es bien placé pour savoir que tu endosserais tous les torts. Tu lui as dit quelque chose ?

— Des banalités, oui.

— Des banalités ?

— Je lui ai demandé de me foutre la paix, qu'il n'y aurait jamais rien entre nous, ce genre de choses totalement inutiles. C'était absurde, ça ne m'a même pas soulagé. Pour tout te dire, j'étais tellement contracté que j'ai dû prendre rendez-vous en urgence chez un ostéopathe.

À l'issue de cet aveu, Romain leva la main à l'adresse du serveur pour commander deux autres margaritas. La tequila et le citron vert avaient sur lui un effet tonique qui hérissait ses synapses, tout en délayant ses scrupules à ne pas dire la vérité, toute la vérité, à Gaëtan. Lorsqu'il avait eu Juliette face à lui, pour la première fois depuis le réveillon, il s'était d'abord senti dérouté par sa ressemblance avec Jade, rappel irréfragable de cette parenté qui lui interdisait la moindre action.

Puis elle lui avait lancé des paroles entachées de bravade et de folle haine qui l'avaient jeté dans une colère très pénible à contenir. L'effort qu'il avait dû faire pour ne pas s'emporter l'avait autant surpris que déçu, il ne se savait pas homme à éprouver ce genre de pulsion. Surtout quand Juliette avait lancé d'une voix venimeuse qu'elle pouvait briser sa vie comme ça, d'un claquement de doigts. Il lui suffisait d'aller voir Jade et de lui dire tout ce que lui, « le manipulateur », cachait comme un secret honteux.

— Tais-toi, Juliette, tais-toi, l'avait-il implorée tout en luttant contre cette envie de la secouer violemment.

— Et pourquoi je ferais ça ? avait-elle répliqué. Pourquoi je devrais être la seule à souffrir ?

— Si tu ne le fais pas pour Jade, fais-le pour ta mère. Tu crois vraiment qu'elle a besoin de ça en ce moment ? Je ne sais pas si tu te rends compte de l'état dans lequel elle se trouve. Elle ne vous le montre peut-être pas, mais je peux te dire que sa chimio est un supplice, c'est très dur.

Juliette s'était figée, il avait presque pu voir les mots infuser dans son esprit tandis que, bouche bée, elle dardait sur lui un regard plein de fiel et de désespoir.

— Tu devrais avoir honte de te servir de ma mère, avait-elle lâché, les lèvres tordues par son ressentiment.

— Si tu étais un peu plus présente pour elle, tu saurais que je n'invente rien, avait-il répliqué.

Renfrognée, elle avait semblé réfléchir, avant de rebondir :

— D'accord. Pour maman. Mais qu'est-ce que j'y gagne, moi ? Qu'est-ce que tu fais pour moi ? Je peux continuer de souffrir, mais en silence surtout, pour ne pas déranger ta petite vie toute propre, c'est ça ?

— Juliette…, avait-il soupiré, au comble de l'accablement.

— Et pendant que la douleur que tu m'infliges me rend folle et me tue, toi tu joues tranquillement les mecs parfaits avec ma salope de sœur, hein ?

Elle avait commencé à parler de plus en plus fort, et Romain s'était trouvé face à un mur. Que pouvait-il faire d'autre que de tourner les talons et s'éloigner de cette folie en souhaitant de toutes ses forces que l'argument qu'il avait opposé suffît pour empêcher le pire ?

— Tu sais quoi, Romain Denis ? avait crié Juliette alors qu'il traversait la rue en la laissant seule sur le trottoir. C'est ton bébé qui devrait être malade, pas maman, j'espère qu'il mourra, tiens ! Oui, j'espère qu'il mourra ! avait-elle hurlé.

À ce souvenir, il ferma les yeux et se prit la tête entre les mains.

— Ça va ? s'émut Gaëtan.

De cet épisode si brutal, Romain ne lui relata que la conclusion.

— Donc, elle a déjà vu Jade, conclut son confrère.

— À force de me suivre, forcément.

— Et… excuse-moi si je suis indiscret, mais est-ce que Jade est au courant ?

— Non. Et je peux te dire que je m'épuise à la maintenir à l'écart de ce bordel.

— Je me doute que c'est de la haute voltige, en effet.

Gaëtan inspira profondément et expira d'un air soucieux.

— Romain, je ne veux pas t'inquiéter outre mesure, mais tu as déjà envisagé la possibilité que ce soit cette femme qui ait pu mettre le feu à l'appartement de Jade ?

— Oui, avoua Romain.

Jusqu'alors, il s'était efforcé de rejeter cette hypothèse comme pour l'empêcher de le terrifier. *Ne commence pas à devenir parano !* Pourtant, en l'entendant formulée par Gaëtan, il se sentait presque soulagé de ne pas être le seul à y penser.

— Qu'est-ce que je peux faire ? souffla-t-il à son confrère. Quels sont mes recours ?

Juliette avait disparu de son champ de vision, sans doute était-elle partie, ou en embuscade dehors, à l'attendre. Finalement, deviner sa présence sans la voir était encore plus angoissant.

— Tu les connais aussi bien que moi, lui répondit Gaëtan.

Romain opina de la tête. Mais il avait besoin qu'on les lui dise et Gaëtan le comprit.

— Porter plainte pour harcèlement, commença-t-il. Avec toutes les preuves dont tu disposes, c'est tout à fait recevable. Mais ça signifie que tu doives mettre Jade au courant.

— Je sais et c'est pourquoi je ne peux pas faire ça. Avec le bébé et tout…

Sa gorge se serra en imaginant Jade, Jules, Bérangère, Édouard… au courant. C'était inconcevable.

— OK, je comprends, fit Gaëtan. Deuxième solution : le placement d'office en psychiatrie.

— Ça ne peut pas venir de moi !

— Effectivement. Mais dis-moi, tu connais son identité ? Les érotomanes agissent à découvert. J'imagine qu'elle a noté son nom et son adresse sur ses lettres manuscrites pour que tu lui répondes.

Romain pouvait difficilement mentir sur ce point.

— Bon, poursuivit Gaëtan. Alors il faudrait peut-être explorer cette voie, rechercher si elle a de la famille, vérifier si elle est suivie par un thérapeute, éventuellement contacter ses proches pour que ce soient eux qui agissent et demandent un internement.

Romain avait déjà pensé à cette « solution ». Mais l'entendre formulée le faisait se sentir plus que jamais pieds et mains liés. Cette fois, c'est l'image de Juliette emmenée de force par des ambulanciers qui perfora son esprit. À supposer qu'Édouard et Bérangère prennent cette décision – et il avait du mal à voir ce qui pourrait la provoquer –, comment le percevraient-ils ensuite, lui, le gendre supposément idéal par lequel ce malheur venait ? Et Jade ? Le croirait-elle ? Comprendrait-elle ? Et lui pardonnerait-elle les erreurs qui avaient entraînées ce drame ?

— Il y a peu de marges de manœuvre, je sais, fit Gaëtan avec l'air d'être désolé de ne pouvoir faire mieux.

— Je te remercie de m'avoir écouté, s'entendit lui répondre Romain, sonné. Il faut que je réfléchisse à tout ça.

Au fond de lui, il avait espéré que son confrère proposât une issue qu'il n'aurait pas encore envisagée. Un fort malaise s'installa tandis qu'il faisait le bilan de leur conversation. Gaëtan devait trouver sa passivité assez étrange et pour le moins désinvolte. Dans la position inverse, lui-même se poserait des questions, porter plainte ou demander une injonction d'éloignement n'était pas difficile, alors pourquoi ne le faisait-il pas ? Sans doute Gaëtan le soupçonnait-il de ne pas avoir la conscience tranquille.

À bout de nerfs et malgré la pluie glaciale qui s'abattait sur la ville, il préféra regagner son appartement à pied, marcher d'un pas rapide dans une vaine tentative de se décrasser la tête du goudron de ses pensées. Il n'avait qu'une envie : prendre Jade par la main, sauter dans un train ou un avion, et s'installer avec elle ailleurs, loin. *Tu ferais mieux de revenir sur terre et de chercher une solution réalisable*, se gronda-t-il.

Il s'engagea dans une rue bordée de nombreux commerces. Difficile d'oublier qu'on était la veille de la Saint-Valentin. Il n'était pas adepte de ce genre de fêtes, mais Jade adorait ça. Alors il allait mettre cette affaire nauséabonde de côté et se consacrer corps et âme à gâter son amour, la choyer, la dorloter. Il avait besoin de ce répit, de se blottir contre elle et de profiter de leur bonheur fragile tant que la menace ne faisait que rôder. Il lui tardait désormais de reprendre des forces et de retrouver le courage qui venait d'être sévèrement entaillé avant de se lancer vraiment dans le sauvetage de sa vie.

44

Romain ouvrit la porte de l'appartement et jeta ses clés sur la console en métal de l'entrée.

— C'est moi, ma sublime ! s'écria-t-il.

Il suspendit son manteau complètement trempé et retira ses chaussures avant de rejoindre Jade qui s'affairait dans la cuisine flambant neuve, devant la gazinière piano. Depuis qu'elle était enceinte, la jeune femme se montrait encore plus vigilante sur ce qu'elle mangeait et, par solidarité plus que par conviction, Romain changeait peu à peu ses habitudes alimentaires. Ce soir, des légumes semblaient être au menu, ainsi qu'en témoignait le petit monticule d'épluchures.

Elle lui tendit une joue sur laquelle il déposa un baiser.

— Brrr, t'es gelé ! dit-elle en riant.

— Je suis revenu à pied.

— Avec le temps qu'il fait, tu es fou !

Elle lui jeta un coup d'œil perplexe.

— Ça va ? Tu as l'air bizarre.

— Oh, j'ai pris un verre avec Gaëtan, il a des soucis.

Il se demanda ce qui lui passait par la tête pour dire un tel mensonge.

— Graves ? demanda Jade.

— J'espère que non.

Il se cala derrière elle et enlaça sa taille de façon à pouvoir caresser son ventre.

— Qu'est-ce que tu prépares ? fit-il.

— Une soupe minestrone.

— Parfait !

Il plongea son visage dans le cou de sa compagne et huma longuement sa peau, ses cheveux imprégnés de ce parfum de jasmin et de bergamote qui lui allait si bien. Il aurait aimé avoir envie d'elle et la renverser sur la table, sur le canapé, sur le lit ou n'importe où. Or il ne ressentait aucune excitation. Depuis le retour de Venise, il oscillait entre déprime sexuelle et vigoureuses pulsions, sans aucun contrôle sur l'une ou sur l'autre. Il camouflait du mieux qu'il le pouvait ses faiblesses comme ses fringales, trouvait des déviations et de nouvelles combinaisons afin que Jade soit comblée sans déceler ses manquements. Mais le fait est que la folie de Juliette le rongeait de l'intérieur.

Comme pour se rassurer, il souleva la robe de Jade pour glisser sa main à l'intérieur de son collant, puis de sa culotte, et resta ainsi, la paume plaquée sur son pubis, les doigts immobiles entre les plis chauds et moites.

Tout en remuant la soupe qui cuisait à petits bouillons, Jade tourna la tête et chercha ses lèvres pour l'embrasser avec une volupté très persuasive, sans toutefois insister. Au cinquième mois de grossesse, sa libido connaissait elle aussi des sautes d'humeur.

— Je t'aime, lui souffla-t-elle.

Il la serra ardemment contre lui en guise de réponse.

— Viens, maintenant on va manger, je suis affamée ! lança-t-elle.

Il se dégagea à regret et réajusta la robe de Jade.

Assis face à face sur l'îlot central qu'ils avaient fait installer dans la vaste cuisine, ils soufflèrent sur leur soupe fumante en se souriant mutuellement.

— Ne prévois rien pour demain, d'accord ? Je m'occupe de tout, dit Romain.

— Valentin serait-il pour quelque chose dans cette initiative ? demanda-t-elle, mutine.

— Sans doute, mais je te préviens, il restera dans les coulisses, ce sera juste toi et moi, personne d'autre !

Elle lui adressa un de ses regards à la fois enflammés et fondants qui provoquaient toujours des tourbillons d'amour en lui. *Bordel, qu'est-ce que je t'aime…*

— Dis donc, petit cachottier, fit-elle subitement, tu ne m'avais jamais dit que tu avais pris un verre avec Juliette…

Il manqua de s'étouffer, mais se rattrapa *in extremis*. Vite, il fourra un morceau de pain dans sa bouche pour se laisser quelques secondes de réflexion et ne pas donner à Jade l'impression d'être sur la défensive.

— Avec Juliette ? Quand ça ? demanda-t-il en espérant paraître naturel.

— Je ne sais pas, répondit Jade. J'ai juste vu une photo qu'elle a publiée sur son compte Instagram, un selfie.

Il fourra un nouveau morceau de pain dans sa bouche. Mâcher lui donnait une contenance et justifiait les variations de sa voix. *Juliette, tu es vraiment une saleté de petite garce…*

— Montre…, fit-il.

Jade saisit son portable et balaya l'écran pendant qu'il se sentait conduit vers l'échafaud sans pouvoir faire ou dire quoi que ce fût pour empêcher qu'on lui coupe la tête. Pourtant, il connaissait Jade. Si elle avait considéré cette photo comme un acte de trahison, jamais elle ne se serait comportée avec cette légèreté taquine.

Mais cela n'empêchait pas Romain de se sentir terrifié. C'était donc ainsi et maintenant que tout allait basculer. Il n'aurait pas été étonné d'apercevoir Juliette au pied de l'immeuble, le redoutable et redouté détonateur entre les mains.

— Ah, ça y est, je l'ai trouvé, fit Jade en lui montrant un cliché sur son téléphone.

En dépit de l'affolement qui se répandait dans tout son corps, Romain saisit l'ultime occasion d'une pirouette intérieure afin de rebondir le plus loin possible de l'échafaud qui le menaçait.

— Oh là, ça date ! s'exclama-t-il. Oui, je me souviens, j'étais tombé sur ta sœur par hasard, quelques jours après le premier brunch chez tes parents. Elle a proposé qu'on prenne un verre, je n'ai pas osé refuser. On a bu une bière et elle avait voulu prendre un selfie, j'avais trouvé ça un peu adolescent, mais bon, ça lui faisait plaisir.

— Tu ne m'en avais jamais parlé…

Il essaya de ne pas voir de reproche dans cette remarque. D'ailleurs, il n'y en avait sans doute pas, contrairement à ce que sa mauvaise conscience tentait de lui faire croire.

— Je sais qu'il s'agit de ta petite sœur adorée, mais ça m'est aussitôt sorti de la tête, dit-il. C'était en pleine période de préparation du procès en appel de Martine Caussac, j'étais hyper concentré.

— Je te le confirme, fit Jade avec un tendre sourire. D'ailleurs, je peux te l'avouer maintenant, mais à cette période, je savais déjà que j'étais enceinte.

— Quoi ?!

— Je ne voulais pas que tu le saches, tant que le procès n'aurait pas eu lieu… pour ne pas te perturber.

Il fit mine de la gronder :

— Han ! Et c'est moi que tu traites de cachottier ?

Au-delà de la surprise de cette information, il sentit un vif soulagement l'envahir en voyant la conversation prendre une autre direction. Il prit la main de Jade et la porta à ses lèvres.

— Tu m'en veux ? susurra-t-elle, féline et follement féminine.

— Oui, tu as tout gâché, c'est fini entre nous, plaisanta-t-il.

— Enfin ! rebondit-elle, des rires plein les yeux. Je me demandais comment te faire comprendre que tout cela avait assez duré.

Il joua le jeu en soupirant profondément.

— Alors, adieu…

Ces mots dits, il mordilla le bout des doigts de Jade qu'il tenait toujours entre les siens et les lécha en la fixant avec fièvre. Il vit l'amusement quitter son regard pour le transformer en une émotion étincelante.

— T'es mon roi, souffla-t-elle.

L'intensité de son ton donnait à ces mots pourtant si simples une envergure puissante et majestueuse qui atteignit Romain en profondeur. Il répondit par un « ma sublime » qui lui parut très fade en comparaison des sentiments extraordinaires qu'il vouait à cette femme. Yeux clos, il embrassa le poignet de Jade et plaqua sa paume contre sa joue rêche.

Ce n'était pas la première fois qu'ils se faisaient cette déclaration. Ce soir pourtant, elle résonnait d'une façon plus poignante dans le cœur et l'esprit de Romain. De toute sa vie il n'avait jamais connu un tel niveau de perfection ni un tel sentiment de fragilité. La distance qu'il parvenait à tenir entre ces deux antagonismes se rétrécissait. Car il le sentait, son bel édifice, érigé année après année, effort après effort, reposait sur un socle pourri.

Il ne savait pas encore comment il allait se sortir de cette sale histoire avec Juliette, mais il allait trouver.

Il fallait qu'il trouve.

45

Depuis plus d'un an que Jade le fréquentait, Romain n'avait pas eu l'occasion de la décevoir une seule fois. Elle n'en revenait pas d'avoir enfin rencontré un homme comme lui, aussi complet, quasiment parfait. Outre leur fabuleuse complicité sexuelle, elle aimait chez lui ce mélange d'humilité et d'ambition, de finesse et de puissance qu'il déployait dans chaque facette de sa vie. Il n'était pas un fanfaron comme la plupart des hommes de sa génération pouvant se targuer d'avoir réussi, elle le savait à la fois besogneux et discrètement orgueilleux. D'un autre homme, elle n'aurait pas spécialement apprécié ces qualités. Mais de lui, elle les trouvait touchantes. Même ses défauts – une certaine tendance à l'introversion, ainsi que ce petit complexe social absurde qui affleurait parfois – s'avéraient charmants. Autant de raisons qui faisaient de lui le seul, parmi ceux ayant compté, avec lequel elle avait ressenti l'envie d'avoir un enfant.

Il lui avait clairement laissé entendre que cette soirée serait, comme il se devait, dédiée à l'amour et elle s'en était réjouie tout au long de la journée. Derrière sa façade de femme fatale et d'avocate féroce, elle avait une âme de midinette capable de fondre devant une comédie romantique, un dîner aux chandelles et des pétales de roses sur l'oreiller. Elle adorait cela et cette Saint-Valentin était la première à avoir un sens aussi fort.

Pourtant, au lieu de s'inscrire dans la longue liste des moments parfaits dont Romain avait été l'instigateur, ce quatorze février était en voie de marquer la première vraie déception de leur histoire. Jade avait certes reçu de sa part un superbe bouquet, il avait embaumé son bureau et son cœur tout au long de cette journée. Puis le soir était arrivé, les collaborateurs quittaient le cabinet les uns après les autres, et Romain n'était toujours pas là. Dix-huit heures, dix-huit heures trente, dix-neuf heures… Après avoir essayé de le joindre une quinzaine de fois et lui avoir envoyé au moins autant de SMS, elle laissa encore un message, scandé d'une voix un brin pincée.

— Bon, je ne sais pas où tu es, mais il est dix-neuf heures dix, je rentre.

Depuis le début de l'après-midi, elle tombait directement sur la messagerie vocale et ses SMS restaient en statut « distribué ». Romain avait donc éteint son portable. Pourquoi ? Il le laissait toujours allumé. Toujours. Il l'avait peut-être perdu ou se l'était fait voler. Auquel cas il y avait d'autres moyens de la contacter, elle n'avait pas bougé du cabinet de toute la journée et Romain était à Bordeaux, pas perdu en pleine pampa ! Il devait tout de même bien se douter qu'elle se ferait du souci.

Elle s'en voulut bientôt de son irritation si autocentrée. Il faudrait vraiment qu'elle apprenne à accepter que tout ne puisse pas tourner exactement comme elle le souhaitait.

Elle ferma le cabinet désert et appela un Uber. Tandis que ce dernier parcourait laborieusement les quatre kilomètres qui la séparaient de l'appartement, elle commença à se sentir gagnée par l'inquiétude.

Elle n'eut pas la patience d'attendre que l'ascenseur se libère et gravit pesamment les marches menant au troisième étage qui abritait leur « chez-eux ». Si Romain se trouvait là, à l'attendre, elle lui en voudrait un peu, il savait qu'elle n'aimait guère ce genre de surprise. Mais il n'y avait personne ni aucune indication d'un lieu où elle aurait été supposée le rejoindre.

L'inquiétude céda le pas à une angoisse prégnante. Elle songea à appeler ses parents et se ravisa. Ils avaient depuis toujours l'habitude de célébrer fastueusement la Saint-Valentin, elle n'allait pas leur gâcher la soirée. Le flux de ses sombres pensées fit émerger l'éventualité que ce soit l'ultime fête des amoureux pour sa mère. Romain lui avait fait part du changement qu'il avait remarqué lors de la dernière visite à l'hôpital, cette lassitude que Bérangère dissimulait avec une pudeur obstinée à Édouard et à ses enfants.

Jade sentit les larmes lui monter aux yeux. Elle caressa son ventre, cherchant instinctivement une consolation qu'elle aurait aussitôt trouvée dans les bras de Romain si, à cet instant, il avait été là.

— T'es où, mon roi ? souffla-t-elle.

Capable d'affronter et de résoudre les problèmes les plus épineux et les plus désespérés de ses clients, elle avait rarement eu l'occasion d'être confrontée à de réelles difficultés personnelles. Sa vie suivait le cours d'un fleuve tranquille depuis qu'elle était née, elle ne déplorait aucun drame ni écueil majeur.

Aussi ne s'était-elle jamais sentie désemparée à ce point. Assise sur le canapé du bel appartement, si vide sans Romain, elle ne savait absolument pas quoi faire ni qui appeler pour sortir de cet embourbement.

Vingt heures. Elle consulta son portable au cas où un message lui ait échappé. Fébrile, elle remonta le fil de ses derniers échanges avec Romain, auxquels succédaient tous ceux laissés sans réponse. Un mouvement dans son ventre lui fit lâcher l'appareil. Elle porta les mains sur la tendre rotondité et se mit à rire, autant de bonheur que de déconcertement : le bébé bougeait ! Pour la première fois, elle sentait les reliefs sous ses doigts, les à-coups d'une vigueur surprenante, les manœuvres du petit corps en elle.

En cette fête des amoureux, le bébé lui faisait le plus sublime des cadeaux. Et elle, elle était là, seule, angoissée, alors que Romain aurait dû être avec elle pour vivre cet événement unique dont ils avaient tous les deux tant rêvé.

Ballottée par les courants contraires de ses émotions, elle fondit brutalement en larmes.

Vingt et une heures.

Vingt-deux heures.

— Il s'est passé quelque chose... Il s'est passé quelque chose..., ne cessait-elle de répéter comme une sinistre litanie.

Elle ne pouvait pas rester ainsi, à attendre, il fallait agir. *Du nerf !* s'encouragea-t-elle. Elle s'extirpa du canapé qu'elle n'avait pas quitté depuis qu'elle était rentrée, se passa le visage sous l'eau froide et, piètre mais nécessaire remontant, prépara le thé vert aromatisé à la rose que Romain lui avait acheté, quelques jours plus tôt. Puis elle ouvrit son ordinateur, lista méthodiquement les hôpitaux et entreprit de les appeler les uns après les autres.

Une demi-heure plus tard, arrivée au bout de ses recherches, elle procéda de la même façon auprès des commissariats, sans grande conviction. Si, pour une raison ou une autre, Romain avait été arrêté, elle aurait été la première informée.

Il était presque minuit lorsqu'elle mit fin à ses vérifications. Très abattue, elle éteignit tout et se roula en boule sur le lit trop grand. Un policier avait fait montre d'une délicatesse discutable en plaisantant sur la défection de son compagnon en pleine Saint-Valentin.

— Il va sûrement revenir demain, avec un gros bouquet de fleurs, lui avait-il dit.

Connard, l'avait silencieusement insulté Jade.

Pourtant, elle espérait de toutes ses forces que ce policier ait eu raison. Certains hommes sont déboussolés à la perspective de devenir pères. Elle ne croyait pas que Romain fût ainsi, mais elle préférait largement cette explication à d'autres, beaucoup plus dramatiques. Car comment ne pas penser à l'incendie de son appartement et aux pneus crevés de sa voiture ? Et si on cherchait à l'atteindre, elle, à travers lui ? Il lui revint à l'esprit que Romain avait changé deux fois de numéro au cours des dernières semaines. Était-il menacé ? Il ne s'était guère étendu sur le sujet, certainement pour ne pas l'inquiéter. *Et toi, tu n'as pas spécialement réagi, il était peut-être en danger et tu es restée concentrée sur ta petite personne, tu aurais dû insister pour qu'il te dise ce qui se passait*, se reprocha-t-elle.

Le bébé bougea à nouveau comme pour faire dévier son attention. Elle roula sur le dos et plaqua les mains sur son ventre pour le caresser avec amour.

— Reviens, Romain, murmura-t-elle, bébé et moi, on t'attend, on t'aime…

★

★ ★

Jade avait basculé pendant une poignée d'heures dans un sommeil en pointillé, agité, peu réparateur. Elle décida de se rendre au cabinet. Romain n'avait toujours pas donné de nouvelles, mais rester à l'appartement ne changerait rien, elle en apprendrait sans doute davantage en vérifiant dans ses affaires en cours. Et puis il faudrait bien en parler à Édouard et à Jules, à un moment ou à un autre.

— Ça va ? s'inquiéta Charlotte, son assistante, en voyant sa mine ravagée.

Elle opina et se dirigea vers le bureau de son frère.

— Il plaide toute la matinée, l'informa Coralie, la chargée d'accueil.

— OK, merci, répondit Jade.

Elle gagna le bureau de son père. Lui non plus n'était pas là.

— Décidément…, maugréa-t-elle.

— Il avait prévu de prendre sa journée, lui lança Gaëtan qui passait dans le couloir.

Avant d'ajouter :

— Tu es sûre que ça va ? Tu n'as pas l'air bien…

Elle grommela une vague dénégation et fila s'enfermer dans le bureau de Romain.

Assise dans son fauteuil, elle réfléchit à ce qui pourrait la mettre sur une quelconque voie. Elle alluma l'ordinateur, mais sans mot de passe, elle fut vite freinée. Elle pensa le demander à Noûr – les assistants disposaient de l'accès aux machines des avocats avec lesquels ils collaboraient –, mais préféra se rabattre sur les mémos des dossiers empilés à portée de main, essentiellement des affaires de violences conjugales. De la même façon que quelques semaines plus tôt et sur des registres pourtant très différents, ils pouvaient l'un comme l'autre attirer la hargne, la haine, l'envie de vengeance.

— Retour au point de départ, murmura-t-elle.

La voix de Noûr dans la pièce contiguë éveilla son attention. L'assistante de Romain fut un peu surprise de la voir surgir du bureau de son patron, mais Jade négligea de s'expliquer.

— Noûr, quand avez-vous eu Romain au téléphone la dernière fois ?

Dispute d'amoureux, suspicion… Elle avait bien conscience de ce que cette question pouvait laisser entendre, d'autant plus avec le visage défait qu'elle affichait. Mais elle misait sur la remarquable conscience professionnelle de Noûr pour que tout cela restât discret.

Cette dernière consulta le fichier où elle notait tous les appels.

— Hier, à dix heures quarante-sept, répondit-elle.

— Vous vous souvenez de ce qu'il vous a dit ?

L'assistante hésita et, en d'autres circonstances, Jade l'aurait tout à fait compris. Mais là, c'était juste insupportable. Noûr dut le sentir car elle finit par répondre :

— Il avait à faire à l'extérieur, il a précisé qu'il passerait au cabinet en fin de journée pour vous chercher.

Faisant fi de l'embarras que son interlocutrice laissait filtrer, Jade insista.

— Il avait rendez-vous avec qui ?

— Je n'ai noté aucun rendez-vous pour ce jour-là, lui confia Noûr, au comble de la gêne.

Jade intégra ces informations quasiment en apnée.

— Merci, Noûr, lâcha-t-elle avant de regagner le bureau de Romain.

Il fallait qu'elle parle à quelqu'un. Elle tenta de réguler sa respiration et saisit son téléphone.

— Papa ? C'est Jade. Je suis désolée de te déranger…

— Tu ne me déranges pas, ma chérie.

— Ça va ? Et maman ? Elle va bien ?

— Tu en sais autant que moi, je ne vais pas te cacher que c'est très dur.

Malgré la distance, elle pouvait sentir le profond abattement de son père.

— On a fêté la Saint-Valentin à l'appartement, tranquillement, en toute simplicité, dit-il, la voix un peu éraillée. Mais j'imagine que Romain et toi aussi, vous avez passé une bonne soirée…

À ces mots, les nerfs de Jade craquèrent. Le sanglot bloqué dans sa gorge l'oppressait, elle ne put le retenir d'exploser, mais n'en éprouva pas de soulagement pour autant.

— Qu'est-ce qui se passe, Jade ? s'affola Édouard.

Elle ne parvenait pas à parler.

— Dis-moi ce qu'il y a…, insista son père. Vous vous êtes disputés ?

— Non ! se récria-t-elle.

— Ce sont des choses qui arrivent, tu le sais bien…

— Papa…, le coupa-t-elle. Je… je ne sais pas… où il est… il a disparu…, bredouilla-t-elle.

— Comment ça, il a disparu ?

— Je n'ai plus de nouvelles depuis…

Elle fit un rapide calcul avant de préciser :

— Une vingtaine d'heures.

Elle sentit aussitôt l'angoisse qu'elle venait de transmettre à son père.

— Bon, fit-il. Tu sautes dans un taxi et tu nous rejoins à l'appartement, d'accord ?

— D'accord, répondit-elle, hagarde. J'arrive.

46

Bérangère se reposait dans sa chambre lorsque Jade arriva à l'appartement familial. La jeune femme relata à son père les terribles heures qu'elle venait de vivre en s'efforçant de ne pas craquer à nouveau. Édouard ne put cacher son inquiétude. On ne connaissait jamais parfaitement autrui et on ne pouvait être sûr de quiconque à cent pour cent, il l'avait vérifié tant de fois au cours de sa carrière. Mais sa conviction, son intime conviction d'homme mûr et d'avocat aguerri était solidement enracinée : Romain ne pouvait pas avoir disparu de son plein gré.

Jade, elle, balançait entre le soulagement d'être prise au sérieux et une angoisse amplifiée par la gravité qui marquait le visage de son père au fur et à mesure qu'elle lui dévoilait ses craintes, convergentes avec celles qu'il entretenait.

— Ce serait préférable qu'on évite d'en parler à ta mère pour le moment, lui dit-il.

— Me parler de quoi ? retentit la voix de Bérangère depuis le seuil du salon où s'étaient installés son mari et sa fille.

Édouard soupira en secouant la tête, profondément contrarié. Jade lui jeta un coup d'œil aussi effaré que perdu. Elle se leva pour serrer sa mère dans ses bras, jamais elle ne lui avait paru si fragile, presque friable. Cette sensation lui faisait horreur.

— Tu as pleuré, remarqua Bérangère en la dévisageant. Que se passe-t-il ?

Jade afficha le même air sombre et fuyant que son père, ni l'un ni l'autre ne se résolvaient à lui répondre.

— Vous croyez que c'est en vous taisant que vous allez me rassurer ? poursuivit Bérangère.

— Viens t'asseoir à côté de moi, fit Édouard.

Il lui résuma la situation avec cette impression affolante de ronger ses faibles résistances. Très pâle, Bérangère tâchait de faire bonne figure vis-à-vis de sa fille enceinte, mais elle encaissait rudement la terrible nouvelle.

— Il faut prévenir la police, souffla-t-elle d'une voix tremblante.

— Tous les flics qui m'ont prêté un tant soit peu d'attention m'ont conseillé d'attendre au moins vingt-quatre heures avant de lancer la moindre procédure, précisa Jade.

— Alors on va appeler cette inspectrice qui s'était occupée de l'enquête sur l'incendie, décréta Édouard, comment s'appelait-elle déjà ?

— Suchet, répondit Jade en consultant d'emblée les contacts sur son portable.

Elle se leva pour se poster devant la fenêtre, téléphone à l'oreille. Édouard et Bérangère entendirent distinctement la messagerie vocale s'enclencher au bout de quelques tonalités.

— Merde…, pesta Jade, elle est en vacances jusqu'à la fin de la semaine.

— Je vais contacter Bouchereau, il est inspecteur à la crim, rebondit Édouard.

Jade dut lutter pour ne pas montrer qu'elle s'effondrait intérieurement. La crim… Des images de corps meurtris, de regards inexpressifs, de sang et d'os brisés assiégèrent son esprit agité.

L'éventualité que Romain fût mort fora littéralement son cerveau, provoquant un début douloureux de migraine.

Elle ne put retenir un cri lorsque son téléphone sonna.

— C'est l'inspectrice ! annonça-t-elle à ses parents avant de décrocher et d'activer le haut-parleur.

— Mademoiselle Clermont ? Inspectrice Suchet... Vous avez essayé de me joindre ?

— Oui...

Jade lui exposa la situation avec un sang-froid et une précision qui la surprirent elle-même. Au bout du fil, l'attention de l'inspectrice était perceptible. Jade éprouva un réel soulagement à sentir qu'elle la croyait. Elle aurait très difficilement supporté qu'on lui sorte des absurdités sur la possibilité que Romain se fût offert une escapade avec une autre femme.

— Je vois, fit l'inspectrice après que Jade lui eut dit tout ce qu'elle savait. Dans un premier temps, il faudrait que j'aie accès à l'ordinateur et au bureau de votre compagnon. Vous pouvez m'y retrouver, disons d'ici une heure ?

— Bien sûr. Mais je vous croyais... Vous n'êtes pas en vacances ? lui demanda Jade.

— Si, effectivement. Mais voyez-vous, j'ai un très désagréable goût d'inachevé par rapport à l'enquête sur l'incendie de votre appartement, il n'y a rien de plus frustrant que des affaires non résolues. À ce stade, rien ne dit qu'il existe un lien, mais je connais très bien le dossier, on gagnera du temps.

Elle ne verbalisa pas ce que les Clermont savaient pertinemment, eux aussi : le temps était primordial dans les cas de disparition.

Jade raccrocha et regarda ses parents. Le teint cireux de sa mère, les poches violacées sous ses yeux et cette impression qu'elle pouvait se briser à chaque instant... Les bajoues de son père, ses mains tachetées, son cou fripé... Ils lui apparaissaient vieux, ou plus exactement vieillis, et elle en était bouleversée. Jamais elle n'avait autant pensé à la mort qu'en ce jour.

— Restez là, je vais retrouver l'inspectrice au cabinet, annonça-t-elle.

Elle vit son père froncer les sourcils.

— Vas-y, je peux rester seule, ça ira, l'encouragea sa femme.

— Non, papa, reste avec maman, fit Jade. Ça ne servirait à rien que tu viennes. Je promets de vous tenir au courant.

Elle s'empressa d'enfiler son manteau et les embrassa sans les regarder, de peur de craquer. Un taxi se gara cinq minutes plus tard devant l'immeuble, elle s'y engouffra.

Elle ne voyait et n'entendait rien. Lèvres entrouvertes, elle cherchait l'air qui lui manquait sous les assauts de la panique. Tout n'était pas parfait dans sa vie, la maladie de sa mère engendrait une angoisse profonde et incompressible. Mais jusqu'alors l'avenir s'annonçait riche de perspectives heureuses, le bébé, le mariage en ligne de mire, du bonheur à foison. Toutefois, ces beautés et bontés que la vie lui prodiguait ne l'aveuglaient pas, par son métier elle était bien placée pour savoir combien on pouvait soudainement déraper et voir pulvériser les socles sur lesquels on se fondait, les certitudes, les promesses. Et là, c'était à elle que cela arrivait. Ces dernières heures et sans doute celles à venir étaient les plus violentes qu'elle eût jamais vécues.

Comment une telle catastrophe avait-elle pu arriver ?

47

Jade tomba sur l'inspectrice Suchet au moment où celle-ci arrivait au cabinet Clermont, en compagnie d'un de ses collègues. Elle en ressentit un certain soulagement, leur venue serait plus discrète.

Elle les conduisit directement dans le bureau de Romain.

— Il faudrait qu'on accède aux dernières communications de votre compagnon, ses mails, SMS, messages vocaux..., annonça l'inspectrice. En parallèle, on va demander un bornage téléphonique à l'opérateur.

En tant qu'avocate, Jade savait ce que cela signifiait. Par ce biais, on pourrait localiser la zone où Romain avait utilisé son portable pour la dernière fois, en espérant qu'un minimum de temps et de distance se fût écoulé entre ce moment et celui où il avait disparu. Au fond d'elle, Jade souhaitait savoir, ardemment, désespérément, et redoutait tout autant la réponse qui ajouterait forcément à l'anxiété déjà considérable.

Elle fournit aux inspecteurs les différents messages que Romain lui avait envoyés la veille, puis se résolut à appeler Noûr.

L'assistante blêmit lorsque la jeune femme lui apprit qu'on n'avait plus de nouvelles de son patron depuis près de vingt-quatre heures. Très troublée, elle répéta la teneur de son dernier échange avec Romain.

— Vous avez une idée de la personne qu'il devait voir ? lui demanda l'inspectrice Suchet.

— Non, aucun rendez-vous n'était planifié pour la journée, il avait à faire à l'extérieur, il a précisé qu'il passerait au cabinet en fin de journée, expliqua Noûr.

— Est-ce qu'à votre connaissance il a reçu des menaces ou des pressions, ces derniers temps ? Connaît-il des différends avec certains de ses clients ?

Sous le regard inquisiteur de Jade, Noûr se mit à respirer plus fort, plus vite.

— C'est difficile à dire, souffla-t-elle.

— Vous n'ignorez pas que le moindre détail peut avoir son importance, l'encouragea l'inspectrice.

Jade ressentit un vif malaise face à l'attitude clairement embarrassée de Noûr. L'impression que l'assistante de Romain savait des choses qu'elle-même ignorait ne lui plaisait pas du tout. Son premier réflexe fut de se sentir vexée, voire offusquée, avant de se raviser. Ces griffures d'orgueil étaient plus qu'inopportunes.

— Qu'entendez-vous par « difficile à dire », madame Mansour ? insista l'enquêtrice.

Noûr battit nerveusement des paupières et se frotta les tempes. Jade comprit que sa présence entravait les confidences qui pourraient être faites.

— Je vous laisse, fit-elle en se levant malgré elle.

L'inspectrice lui adressa un petit signe d'approbation. Mais il était hors de question pour Jade de rester à l'écart de cette conversation. Elle se glissa dans le bureau contigu et colla son oreille à la porte de communication, non sans scrupules.

Le secret était au cœur de son métier, elle en mesurait l'importance essentielle et le respectait farouchement. Mais il s'agissait de Romain, l'homme de sa vie, peut-être en grand danger. Ça supplantait la sacro-sainte éthique professionnelle.

— Dites-nous ce que vous savez, madame Mansour, répéta l'inspectrice.

— Ça n'a peut-être rien à voir, commença Noûr.

— Nous vous écoutons.

Noûr hésita pendant quelques secondes avant de céder :

— Il y a cette femme qui le harcèle…

Derrière la porte, Jade se figea. Son esprit se sclérosa, avant de se laisser gagner par la stupéfaction. Romain ne lui avait jamais parlé de cela !

— Comme tous les avocats, Romain… Maître Denis reçoit de temps à autre des lettres de remerciement et des cadeaux de la part de certains clients particulièrement reconnaissants, expliqua Noûr. Mais il lui arrive d'être l'objet d'une gratitude… disons… excessive.

— C'est-à-dire ?

— Des clients… surtout des clientes se montrent insistantes. Vous le savez, maître Denis défend surtout des affaires de violences faites aux femmes et certaines d'entre elles sont extrêmement fragiles, elles ont tendance à voir en lui… un sauveur. Il faut les comprendre… Je ne juge pas, mais disons que c'est parfois un peu… lourd.

— Une lourdeur qui peut aller jusqu'au harcèlement dont vous parliez ? enchaîna l'inspectrice Suchet.

— En ce qui concerne l'une d'elles, oui.

Après un silence chargé d'hésitation, l'enquêtrice apporta une précision apparemment nécessaire :

— Votre conscience professionnelle vous honore, mais il s'agit de la vie d'un homme, dit-elle à l'assistante sur un ton calme et néanmoins ferme.

— Vous pensez qu'il pourrait… qu'il est… en danger ? bredouilla Noûr d'une voix blanche.

Jade comprit que l'inspectrice avait acquiescé lorsque Noûr lâcha :

— OK, je vais tout vous dire. Depuis environ trois mois, maître Denis reçoit des dizaines de mails et d'appels de la même personne, une femme. Les adresses et les numéros changent fréquemment, mais à force, j'ai fini par la repérer.

— Pouvez-vous préciser, s'il vous plaît ?

— D'abord la voix. Cette femme a beau essayer de la modifier, désormais je la reconnais. Concernant les messages, j'ai remarqué qu'elle inscrit toujours « personnel » en objet, parfois en précisant « strictement ». En général, les gens inscrivent « confidentiel ». C'est la même chose pour les lettres…

— Les lettres ? Vous voulez dire, des lettres manuscrites ?

— Oui. Le rythme s'est intensifié depuis que maître Denis a demandé la création d'une nouvelle messagerie pro aux informaticiens.

— Quand ?

— Il y a environ un mois. Les mails ont cessé, en revanche maître Denis a bien dû recevoir une vingtaine de lettres.

— Avez-vous eu connaissance du contenu de ces mails et de ces lettres ?

— Non ! se récria Noûr. À partir du moment où il est précisé qu'une communication est confidentielle, je ne l'ouvre pas. C'est à maître Denis de me transmettre le courrier auquel il souhaite que je réponde s'il n'a pas le temps de le faire lui-même.

— Pensez-vous qu'il puisse s'agir de menaces ?

— Non.

— Pourquoi pas ?

— Maître Denis aurait porté plainte. Et puis franchement, qui enverrait des lettres de menaces accompagnées de cadeaux ?

— Des cadeaux ?

— Oui. J'en ai aperçu quelques-uns dans son bureau juste après qu'il les a reçus, et certains dans la poubelle. Ça n'avait rien à voir avec une quelconque intimidation.

— Vous vous souvenez de ce que c'était ?

— En général, les clients envoient des bouteilles de vin ou d'alcool, des boîtes de chocolat, des mets coûteux comme des truffes, du foie gras... Les cadeaux de cette femme étaient très particuliers, je me rappelle notamment d'un disque vinyle, de places de concert, d'une statuette, de livres...

— Et avez-vous une idée de la nature de leur correspondance ?

— Je ne crois pas qu'on puisse parler de correspondance.

— Maître Denis ne répondait pas ?

— Je ne le pense pas.

— Qu'est-ce qui vous fait dire ça ?

Noûr soupira avant de poursuivre :

— Je travaille avec lui depuis plus de deux ans, je suis son assistante, ce qui signifie que nous partageons quotidiennement une forme... d'intimité professionnelle. Depuis que cette femme le submerge d'appels et de messages, j'ai pu être témoin de ses réactions et en surprendre quelques-unes. Et je peux vous dire que tout cela l'irrite profondément.

— Pouvez-vous préciser ?

— Rien de tangible, mais l'agacement, l'inquiétude, des mots lâchés... Ce n'était pas difficile de voir qu'il était exaspéré.

Depuis l'autre côté de la porte de communication, Jade retenait son souffle, médusée et plus que jamais gagnée par des sentiments ambigus, entre fierté écornée et franche panique. Pourquoi Noûr était-elle au courant de tout cela et pas elle ? Au sein d'un couple, n'était-on pas censés tout se dire ? Ou pour le moins, des choses d'une telle gravité ?

— Vous avez une idée des motivations de cette femme ? reprit l'inspectrice.

— Eh bien, j'ai d'abord pensé à une maîtresse ou à une ex-petite amie un peu envahissante qui supporterait mal son histoire avec Jade Clermont. Ça pouvait également être une de ses anciennes clientes qui lui voue une immense gratitude…

— Ça *pouvait* ?

— Honnêtement, je ne crois pas que ce soit elle, elle s'est toujours manifestée de façon classique et… saine.

— Saine ?

— Oui. Maître Denis lui a fait gagner son procès et permis de retrouver une certaine dignité. Elle lui en était très reconnaissante, un peu maladroitement mais ouvertement, et pas du tout dans les mêmes proportions que cette femme.

— On va tout de même vérifier. Vous vous rappelez son nom ?

— Carole Lauret.

— Vous avez d'autres pistes en tête ?

— Non.

— Vous savez si maître Denis a conservé les courriels dans sa messagerie ou dans un fichier ?

— Pas dans sa messagerie pro, en tout cas.

— Et les lettres ? Certains cadeaux ?

— Je ne sais pas. Dans son coffre-fort, c'est possible.

— Vous avez certainement le mot de passe de son ordinateur, ainsi que le code du coffre, n'est-ce pas ?

Jade ne la voyait pas, mais elle imaginait facilement Noûr très embarrassée face à cette demande. Elle brûlait d'envie de faire irruption dans le bureau pour lui ordonner de fournir sans rechigner ce dont les inspecteurs avaient besoin.

Elle comprit que ce ne serait pas nécessaire quand elle entendit l'inspectrice Suchet clore l'interrogatoire :

— Merci, madame Mansour, vous nous avez été très utile.

Jade sortit aussitôt du bureau de Noûr. Celle-ci, encore sous le choc de ce qu'elle venait de vivre, ne parut pas surprise de se retrouver nez à nez avec la jeune femme.

— Ça va, Noûr ? lui demanda cette dernière. Tout s'est bien passé ?

Regard fuyant, l'assistante de Romain balbutia un vague « oui » et s'éloigna, avant de se raviser.

— Jade ?

— Oui ?

— Je suis désolée de ce qui arrive.

Jade se rapprocha d'elle. Sa sincérité, à l'instar de sa loyauté, était incontestable.

— Je sais, Noûr. Merci de collaborer comme vous venez de le faire.

— Je voulais vous dire… J'ai travaillé avec une dizaine d'avocats au cours de ma carrière et… j'apprécie vraiment Romain, vous savez, ce n'est pas seulement un excellent professionnel, mais aussi un homme bien. J'espère… le revoir très vite.

— Moi aussi, fit Jade.

Sa voix s'enraya, elle se racla la gorge afin de poursuivre :

— Lui aussi, il vous apprécie beaucoup.

Elles s'adressèrent mutuellement un sourire mécanique et sans joie. Très ébranlée, Jade rejoignit les policiers, déjà affairés sur l'ordinateur de Romain. Elle se laissa tomber sur un des fauteuils club où son compagnon aimait mener certains entretiens sur un mode moins formel.

Le coffre-fort ouvert lui apparut comme une boîte de Pandore, pleine de vérités et de malheurs. Elle avisa une pile de lettres sur le bureau et la clé USB fichée dans l'ordinateur allumé. Un frisson la parcourut à la pensée de ce que tout cela pouvait contenir. Elle caressa son ventre comme pour se raccrocher à quelque chose de positif et de beau au milieu de ce chaos.

L'inspectrice Suchet la dévisagea d'un air interrogatif.

— J'ai écouté à la porte, avoua Jade.

— Je m'en doute, fit l'inspectrice en reprenant ses recherches sur l'ordinateur.

Elle jeta un coup d'œil soucieux à la belle jeune femme accablée qui s'efforçait de sauver les apparences avec un courage laborieux.

— Ça va ? lui demanda-t-elle. Vous tenez bon ?

Sa bienveillance toucha Jade, qui opina de la tête sans toutefois pouvoir convaincre personne.

— Ça va sans doute vous paraître un peu convenu, mais je ne crois pas que Romain ait eu une maîtresse depuis que nous sommes ensemble, dit-elle, essoufflée par l'anxiété qui la pressurisait.

Les inspecteurs la regardèrent avec une neutralité professionnelle qui ne l'empêcha pas de se sentir dans le rôle un peu ridicule et désespéré de la femme bafouée repoussant aveuglément l'évidence. Bien sûr que tout le monde pensait à une maîtresse !

— Bingo…, murmura l'enquêteur.

— Qu'est-ce que vous avez trouvé ? s'enquit Jade en se redressant sur son siège.

L'inspectrice Suchet leva la main pour lui signifier de patienter. Concentrés sur l'écran, les deux policiers lisaient au rythme des clics qui ponctuaient le silence d'une oppressante façon. Jade n'insista pas, malgré son envie de se planter derrière eux pour lire par-dessus leur épaule. Elle ne pouvait que les observer et essayer de décrypter l'expression sur leur visage, les dodelinements de leur tête, les regards qu'ils échangeaient, tantôt éberlués, tantôt froncés. Un supplice pour les nerfs de la jeune femme.

Elle sursauta quand on toqua à la porte.

— Oui ? lança-t-elle.

Gaëtan apparut dans l'entrebâillement. À la vue de Jade, décomposée, et des deux étrangers assis à la place de Romain, il n'osa entrer tout à fait.

— Viens, je t'en prie, l'invita Jade sur un ton presque implorant.

Puis, se tournant vers les policiers :

— Je vous présente Gaëtan Grenier, le collaborateur le plus proche de Romain. Gaëtan, voici l'inspectrice Suchet et son collègue, de la brigade criminelle.

Gaëtan referma la porte derrière lui et s'avança.

— Que se passe-t-il ? demanda-t-il, franchement inquiet.

— Romain a disparu, lâcha Jade.

— Han ! s'exclama l'avocat, les mains jointes devant la bouche.

Il inspira à fond et expira longuement avant de déclarer :

— C'est ce que je redoutais…

48

Le compte-rendu de la discussion qu'avaient eue Romain et Gaëtan ainsi que le diagnostic qu'avait fait ce dernier en guise de conclusion confirmèrent aux policiers ce qui apparaissait dans les dizaines de courriels judicieusement sauvegardés par Romain : aucun doute, l'avocat était bel et bien la cible d'une érotomane.

Le premier réflexe de Jade fut de se sentir libérée d'un grand poids. Son compagnon n'avait pas de maîtresse. L'homme de sa vie, le futur père de l'enfant qui bougeait de plus en plus, de mieux en mieux dans son ventre, ne l'avait pas trompée. Depuis plus de quatre mois, il était la cible d'une folle qui s'était amourachée de lui et qui se faisait des films délirants sur une passion n'existant que dans son imagination.

Néanmoins, si son amour-propre était sauf, Jade fut vite rattrapée par une réalité bien pire qu'une histoire d'adultère, si terrible fût-elle, et encore plus grave qu'une affaire de harcèlement. Il n'y avait qu'à voir la mine de Gaëtan, assis sur le fauteuil face à elle, et celle des policiers.

— Maître Denis ne vous a donné aucun indice sur l'identité de son harceleuse ? questionna l'inspectrice. Sa physionomie ? Son âge ? Son métier ?

— Non, il est resté très vague à propos des détails physiques, on a surtout parlé des agissements de cette femme, répondit Gaëtan.

— Savez-vous pourquoi il n'a pas porté plainte ?

— Non, ça m'a d'ailleurs assez étonné, je n'ai pas compris pourquoi il se montrait aussi réticent, mais je crois qu'il s'apprêtait enfin à le faire.

Éberluée, Jade voyait tout se mettre en place.

— Vous pensez que cette femme est pour quelque chose dans la disparition de Romain ? s'entendit-elle demander.

Elle avait bien conscience de l'inutilité de sa question et regretta de l'avoir posée. D'ailleurs, le regard des policiers parlait de lui-même. Jade se tourna vers Gaëtan qui, bien entendu, hocha la tête.

— Vous l'avez compris, l'érotomanie peut conduire à des actes irrationnels, précisa l'inspectrice. Notre priorité est de trouver l'identité de cette femme pour confirmer ou non cette piste sérieuse.

Bien qu'approuvant la cohérence de ce raisonnement, Jade se sentait perdue comme jamais elle ne l'avait été. Elle n'avait rien vu, rien perçu des difficultés qu'endurait Romain. Il avait certainement voulu la protéger, ou du moins l'épargner, mais ça n'en demeurait pas moins perturbant.

— Je dois vraiment partir en rendez-vous, mais tu m'appelles si tu as besoin de moi, lui murmura Gaëtan en prenant congé. Tiens-moi au courant, s'il te plaît.

Le téléphone de l'inspectrice vibra.

— On a le résultat de l'opérateur téléphonique pour les cinq derniers jours, annonça-t-elle en consultant le document qu'on venait de lui envoyer. Alors, son portable a borné la dernière fois hier, à midi douze à la sortie de la départementale 106, au niveau de Saint-Jean-d'Illac…

Yeux écarquillés, Jade secoua la tête. Qu'est-ce que Romain allait ficher là-bas ?

L'inspectrice sollicita à nouveau Noûr :

— Maître Denis a-t-il des clients dans les environs de Saint-Jean-d'Illac ?

— Je fais la recherche, je vous dis très vite, assura l'assistante.

— Merci. Bon, reprit-elle, parmi les dernières opérations, il y a un appel passé à dix heures quarante-sept, Romain Denis a contacté le cabinet, ça confirme ce que nous a dit Noûr Mansour. On a aussi deux SMS envoyés et deux reçus, tout ça dans les dix minutes et rattaché au même numéro…

Elle leva brusquement la tête pour regarder Jade.

— Bérangère Clermont, fit-elle. C'est votre mère ?

— Oui, répondit Jade. Romain et elle sont proches, il l'accompagne dans son protocole médical. Elle a… elle souffre d'un cancer.

— Oh, je suis désolée de l'apprendre.

Noûr apparut dans l'embrasure de la porte de communication après avoir discrètement toqué.

— Maître Denis a eu une cliente à Martignas-sur-Jalle, l'affaire date de son arrivée au cabinet, et une autre à Gradignan, un peu plus récente.

Elle tendit une fiche sur laquelle elle avait noté toutes les coordonnées.

— Si je peux me permettre…, poursuivit Noûr, la première s'est remariée, l'été dernier, elle nous avait envoyé une boîte de dragées… et la seconde est une dame de soixante-quinze ans.

— Merci, fit l'inspectrice.

Pendant que son collègue épluchait les données téléphoniques, elle entreprit de lire les lettres manuscrites dont les trois quarts n'avaient pas été décachetées par Romain. Désœuvrée et douloureusement angoissée, Jade s'isola pour appeler son père.

— Mais pourquoi il ne nous a rien dit ? réagit ce dernier quand sa fille lui eut tout expliqué. On aurait pu l'aider !

Jade le sentit très affecté, évidemment par la disparition de Romain, mais aussi par la mise à l'écart de ceux qui lui étaient si proches.

— Il faut se mettre à sa place, ça ne doit pas être simple de parler de ce genre de choses, le défendit Jade.

Édouard grommela au bout du fil.

— Je m'en doute… Mais il aurait dû nous faire confiance.

Froissée par ce reproche malvenu, Jade lui promit de le tenir informé et s'empressa de raccrocher.

Les policiers étaient en pleine analyse du courrier lorsqu'elle les rejoignit.

— Est-ce que par hasard vous reconnaîtriez cette écriture ? lui demanda l'inspectrice en lui tendant une lettre.

Jade s'évertua à jeter le regard le plus neutre possible sur les mots au tracé visiblement nerveux, de grands caractères élancés et pointus dont les extrémités de certains perçaient le papier. Difficile, pourtant, de se détacher du contenu, incandescent, insupportable. Ses yeux passaient d'une phrase à l'autre, voltigeaient, se cabraient à la lecture de cette intimité indécente qui la heurtait au plus profond d'elle.

Je vais devenir folle, tu me rends folle à m'ignorer comme tu le fais… je n'en peux plus de me masturber en pensant à toi… tu sais que j'ai encore rêvé de toi et j'ai joui, mon amour… rien que de l'entendre, ta voix me fait exploser de plaisir… l'autre jour au boulot j'ai dû m'enfermer dans les toilettes et, la main entre les cuisses j'ai regardé des vidéos où tu apparais en me caressant… pourquoi tu me rejettes ?… je veux que tu souffres autant que je souffre… je vais mourir si tu ne m'aimes pas… je te hais autant que je t'aime…

En hyperventilation, les jambes tremblantes, Jade dut s'asseoir, fauchée par la violence du choc. Jusqu'à cet instant, elle avait imaginé une sorte de romantisme très fleur bleue, pas cette passion crue et si sexuelle.

Elle s'efforça de respirer à une cadence plus normale et de retrouver ses esprits, ce n'était vraiment pas le moment de craquer. Les soudains mouvements du bébé dans son ventre le lui rappelèrent avec une étonnante vigueur.

— Prenez un peu d'eau, fit l'inspectrice en lui versant un verre. Vous n'avez rien bu depuis que nous sommes là.

Jade apprécia la pudeur de son empathie. Elle avala une gorgée et se redressa.

— Je suis incapable de vous dire si je reconnais cette écriture, dit-elle, presque plus personne n'écrit à la main, je ne suis même pas sûre que je pourrais identifier un mot griffonné par mon père ou ma mère.

L'inspectrice opina d'un air approbatif.

— Je peux vous demander quelque chose ? enchaîna Jade.

— Je vous en prie.

— Est-ce que toutes les lettres, tous les courriels sont aussi…

Elle chercha le mot adéquat, sans réussir à le trouver.

— Oui, répondit simplement l'inspectrice.

— OK, souffla Jade, à nouveau oppressée.

Qu'est-ce que cette folle avait fait à Romain ? La pensée perturbante qu'elle marchande des faveurs sexuelles contre sa libération lui provoqua un haut-le-cœur. Elle essaya de se souvenir si elle avait déjà entendu parler d'un tel cas de figure avant de se mettre en tête d'autres choses, encore plus graves.

Une érotomane pouvait-elle aller jusqu'à tuer ? Elle fit une rapide recherche sur son portable et lut :

> *Phase de rancune : l'agressivité se tourne vers la personne aimée et peut mener au meurtre. Pour le malade, « il est naturel de détruire l'objet de son amour puisqu'il l'a déjà détruit ».*

Elle n'allait pas rester là, à attendre. Il fallait qu'elle participe, qu'elle se rende utile. Déchiffrer les lettres était au-dessus de ses forces, d'ailleurs les deux enquêteurs ne la laisseraient certainement pas faire. En revanche, elle pouvait se mettre à la recherche des fameux cadeaux qu'avait évoqués Noûr. Car si Romain avait coutume de rapporter à la maison ceux offerts par ses clients, elle ne pouvait pas imaginer qu'il ait pu faire de même avec ceux de cette femme. À moins qu'il ne les eût tous jetés, ils se trouvaient forcément ici.

Elle commença à fouiller dans les tiroirs du bureau, puis dans les grandes armoires intégrées qui couvraient deux des quatre murs jusqu'au plafond. Des dizaines de dossiers y étaient stockés, impeccablement étiquetés et rangés par ordre chronologique avec un sous-classement alphabétique, à première vue rien qui pût vraiment aider.

Jade déplaça des piles pour fourrager derrière, se jucha sur le petit escabeau pour vérifier dans les espaces en hauteur, s'accroupit devant les placards du bas.

L'un d'eux s'avérait moins ordonné que les autres, les dossiers qui figuraient parmi les plus anciens n'étaient pas empilés avec la même rigueur. En les écartant, elle tomba sur un bric-à-brac amoncelé au fond.

Son cœur se mit à cogner, proportionnellement au pressentiment qu'elle venait de faire une découverte déterminante.

Son attention, fébrile, se contractait autour de ce placard. La pression faisait bourdonner ses oreilles, elle n'entendit pas l'inspecteur qui lâchait à mi-voix :

— Oh putain, je crois que j'ai trouvé quelque chose…

Elle n'entendit pas davantage l'inspectrice qui enchaînait :

— Ça se confirme aussi de mon côté.

Une main sur son ventre comme pour le protéger, Jade plongea son bras libre pour en tirer certains des objets dont Noûr avait parlé, la réplique miniature d'une statue de Rodin, une boîte de ces étranges bouchées chocolatées au beurre de cacahuètes dont Romain raffolait, un bonnet en cachemire anthracite, un quarante-cinq tours de collection de Pink Floyd – un des groupes favoris de son compagnon –, un assortiment de bouteilles de bières artisanales… Jade comprit qu'elle venait de tomber sur une petite caverne d'Ali Baba et surtout que cette femme connaissait parfaitement les goûts de Romain. Elle en ressentit un vif pincement.

— N'y touchez pas ! intervint l'inspectrice en mettant des gants en latex.

Elle emballa un à un les cadeaux dans des sachets destinés aux pièces à conviction sous le regard effaré de Jade.

— Attendez, ce n'est pas fini, fit-elle en examinant le fond du placard avec la lampe torche de son portable.

Elle en sortit le plus grand des objets, un tableau enveloppé dans du papier kraft partiellement déchiré. Une petite carte tomba sur le sol, aussitôt ramassée par Jade. L'inspectrice dégagea le tableau avec précaution sans remarquer que la jeune femme était en train de perdre connaissance à ses côtés.

— Hé ! s'écria l'inspecteur. Restez avec nous, mademoiselle Clermont, ça va aller…

Les policiers aidèrent la jeune femme à s'asseoir et s'agenouillèrent près d'elle.

— Respirez calmement, ça va aller.

Livide, Jade secoua la tête en signe de dénégation, sans savoir que les inspecteurs avaient une très courte longueur d'avance sur ce qu'elle venait de comprendre. Elle leur tendit la carte échappée du fond du tableau, écrite d'une main nerveuse avec de grandes lettres pointues.

Avec toi, je sais qu'il sera regardé
comme il le mérite. Juliette.

49

Vingt-quatre heures plus tôt...

Romain avait pris sa matinée pour préparer une fête de Saint-Valentin à la hauteur. Ce fut plus rapide que prévu. Commande de fleurs, réservation d'une suite dans un hôtel luxueux et d'une excellente table pour un tête-à-tête amoureux... Tout se régla en quelques clics. Certes, avec un peu plus de temps, il aurait pu se montrer plus original, on ne pouvait pas dire qu'il faisait preuve d'une imagination débridée. Mais en définitive, il était un homme classique et ces clichés ultra-romantiques faisaient partie du jeu.

Pris dans son élan, c'est en voyant une publicité pour des bijoux qu'il eut l'idée et l'envie de quelque chose dont Jade se souviendrait éternellement. Une heure plus tard, il sortait d'une prestigieuse boutique, l'écrin d'une coûteuse bague en poche. Ce soir, c'était décidé, il demanderait la femme de sa vie en mariage. Tant pis pour les clichés !

Il était à peine dix heures trente et tout s'avérait prêt. Il se félicita de la vitesse avec laquelle il avait bouclé ces préparatifs et décida de s'offrir un petit déjeuner complet dans une brasserie non loin de l'Opéra. Il pourrait ainsi se passer de déjeuner pour travailler en continu jusqu'à la fin de l'après-midi. Et aux alentours de dix-huit heures, il rejoindrait enfin Jade dans son bureau – avec la complicité de son assistante, l'agenda de l'avocate avait été allégé, rien ne s'opposerait à ce que Romain vienne l'enlever.

Il sourit à cette perspective tout en trempant un croissant dans son café avec un plaisir que Jade qualifiait de « rustique » en se moquant gentiment. Son regard flânait au milieu de la foule, glissait sur les passants, s'attardait sur un détail, s'amusait d'une excentricité. Son esprit, moins léger, lui imposa l'image de Juliette lorsque ses yeux se posèrent sur une jeune femme qui lui ressemblait vaguement. La joie qu'il avait réussi à alimenter et à entretenir jusqu'alors fut aussitôt ternie. Il se surprit à scruter les gens d'une façon différente, à l'affût d'une trace de la jeune artiste omniprésente. Même quand elle n'était pas là, elle était là. *Profite de ces prochaines heures,* s'exhorta-t-il, *et demain tu prends le problème à bras-le-corps, tu trouves une solution. Ça ne peut plus durer.*

Il beurra une tartine qu'il couvrit d'une épaisse couche de confiture de fraise en s'efforçant de repousser Juliette en marge de ses pensées. Mécaniquement, il jeta un œil à son portable, plus par habitude que par nécessité. Il répondit au SMS de Jade lui rappelant combien elle l'aimait et l'assura à son tour de son amour. À peine venait-il de lui préciser qu'il passerait la chercher dans son bureau avant dix-huit heures qu'un autre SMS s'afficha. Bérangère…

> *Romain, j'ai un grand service à te demander… Je suis dans la maison de Cap-Ferret, je prépare une surprise pour Édouard, mais je me suis surestimée, je n'y arriverai pas toute seule. Je sais que tu as beaucoup de travail,*

crois-tu que tu pourrais tout de même venir m'aider ? C'est l'affaire d'une petite heure, pas plus. Il n'y a qu'à toi que je peux demander cela.

Tiens-moi au courant.

Je t'embrasse.

Romain entreprit aussitôt de l'appeler pour en savoir plus, mais tomba sur la messagerie. Au fond de lui, il n'avait pas très envie de faire l'aller-retour seulement pour donner un coup de main, que ce fût à Bérangère ou à n'importe qui d'autre. Mais le lien qui existait désormais entre eux changeait la donne. Trois jours plus tôt, il l'avait accompagnée à un énième rendez-vous médical. D'une façon plus directe que quiconque, il la soutenait, l'épaulait, la grondait quand elle menaçait de tout abandonner, l'encourageait quand elle reprenait du poil de la bête. À moins d'en être réellement empêché, il ne pouvait pas la laisser dans l'embarras.

Hormis une montagne de travail, il n'avait pas de rendez-vous ni de réunion. Un bref calcul lui permit d'évaluer qu'il pouvait tout à fait parcourir les quelque quatre-vingts kilomètres, rester une heure, voire deux dans la maison des Clermont, puis revenir à temps pour chercher Jade avant dix-huit heures.

Il termina sa tasse de café et appela son assistante.

— Noûr ? J'ai à faire à l'extérieur, je ne repasserai au cabinet que ce soir pour chercher Jade… Alors, si je ne vous revois pas, à demain, oui… Bonne journée à vous aussi.

Il essaya de rappeler Bérangère, sans succès, et se rabattit sur un SMS :

Je serai là vers 13 heures. Attendez-moi pour faire ce que vous avez à faire ! Reposez-vous, à tout à l'heure.

Bérangère lui répondit dans la minute :

Tu es adorable, merci ! Surtout ne dis rien à personne, y compris à Jade, s'il te plaît.

Il ne put s'empêcher de sourire. Décidément, c'était la journée des amoureux, des secrets et des surprises.

Promis ! écrivit-il.

*

* *

Treize heures sonnaient au clocher de l'église Notre-Dame-des-Pins quand Romain traversa Lège-Cap-Ferret. Trop stressé quand il avait découvert la petite ville, un mois et demi plus tôt, il appréciait enfin pleinement le charme qui régnait, même en plein hiver, au cœur des pinèdes où se nichaient de splendides maisons dans un parfait décor de villégiature. Il se dit qu'au printemps, et d'autant plus en été, ce devait être superbe. Une fois de plus, la comparaison avec l'environnement de son enfance et de sa jeunesse s'immisça dans le cours de ses pensées. Une comparaison déloyale et odieuse, hérissée du souvenir d'une zone pavillonnaire sans arbres, de maisons des années 70 et 80 d'une hideur désespérante, de jardinets de terre de remblai sur laquelle rien ne poussait vraiment, à part ces affreux thuyas – qu'on appelait à juste titre « béton vert », apprendrait-il des années plus tard.

Comme à chaque réminiscence, il eut honte de sa honte. Elle lui laissait un sale goût au fond du crâne et du cœur. Jade s'était montrée charmante et enjouée lors de la rencontre avec ses parents, le jour de Noël. Mais par la suite, elle n'avait pas été très loquace à ce propos. Par gêne et par compassion, sans doute préférait-elle éviter le sujet. Lui aussi, d'ailleurs.

Agacé, il secoua la tête pour passer à autre chose. Ces pensées ne lui apportaient jamais rien de constructif. Et puis il était loin de tout cela depuis longtemps.

Il retrouva sans trop de difficultés la propriété des Clermont. *Qu'est-ce que c'est beau !* se dit-il en s'engageant dans l'allée. Il gara la voiture sur le parterre de graviers, au même endroit que la première fois. D'abord étonné de ne pas voir la petite citadine de Bérangère, il en déduisit qu'elle était venue en train, puis en taxi.

Les volets, tous clos, donnaient à la maison un air endormi, accentué par la brume qui blanchissait le ciel et figeait la végétation. Bérangère n'avait peut-être pas eu la force de les ouvrir, ils étaient nombreux, lourds et peu pratiques, il fallait se pencher sur le rebord des fenêtres et s'étirer pour pouvoir les fixer. Romain le ferait, si nécessaire.

Il sonna à l'entrée et attendit avant de récidiver, une demi-minute plus tard, sans davantage de succès. Peut-être Bérangère se reposait-elle, la chimio l'épuisait. Inquiet, il pressa sur la poignée, à tout hasard. La porte s'ouvrit. *Ce n'est pas très prudent, ça, Bérangère...*, maugréa-t-il intérieurement.

Il entra. La clé était dans la serrure, il verrouilla derrière lui, par habitude et par précaution. Au cours de sa carrière, il avait vu tant de situations qui auraient pris un tour différent simplement si une porte avait été fermée.

Le hall d'entrée et les pièces qui l'entouraient étaient plongés dans une pénombre à peine rompue par la lumière pâle qui filtrait à travers les volets clos. Il s'avança pour jeter un coup d'œil dans la cuisine où il distingua des sacs de courses sur la grande table rustique, et actionna l'interrupteur. Les lampes restèrent éteintes, le courant était coupé. Peut-être était-ce la raison pour laquelle Bérangère l'avait sollicité.

— Bérangère ? Vous êtes là ? appela-t-il doucement.

Il poursuivit sa prospection du côté de la salle à manger, aussi déserte que la cuisine. Un feu crépitait dans la cheminée, parant la pièce d'une lueur ténue mais chaleureuse. Une bûche craqua, il sursauta. La table était dressée, fastueuse et raffinée, avec nappe brodée, chandeliers, bouquet de fleurs fraîches, vaisselle fine et couverts en argent. Édouard serait traité comme un roi, ce soir, pensa Romain, non sans affection. Il se prit à espérer qu'après trente-cinq ans de mariage, Jade et lui auraient toujours envie de se gâter mutuellement et de se faire de tels plaisirs.

— Bérangère ? Vous êtes où ? appela-t-il à nouveau.

Il passa dans le salon, en partie ouvert sur la salle à manger. Il n'aimait pas ce qu'il ressentait, cette vague impression que quelque chose n'allait pas. La perspective de trouver Bérangère inconsciente – ou pire ! – l'affolait. Elle n'allait pas bien, la dernière fois qu'ils s'étaient vus, trois jours plus tôt. Il l'avait senti à sa façon de s'accrocher à son bras, au poids de sa fatigue et de son désarroi prenant corps tandis qu'ils longeaient les couloirs du service d'oncologie. À la suite du rendez-vous médical, elle avait insisté pour que Romain l'aidât à choisir des turbans, nécessaires pour les temps à venir.

— Hors de question que je mette une perruque ! s'était-elle récriée.

— Je suis sûr que vous serez très élégante avec un turban, avait-il renchéri.

Dans la boutique, tous deux avaient feint un entrain qui, malgré leurs efforts, sonnait péniblement faux. Lorsqu'il avait déposé Bérangère au pied de son immeuble, elle l'avait serrée dans ses bras avec une intensité inédite, une émotion vibrante et profonde au-delà de la pudeur policée à laquelle elle l'avait accoutumé.

Mais pour l'heure, il ne l'avait toujours pas trouvée, ce qui commençait à sévèrement l'inquiéter.

— Bérangère ? Est-ce que vous êtes là ?

La seule chambre du rez-de-chaussée et le petit bureau donnant accès aux escaliers étant aussi vides que les pièces qu'il venait de traverser, il décida d'aller vérifier à l'étage. Bérangère n'était pas le genre de femmes à jouer à se cacher ou à jaillir par surprise. À chaque porte qu'il ouvrait, il s'attendait à tomber sur son corps inanimé. Deux pièces restaient à explorer, la chambre où Jade et lui avaient dormi la nuit de Noël et une autre chambre d'amis.

La dernière porte était entrouverte. Romain s'avança doucement. Si Bérangère se reposait, il s'en voudrait de la réveiller. Un coup d'œil dans l'interstice lui permit d'apercevoir une silhouette assise sur un fauteuil. Son cœur se serra. Et si Bérangère était…

Non non non, arrête de penser des trucs pareils, elle s'est endormie, c'est tout, s'efforça-t-il de se convaincre, les mains jointes devant la bouche.

De fait, il vit la silhouette bouger lentement. Il chassa aussitôt les images d'ambulance et d'urgentistes qui l'encombraient et respira à nouveau.

— Ah, Romain, te voilà…

Tout à coup, la chambre fut éclairée par l'écran d'un téléphone portable. Alors qu'il tremblait de trouver Bérangère inanimée dans cette chambre, ce fut Juliette qu'il vit se lever pour s'approcher de lui, souriante, jubilante, folle.

— Tu es venu…, exulta-t-elle. Je t'ai appelé et tu es venu… Tu m'as fait tant de mal, mais ça n'a plus d'importance, je te pardonne, puisque tu es là…

La situation bascula en un claquement de doigts. Rattrapé par son manque inouï de lucidité et de vigilance, Romain renonça à lui répondre et encore plus à lui faire entendre raison. Il n'y avait qu'une seule chose à faire : fuir.

Il fit volte-face et se précipita vers les escaliers qu'il dévala, quasiment à l'aveugle. Le voir lui tourner le dos pour s'échapper jeta Juliette dans une colère noire. Littéralement métamorphosée en harpie, elle se lança à ses trousses.

— Espèce de salopard ! Reste là ! Reste làààà !

Terrifié, Romain se mit à courir à travers les pièces en enfilade du rez-de-chaussée dans le but de gagner la porte d'entrée, puis sa voiture. La pénombre dans laquelle la maison était plongée ne l'aidait pas, il distinguait à peine son chemin. La voix et les pas de Juliette lui parurent terriblement près, elle le talonnait, il ne parviendrait pas à la distancer. Dans sa course chaotique, il renversa la jolie table dressée dans la salle à manger pour freiner sa poursuivante. Un fracas de vaisselle brisée résonna, bientôt remplacé par les hurlements acharnés de la jeune femme.

— Ah ! Parce que tu crois que tu vas t'en tirer comme ça ?

Romain dérapa sur un tapis et se rattrapa de justesse à un fauteuil qu'il bascula dans son élan. Une cinglante décharge vrilla à l'intérieur de sa cheville droite, tandis que son thorax lui semblait pris dans un étau de glace.

— Putain, c'est pas vrai ! grogna-t-il.

Il parvint pourtant à surmonter sa douleur et se propulsa vers l'entrée où il réussit à atteindre la porte… fermée à clé par ses soins lorsqu'il était arrivé, par crainte d'un danger extérieur. Quelle ironie… Les quelques secondes nécessaires pour l'ouvrir lui furent fatales : après avoir enjambé la table jetée en travers du passage, Juliette fonça sur lui et s'agrippa à son cou.

— Tu ne partiras jamais d'ici, tu m'entends, jamais ! lui brailla-t-elle dans les oreilles. Tu… ne… partiras… pas !

Sa rage et le puissant ressentiment qu'elle entretenait à son égard valaient toutes les armes du monde. Elle lui planta les doigts dans la chair, de véritables griffes au niveau de sa trachée-artère, il se sentit étouffer. Sous l'effet de la suffocation, des larmes coulèrent sur ses joues, tandis qu'il était pris par d'effroyables nausées.

— Je t'aime…, haleta-t-elle, presque plaintive. Je t'aime tant… Et toi aussi, tu m'aimes. On avait tout pour être heureux. Alors pourquoi tu m'as fait ça ?

Pour la première fois, il comprit qu'elle voulait vraiment le tuer.

Galvanisé par la rage et le désespoir, il s'agita, se contorsionna et réussit à se dégager en empoignant les mains de la jeune femme avant de la pousser avec une telle violence qu'elle s'affala, à moitié inconsciente, contre la porte.

C'était le moment ou jamais d'en profiter. Il se pencha audessus de sa persécutrice afin de pouvoir tourner la clé restée dans la serrure. La main de Juliette se cramponnant soudain à sa cheville douloureuse lui fit perdre l'équilibre et abandonner cette solution. La jeune femme était prête à tout, il devait s'éloigner le plus possible d'elle s'il voulait s'en tirer. Prenant appui sur sa jambe la plus forte, il chercha à se libérer et, ce faisant, se vit assener un coup de pied à Juliette en plein visage. Elle le lâcha en poussant un gémissement dans lequel perçait davantage de fureur que de douleur. Ce qui exhorta Romain à se précipiter tant bien que mal vers l'issue la plus proche, une des fenêtres de la cuisine, pour s'apercevoir avec effroi qu'une barre d'acier fichée dans les extrémités de l'encadrement verrouillait les volets. Sous le flux massif de cortisol et d'adrénaline qui se déversa alors dans son corps, il prit la seule et dernière direction possible : la piscine.

Après la cheville, ce fut l'épaule qui déclencha un nouveau supplice lorsqu'il se cogna contre une armoire en courant comme un dératé. Mais il finit par déboucher dans ce qu'il envisageait comme une sortie.

La désillusion le stoppa net. Avait-il vraiment cru qu'il pourrait s'échapper par là ? Les baies vitrées et les portes-fenêtres donnant accès au jardin étaient toutes closes par des volets roulants, quoi de plus prévisible ?

Le désespoir le submergea, avant que la terreur ne reprît le dessus lorsqu'il comprit, hélas trop tard, que Juliette se trouvait derrière lui. Dans un cri enragé, elle le poussa à son tour, de toutes ses forces, comme un animal sauvage ruant sur sa proie. Romain mit une fraction de seconde à comprendre qu'il se trouvait très près, beaucoup trop près, de la fosse d'apnée recouverte d'une bâche.

Déséquilibré par sa cheville endolorie, il se vit basculer dans un effroyable plongeon en avant sans pouvoir se retenir à quoi que ce fût.

Arrimés à des crochets métalliques fichés dans le rebord en béton, les quatre élastiques qui maintenaient la toile plastifiée se tendirent au maximum. Le corps de Romain rebondit mollement comme sur un trampoline, creusant la bâche dont la légèreté n'était pas prévue pour supporter durablement le poids d'un homme. Il commença à ramper vers une des extrémités avec en tête ces cinq mètres de vide sous lui, menaçants.

Mais profitant de la situation précaire dans laquelle il se trouvait, Juliette bondit pour se poster du côté vers lequel il avançait laborieusement. Il pivota d'un quart de tour afin de gagner un autre rebord. Peine perdue ! Juliette l'y attendait déjà, débordante de haine.

— T'y arriveras pas, cingla-t-elle.

Il sentait la bâche fragile sous son corps, elle n'allait pas tenir longtemps.

— Laisse-moi sortir de là, Juliette, implora-t-il.

La jeune femme lui lança un regard terrible, dénué de toute capacité à l'écouter, à compatir, à céder. Un regard fou. Il n'obtiendrait rien d'elle par ce biais.

— Pourquoi je ferais ça ? grinça-t-elle, un masque de démence sur le visage. Hein, Romain, pourquoi ? Pour que tu me trahisses encore en rejoignant ma salope de sœur ?

Avec horreur, il la vit tirer sur une des quatre attaches pour la décrocher. Le tendeur fut éjecté en l'air dans un bruit mat et la bâche s'affaissa d'un bon mètre. Malgré son épaule meurtrie, Romain parvint à empoigner le pourtour plastifié.

— Juliette, arrête ! hurla-t-il. Fais-moi sortir, on va discuter !

— Discuter de quoi ? On s'est déjà tout dit, non ?

Sur ces mots, lâchés avec une froideur venimeuse, elle entreprit de détacher un autre tendeur. Ses forces décuplées par sa détermination, elle y parvint rapidement dans un ahanement enragé. Romain se retrouva brutalement suspendu dans le vide, désespérément agrippé à la bâche qui n'était plus accrochée que par deux coins opposés. Ses mains lui faisaient un mal de chien. Il essaya de se hisser pour prendre appui sur ses aisselles, mais il était trop lourd, le plastique glissait entre ses doigts et son épaule entravait le moindre mouvement. Il n'allait pas tenir longtemps.

— T'aurais pas dû, mon amour…, psalmodia Juliette. T'es tombé amoureux de moi et tu m'as rien donné…

Elle n'eut pas besoin de décrocher le troisième tendeur, il céda de lui-même. La bâche forma alors un long étendard vertical auquel Romain restait étonnamment accroché. Le jeune homme se retrouva d'abord projeté contre une des parois de la fosse, à près de deux mètres du rebord, avant de sentir la toile qui lui échappait. Il agita les jambes comme s'il nageait et voulait remonter à la surface.

La gravité l'emporta. Tout ce qu'il perçut, ce fut la violence hallucinante du choc de son corps atterrissant sur le béton, trois mètres plus bas au fond de la fosse, et cette impression que tous ses os explosaient.

Puis la douleur, comme la terreur, s'effaça.

Il sombra.

50

Jade avait échoué à joindre Juliette, la messagerie s'enclenchait directement, sa sœur avait coupé son portable. Lorsqu'elle appela au musée, on lui répondit que la jeune artiste était en congé. Malgré la nécessité de faire d'autres vérifications, un signalement pour disparition inquiétante avait été émis concernant Romain, en attendant les résultats du bornage du téléphone de Juliette, requis par l'inspectrice.

Compréhensifs, les policiers acceptèrent que Jade interrogeât elle-même sa mère.

— Papa ? Je n'arrive pas à joindre maman sur son portable, est-ce que tu pourrais me la passer ?

— Bien sûr, elle est à côté de moi. Tu es toujours au cabinet ?

— Oui.

— La police a trouvé quelque chose ?

— Oui.

Malgré la sobriété de ses réponses, Jade parvenait difficilement à masquer à son père l'angoisse qui l'étreignait depuis l'émergence de la vérité. Juliette, sa propre sœur, la petite chérie de la famille, était folle. Et fortement suspectée d'avoir une responsabilité dans la disparition de Romain.

— Jade ? lança Édouard. Qu'y a-t-il ? Dis-moi ?

— Tu peux me passer maman, s'il te plaît ? répéta la jeune femme.

Son cœur se serra. Quel que soit le chemin emprunté, les faits étaient là et la vérité brutale. Comment Bérangère encaisserait-elle une aussi terrible nouvelle ? La situation était déjà suffisamment insupportable pour ne pas ajouter d'autres épreuves.

Jade décida donc de retarder l'annonce, ce qu'elle avait peu ou prou envisagé depuis le départ.

— Ma chérie ? retentit la voix maternelle. Alors ? On a des nouvelles ? Je suis tellement inquiète…

— Maman, je mets le haut-parleur, je suis avec l'inspectrice Suchet et son collègue. Il faudrait que tu répondes à quelques questions, si tu veux bien.

— Oh… oui… je t'écoute.

— Nous savons que Romain et toi, vous avez échangé des SMS, hier un peu avant onze heures. Est-ce que tu pourrais nous dire ce que vous vous êtes écrit ?

— Hier ? Vers onze heures ?

Jade sentit aussitôt une alarme se mettre en branle dans sa tête.

— Mais… tu dois te tromper, ma chérie…, bredouilla Bérangère.

— Comment ça ? souffla Jade.

— Depuis hier matin, je ne retrouve plus mon portable, je suis d'ailleurs très embêtée, je ne comprends pas où j'ai pu le perdre… Ça fait trois jours que je ne suis pas sortie, il est forcément dans la maison.

Jade jeta un coup d'œil affolé aux policiers.

— Je… je n'aurais pas pu envoyer de SMS à Romain, conclut Bérangère.

Au son de sa voix, elle semblait aussi catastrophée que si elle avait fait quelque chose de mal ou de dangereux.

— Ou alors, ça veut dire que je suis en train de perdre complètement la tête, ajouta-t-elle, clairement affectée.

— Maman, j'ai encore une question à te poser, fit Jade. Tu te souviens de la dernière fois que tu as vu Juliette ?

— Juliette ? Mais qu'est-ce que Juliette a à voir dans cette histoire ?

Jade grimaça. Face à elle, l'inspectrice Suchet hochait la tête pour l'encourager.

— Je viendrai vous voir plus tard, papa et toi, et je vous expliquerai tout. Mais dis-moi, maman, s'il te plaît.

— Elle est venue hier matin en coup de vent, juste le temps de m'embrasser et de me déposer des macarons, mes préférés…, dit Bérangère.

Jade vacilla. À l'instar des policiers, elle eut tôt fait de voir se mettre en place de nouvelles ramifications, accablantes pour sa sœur. D'ailleurs, l'inspectrice était déjà au téléphone pour demander le bornage du portable de Bérangère, vraisemblablement dérobé par Juliette.

— Que se passe-t-il, Jade ? résonna la voix de Bérangère dans le haut-parleur.

— On essaie juste d'établir l'emploi du temps de Romain, répondit la jeune femme. Merci, maman, je rappelle tout à l'heure.

Si elle priait intérieurement pour que sa mère n'ait pas compris ce qui se dessinait, son père, en revanche, avait saisi, elle en était persuadée. D'ailleurs, quelques instants plus tard, il la rappelait déjà.

— Bon, ta mère est dans sa chambre, dis-moi ce qu'il y a, maintenant, fit-il.

— Pas au téléphone, papa.

— OK. Je viens.

— Non, ça ne servirait à rien. Il vaut mieux que tu restes près de maman. Ne la laisse pas seule, je t'en supplie.

— Je n'arrive pas à joindre Juliette, je tombe sur la messagerie, ce n'est pas normal, elle a toujours son téléphone allumé…

— Papa, il faut que j'y aille, là, le coupa-t-elle. Je te rappelle.

Elle rejoignit les inspecteurs qui l'attendaient pour se rendre chez Juliette. Les éclats bleus du gyrophare et la sirène ouvrirent la voie comme par magie jusqu'à l'immeuble où résidait la jeune artiste.

La porte resta close tandis que l'inspectrice sonnait et toquait en ordonnant d'ouvrir d'une voix forte et sévère.

— OK, on force, dit-elle en faisant signe à son collègue.

Il suffit d'un seul coup de bélier pour que la porte cédât. Jade pénétra dans l'appartement à la suite des policiers qui se séparèrent pour chercher l'éventuelle présence de Juliette dans les différentes pièces.

Bredouilles, ils la rejoignirent bientôt dans la chambre où elle se tenait, en arrêt, le regard parcourant les murs couverts de photos de Romain.

L'inspecteur ne put s'empêcher de pousser un « han » de surprise, avant d'ajouter :

— On peut dire que maintenant, il n'y a plus de doute.

Jade fit un pas en avant et manqua de trébucher, sous le choc. Face aux centaines de clichés de son compagnon qui s'étalaient du sol au plafond, elle prenait réellement la mesure de la folie manifeste de sa sœur et de son obsession pour Romain.

Autour de la photo format A3 qu'elle avait repérée sur le compte Instagram de Juliette, elle reconnut celles tirées des réseaux sociaux, soigneusement découpées pour ne retenir que le visage de Romain ; d'autres extraites d'articles de presse et de copies écran des interviews télé, quasiment image par image. Plus loin, les photos d'enfance que Romain lui avait montrées, un dimanche de pluie où ils étaient restés au lit toute la journée. Comment Juliette avait-elle pu les obtenir ? La réponse s'imposa lorsqu'elle découvrit les plus stupéfiantes, celles de l'ancien appartement du jeune homme. Chaque pièce, chaque meuble, les étagères de livres et de disques, les tableaux, le moindre objet jusqu'à l'intérieur du frigo et des armoires avaient été photographiés.

— Elle est entrée chez lui, murmura-t-elle.

— Pardon ? fit l'inspectrice, hypnotisée, elle aussi, par cette démesure.

— Elle est entrée chez lui pour prendre des photos ! répéta Jade, les yeux exorbités. Et elle a même dormi dans son lit ! cria-t-elle en pointant du doigt un selfie de sa sœur, nue dans la chambre de Romain.

La dizaine de portraits que Juliette avait peints ajoutèrent un degré au vertige qui lui faisait perdre pied. Elle s'assit sur le canapé et, les coudes sur les genoux, ferma les yeux. Elle prenait en pleine figure des vagues de souvenirs qui remontaient, l'attitude infecte de Juliette pendant le réveillon de Noël, ses provocations, son euphorie le soir du vernissage de l'expo.

— Je n'ai rien vu, se lamenta-t-elle, rien vu ni rien compris. Pardon, mon roi…

De leur côté, les inspecteurs avaient débusqué l'ordinateur de la jeune artiste, enseveli sous une pile de vêtements. Par chance, il n'était pas verrouillé, un clic suffit pour accéder au bureau et aux différents dossiers contenant photos, vidéos et articles, ainsi qu'au fichier rassemblant les scans des lettres et la copie des innombrables courriels envoyés à Romain.

Jade les entendit converser sur un ton grave à propos des pièces à conviction, plus que suffisantes.

— Regarde si tu trouves quelque chose d'intéressant dans l'historique des recherches, fit l'inspectrice.

Le téléphone de Jade vibra dans la poche de son manteau.

— Papa ?

— Où es-tu ?

La jeune femme n'eut ni l'énergie ni le réflexe de mentir.

— Chez Juliette, avec la police.

À l'autre bout du fil, Édouard Clermont encaissa le choc.

— Dis-moi qu'il ne s'est rien passé de…

Il ne réussit pas à terminer sa phrase.

— Elle n'est pas là, papa.

— Elle a un lien avec la disparition de Romain, c'est ça ?

Jade se sentit acculée.

— Ils sont partis ensemble ? insista-t-il, entre colère et tristesse.

— Non ! Tu es complètement à côté de la plaque ! se récria Jade.

— Alors il lui a fait du mal ? Ils ont eu une aventure et ça s'est mal terminé ?

— Papa, arrête !

Le cours de cette conversation horrifiait Jade. Comment son père pouvait-il aussi spontanément imaginer un tel scénario ? Il lui donnait envie de pleurer et de lui raccrocher au nez.

— S'il a fait du mal à Juliette, je le détruis, déclara-t-il.

Ces mots rendirent Jade nauséeuse. Romain savait que s'il disait quoi que ce soit, il susciterait ce genre de réaction. Voilà pourquoi il avait enduré cette épreuve seul, muet et impuissant. Car qui croirait-on ? La petite chérie de la famille ou bien lui, le dernier arrivé qu'on aimait, mais qu'on ne connaissait pas encore très bien ? Depuis les premiers instants où Juliette l'avait rencontré, il était piégé par ces liens familiaux et la terreur de tout perdre.

Écœurée, au propre comme au figuré, Jade se mit à crier :

— Non, c'est le contraire !

— Qu'est-ce que tu veux dire ?

— C'est Juliette qui est responsable de la disparition de Romain ! Elle le harcèle depuis quatre mois, elle est persuadée qu'il est amoureux d'elle, il vit un enfer à cause d'elle !

À court d'air, elle s'arrêta, étourdie par sa verve. Jamais elle n'avait parlé à son père sur ce ton.

— Juliette est érotomane, papa, elle est folle, et dangereuse, martela-t-elle.

Elle s'en voulut aussitôt d'avoir craché la vérité d'une façon aussi violente, presque agressive. Ça ne lui ressemblait pas. Tout comme Juliette ne ressemblait pas à la démente qu'elle était pourtant.

— C'est un cauchemar…, gémit-elle.

Trop choquée pour pleurer, elle s'efforça de penser de toutes ses forces au petit être dans son ventre.

— Tu ne bouges pas, j'arrive, fit Édouard.

Bien que brutalement ébranlé, elle le sentit à nouveau fort, ours. S'il avait été là, elle se serait blottie dans ses bras comme une petite fille en quête de consolation. Et ça non plus, ça ne lui ressemblait pas. Toute cette histoire ne ressemblait à rien de ce qu'elle connaissait.

— Tu n'en parles pas à maman, d'accord ?

— Non. Je me mets en route tout de suite.

Elle raccrocha et essaya de se calmer, debout devant la fenêtre, dos à cette monstrueuse galerie de photos. Les chuchotements des policiers lui parvenaient depuis le salon où ils exploraient l'ordinateur de Juliette. L'inspectrice décrocha à la première sonnerie lorsque son téléphone sonna. Jade tendit l'oreille et comprit que les recherches de bornage des portables de Juliette et de sa mère avaient abouti.

— Et on sait à qui appartient la propriété ? demanda l'enquêtrice.

C'est en l'entendant poser cette question que Jade sut où se trouvait Juliette, et par ricochet Romain. Son cœur fit une embardée. Elle faillit se laisser déborder par un rire nerveux face à cette évidence.

— OK, on part tout de suite, annonça l'inspectrice. Tu préviens les gendarmes pour qu'ils sécurisent les alentours, on y sera dans une petite heure.

Jade la vit réapparaître sur le seuil de la chambre, l'ordinateur de sa sœur sous le bras.

— Vous avez du nouveau ? l'interrogea-t-elle.

— Ça avance, fit sobrement l'enquêtrice. Des collègues vont arriver pour prendre des photos des murs, ce sera utile pour joindre au dossier. Sans compter qu'il y a de quoi faire là-dedans, ajouta-t-elle en montrant l'ordinateur.

Puis, la regardant droit dans les yeux :

— Vous devriez rentrer vous reposer, je peux demander qu'une voiture vous raccompagne.

Jade s'attendait à être écartée à un moment ou à un autre. C'était déjà inespéré qu'on l'eût autorisée à rester autant auprès des enquêteurs.

— Vous avez une piste, n'est-ce pas ? fit-elle.

— On doit vérifier. Je vous informe dès qu'on a du nouveau.

Les collègues qu'elle avait annoncés arrivaient. Elle héla son partenaire et tous deux passèrent le relais avant de filer à toute vitesse.

Quinze minutes plus tard, Édouard Clermont se garait en double file devant l'immeuble de Juliette où Jade l'attendait avec une impatience difficilement contenue. Elle sauta dans la voiture en s'exclamant :

— Je sais où ils sont !

— Quoi ?

— Juliette et Romain… Ils sont dans la maison de Cap-Ferret ! Les flics sont déjà en route, il faut qu'on y aille, papa, roule ! Je vais tout t'expliquer…

51

Si Jade venait juste de comprendre comment on en était arrivé à une telle situation, Romain, lui, ne pouvait pas dire qu'il n'avait rien vu venir. Ce n'était pourtant pas faute de savoir à quel danger il était bien malgré lui exposé depuis quatre mois. La conversation avec Gaëtan, puis les recherches qu'il avait lui-même entreprises au sujet de l'érotomanie représentaient une mise en garde dont, à l'évidence, il n'avait pas suffisamment évalué la gravité.

Et maintenant qu'il se trouvait piégé au fond de la fosse de plongée, il mesurait avec amertume l'ampleur de sa négligence.

Il s'efforça de se retourner, mais la douleur l'en empêcha. Elle lui paraissait plus insupportable à chaque tentative, il n'allait pas pouvoir tenir longtemps dans ces conditions. D'ailleurs, depuis combien de temps était-il là ? Pas loin de vingt-quatre heures, évalua-t-il.

Sa tentative aiguisa la souffrance qu'il ressentait au visage et surtout dans le bas du dos. Il essaya de se rassurer : s'il avait mal, c'est qu'il n'était pas paralysé. Une consolation dérisoire au regard de sa situation, ses genoux et ses poignets lui semblaient fracturés, et son abdomen lui faisait endurer une véritable torture, sans doute à cause des côtes, elles aussi cassées, selon son auto-évaluation.

Il revit Juliette décrocher les tendeurs qui retenaient la bâche, et le masque de démence qui tordait les traits de son visage. S'il y avait eu de l'eau, il aurait fait un plat spectaculaire avec le ridicule pour seul dommage. Malheureusement, la fosse, comme la piscine, était vide, Édouard l'avait vidangée et recouverte d'une bâche, quelques semaines plus tôt.

Romain avait effectivement fait un plongeon, mais dans le vide, pour atterrir trois mètres plus bas, sur le fond bétonné.

Sa position, à plat ventre depuis qu'il était tombé, devenait intenable. Il tenta une nouvelle fois de bouger pour soulager le contact de ses genoux et de son thorax sur le sol. Sans parler du côté gauche de son visage et de sa pommette explosée, posée directement sur le béton glacial. Mais le simple fait de tourner la tête, ne serait-ce que de quelques centimètres, s'avérait de plus en plus difficile.

Il souleva son bassin avec l'impression de manipuler une bombe ou une substance dangereuse. Ses côtes lui faisaient l'effet de pics d'acier plantés en travers de sa cage thoracique, le forçant à respirer à petites goulées. Il fut pris d'une douleur dont la fulgurance le conduisit au bord de l'évanouissement et l'obligea à s'interrompre avant même d'avoir un tant soit peu soulagé sa terrible posture.

Il sentit une chaleur réconfortante se répandre au niveau de son bas-ventre, sa vessie le lâchait. Quelques secondes de délivrance qu'il allait payer cher, la chaleur de l'urine s'estomperait rapidement pour le frigorifier encore davantage, il le savait. Par chance, il portait un épais pull à col roulé et il n'avait pas retiré son caban quand il était entré dans la maison. Cela ne l'empêcha pas d'être à nouveau transi au bout de quelques minutes. Comme les fois précédentes, ses grelottements se transformèrent bientôt en véritables spasmes impossibles à contenir et ravivèrent son supplice.

Juliette n'était vraisemblablement pas revenue, il ne percevait plus aucun signe de sa présence depuis des heures. Mais ne pouvant en être certain, il resta aussi immobile et silencieux que possible, ressassant ses pensées, ses erreurs et ses regrets. *Pourquoi t'as pas été foutu de deviner qu'elle t'attirait dans un piège ?* se reprocha-t-il, amer. *T'avais pourtant tous les indices pour ne pas te faire avoir...*

Il devait reconnaître n'avoir rien suspecté jusqu'à se trouver confronté à sa monumentale erreur.

⋆

⋆ ⋆

Lorsqu'il était revenu à lui, la voix de Juliette avait répondu à ses gémissements. À moins qu'elle ne fût en plein monologue délirant. Il avait tourné la tête autant qu'il le pouvait, quelques centimètres seulement, pour l'apercevoir en contrejour, assise au bord de la fosse, se balançant d'avant en arrière dans une sorte de transe, les jambes dans le vide.

— Ça n'aurait pas dû se passer comme ça... Je ne voulais pas que tu meures... Mais tu le devais, mon amour... Tu comprends, hein ? Je ne pouvais pas rester la seule à souffrir, j'allais en crever, c'était trop dur... J'avais trop mal... Et puis c'est toi qui as commencé, fallait pas, moi j'avais rien demandé, j'allais bien, avant toi...

À ces mots, Romain avait compris que son salut ne viendrait pas d'elle. Si elle se rendait compte qu'il vivait encore, elle l'achèverait.

En bougeant son bras millimètre par millimètre et au prix d'insupportables douleurs, il avait tenté de chercher son téléphone dans la poche de son caban, sans parvenir à le trouver.

Il avait compris l'avoir perdu au cours de sa fuite quand, plus tard, Juliette l'avait balancé dans la fosse. L'appareil s'était brisé près de son visage meurtri, ça l'avait dévasté.

Combien de temps Juliette était-elle restée ainsi, en surplomb à cinq mètres de lui ? À chaque fois qu'il l'avait crue partie, elle avait repris son rabâchage, rien n'était de sa faute, il était la cause intégrale de ce gâchis, sa souffrance justifiait le moindre de ses actes.

Et puis le carré de lumière cinq mètres au-dessus de lui avait subitement disparu. Juliette avait éteint les spots qui éclairaient l'annexe. Il avait entendu une porte claquer, une voiture manœuvrer sur les graviers de la cour et s'éloigner. L'obscurité et un silence de mort avaient recouvert la maison et la fosse comme la dalle d'une tombe qu'on referme.

Il avait essayé de ramper jusqu'à l'échelle qui courait tout le long d'une des parois. Mais il avait vite abandonné, incapable de bouger ses membres. Depuis des heures, il ne percevait rien d'autre que le froid, la souffrance et le désespoir, auxquels s'était ajoutée la terreur que Juliette ne s'en prenne à Jade. Désormais, il n'avait plus de doute, c'était bel et bien elle qui avait voulu incendier l'appartement de sa sœur.

Penser à Jade et à leur bébé peinait de plus en plus à lui faire tenir bon. Il savait la femme de sa vie forte et combattive, elle devait certainement être en train de remuer ciel et terre pour le retrouver. Mais fallait-il encore faire le lien avec Juliette, la personne la plus insoupçonnable qui fût.

Par crainte que tout soit découvert, il avait copié tous les messages sur une clé USB avant de les supprimer de son ordinateur et placé cette preuve avec les lettres manuscrites dans le coffre-fort de son bureau. Pourvu que Jade pense à le faire ouvrir. Si elle interrogeait Noûr, cette dernière dirait-elle ce qu'elle savait ? Et que savait-elle, au juste ? Ou plutôt, que croyait-elle savoir ? L'avait-il convaincue en lui parlant du harcèlement dont il était victime ?

Quand bien même, connaissant les Clermont, l'affaire risquait de rester circonscrite à un cercle extrêmement réduit. Par crainte du scandale, il pouvait se passer des jours avant que sa disparition ne fût annoncée aux collaborateurs du cabinet, alors que Noûr, et surtout Gaétan auraient su se montrer d'une aide si précieuse.

Il imaginait la déflagration dans le cœur de Jade lorsqu'elle apprendrait. Car à un moment ou à un autre, elle saurait forcément. Quelle vérité choisirait-elle ? Leur avenir en souffrirait, inévitablement, mais jusqu'à quel point ? Comment fonder une famille, faire des projets, s'aimer après ce chaos dont il était la cause involontaire ?

Romain le comprenait : si par miracle il survivait, son corps ne serait pas le seul à être brisé, sa vie le serait aussi.

Juliette avait tout détruit et il l'avait laissée faire.

52

Entre conscience et inconscience, il ne parvenait pas à évaluer si la voix qu'il entendait était réelle ou non. Il s'était senti emporté par les douleurs que le froid et la terreur de mourir rendaient encore plus insoutenables. Mais à l'état d'éveil, c'était pire. Il eut une pensée incongrue pour ces femmes qu'il avait défendues, martyres dans leur chair et dans leur tête, ces vies saccagées. Comme il se sentait proche d'elles…

De nouveaux bruits lui firent tendre l'oreille. Son cœur s'emballa : quelqu'un se trouvait dans la maison !

La perspective que Juliette soit revenue l'affola. Comment savoir ce qui pouvait lui passer par la tête ? Elle était partie en le croyant mort. Revenait-elle pour faire disparaître son corps ? Si elle s'apercevait qu'il était encore vivant, elle l'achèverait, et il n'était pas en état de l'en empêcher. D'ailleurs, ce ne serait pas très difficile pour elle, il suffisait qu'elle lance n'importe quoi, les transats en bois, des objets lourds pour l'écraser. Ou qu'elle ouvre la canalisation d'eau qui permettait de remplir la fosse. Cinquante centimètres suffiraient pour qu'il se noie.

Mais pour l'heure, c'est l'angoisse qui le submergeait. Il respirait trop fort et ses côtes cassées se rappelaient à son bon souvenir, il les visualisait en train de percer ses poumons s'il ne régulait pas son souffle. De petits nuages de condensation s'échappèrent de sa bouche lorsqu'il expira plus longuement les goulées d'air qu'il tentait d'étirer. Il en frissonna, ce qui provoqua une terrible décharge dans son corps tout entier.

Le moindre effort lui faisait endurer un supplice, mais les effets de la peur étaient encore plus ravageurs.

Une porte claqua, concentrant son attention sur l'espoir que cela représentait. Cette fois, il en était sûr, plusieurs personnes étaient entrées, il percevait le bruit de leurs pas, leur voix, l'écho d'une certaine agitation. Son instinct, auquel s'accrochaient les dernières bribes de son optimisme malmené, l'encouragea à croire que Juliette ne serait jamais revenue accompagnée.

Alors il essaya de crier.

— Hééééé !

L'impression qu'une épée pourfendait son thorax lui donna envie de vomir. Il devait pourtant persévérer. Il réussit à exhumer un second filet de voix qui le désespéra par sa faiblesse. Joue contre terre, les ondes lui semblaient directement s'écraser contre les parois de béton, jamais on ne l'entendrait. Il faudrait au minimum qu'il réussisse à se tourner pour que sa voix porte vers le haut de la fosse.

— Hééééé ! cria-t-il à nouveau, le cou tordu.

Une énième salve de souffrance lui coupa le souffle. Ses nerfs lâchaient, son cœur s'emballait. *Putain, je vais crever...*, gémit-il intérieurement, tandis que des larmes de rage commençaient à couler. Il essaya d'articuler un « au secours », dérisoire, qui s'évapora au-dessus de lui, aussi volatil que la condensation filtrant entre ses lèvres.

Il sentit revenir les prémices de l'évanouissement, son seul remède pour supporter la douleur. Il s'entendit récidiver, malgré lui :

— Au secours…

Il crut voir la lumière jaillir au-dessus de la fosse, juste avant de plonger dans un trou noir et de perdre conscience.

★

★ ★

La scène lui parut irréaliste lorsqu'il revint à lui. Allongé sur le dos, il flottait à mi-hauteur de la fosse, vraisemblablement sur un brancard hissé par des cordes reliées à un treuil, d'après ce qu'il comprenait. Ses oreilles bourdonnaient, il n'entendait qu'un brouhaha confus de voix, tandis que ses yeux lui offraient une vue opaque sur les silhouettes qui s'affairaient au-dessus de lui.

Un spasme, suivi d'un second, agita la suspension et raviva ses souffrances.

— Il convulse ! hurla quelqu'un tout près de lui. Remontez-le, vite !

La gorge étranglée, la respiration entravée, son corps brisé en mille morceaux et la douleur, inconcevable… Romain en était persuadé : on venait le sauver, mais il mourait.

— Tenez bon, restez avec nous ! entendit-il. On est en train de vous sortir de là, ça va aller !

La voix était assourdie, loin derrière les bourdonnements qui formaient un rempart absorbant, mais elle le rassurait.

Il fut subitement éclaboussé de lumière, il la percevait derrière ses paupières closes, chaude et réconfortante après ces heures passées dans l'obscurité glaciale. Il sentit qu'on transportait son corps à travers la maison dans une fébrilité qui peinait à le gagner. De nombreuses personnes se trouvaient autour de lui. Le crissement des pas sur les graviers lui fit dire qu'on venait d'arriver dans la cour, devant la maison.

— Il est en état de choc, fit un des urgentistes. On en est où des constantes ?

— Le pouls est fuyant, le rythme cardiaque à cent quatre-vingts, répondit une de ses consœurs.

— On le met en coma artificiel, décréta le premier.

Sans pouvoir exprimer quoi que ce fût, Romain se dit que c'était une bonne solution. Il ne sentirait plus rien, il ne survivrait qu'à cette condition, on le réparerait, et plus tard viendrait le temps du constat des dégâts.

La paume de sa main droite devint toute chaude. Il pensa que sa vessie l'avait encore lâché. Puis la voix, les mots se frayèrent un chemin au cœur de cette brutalité inouïe.

— Mon roi, je suis là…

Jade…

— Il faut que tu vives, il faut *absolument* que tu vives, j'ai besoin de toi, le bébé a besoin de toi, maman, nous tous… Tu as promis de ne jamais me laisser, alors tiens parole, je t'en supplie !

Les lèvres de Jade sur son front furent la dernière chose qu'il sentit. Les gyrophares du fourgon médical et l'agitation s'effacèrent.

Il sombra.

Épilogue

« Ayez cependant le plaisir de vous être fait aimer
d'une personne qui n'aurait rien aimé,
si elle ne vous avait jamais vu ;
croyez que les sentiments que j'ai pour vous
seront éternels et qu'ils subsisteront
également, quoi que je fasse. »

La Princesse de Clèves,
Madame de La Fayette

Les rais du soleil matinal éclairaient la chambre d'une lumière dorée, paisible et joyeuse à la fois. Il était à peine sept heures et pourtant, on pouvait déjà percevoir leur chaleur et deviner que ce dimanche serait une magnifique journée d'été.

Des gazouillis jaillirent du babyphone posé sur la table de nuit et flottèrent dans la pièce. Jade se retourna sur le ventre.

— Quelle heure il est ? marmonna-t-elle dans son demi-sommeil.

— Rendors-toi, j'y vais…, chuchota Romain.

— Tu es sûr ?

Il déposa un baiser sur sa joue en guise de réponse, avant de laisser promener une main caressante dans le bas de son dos, jusqu'à ses fesses.

— Reviens vite, fit Jade dans un soupir de plaisir.

Romain roula sur le côté afin de s'asseoir au bord du lit. Il attrapa ses béquilles, s'assura que les embouts en caoutchouc se posaient solidement sur le parquet et prit appui de tout son poids pour se relever. Puis d'une démarche claudicante et prudente, il se dirigea vers la chambre du bébé, séparée de celle du couple par la salle de bains.

Son cœur se gonfla de bonheur au fur et à mesure qu'il s'approchait du lit.

— Et alors, mon tout petit ? Tu es réveillé ? dit-il.

Le bébé gazouilla de plus belle et gigota dans sa turbulette, le visage tourné vers son père. Romain savait qu'il était trop tôt pour qu'il puisse le distinguer clairement, mais il aimait les yeux noirs du nourrisson sur lui et cette impression qu'il le regardait vraiment.

Debout devant le meuble où étaient rangés les ustensiles nécessaires, il prépara un biberon et le fit chauffer. Il le posa ensuite sur la table basse, à côté du confortable fauteuil vert d'eau installé près du lit. Débarrassé de ses béquilles tout en les laissant à portée de main, il lui fallut quelques secondes afin de trouver son équilibre et de se pencher pour soulever le bébé.

Il le serra contre lui avec un amour infini. Un mois après sa naissance, il n'en revenait toujours pas de ce prodige inouï d'être père.

Bien qu'il fût rôdé à la manœuvre, il entourait chaque geste de mille précautions. Il enveloppa son fils de son bras le plus fort et posa une main sur la rampe courant le long du mur pour faire les quelques pas qui le séparaient du fauteuil.

Une fois assis, il plaça le petit Hector sur ses cuisses, la tête dans le creux de son coude.

— T'es un trésor, toi, tu sais..., lui murmura-t-il.

La tétine du biberon fut aspirée dès qu'il la glissa entre les minuscules lèvres charnues. Romain n'aurait jamais cru qu'un bébé puisse faire preuve d'une telle patience, il pleurait si peu que Jade et lui avaient d'abord cru qu'il avait un problème. Néophytes, ils avaient imaginé des nuits chahutées, des yeux cernés, une intimité bouleversée. Or, à part les deux biberons nocturnes qui les obligeaient à se lever à tour de rôle, rien de tout cela.

La pédiatre les avait rassurés : Hector faisait simplement partie de ces bébés calmes dont tant de parents rêvent. Il n'était pas exclu, non plus, qu'il ait senti que son père se mouvait lentement et ne pouvait bondir pour répondre à ses besoins dès le premier pleur.

— Mon trésor..., répéta Romain en se courbant pour embrasser le front de son fils.

Ces instants d'une absolue perfection le réconciliaient avec ce qu'avait été sa vie suite aux terribles épreuves de l'hiver. Certes, Jade avait été en permanence à ses côtés depuis son extraction de la fosse de plongée, puis pendant les interminables semaines d'hospitalisation qu'avaient nécessitées les huit opérations chirurgicales et orthopédiques, la pénible convalescence, la rééducation laborieuse. Toute la famille connaissait les détails de la tragédie, Romain le comprit dès qu'il recouvra sa pleine conscience. Mais ni Jade ni aucun des Clermont n'avait jusqu'à présent réussi à parler franchement avec lui de ce qui s'était passé.

Il bascula légèrement la tête en arrière, les yeux mi-clos. Un vent tiède, chargé d'iode et de boue, agitait mollement les arbres du parc bordant la place des Quinconces. Il se sentait plus soulagé qu'heureux d'avoir quitté l'appartement du quartier de la Bastide. C'était la meilleure solution, il ne pouvait pas vivre en redoutant sans cesse d'apercevoir Juliette sur le trottoir.

Juliette... Personne ne savait où elle se trouvait depuis ce quatorze février fatal. Elle avait littéralement disparu. Bérangère faillit en mourir de chagrin, il s'en fallut de peu. Édouard, Jade et Jules la soutinrent à bout de bras, mais c'est surtout Romain, en dépit de ses faibles forces, qui la tira de l'abandon auquel elle se laissait aller.

La voix de Jade répondant au téléphone lui parvint alors que le bébé terminait son biberon. Qui pouvait bien appeler si tôt, un dimanche matin ? Il fronça les sourcils, craignant une mauvaise nouvelle. Bérangère allait mieux, mais rien n'était stabilisé.

Il fit faire son rot au petit Hector et le recoucha dans son lit.

— Je reviens, mon trésor, lui dit-il.

Repu, l'adorable bébé se mit à suçoter sa tétine.

Romain trouva Jade assise sur le bord du lit lorsqu'il entra dans la chambre. Dos rond, épaules tombantes, sa compagne semblait accablée.

Il posa ses béquilles pour prendre place à côté d'elle. Un bras autour de son épaule, il l'attira contre lui.

— Qu'est-ce que tu as, mon amour ?

— Papa vient de m'appeler.

Sa voix s'étrangla. Romain n'aimait pas du tout cela.

— C'est Bérangère ? murmura-t-il, un tourbillon de panique au fond du ventre.

— L'inspectrice Suchet... Elle nous attend...

Romain serra Jade contre lui, autant pour lui confirmer son soutien que pour s'accrocher à elle.

— Juliette a été retrouvée...

*
* *

En cinq mois, Édouard Clermont avait affronté davantage de tragédies familiales que toute sa vie durant. Il semblait avoir vieilli de dix ans et apparaissait désormais comme un vieil ours encore combatif, mais irrémédiablement affaibli. C'était exactement ainsi que le voyait Romain tandis qu'il ouvrait la marche devant Jade et lui dans les couloirs de la direction de la police judiciaire.

Juliette était vivante, l'inspectrice n'avait pas voulu en dire plus au téléphone. Le soulagement était unanime, mais personne au sein de la famille ne parvenait à ressentir le moindre apaisement. Au contraire, la nouvelle ravivait une inquiétude qui, au fil des mois, avait fini par se muer en une tristesse insondable. Et inconsolable, ainsi qu'en témoignait la mine bouleversée des trois proches de la jeune femme.

— Installez-vous, je vous en prie, les accueillit l'inspectrice Suchet en refermant la porte de son bureau derrière eux.

Jade saisit la main de Romain et la tint fort. Ses tremblements émurent son compagnon qui peinait à se montrer solide face à l'afflux étouffant des souvenirs encore trop récents.

— Hier, la police est intervenue pour déloger les quatre cent et quelques personnes installées dans un campement illégal dans le quartier des Aubiers, commença l'inspectrice. Une bonne partie de ses occupants sont des toxicomanes, la plupart accros au crack. Au cours de l'évacuation, les agents de police ont procédé à des contrôles d'identité systématiques, essentiellement pour repérer les immigrés clandestins qui représentent une part importante de cette population…

Comme beaucoup de gens, Romain, Jade et Édouard connaissaient l'existence de ces terrains vagues dans les faubourgs des grandes villes, sordides antichambres de l'enfer, où divaguaient des êtres faméliques et violents.

— C'est au cours de ces contrôles que Juliette a été arrêtée, poursuivit l'inspectrice. Elle n'avait aucun papier sur elle, mais elle a spontanément donné son identité. Un de mes collègues a vérifié dans le fichier des personnes disparues, Juliette y figure, ainsi que dans celui des personnes recherchées, d'ailleurs. Raison pour laquelle elle a aussitôt été transférée dans nos locaux.

— Est-ce qu'elle… elle se drogue ? ânonna Édouard d'une voix d'outre-tombe.

— Cela peut paraître étonnant, mais non. Disons que la prise de stupéfiants n'est pas la cause de l'état de prostration dans lequel elle a été retrouvée. Ni, d'ailleurs, ce qui l'a poussée à trouver refuge dans ce campement.

Romain se sentait écartelé entre sa rancune, involontaire bien que légitime, et un immense apitoiement. Après tout ce qu'il avait subi, il reconnaissait la difficulté qu'on pouvait avoir à condamner, et encore plus à absoudre, quelqu'un dont le discernement était altéré. Dès que la colère, la frustration, le ressentiment le submergeaient, il se forçait à marteler son esprit avec cette réalité qu'il ne fallait absolument pas oublier : Juliette souffrait d'une maladie mentale, l'érotomanie était un trouble psychiatrique.

— D'après ce qu'elle nous a dit, elle se trouvait là depuis un peu plus d'un mois, reprit l'inspectrice. Elle partageait la tente d'une sexagénaire sans abri qui l'avait plus ou moins prise sous son aile. Mais elle est restée floue sur les autres endroits où elle a pu vivre, apparemment elle a erré de squats en campements.

— Mon Dieu…, gémit Édouard. Dans quel état elle doit être…

Romain n'osait l'imaginer. Le froid, le manque d'hygiène et de nourriture, la sauvagerie avec les innombrables risques d'agression et de viol qu'elle entraînait. Tout cela était d'une extrême brutalité.

Romain jeta un coup d'œil à Jade et s'aperçut qu'elle pleurait. Incapable de la consoler autrement qu'en serrant sa main, il en fut dévasté.

— Elle est ici ? demanda la jeune femme dans un souffle.

— Non, elle a été transférée à l'hôpital psychiatrique Charles-Perrens en attendant d'être présentée au juge d'instruction pour tentative d'homicide sur vous, monsieur Denis, et incendie volontaire de votre domicile, mademoiselle Clermont.

Un silence douloureux figea les deux concernés.

— Est-ce qu'elle sait que je suis vivant ? réussit à prononcer Romain.

L'inspectrice sembla chercher les mots adéquats.

— Malgré l'instabilité de son état psychique, elle n'a retenu de notre courte discussion que le mot « tentative », fit-elle.

— Et comment a-t-elle réagi ? enchaîna Jade.

— Elle a eu une crise de démence.

Face à la consternation générale, elle ajouta en regardant Romain :

— Elle était persuadée de vous avoir tué, monsieur Denis. D'où son errance pendant ces derniers mois.

Romain essaya de trouver le courage et la force de poser la question qui le taraudait depuis près de cinq mois. Il respirait fort, la tête lui tournait, il avait mal partout, comme si son corps se réveillait pour lui rappeler combien il avait souffert, combien il souffrait encore.

La question finit par sortir sans qu'il le veuille consciemment :

— Est-ce qu'elle a vraiment *voulu* me tuer ?

L'inspectrice inspira à fond et expira d'un air compatissant avant de répondre :

— Oui.

*
* *

Édouard avait obtenu l'autorisation de visiter sa fille à l'hôpital psychiatrique. Il s'y rendit deux jours après l'entrevue avec l'inspectrice, jamais il n'avait été aussi malheureux. Juste avant, il était passé chez Jade et Romain, simplement pour les embrasser et pour prendre dans ses bras le petit Hector, un miracle au milieu de cette noirceur, une bénédiction pour lui, pour Bérangère, pour la famille.

Pendant ces interminables mois qu'avait duré la disparition de Juliette, il avait eu le temps de se renseigner. La conclusion le dévastait : l'érotomanie était une maladie très complexe à soigner, la guérison n'était jamais garantie.

Un infirmier le conduisit à travers d'interminables couloirs jusqu'à la chambre de Juliette. La porte déverrouillée, Édouard resta un instant sur le palier. Il n'entendit rien de ce que l'infirmier lui dit, tout s'effaça autour de lui, les murs, les barreaux, le lit vissé dans le sol. Il ne voyait que sa fille, en chemise d'hôpital, assise au bord du lit. Quelques secondes suffirent pour constater combien elle était abîmée. Maigre, livide, figée, des ecchymoses et des marques sur les avant-bras et les jambes, c'était elle, mais plus vraiment.

Édouard s'approcha, elle ne réagit pas tout de suite à sa présence lorsqu'il prit place à ses côtés. Ce ne fut que lorsqu'il saisit sa main osseuse qu'elle tourna les yeux vers lui. Son regard terne sembla alors s'éveiller depuis les profondeurs les plus mystérieuses, ses lèvres frémirent. Édouard comprit qu'elle l'avait reconnu.

— Ma petite fille..., murmura-t-il, écrasé par le chagrin.

Elle posa lentement la tête dans le creux de son épaule, il l'enlaça et ils restèrent ainsi, immobiles, le fier ours presque à terre et la jeune artiste à l'âme perdue serrés l'un contre l'autre.

Les minutes s'écoulèrent, douces et douloureuses. Soudain, Édouard la sentit animée de menus tressaillements. Sa voix s'éleva bientôt dans le silence comprimé de la chambre, crevant définitivement le cœur de son père :

— Tu vois, il a survécu, il s'est battu pour vivre... Son amour est plus fort que tout... Même la mort n'a pas pu nous séparer. Dis-lui que je le sais. Dis-lui que je serai toujours là pour lui. Toujours.

(SANS) FIN

GENÈSE

Cette histoire, bien que fictive, a été inspirée par plusieurs faits divers relatés par la presse au cours de ces dernières années. Longtemps présentés comme du harcèlement, certains d'entre eux sont désormais plus justement identifiés et considérés comme étant de l'*érotomanie*, pathologie établie par Gaëtan Gatian de Clérambault au début du XXe siècle.

Outre ces articles de presse et leur découverte aussi captivante que troublante, la lecture de l'ouvrage *Bien que mon amour soit fou* de Benoît Dalle, Yves Edel et Alejandro Fernandez (Éditions Les Empêcheurs de tourner en rond, 1998) a apporté un éclairage tout à fait édifiant, à la fois clinique et stupéfiant.

Parmi la multitude d'articles consacrés à ce sujet, voici quelques liens pour celles et ceux qui souhaiteraient en savoir davantage :

la page Wikipédia consacrée à l'érotomanie, très documentée ;

Érotomanie, ou l'illusion délirante d'être aimé : entretien avec Vassilis Kapsambelis, psychiatre et psychanalyste (2022) :

https://www.youtube.com/watch?v=eCYFWsGSbD0 ;

Érotomanie : du sourire à l'inquiétude… par Iris Lerner, L'Observatoire de la santé, 2020 :

https://www.observatoire-sante.fr/erotomanie-du-sourire-a-linquietude/.

Composition et mise en pages
Nord Compo à Villeneuve-d'Ascq

Achevé d'imprimer sur Roto-Page
par l'Imprimerie Floch à Mayenne
en octobre 2022

N° d'édition : 4863/01 – N° d'impression : 101243
Dépôt légal : octobre 2022

Imprimé en France